Das Buch

Der junge Pfarrer Stephen Thorncroft wird in die ländliche Kirchengemeinde von Walston berufen. Anfangs scheint alles sehr harmonisch zu
verlaufen, doch die Idylle währt nicht lange. Schon bald bekommt
Stephens hübsche Frau Becca anonyme Anrufe mit unsittlichen Anträ-
gen. Auch über die neuen Bewohner von Walston, Gillian English und
Lou Sutherland, werden wilde Gerüchte in Umlauf gebracht. Als ein
neuer Gemeindevorsteher gesucht wird, geraten Stephen und die Ge-
meindeältesten aneinander. Auf Druck des Vorstandes hin wird die junge
unerfahrene Sozialarbeiterin Flora Newall ernannt. Kurze Zeit darauf ver-
stirbt Flora ganz plötzlich unter unerklärlichen Umständen. Gillian ist die
Hauptverdächtige.
Stephen bittet seine Freunde David Middleton-Brown und Lucy Kingsley
um Hilfe. Der Anwalt und die Malerin machen sich daran, im Labyrinth
der Beziehungen die wahren Beweggründe der Dorfbewohner aufzu-
decken.

Die Autorin

Kate Charles, in Amerika geboren, lebt schon seit vielen Jahren mit
ihrem Mann und zwei Hunden im englischen Bedford. Sie ist Expertin für
viktorianische Kirchen und hat bereits zahlreiche Kriminalromane geschrieben.

Kate Charles

Böse Engel

Roman

*Aus dem Englischen
von Norbert Jakober*

WILHELM HEYNE VERLAG
MÜNCHEN

HEYNE ALLGEMEINE REIHE
Band-Nr. 01/13764

Die Originalausgabe
EVIL ANGELS AMONG THEM
erschien 1995 bei Headline Book Publishing, London

Umwelthinweis:
Dieses Buch wurde auf
chlor- und säurefreiem Papier gedruckt.

Deutsche Erstausgabe 06/2003
Copyright © 1995 by Kate Charles
Copyright © der deutschsprachigen Ausgabe 2003
by Ullstein Heyne List GmbH & Co.KG, München
Der Wilhelm Heyne Verlag ist ein Verlag der
Ullstein Heyne List GmbH & Co.KG
Printed in France 2003
Umschlagillustration: Richard Brown
Umschlaggestaltung: Hauptmann und Kampa Werbeagentur,
München-Zürich
Satz: KompetenzCenter, Mönchengladbach
Gesetzt aus der Goudy
Druck und Bindung: Maury Eurolivres, Manchecourt
http://www.heyne.de

ISBN: 3-453-86953-2

Sie dachten nicht an die Taten seiner Hand,
als er die Glut seines Zornes unter sie sandte,
Grimm und Wut und Drangsal,
eine Schar Verderben bringender Engel.

Psalm 78, 42 und 78, 49

In Liebe dem Andenken an GARETH GRIFFITHS
(28. März 1954 – 28. August 1994) gewidmet.

Er freut sich wohl dieses guten Lebens,
und man preist dich, wenn es dir gut geht.

Psalm 49, 19

Prolog

Aber sie sind alle abgewichen und allesamt verdorben;
da ist keiner, der Gutes tut, auch nicht einer.

Psalm 14, 3*

Der erste Anruf kam wenige Tage nachdem der Pfarrer und seine Frau von ihrer Hochzeitsreise zurückgekehrt waren. Es war heute das erste Mal seit der Hochzeit, dass sich Stephen am Abend nicht zu Hause aufhielt; er musste zu einer Dekanatskonferenz, die in einem nahe gelegenen Dorf abgehalten wurde.

Becca wusste nicht so recht, was sie anfangen sollte, und so widmete sie sich den Bildern von der Hochzeitsreise, die sie in das Fotoalbum einordnete, das ihnen ein Angehöriger der Pfarrgemeinde zur Hochzeit geschenkt hatte. Stephen hatte vorgeschlagen, dass sie auf der Rückseite der Fotos kurz notieren sollte, wo und wann das Foto aufgenommen worden war – doch Becca wusste, dass sie sowieso niemals irgendein Detail ihrer Flitterwochen vergessen würde.

Es war keine spektakuläre Hochzeitsreise gewesen – das Gehalt eines Geistlichen ließ es nun einmal nicht zu, ins Ausland zu reisen und so romantische Städte wie Paris oder Venedig zu besuchen oder gar in wärmere Gefilde aufzubrechen. Doch es gab auch hier in England Gegenden, wo es selbst im tiefsten Winter ganz nett war. Das Cottage, das sie in Somerset gemie-

---

* Alle Bibelzitate folgen dem Wortlaut der Bibelübersetzung von Martin Luther.

tet hatten, war wirklich gemütlich, und die Landschaft wirkte auch mitten im Januar recht malerisch. Jetzt, in der Nebensaison, hatten sie sich sogar zwei Wochen leisten können, und was zu ihrer Beruhigung beitrug – die Pfarrgemeinde war in der etwas ruhigeren Zeit nach Weihnachten zum Glück bereit, einige Zeit auf Stephen zu verzichten.

Zwei himmlische Wochen. Becca lächelte, während sie die Fotos durchsah, die sie mit ihrer nagelneuen Autofokus-Kamera, einem weiteren Hochzeitsgeschenk, geknipst hatten. Sie hatten einander ziemlich oft fotografiert – draußen im Freien auf ihren Spaziergängen über die sanften Hügel, und auch abends im Cottage, im Lichtschein des Kaminfeuers. Das war einer der Nachteile, wenn man, zu zweit eben, auf Hochzeitsreise ging – da war niemand, der einen fotografieren konnte, damit man auch einmal als Paar auf dem Bild erschienen wäre. Einmal waren sie nach Bath gefahren, wo der eine oder andere nette Mensch ein Foto von ihnen geknipst hatte – und so gab es auch Bilder, wo sie gemeinsam vor dem Royal Crescent standen, die römischen Bäder besuchten oder es sich in irgendeiner Teestube gut gehen ließen. Ein andermal hatten sie die Kathedrale in Wells besichtigt und danach den Hügel von Glastonbury Tor erklommen. Becca betrachtete das Foto, das, wie sie sich erinnerte, ein freundlicher Amerikaner geknipst hatte, und auf dem sie beide Arm in Arm ganz oben auf dem Hügel standen, während sich unter ihnen die Landschaft wie eine winterliche Traumwelt ausbreitete. Becca fand bei aller Bescheidenheit, dass sie ein wirklich schönes Paar waren; sie waren beide groß, schlank und blond, wenngleich ihr Haar eher silberblond war, während das von Stephen einen leichten Goldschimmer aufwies.

Es waren glückliche Tage, die sie auf dem Land erlebt hatten. Und die Nächte, die sie damit verbracht hatten, sich zu lieben, waren einfach himmlisch gewesen. In dem kleinen Schlafzimmer im Obergeschoss des Cottage hatten sie Freuden erlebt, die keiner von ihnen für möglich gehalten hätte. Und daran würde sich auch nichts ändern, dachte Becca mit einem tiefen Glücksgefühl, auch wenn die Flitterwochen vorüber waren. Sie würden auch in den kommenden Wochen, Monaten und Jahren nicht aufhören, die Freuden des intimen Zusammenseins auf immer neue Weise zu entdecken.

Es gab keine Fotos von diesen Nächten im Schlafzimmer; Fotos zu machen war das Letzte, was ihnen dabei in den Sinn gekommen wäre. Doch es gab ein Foto, das sie für immer wie einen Schatz hüten würde. An einem verregneten Morgen war Becca früh erwacht und aufgestanden, um Stephen mit einem Frühstück im Bett zu überraschen, das sie ihm auf dem Tablett servierte. Sie hatte auch daran gedacht, die Kamera mitzunehmen, und es war ihr gelungen, sein freudig überraschtes Gesicht auf einem Bild festzuhalten. Auf dem Foto sah er so jung, fast verletzlich aus – ohne seine Brille und mit dem zerzausten Haar, das ihm so jungenhaft in die Stirn fiel. Das Frühstück war alles andere als ein kulinarischer Höhepunkt gewesen – die Dotter der Spiegeleier waren zerlaufen und der Toast verbrannt –, doch Stephen hatte gemeint, es wäre die köstlichste Mahlzeit seines Lebens. Danach hatten sie sich erneut geliebt, während der Regen gleichmäßig auf das Schrägdach direkt über ihnen trommelte. Und das Bett war so wunderbar warm und gemütlich …

Das Klingeln des Telefons in der Diele unterbrach sie in ihren glücklichen Erinnerungen. Becca steckte das kostbare Bild in die Fototasche und ging zum Telefon.

»Hallo?«, fragte sie.

Es folgte eine kurze Pause, ehe sich eine etwas gedämpft klingende männliche Stimme meldete. »Hallo, meine Liebe. Wie geht es Ihnen?«

Der Mann erwartete offensichtlich, dass sie ihn an seiner Stimme erkannte. Sie hatte früher als Sekretärin für ihren Vater gearbeitet, der ebenfalls Geistlicher war – und auch damals hatten immer wieder Leute angerufen, ohne sich vorzustellen. Und die Stimme klang tatsächlich irgendwie vertraut – doch sie war erst so kurze Zeit hier in der Pfarrgemeinde, dass sie die Stimmen der einzelnen Gemeindemitglieder noch nicht so gut auseinander halten könnte. Es war ihr etwas peinlich, dass sie den Mann nicht erkannte, und so vermied sie es, ihn nach seinem Namen zu fragen – in der Hoffnung, dass er selbst einen Hinweis darauf liefern würde, wer er war. »Oh, mir geht es gut. Und Ihnen?«

Der Mann lachte leise. »Oh, im Moment bin ich rundum zufrieden, meine Liebe.«

Sie hatte immer noch keine Ahnung, wer der Anrufer war. »Stephen ist leider nicht zu Hause«, sagte sie – überzeugt, dass der Mann wegen irgendeiner Gemeindeangelegenheit anrief. »Er ist auf einer Dekanatskonferenz. Soll er Sie vielleicht zurückrufen, wenn er nach Hause kommt?« Und einer plötzlichen Eingebung folgend fügte sie hinzu: »Würden Sie mir vielleicht Ihre Telefonnummer geben?«

Wieder lachte der Mann leise. »Oh, ich wollte eigentlich mit Ihnen sprechen. Sagen Sie, wie war die Hochzeitsreise?«

Becca lächelte unwillkürlich, als der Anrufer auf ihr Lieblingsthema zu sprechen kam. »Wunderschön! Wir waren in Somerset, und es war einfach wunderbar. Einmal besuchten wir Bath, und auch die Kathedrale in Wells haben wir gesehen. Oft sind wir aber auch einfach nur durch die Gegend gewandert oder haben irgendwo in einem Pub gegessen.«

»War das Wetter schön?«

»Die meiste Zeit schon, nur ein oder zwei Tage hat es geregnet.«

Der Mann lachte erneut. »Das dürfte euch aber nicht allzu sehr gestört haben, oder? Flitterwöchnern wird ja nie langweilig, auch wenn es regnet.«

Becca wurde nun doch von einem etwas unguten Gefühl beschlichen, und so zögerte sie ein wenig, bevor sie antwortete: »Ja, langweilig war uns wirklich nicht.«

»Oh, davon bin ich überzeugt. Möchten Sie mir nicht erzählen, wie ihr euch die Zeit vertrieben habt?«

Becca hatte plötzlich einen trockenen Mund, und ihr Herz begann heftiger zu pochen. »Na ja, äh, wir ...«, stammelte sie und befeuchtete ihre Lippen mit der Zunge. »Wir haben so dies und jenes gemacht.«

»Nicht so schüchtern«, drängte die Stimme in ruhigem Ton. »Erzähl mir mehr davon. Mich interessieren alle Einzelheiten. Wie oft habt ihr es gemacht? Habt ihr es auch auf dem Fußboden getrieben oder nur im Bett?«

»Bitte ...«, flüsterte Becca schockiert.

Die Stimme redete unbeirrt weiter. »Ich wette, der Pfarrer streichelt besonders gern deine hübschen Titten, nicht wahr? Ich würde das übrigens auch gern tun.« Wieder lachte der Mann leise. »Willst du wissen, was ich noch gern tun würde?« Er sagte es ihr – mit ruhiger Stimme und sehr ausführlich.

Becca hatte das Gefühl, zu Stein zu erstarren. Sie hielt sich den Telefonhörer mit zitternder Hand ans Ohr, während sich der ganze Schmutz über sie ergoss. Schließlich ließ sie den Hörer sinken und zwang sich, tief durchzuatmen. Sie bedeckte ihr Gesicht mit beiden Händen, während die Stimme immer weiter sprach. Schließlich packte sie den Hörer, knallte ihn auf die Gabel, stand regungslos da und starrte das Telefon an, als es erneut klingelte.

Das konnte einfach nicht wahr sein, sagte sich Becca und schluckte, um gegen die Übelkeit anzukämpfen. Sie war eine verheiratete Frau – die Frau des Dorfpfarrers. So etwas konnte doch unmöglich einer Pfarrersfrau in einem kleinen Dorf in Norfolk passieren.

Dieser ganze Schmutz. Sie hatte ein Gefühl, als hätten die Worte aus dem Telefon sie mit Dreck übergossen. Und dass der Mann das alles so ruhig gesagt hatte, machte das Ganze noch schockierender. So viele Worte über höchst delikate Dinge, die nichts mit den wundervollen Momenten zu tun hatten, die sie mit Stephen im Bett erlebt hatte.

Das Telefon klingelte gut zehnmal, ehe es aufhörte, um gleich darauf erneut zu beginnen. Rebecca Thorncroft drehte sich um und lief die Treppe hinauf ins Badezimmer. Sie zog sich aus, ging unter die Dusche und drehte das heiße Wasser auf, sodass das hartnäckige Klingeln nicht mehr zu hören war. Vielleicht würde das Klingeln ja aufhören, wenn sie nur lange genug unter der Dusche blieb. Und wenn sie sich gründlich abschrubbte, vielleicht würde sie sich dann wieder sauber fühlen.

Erster Teil

1

Halleluja! Lobet den Namen des Herrn, lobet,
ihr Knechte des Herrn, die ihr steht im Hause des Herrn,
in den Vorhöfen am Hause unsres Gottes!

Psalm 135, 1, 2

Die Frau hatte absolut nichts an sich, was einen hätte misstrauisch machen können. Sie sah ziemlich durchschnittlich aus, war Ende zwanzig, ordentlich gekleidet, eher groß und recht kräftig gebaut, mit breiten Wangenknochen und honigfarbenem Haar, das sie zu einem einfachen Pferdeschwanz zusammengebunden hatte. Und das Kind war natürlich auch bei ihr – ein recht aufgewecktes, aber auffallend wohlerzogenes Kind.

Der alte Harry Gaze war der Erste in Walston, der ihr begegnete. Diese Tatsache war nicht zu leugnen, auch wenn es Enid Bletsoe noch so grämte. Natürlich machte Enid das später wieder wett und behauptete außerdem, dass es überhaupt nicht von Bedeutung wäre.

Harry war der Küster der Kirche von St. Michael and All Angels – eine ehrenamtliche Tätigkeit, die mit dem Recht verbunden war, in einem kleinen Cottage zu wohnen, die ihm aber darüber hinaus keinerlei Bezahlung einbrachte. Dennoch nahm Harry seine Aufgabe sehr ernst, und so war er wie üblich in der Kirche, als die Frau mit ihrem Kind an einem Samstag Nachmittag Ende Februar hereinkam.

Die Frau betrat die Kirche durch das Westportal und blieb

stehen, als wäre sie überwältigt von der Pracht, die sich da vor ihren Augen entfaltete. St. Michael and All Angels war tatsächlich eine Kirche, wie man sie hier in diesem kleinen, unauffälligen Dorf in Norfolk nicht unbedingt erwartet hätte. Ihre Größe wies auf vergangene glorreiche Zeiten hin, von denen nichts geblieben war. Die Kirche war im Perpendikularstil mit seiner Betonung der senkrechten Linien und seinem gitterartigen Stabwerksystem der Fenster erbaut worden. Das Innere mit seinen ausgedehnten Glasflächen im Seitenschiff war von einem Licht durchflutet, wie man es nur in Ost-England findet – so als hätte der Himmel es irgendwie geschafft, sich in der Kirche auszubreiten. Hoch über dem Hauptschiff, unter dem Dach mit seinen Stichbalken war ein ganzer Chor von Engeln beheimatet, die mit ihren ausgebreiteten Flügeln aus vergoldetem Holz und ihren offenen Mündern in ewigem Gesang zu verharren schienen.

Auch das kleine Mädchen war ziemlich beeindruckt. »Mami«, flüsterte die Kleine und zeigte nach oben. »Schau, die Engel!«

»Ja, es ist wunderschön«, antwortete die Frau spontan und drückte ihrer Tochter bestätigend die Hand.

»Wirklich eine feine Arbeit, das da«, sagte plötzlich eine Stimme in dem breiten Dialekt der Gegend, und die Frau drehte sich erschrocken um und sah einen älteren Mann auf sich zukommen.

Er war ziemlich groß und hielt sich betont aufrecht. Sein Haar war dicht und silberweiß, und er trug einen Rock mit einer offiziell aussehenden Plakette an der Brust. »Harry Gaze«, stellte er sich vor. »Ich bin der Küster hier.« Die Frau nickte, und er fuhr fort, ohne eine Pause zu machen: »Mein Vater war vor mir Küster, und sein Vater vor ihm, und so weiter über viele Generationen. Ich schätze, es gibt uns Gazes hier schon so lange wie diese Kirche steht, und das ist eine lange Zeit, das kann ich Ihnen sagen.«

»Wohnen Sie hier in der Kirche?«, fragte das kleine Mädchen mit großen Augen.

Harry Gaze lachte anerkennend. »Das wär' ein nettes Häuschen, was, Kleines? Nein, ich wohne in einem kleinen Cottage nicht weit von hier.« Er machte eine vage Geste in Richtung des Nordschiffs. »Zwischen dem Pfarrhaus und der Kirche. Das ist recht praktisch, zwei Minuten zu Fuß. Und jetzt, wo ich im Ruhestand bin und mein Sohn, der junge Harry, die Tankstelle übernommen hat, halte ich mich die meiste Zeit hier auf.« Der Küster hielt kurz inne und fuhr mit einem verschwörerischen Flüstern fort: »Man kann gar nicht vorsichtig genug sein, sage ich immer. Es gibt böse Leute auf dieser Welt – Leute, die sich nichts dabei denken, wenn sie die ganzen Schätze aus einer Kirche klauen. Die verscheuern sie dann irgendwelchen reichen Leuten, wo sich damit ihre schicken Häuser schmücken. Da gibt's solche jungen Rabauken auf ihren Motorrädern, die sind ständig drauf aus, dass sie wo was abstauben können. Sogar aus London kommen manchmal irgendwelche Spitzbuben zu uns rauf. Man würd's nicht für möglich halten, aber es ist so.«

»Ja, leider«, sagte die Frau und schüttelte mitfühlend den Kopf. »Und Sie haben bestimmt jede Menge wertvolle Dinge hier.«

Harry nickte eifrig. »Das will ich meinen. Sie möchten bestimmt, dass ich Ihnen alles zeige, was?« Ohne auf eine Antwort zu warten, schritt er den breiten Mittelgang entlang, vorbei an den majestätischen Säulen, den gotischen Spitzbögen und den mit Bildnissen geschmückten Grabdenkmälern, bis er schließlich durch den Lettner, jene halbhohe, mit Reliefs reich geschmückte Wand, in den Altarraum gelangte. Die Frau und das Kind folgten ihm etwas langsamer und blickten sich dabei immer wieder nach den vielfältigen Kostbarkeiten der Kirche um.

»Cromwells Männer – Dowsing und das ganze üble Pack –

haben alle Buntglasscheiben zerstört«, erklärte Harry. »Außer die beim Ostfenster. Einer aus der Familie Lovelidge – das waren früher mal die Herren hier auf dem Landsitz –, also, der hat das Fenster vor dem Bürgerkrieg rausgenommen und versteckt, drüben in Walston Hall, und erst zur Zeit von Königin Viktoria ist es wieder reingekommen. Hier.« Er zeigte auf das prachtvolle mittelalterliche Fenster, das nach all den Jahrhunderten immer noch in schillernden Farben leuchtete.

»Noch mehr Engel«, sagte das kleine Mädchen und zeigte auf die geflügelten Wesen, die am oberen Rand des Fensters dargestellt waren.

»Ja, sie sind in neun Gruppen unterteilt«, erklärte ihre Mutter.

»Recht hast du, Schätzchen«, sagte Harry zu dem Mädchen und nickte. »Da sind überall Engel hier in der Kirche.« Er drehte sich um und zeigte mit großer Gebärde auf einen Stuhl, der vor der Wand des Altarraums stand, weiträumig von roten Kordeln eingegrenzt. »Und das hier«, verkündete er, »ist unser größter Schatz. König Johns Stuhl.«

Die Frau betrachtete das Stück interessiert. Der Stuhl war aus Eichenholz, das über die Jahrhunderte immer dunkler geworden war. Er war einfach und massiv gestaltet und mit einer elisabethanischen Schnitzarbeit verziert. »König John?«, fragte sie nachdenklich.

Harry richtete sich zu voller Größe auf und begann mit einem offensichtlich eingeübten Vortrag. »Bad King John – so hat man ihn genannt. Er war ein lausiger König und hat es geschafft, so gut wie alle in Rage zu bringen – den Papst, Ausländer wie die Franzmänner und sogar sein eigenes englisches Volk. Mit irgendwem hatte er immer Zoff. Du kennst bestimmt die Geschichte, wie er seine ganzen kostbaren Juwelen in der *Wash*-Bucht verlor, als er vor den Franzmännern davonlief.« Er sah das kleine Mädchen an, das den Kopf schüttelte. »Ich frage mich, was die heute den Kindern in der Schule beibringen«, brummte er vor sich hin. »Zu meiner Zeit haben wir in der Schule viel über Geschichte und so was gelernt – und nicht den ganzen Mist, den sie den Kindern heute eintrichtern.« Er rümpfte die Nase und sagte in belehrendem Ton zu dem Mädchen: »König John lief vor den Franzmännern davon. Er dachte sich: nehm ich doch lieber die Abkürzung über die Bucht, 's ist ja Ebbe – und er schaffte es tatsächlich ans andere Ufer, aber die Wagen blieben im Schlamm stecken, und dann kam die Flut und schwemmte alles weg. Auch die ganzen Juwelen und sogar seine Krone. Das war 'n richtiger Unglückstag für Bad King John, das kann ich dir sagen. Und er hat nichts davon je wiedergefunden, nicht einen Penny.«

»Armer König John«, sagte das kleine Mädchen mit großen Augen.

»Aber woher denn«, erwiderte Harry und rümpfte erneut die Nase. »Er hat's nicht besser verdient. Ich hab dir ja gesagt, er war ein lausiger König. Aber jetzt kommt's: Also, an dem Tag, bevor er seine ganzen Juwelen verlor, kam er hierher in die Kirche und setzte sich auf diesen Stuhl. Er betete, dass ihn die Franzmänner nicht erwischen. Und er entkam ihnen tatsächlich, aber seine Juwelen waren futsch – das war die Strafe Gottes, weil er so ein Schuft war. Und dieser Stuhl steht seither hier in der Kirche, um die Leute daran zu erinnern, wie Gott ihre Gebete erhört.« Mit einem entschlossenen Kopfnicken fuhr der Küster fort: »Und König John war bei Gott nicht der einzige König, der hierher kam. So gut wie jeder König hat irgendwann mal hier vorbeigeschaut, wenn er nach Walsingham zum Heiligtum der Mutter Gottes reiste. Es lag ja direkt auf dem Weg, wenn man aus London kam – drum kamen nicht nur Pilger, sondern auch Könige immer wieder hierher.« Als er mit seiner Erzählung fertig war, musterte er die Frau von oben bis unten. »Heutzutage kommen die Leute von überall her, weil sie sich die Kirche ansehen wollen. Sogar aus London kommen sie, weil sie mal was über die Kirche gelesen oder gehört haben. Ich nehme an, Sie kommen auch aus London?« Seine Stimme hob sich fragend am Ende des Satzes.

»Na ja, kann man so sagen.« Sie lächelte; es war ein nachdenkliches, sympathisches Lächeln, das gut zu ihrer überlegten Art zu sprechen passte. »Also, eigentlich ziehen wir gerade hierher nach Walston. Ich meine heute. Wir ziehen in Foxglove Cottage ein. Aber wir sind vor dem Möbelwagen angekommen, darum dachten wir uns, dass wir uns ein wenig im Dorf umsehen könnten. Zuerst wollte ich mir die Kirche anschauen – ich habe wirklich schon von ihr gehört.«

Harry starrte sie einen Moment lang mit offenem Mund an. »Foxglove Cottage?«, sagte er schließlich. »Das Haus der alten Miss Ivey? Aber das steht ja schon seit Monaten leer. Niemand hat mir gesagt, dass es jemand gekauft hat!«

»Es ging alles ziemlich schnell«, erklärte sie. »Es war genau das, was wir gesucht haben, und nachdem es leer stand, gab es keinen Grund, zu warten – zumindest nicht für mich und Bryony.« Sie streckte ihm die Hand entgegen. »Ich bin übrigens Mrs. English. Gillian English. Und das ist meine Tochter Bryony.«

Harry hatte sich inzwischen wieder gefasst. Er schüttelte ihr fast feierlich die Hand. »Freut mich sehr, Sie kennen zu lernen, Mrs. English. Willkommen in Walston. Das ist ja wirklich ein Ereignis – es kommt nicht so oft vor, dass jemand hier bei uns seine Zelte aufschlägt.« Er schien gar nicht mehr an die Schätze der Kirche zu denken, als er mit einem Lächeln hinzufügte: »Sie wollen sicher alles über unser Dorf wissen. Nun, da sind Sie bei mir genau an der richtigen Adresse, das kann ich Ihnen sagen. Ich habe schließlich mein ganzes Leben hier verbracht. Ich bin hier auf die Welt gekommen und aufgewachsen, und Sie können mir glauben, Harry Gaze weiß alles über Walston und über die Leute, wo hier leben.«

»Wie praktisch«, sagte sie in leicht ironischem Ton, was der alte Mann jedoch nicht zu bemerken schien.

»Sie sind wahrscheinlich Enid Bletsoe schon begegnet, was? Ihr Haus steht direkt gegenüber dem Ihren.«

Sie schüttelte den Kopf. »Nein, ich bin noch niemandem begegnet.«

»Na ja, ich schätze, es wird nicht lange dauern, bis Ihnen Enid über den Weg läuft«, prophezeite Harry mit einem weisen Kopfnicken. »Enid lässt sich so gut wie nichts entgehen. Besonders jetzt, wo der junge Doktor sie in den Ruhestand geschickt hat. Sie war bei ihm als Sprechstundenhilfe tätig. Jetzt hat sie ja nichts Besseres zu tun, als den ganzen Tag aus dem Fenster zu gucken und sich in anderer Leute Angelegenheiten zu mischen.«

Gillian war zwar von Natur aus kein neugieriger Mensch, doch sie erkannte hier eine Chance, ein paar interessante Details über ihre zukünftige Nachbarin zu erfahren. »Dann lebt sie bestimmt allein?«

»Ja, zumindest die meiste Zeit. Sie hat einen Enkelsohn, den jungen Jamie, den sie selber großgezogen hat, aber der ist heute auf der Hochschule. Oxford oder Cambridge oder so, ich weiß es nicht mehr genau. Seine Eltern starben, als er noch ganz klein war«, fügte Harry hinzu. »Enids Sohn und seine Frau, die hatten einen Autounfall draußen auf der alten Straße nach Norwich. Jamie ist Enids Ein und Alles, aber das dürfte Ihnen ja sowieso klar sein.«

»Dann ist sie wohl Witwe?«

Harry lachte und sagte mit etwas leiserer Stimme, damit Bryony es nicht hören konnte: »Das wär' ihr ganz recht, wenn Sie das glauben, jede Wette. Aber einige von uns hier im Dorf erinnern sich noch recht gut daran, dass Jack Bletsoe eines Tages auf und davon ging. Das ist schon 'ne ganze Weile her – Jamies Vater war damals selbst noch ein kleiner Junge. Jack lief ihr davon, und sie musste das Kind ganz allein großziehen. Niemand hier in Walston hat Jack Bletsoe je wieder gesehen – könnte gut sein, dass er gar nicht mehr lebt. Dann hätte sie ja doch wieder

Recht, wenn sie sagt, dass sie Witwe ist, was?«, fügte er augenzwinkernd hinzu. »Obwohl es eigentlich egal ist, wenn Sie wissen, was ich meine – es gibt nämlich keinen hier in Walston, der sich mit ihr einlassen würde, mit oder ohne Jamie.«

Gillian lächelte fragend, was der Küster als Aufforderung zum Weitersprechen auffasste. »Und ihre Schwester Doris Wrightman, die ist auch nicht viel besser, das kann ich Ihnen sagen. Die zwei passen wirklich zusammen.«

Sie sah ihn etwas verwirrt an, während er mit seinen prägnanten und nicht gerade rücksichtsvollen Beschreibungen der Personen fortfuhr, die sie wahrscheinlich in nächster Zeit in Walston kennen lernen würde: Fred Purdy, einer der beiden Vorsteher der Pfarrgemeinde und Inhaber des Dorfladens, dessen Frau unheilbar an Krebs erkrankt war und dessen ledige Tochter ein Kind zur Welt gebracht und damit für einen Skandal im Dorf gesorgt hatte; Roger Staines, der andere Gemeindevorsteher, den Harry als »Egghead« und versponnenen Intelligenzler abtat; Marjorie Talbot-Shaw, Pfarrerswitwe und Sekretärin des Pfarrgemeinderats; der frühere Vorsteher der Pfarrgemeinde Ernest Wrightman, der immer noch bei vielem, was im Dorf passierte, seine Finger im Spiel hatte; der junge Doktor McNair, der nicht zur Kirche ging und trotzdem ein wichtiges und respektiertes Mitglied der Dorfgemeinschaft war; Quentin und Diana Mansfield, die noch relativ neu im Ort waren und denen Walston Hall gehörte; Cyprian Lawrence, der unbeliebte, zurückgezogen lebende Organist. Gillian vermochte dem Wortschwall, mit dem er die ihr unbekannten Namen herunterratterte, nur mit Mühe zu folgen; immerhin schaffte sie es, an den richtigen Stellen mit dem Kopf zu nicken.

»So«, sagte Harry und hielt inne, um Atem zu holen. »Das sind so ziemlich alle, die hier wichtig sind. Nur einen habe ich ausgelassen: den Pfarrer. Bestimmt wollen Sie auch über ihn etwas wissen.«

»Pater Fuller?«, fragte Gillian. »Ich habe seinen Namen draußen auf dem schwarzen Brett gelesen.«

Harry lachte. »O nein. Pater Fuller war der frühere Pfarrer. Er ging vor fast zwei Jahren in den Ruhestand und ist voriges Jahr gestorben. Wir sind nur noch nicht dazu gekommen, es auf dem schwarzen Brett zu ändern. Der neue Pfarrer ist erst ein paar Monate hier – Stephen Thorncroft heißt er. Ein junger Bursche, der das Zeug zu einem guten Pfarrer hat. Aber es dauert immer eine Weile, bis man einen neuen Pfarrer so weit hat, dass er zu uns passt. Wir hatten es ja schon lange nicht mehr mit einem Neuen zu tun, wissen Sie; Pater Fuller war fast dreißig Jahre hier.« Lachend fügte er hinzu: »Ich glaube, Pater Thorncroft ist ganz in Ordnung, wenn wir ihm erst einmal klar gemacht haben, wo's hier langgeht. Diese jungen Burschen geben sich ja immer mit allen möglichen hochtrabenden Ideen ab. Die brauchen eine Weile, bis sie lernen, worauf's im Leben ankommt. Und«, fügte er lächelnd hinzu, »er hat ja im Moment auch andere Dinge im Kopf – zum Beispiel seine junge Ehefrau. Sie ist wirklich ein hübsches Ding. Welcher junge Mann interessiert sich schon für eine Kirche und ihre Probleme, wenn er gerade eine hübsche Frau geheiratet hat?«

Gillian dachte über all das nach, was ihr Harry Gaze so bereitwillig anvertraut hatte, während sie mit Bryony durch Walston schlenderte, um Foxglove Cottage aufzusuchen. Sie versuchte sich daran zu erinnern, was er über einzelne Personen gesagt hatte. Dafür war es einfach zu früh gewesen, dachte sie mit Bedauern; sie konnte mit alldem nicht viel anfangen, weil ihr zu den Namen, die er heruntergerattert hatte, noch die Gesichter fehlten.

Walston bestand im Wesentlichen aus einer Hauptstraße, die von einer kleinen Anhöhe herunterführte, auf der die Kirche von St. Michael seit Jahrhunderten thronte. Die Straße verlief vorbei an der Schule und dem Altersheim und weiter zum Ortszentrum. Gillian blickte sich interessiert um. Hier, gegenüber dem Kriegerdenkmal und dem heruntergekommenen Gemeindezentrum, befand sich der Dorfladen. *Inhaber Alfred Purdy*, stand auf der bunt gestreiften Markise. Fred Purdy. Ja, sie erinnerte sich: er war einer der beiden Vorsteher der Pfarrgemeinde. Und neben seinem Geschäft befand sich »Gaze's Garage« – mit einer Zapfsäule und einem Vorhof, wo der »junge Harry«, der eigentlich schon im mittleren Alter war, ein paar Gebrauchtwagen zum Verkauf anbot.

Das Pub dahinter, »Queen's Head« genannt, zeigte auf dem Schild das gelassene Gesicht von Anne Boleyn, der zweiten Frau Heinrichs VIII. Gillian erinnerte sich aus dem Geschichtsunterricht, dass die Familie Boleyn aus Norfolk stammte, nicht weit von Walston entfernt. Das Queen's Head war offensichtlich in den vergangenen Jahren beträchtlich renoviert worden – höchstwahrscheinlich zu seinem Nachteil. Der frühere ländliche Charme des Pubs hatte modernen Fenstern und anderen Merkmalen der heutigen Zeit weichen müssen, einschließlich einer Satellitenschüssel, die unpassenderweise auf dem Dach montiert war.

Ein unaufdringliches Messingschild verriet, wo die Praxis des Arztes untergebracht war – und zwar in einem schönen Backsteinhaus im georgianischen Stil, das in einem gewissen Abstand zum Bürgersteig stand. Hier war also Dr. McNair daheim – der *junge* Doktor McNair, wie Harry Gaze ihn genannt hatte. Gillian erinnerte sich der Worte des Küsters, dass der »neue Doktor« die Praxis vor ungefähr fünfzehn Jahren von seinem Onkel, dem »alten Doktor McNair« übernommen hatte. Er war also auch nicht gerade ein Jüngling, dachte Gillian lächelnd.

Sie war so in ihre Betrachtungen versunken, dass ihr gar nicht aufgefallen war, wie still Bryony die ganze Zeit schon war – und so erschrak sie fast, als sie die Stimme des Mädchens hörte.

»Mami«, sagte Bryony nachdenklich, »was waren denn das für Männer, vor denen König John davongelaufen ist? Ich meine, diese Franzmänner.«

Gillian musste das Lachen unterdrücken und beantwortete die Frage mit dem angemessenen Ernst. »Oh, das ist nur so ein Wort, weißt du. Ich habe dir ja schon einmal erzählt, dass es dumme Menschen mit Vorurteilen gibt, die hässliche Dinge über andere sagen – über Menschen, die anders sind als sie selbst. Ich meine Wörter wie Schwuler und Tunte und Lesbe, oder auch Paki und Neger.«

Bryony nickte ernst. »Ja, das hast du mir erzählt.«

»Na ja, ›Franzmann‹ ist auch so ein Wort. So nennen manche Leute einen Menschen aus Frankreich, einen Franzosen.«

»Verstehe.« Das Mädchen verarbeitete die neue Information. »Mami, heißt das, dass Mr. Gaze dumm ist und Vorurteile hat?«

Gillian zögerte kurz. »Vielleicht ist er nur … ungebildet«, antwortete sie ausweichend. »Du und ich, wir wissen, dass es nicht nett ist, wenn man solche Wörter sagt – aber man muss manchmal ein bisschen nachsichtig sein, wenn jemand es einfach nicht besser weiß.«

Erleichtert drückte Bryony die Hand ihrer Mutter. »Ich bin froh, dass Mr. Gaze nicht dumm ist, Mami. Ich finde ihn nämlich recht nett. Er weiß viele interessante Geschichten, nicht wahr?«

»Das stimmt.«

»Aber er redet so komisch – manchmal konnte ich ihn gar nicht richtig verstehen.«

»Das kommt daher, dass er immer in Norfolk gelebt hat«, erklärte Gillian. »Ich habe ihn manchmal auch fast nicht verstanden. Aber er findet wahrscheinlich, dass *wir* komisch reden.«

Sie hatten mittlerweile Foxglove Cottage fast erreicht, das sich ein Stück von der Straße entfernt erhob und dessen Mauern aus grauen Norfolker Flintsteinen bestanden. Selbst jetzt im Februar, wo die Bäume ringsum kahl waren, machte das Haus einen hübschen Eindruck und versprach ein angenehmes Wohngefühl. Gillian stellte fest, dass von dem Möbelwagen immer noch nichts zu sehen war. Doch da stand eine Frau in der Einfahrt, die sichtlich beunruhigt Gillians roten Metro beäugte. Sie sah auf, als Gillian näher kam.

»Oh, hallo«, sagte die Frau und musterte Gillian und ihre Tochter aufmerksam. »Ist das Ihr Wagen? Ich habe gerade aus dem Fenster gesehen und sah ihn da stehen. Und da dachte ich mir, ich seh mal nach. Das Haus steht ja leer, wissen Sie, und man kann gar nicht vorsichtig genug sein.«

Gillian antwortete wohl überlegt. »Ja, der Wagen gehört mir. Wir ziehen heute hier ein, aber der Möbelwagen ist anscheinend noch nicht da.« Sie holte die Hausschlüssel aus der Tasche hervor und klimperte damit. »Ich bin Gillian English«, fügte sie hinzu.

»Oh!« Ihre Nachbarin war sichtlich überrascht. »Ich wusste gar nicht, dass das Cottage verkauft worden ist!« Sie erholte sich schnell von der Überraschung und streckte die Hand aus. »Ich heiße Enid Bletsoe. Und wohne gleich gegenüber, in The Pines.« Sie zeigte mit einer Kopfbewegung auf einen modernen Bungalow, der von Kiefern umgeben war.

Gillian schüttelte der Frau die Hand und musterte ihrerseits ihre neue Nachbarin; sie war gut gepolstert, aber nicht unbedingt dick, hatte ein kantiges Gesicht mit ausgeprägten Hängebacken, graues Haar, das von der Frisur her an die Queen erinnerte, und dunkle Augen, die mit scharfem Blick durch die Brillengläser schauten. Sie trug einen schlammfarbenen gefütterten Mantel über einem braun-weißen Kleid aus knitterfreiem Trevira. Gillian war sich sehr wohl bewusst, dass auch sie genauestens unter die Lupe genommen wurde und sagte mit einem wie sie hoffte gewinnenden Lächeln: »Es freut mich, Sie kennen zu lernen.«

Enid Bletsoe fand ihr Lächeln ebenso ermutigend wie das nicht allzu auffällige Aussehen der Frau und den beruhigend bodenständigen Namen »English«. »Willkommen in Walston«, erwiderte sie und wandte dann ihre Aufmerksamkeit Bryony zu. Und in dem etwas süßlichen Ton, in dem Erwachsene oft mit Kindern sprechen, fuhr sie fort: »Und wen haben wir denn da?«

»Das ist meine Tochter Bryony«, sagte Gillian.

Enid beugte sich hinunter, um das Mädchen genauer zu betrachten. »Was für ein hübscher Name. Wie alt bist du denn, Bryony?«

»Sechs.« Das Mädchen sprach genauso ruhig und beherrscht wie seine Mutter.

»Dann wirst du ja schon in die Dorfschule gehen, nicht wahr?« Sie richtete sich wieder auf und wandte sich Gillian zu. »Möchten Sie nicht auf eine Tasse Kaffee zu mir rüberkommen, so lange Sie auf den Möbelwagen warten? Das ist doch viel gemütlicher, als in einem leeren Haus herumzustehen. Außerdem können wir uns dann schon mal näher kennen lernen.«

»Ja«, sagte Gillian. »Das wäre wirklich nett, Mrs. Bletsoe.«

»Nennen Sie mich doch einfach Enid.«

Wenig später saßen sie im Wohnzimmer von The Pines, einem Raum, durch dessen Panoramafenster man einen schönen Blick auf Foxglove Cottage hatte. Das Zimmer war etwas überladen eingerichtet, mit jeder Menge Porzellanfigürchen und gerahmten Bildern, auf denen die Entwicklung eines pausbäckigen kleinen Jungen zu einem gut aussehenden jungen Mann dokumentiert war. Bryony betrachtete die Bilder mit großer Neugier, während Enid in der Küche Kaffee machte.

»Ich habe Orangensaft für dich, Bryony«, verkündete Enid mit der gleichen süßlichen Stimme, als sie mit einem schwer beladenen Tablett hereinkam, »und auch Schokoladekekse.«

»Danke vielmals«, sagte das Mädchen prompt. Solche süßen

Leckereien gab es zu Hause nicht allzu oft, und sie wusste, dass ihre Mutter ihr die Kekse nicht verbieten würde, wenn sie sich artig dafür bedankte.

»Und Kaffee für die Großen.« Sie reichte Gillian einen Becher mit heißem Kaffee. »Du siehst dir gerade die Fotos von meinem Enkelsohn an, nicht wahr, Bryony? Er heißt Jamie.«

»Wohnt er auch hier?«

»Er ist hier zu Hause, ja«, erklärte Enid, »aber momentan ist er nicht oft hier. Er studiert in Cambridge und kommt nur in den Ferien heim.« Sie wandte sich Gillian zu und fuhr voller Stolz fort: »Er ist ein wunderbarer Junge, das kann ich Ihnen sagen. Ich habe ihn von klein auf großgezogen, und er hat mir nie auch nur den geringsten Kummer bereitet. Er war immer ein wirklich guter Junge, mein Jamie. Und jetzt ist er an der Universität und studiert so fleißig. Ich vermisse ihn schrecklich, aber so ist das nun mal. Und«, fügte sie in vertraulichem Ton hinzu, »er hat eine so nette Freundin. Miss Charlotte Hollingsworth. Ihr Vater ist Lord Hollingsworth – Sie haben bestimmt schon von ihm gehört.«

Gillian nickte unverbindlich.

»Dann leben Sie hier ganz allein?«, fragte Bryony mit unbefangener kindlicher Neugier.

Enid nahm einen Schluck von ihrem Kaffee und räusperte sich. »Ja, leider, jetzt wo ich Jamie nicht mehr habe. Mein lieber Gemahl ist schon seit vierzig Jahren nicht mehr bei uns, Gott sei seiner Seele gnädig.« Sie sah das Mädchen eindringlich an und ließ ihrerseits ihrer Neugier freien Lauf. »Und was ist mit deinem Daddy, Bryony? Wann kommt er denn nach Walston?«

»Oh, Daddy lebt nicht mehr bei uns«, antwortete sie.

»Wir sind geschieden«, fügte Gillian wahrheitsgemäß hinzu.

Enid nahm noch einen Schluck Kaffee, was ihr etwas Zeit gab, um die Information zu verarbeiten. »Dann lebt ihr beide also allein?«

»O nein«, antwortete Bryony. »Lou wohnt auch bei uns.«

Enid sagte nichts, sondern blickte nur Gillian an, die sich gezwungen fühlte, die Sache zu erläutern. »Wir ... leben zusammen. Lou kommt in ungefähr einer Woche nach, sobald das mit dem Job in London geregelt ist.«

»Ich verstehe«, sagte Enid Bletsoe und lächelte ein wenig säuerlich.

Während die Möbel nach und nach aus dem Möbelwagen ins Haus geschafft wurden, ging Enid ins Dorf, direkt auf den Laden zu. Gillian hatte die Einladung zu einem einfachen Abendessen an ihrem ersten Abend in Walston angenommen, sodass Enid einiges vorzubereiten hatte.

Fred Purdy stand wie immer hinter dem Ladentisch. »Tag, Enid«, begrüßte er sie fröhlich. Fred war ein korpulenter Mann Anfang fünfzig, der frappierende Ähnlichkeit mit einem Gartenzwerg hatte. Sein weißes Haar kräuselte sich rund um sein rosiges Gesicht, und er war glatt rasiert bis auf einen Spitzbart am Kinn. Dass er ständig lächelte, war etwas so Gewohntes in Walston, dass sich nur selten jemand fragte, ob er vielleicht nicht allzu hell im Kopf wäre. Dennoch wurde er seit fast dreißig Jahren jedes Jahr wieder zum Gemeindevorsteher gewählt. »Was gibt's Neues?«, fragte er.

Enid beschloss, die Neuigkeiten in kleinen Häppchen weiterzugeben. »Ich habe heute Gäste zum Abendessen«, antwortete sie, während sie den Blick über die Regale schweifen ließ.

»Lord Soundso?«, fragte Fred lachend. »Seine Tochter ist doch mit Jamie befreundet, nicht wahr? Das muss man sich mal vorstellen – sein Rolls-Royce direkt vor The Pines geparkt.« Fred war immer der Erste – und oft auch der Einzige –, der über seine kleinen Scherze lachte.

Enid rümpfte die Nase, wie um zu sagen, dass man über Lord Hollingsworth keine Scherze machte. Ansonsten beschloss sie, Freds Versuch, witzig zu sein, zu ignorieren. »Auch ein Kind kommt mit«, sagte sie. »Es ist so lange her, dass Jamie sechs war – ich weiß gar nicht mehr, was Kinder gern essen.«

»Fischstäbchen mit Pommes und Bohnen«, sagte Fred, ohne zu überlegen. »Das isst meine kleine Enkeltochter am liebsten.«

»Hm.« Sie hob nachdenklich die Augenbrauen. »Das könnte gehen, wenn ich noch ein paar Koteletts hätte.«

Fred behauptete gern von sich, dass er in seinem Laden alles führte, was die Einwohner von Walston nur irgendwie brauchen könnten. »Im Gefrierschrank hinter dir«, sagte er, »da sind ein paar schöne Koteletts drin. Aber wer sind denn diese geheimnisvollen Gäste?«

»Meine neuen Nachbarn«, antwortete Enid, während sie sich passende Koteletts aussuchte. »Mrs. Gillian English und ihre Tochter Bryony. Sie ziehen heute in Foxglove Cottage ein.«

»O ja«, meinte Fred und nickte, während er die einzelnen Warenpreise in seine alte Registrierkasse eintippte. »Harry hat mir von ihnen erzählt, als er vorhin seinen Tabak holte. Er hat gesagt, dass sie sich schon die Kirche angesehen haben.«

»Ach, wirklich?«, erwiderte Enid in kühlem Ton und holte ein paar Münzen aus ihrer Geldbörse hervor. »Vielleicht sollte sich Harry Gaze zur Abwechslung mal um seine eigenen Angelegenheiten kümmern.«

Enids nächste Station auf dem Heimweg war das Haus ihrer Schwester Doris. Es lag nicht wirklich auf ihrem Weg, da Doris und ihr Gemahl Ernest Wrightman auf der anderen Seite des Dorfladens wohnten – in einem kleinen Haus gegenüber der Schule und dem Altersheim. Doch sie schaute oft bei Doris auf eine Tasse Tee vorbei, und heute hatte sie noch dazu etwas Interessantes mitzuteilen.

Ernest war weggegangen, um irgendeine Besorgung zu machen, und so saßen Doris und Enid bei Tee und Keksen am Küchentisch.

»Bryony ist ein wirklich bezauberndes kleines Mädchen – so höflich und wohlerzogen, und sie ist angezogen wie eine richtige kleine Lady, mit einem Rüschenkleidchen und hübschen Schuhen«, sagte Enid. »Nicht so wie die meisten Mädchen heutzutage, die ständig so vergammelt mit Jeans und Turnschuhen rumlaufen. Meistens kannst du nicht mal erkennen, ob's ein Junge oder ein Mädchen ist. Das spricht wirklich für ihre Mutter, dass die Kleine so ein artiges Kind ist. Und Gillian selbst scheint eine richtig nette junge Frau zu sein. Ordentlich angezogen und immer höflich. Und warum, glaubst du, ist sie nach Walston gekommen?«

»Ich habe keine Ahnung.« Doris hatte ein nichtssagendes rundliches Gesicht, dessen auffälligstes Merkmal die Augenbrauen waren; die beiden dünnen Striche zeigten die Stellen an, wo die Brauen gewesen wären, hätte sie sie nicht nahezu restlos ausgezupft. Ihre Haare waren braun gefärbt, und sie ließ gern alle Welt wissen, dass sie Enids *jüngere* Schwester wäre. Dieselbe Eitelkeit, die sie zu dieser Klarstellung bewog, bewirkte auch, dass sie ihre Brille anstatt im Gesicht stets in der Handtasche trug. Dies hatte zur Folge, dass Doris die Welt meistens mit schielenden Augen betrachtete.

»Weil sie Kräuter anbaut«, verkündete Enid selbstgefällig. »Sie hat ein kleines Geschäft und liefert ihre Kräuter an Restaurants in London. Aber ihr Geschäft geht mittlerweile so gut, dass ihr der Garten in London zu klein wurde. Deshalb hat sie beschlossen, sich ein Haus mit Garten auf dem Land zu suchen. Und Foxglove Cottage ist genau das, was sie gesucht hat!«

Doris griff nach einem Keks, als ihr einfiel, dass sie eigentlich abnehmen sollte – und so zog sie die Hand wieder zurück. »Aber was ist mit ihrem Mann? Hat er nicht einen Job in London?«

Mit der Gewissheit, sich das Beste für den Schluss aufgehoben zu haben, machte Enid erst einmal eine Pause. »Sie ist geschieden«, sagte sie schließlich, »hat aber einen ... Lebensgefährten.« Sie sprach das Wort so beiläufig aus, als wolle sie ausdrücken, dass das ja nichts Besonderes sei.

Doris starrte sie mit großen Augen an. »Du meinst ... einen Geliebten? Einen Mann, mit dem sie nicht verheiratet ist?«

Enid nahm einen Schluck von ihrem Tee und nickte ernst. »Ich weiß, dass es nicht das Wahre ist, Doris. Ich meine, wir sind solche Leute nicht gewohnt, die ... in Sünde leben ... hier in Walston. Und natürlich kann ich persönlich so etwas auch nicht gutheißen. Aber wir müssen die Dinge nun mal so nehmen, wie sie sind. Heutzutage wird so etwas viel häufiger toleriert, als du dir vorstellen kannst.« Enid war eine eifrige Leserin von Frauenzeitschriften – eine Gewohnheit, die sie sich im Laufe ihrer Tätigkeit als Sprechstundenhilfe von Dr. McNair angeeignet hatte. Aus diesen Zeitschriften bezog sie einen großen Teil ihrer Kenntnis von der Welt außerhalb Walstons. »Außerdem liegt es mir fern, den ersten Stein zu werfen«, fügte sie hinzu. »Ich glaube, wir sollten da ein bisschen tolerant sein, meinst du nicht auch? Wir sollten Nachsicht üben, solange wir die beiden nicht besser kennen. Vielleicht haben sie ja vor, bald zu heiraten.«

»Aber wer *ist* der Mann?«, wollte ihre Schwester wissen. »*Sie* mag ja ganz in Ordnung sein, aber was weißt du über *ihn*?«

»Sein Name ist Lou, und er ist irgend so ein Computerexperte«, entgegnete Gillian. »Er hat seinen Job in London, aber ab jetzt wird er von zu Hause aus arbeiten, direkt in Foxglove Cottage. ›Telecommuting‹ nennen sie das. Etwas ganz Neues, glaube ich. Man muss gar nicht mehr aus dem Haus gehen – das Ganze läuft nur über den Computer und das Telefon. Ich habe erst kürzlich etwas darüber gelesen.«

Doris konzentrierte sich auf dasjenige Detail in Enids Ausführungen, das sie verstanden hatte. »Lou? Ist das nicht ein italienischer Name? Glaubst du, dass er Italiener ist?«

»Ich weiß es nicht«, antwortete Enid und runzelte nachdenklich die Stirn, während sie sich noch etwas Tee einschenkte. »Sie hat's mir nicht gesagt – aber möglich wäre es, würde ich meinen.«

»Aber das wäre ja furchtbar. Ausländer in Walston! Leute, die in Sünde leben, sind ja schon schlimm genug – aber Ausländer, Enid!«

»Vielleicht ist er ja Waliser«, meinte Enid. »Lou könnte auch Lew bedeuten. Und du weißt ja – L E W, als Kurzform von Lewis oder Llewellyn.«

In ihrer Erregung nahm sich Doris nun doch einen der Kekse, auf die sie eigentlich verzichten wollte. »Ein Waliser? Ich glaube nicht, dass das viel besser wäre als ein Itaker! Also wirklich, Enid! Was soll aus diesem Dorf nur werden?«

Enid beschloss, dass es Zeit wäre, das Thema zu wechseln. »Ich habe sie eingeladen, der Mothers' Union beizutreten«, teilte sie ihrer Schwester mit und fügte unnötigerweise hinzu: »Gillian, meine ich. Und sie hat ja gesagt.«

Ihre Schwester war alles andere als begeistert. »Eine geschiedene Frau? Und noch dazu eine, die in Sünde lebt? Wir haben noch nie so jemanden in die Mothers' Union aufgenommen! Wir sind ein ehrenwerter Verein – zumindest waren wir das zu *meiner* Zeit.«

Ihre Bemerkung war ein absichtlicher Seitenhieb. Nachdem ihre Amtszeit als Leiterin des Büros für die Aufnahme neuer Mitglieder abgelaufen war, hatte sie die Geschäfte an ihre Schwester Enid übergeben. Diese Tatsache blieb unweigerlich ein heikler Punkt zwischen den beiden.

»Ja«, sagte Enid mit einem süßlich-boshaften Lächeln. »Aber hast du dich nicht immer bemüht, auch jüngere Mitglieder anzuwerben? Ohne jeden Erfolg, wenn ich das so sagen darf. Du bist doch nur eifersüchtig, weil ich eine junge Frau gefunden habe, die bei uns mitmacht – ganz zu schweigen von der Frau des Pfarrers, die bestimmt auch noch ja sagt – jetzt, wo sie nicht mehr die einzige Junge wäre. Na ja, wie auch immer«, fügte sie voller Selbstgerechtigkeit hinzu, »wer sind wir, dass wir den ersten Stein werfen dürften?«

2

»Wenn meine Zeit gekommen ist, werde ich recht richten.«

Psalm 75, 3

Es war ausgesprochenes Pech für Enid Bletsoe, die ihre neuen Nachbarn am Sonntagmorgen ganz für sich beanspruchen wollte, dass ihr Auftauchen in der Kirche von einem noch bedeutenderen Ereignis überschattet wurde, als es die Ankunft von zwei neuen Dorfbewohnern in Walston darstellte.

Sie trafen am Westportal auf Ernest Wrightman, der das Glück hatte, an diesem Tag als Kirchendiener eingeteilt zu sein. Er warf nur einen flüchtigen Blick auf Gillian und Bryony, bevor er sich an seine Schwägerin wandte und ihr ein Gesangbuch und ein Gebetbuch überreichte. »Hast du's schon gehört?«, fragte er, wohl wissend, dass sie völlig nichtsahnend war. Es freute ihn sichtlich, dass er ihr die Neuigkeit mitteilen konnte.

»Wovon redest du?«

»Roger Staines. Er hatte letzte Nacht einen Herzinfarkt!«

»Was?!«

Wrightman schüttelte fast genüsslich den Kopf, auch wenn er ein trauriges Gesicht machte. »Schreckliche Sache, nicht wahr? Es geht ihm angeblich gar nicht gut.«

»Dann lebt er also noch?«

»O ja, der Krankenwagen kam gerade noch rechtzeitig und brachte ihn ins Krankenhaus.« Und mit etwas leiserer Stimme fügte er in vertraulichem Ton hinzu: »Wer hätte sich so etwas gedacht? Noch gestern Nachmittag hat er ganz gesund ausgesehen, als ich ihn traf. Aber so ist das nun einmal bei einem Herzinfarkt. Erst bist du noch quicklebendig, und ein paar Minuten später liegst du auf einem Krankenhausbett. Oder in einer Holzkiste. Mir ist es vor vier Jahren ja auch so gegangen. Doris dachte nicht, dass ich noch mal davonkomme – und trotzdem steh ich heute hier!« Sein Lachen klang schrill und etwas bitter.

Nachdem Gillian nun wusste, dass der Mann Enids Schwager war, ergriff sie die Gelegenheit, ihn etwas genauer zu betrachten. Er war klein und eher schmächtig, hatte dünnes bräunliches Haar und ein verhärmtes Gesicht mit einer schmalen Nase, kleinen dunklen Augen, einem braunen Oberlippenbärtchen und dünnen Lippen. Dass er nicht völlig unscheinbar war, verdankte er seinem prägnanten, fast aggressiv wirkenden Kinn und seiner unerwartet markanten, tiefen Stimme.

Als Enid die Neuigkeit verdaut hatte, fiel ihr ein, dass sie auch etwas anzubieten hatte. »Ernest«, sagte sie, »du hattest noch nicht das Vergnügen, meine neuen Nachbarn kennen zu lernen – Mrs. English und ihre Tochter Bryony.«

Er nickte ihnen flüchtig zu und musterte sie beide kurz, ehe er sich der Frau zuwandte, die nach ihnen die Kirche betrat. »Marjorie! Hast du die furchtbare Neuigkeit schon gehört ...?«

Enid musste sich eingestehen, dass ihr zumindest bei dieser Begegnung der erhoffte Triumph versagt geblieben war und eilte mit ihnen durch die leere Kirche in den Altarraum, wo einige Reihen von Stühlen standen. »Wir halten die Messe immer hier«, erklärte sie. »Es ist einfach gemütlicher. Unten würden wir uns ja ganz verloren vorkommen – so wenig, wie wir sind.« Normalerweise saß sie immer in den hinteren Reihen, um besser sehen zu können – doch diesmal beschloss sie, mit ihren neuen Nachbarn ganz vorne in der ersten Reihe Platz zu nehmen, um selbst besser gesehen zu werden.

Und sie fielen sehr wohl auf, trotz der allgemeinen Aufregung um Roger Staines. Die neuen Gemeindemitglieder wurden auch vom Pfarrer bemerkt, als er aus der Sakristei hereinkam, um mit der Messe zu beginnen. Stephen Thorncroft war ein intelligenter junger Mann, dem kaum etwas entging, wenngleich er an diesem Morgen mit seinen Gedanken natürlich mehr bei seinem schwer kranken Gemeindevorsteher war. Er hatte Roger Staines am Abend zuvor im Krankenhaus aufgesucht, kurz nachdem sie ihn eingeliefert hatten, und da hatte der Mann gar nicht gut ausgesehen. Soweit Stephen es beurteilen konnte, hatte es auf der Kippe gestanden, und die Gefahr war noch keineswegs vorbei. Er war sich nicht sicher, inwieweit er vor der Gemeinde über Roger sprechen sollte. Nachdem Ernest Wrightman an diesem Tag der Kirchendiener war, zweifelte Stephen nicht daran, dass alle Anwesenden über den Vorfall Bescheid wussten. Deshalb beschloss er, vorerst nicht davon zu sprechen und erst in den Fürbitten darauf Bezug zu nehmen. »Der Herr sei mit euch«, sagte er und hob die Hände.

»Und mit dir«, antwortete die Gemeinde. Gillian English studierte den blonden jungen Priester, der mit seinem ernsten Gesicht und in seinem violetten Fastenmessgewand einen etwas düsteren Eindruck vermittelte. Sein Gesicht wirkte jedoch verständnisvoll, und seine grauen Augen hinter der Brille mit der goldfarbenen Fassung ließen auf einen intelligenten Menschen schließen.

Der Eindruck täuschte nicht. Seine Predigt, die genau die richtige Länge hatte, verriet einen wachen Geist und Präzision im Ausdruck; er feierte die Eucharistie mit Ehrerbietung und Sorgfalt. Gillian kannte das aufwendige anglokatholische Ritual, wie es in London gepflegt wurde; im Vergleich dazu empfand sie die Messe mit dem alten Harry Gaze, dem einzigen Messdiener, als erfrischend in ihrer aufrichtigen Schlichtheit. Und die Musik übertraf ihre kühnsten Erwartungen; der kleine

Chor, der von einem dunkelhaarigen, gut aussehenden Mann geleitet wurde, konnte sich durchaus an Londoner Maßstäben messen. Die Stimmen tönten ohne Begleitung durch das ehrwürdige Gebäude, und die Orgel hatte einen wunderbar vollen Klang. Gillian dachte, dass ihr die Messen hier in St. Michael gefallen würden. Und die gute Musik könnte sogar Lou bewegen, öfter als früher in die Kirche zu gehen.

Für gewöhnlich hatten es die Frauen nach der Messe recht eilig, nach Hause zu kommen, weil sie sich um das sonntägliche Mittagessen kümmern mussten. Doch an diesem Tag blieben die meisten von ihnen noch ein Weilchen länger – möglicherweise um die »Neue« ein wenig zu beobachten oder gar mit ihr zu sprechen, oder auch um sich über den Zustand von Roger Staines und die Konsequenzen seines Unglücks zu unterhalten.

Als Pater Stephen die Messe beendet hatte und hinausgegangen war, stand Enid auf und ging zusammen mit ihrer neuen Nachbarin zu Becca Thorncroft hinüber, die immer noch an ihrem Platz kniete und betete. Enid musterte die Frau des Pfarrers mit großem Interesse. Beccas Kopf war tief über die gefalteten Hände gebeugt, und unter den geschlossenen Augen zeichneten sich dunkle Ringe ab, was Enid vermuten ließ, dass Mrs. Thorncroft möglicherweise irgendwelche Probleme hatte. Vielleicht war sie schon schwanger, oder vielleicht war Pater Stephen nicht ganz so, wie man sich einen Ehemann wünschte. Enid dachte sich, dass es nicht schaden konnte, wenn sie die junge Frau in der nächsten Zeit im Auge behielt. »Ich würde Ihnen gern jemand vorstellen«, sagte Enid, als Becca sich erhob.

»Ja?«, sagte Becca überrascht.

»Meine neue Nachbarin, Gillian English. Und ihre Tochter Bryony.« Sie zeigte mit einer großen Geste auf die Frau und das Kind. »Sie sind gerade in Foxglove Cottage eingezogen.«

»Es freut mich sehr, Sie kennen zu lernen«, sagte Becca mit

einem aufrichtigen Lächeln zu den beiden neuen Dorfbewohnern. Es gab nur wenige junge Frauen in Walston, und sie erkannte sogleich die Möglichkeit, eine Freundin zu gewinnen.

Gillian empfand eine ähnliche Erleichterung, als sie sah, dass zumindest ein Mensch im Dorf lebte, der annähernd in ihrem Alter war. Sie blickte lächelnd zu Becca auf; die Frau des Pfarrers war noch größer als sie selbst, und sehr schlank. Sie hatte silberblondes Haar, das sie als Bubikopf geschnitten trug, und riesige kornblumenblaue Augen. Ihr Gesicht wäre von beinahe klassischer Schönheit gewesen, hätte es da nicht ihre Stupsnase gegeben, die jedoch viel zu ihrem Charme beitrug.

»Gillian möchte vielleicht der Mothers' Union beitreten«, verkündete Enid. »Dann wäre also noch eine junge Frau da, die Ihnen Gesellschaft leisten könnte.«

Beccas Lächeln schwand. »Ich weiß nicht recht …«

»Oh, Sie haben ja noch genug Zeit, es sich zu überlegen. Es dauert ja noch ein Weilchen, bis wir wieder neue Mitglieder aufnehmen können. Aber ich bin mir sicher, dass Sie auch beitreten werden.«

»Haben Sie Kinder?«, wandte sich Bryony an Becca.

Dankbar für die Gelegenheit, Enids Drängen zu entkommen, wandte sich Becca lächelnd dem kleinen Mädchen zu. »Nein, leider nicht. Noch nicht jedenfalls. Ich bin ja erst zwei Monate verheiratet! Es wird also noch eine Weile dauern, schätze ich.«

»Aber Sie brauchen gar nicht Mutter zu sein, um der Mothers' Union beizutreten«, betonte Enid. »Sie müssen nur unsere Ziele und Grundsätze teilen – die besagen, dass Ehe und Familienleben etwas sehr Wichtiges sind.«

Währenddessen war Doris Wrightman hin und her gerissen zwischen ihrer Neugier auf Gillian und ihrer Entschlossenheit, sie zu ignorieren – und so stand sie in der Nähe und unterhielt sich erst einmal mit Marjorie Talbot-Shaw, die sich über die Mängel des neuen Pfarrers ausließ. Es war dies eines der Lieblingsthemen von Mrs. Talbot-Shaw, der Sekretärin des Pfarr-gemeinderats und Witwe eines Pfarrers aus Shropshire – eines Mannes, der, wenn man ihr Glauben schenken mochte, gera-dezu vollkommen gewesen sein musste. Mrs. Talbot-Shaw, die sich nach dem Tod ihres Mannes allein in Norfolk niederge-lassen hatte, war eine recht imposante Erscheinung – groß und üppig, mit einer einzelnen silbernen Strähne im schwarzen Haar.

»Ich verstehe einfach nicht«, sagte sie stirnrunzelnd, »wa-rum er den Herzinfarkt des armen Roger erst bei den Gebeten erwähnt hat. Es wäre ihm doch möglich gewesen, gleich zu Beginn der Messe etwas dazu zu sagen. Mein Mann Godfrey hätte das bestimmt getan.«

»Ja«, stimmte Doris zu und warf einen kurzen Blick auf die Gruppe rund um ihre Schwester. »Alle machen sich solche Sorgen um den armen Roger. Ich verstehe überhaupt nicht, warum Pater Stephen nicht darauf einging.«

Harry Gaze, der sein Messgewand diesmal besonders rasch abgelegt hatte, äußerte inzwischen ähnliche Einwände gegen-über Fred Purdy. »Das hätte es zu Pater Fullers Zeit nicht gege-ben«, stellte er fest.

»Nein, bestimmt nicht«, pflichtete Fred ihm mit seinem un-erschütterlichen Lächeln bei – und brachte das Gespräch so-fort auf das Thema, das ihn wirklich interessierte. »Glaubst du, dass Roger als Gemeindevorsteher weitermachen kann?«

»Keine Ahnung. Ernest musste aufhören, als er seinen Herz-infarkt hatte, weißt du noch? Das war ein schwerer Schlag für ihn, aber der Doktor sagte, dass es sein müsse.«

Fred nickte. »Es ist eben so, dass Roger anscheinend nicht viel von den Ideen hielt, die ich in letzter Zeit so vorbrachte. Wenn wir einen neuen Vorsteher hätten, wäre vielleicht man-ches leichter hier.«

»Kann sein«, sagte Harry unverbindlich. Seine Aufmerk-samkeit hatte sich der kleinen Gruppe von Frauen zugewandt, die im Mittelgang standen und tratschten. »Hast du schon diese neue Lady getroffen, wo gerade in Foxglove Cottage eingezogen ist? Mrs. English?«

»Noch nicht«, gestand Fred. »Aber es kann nicht lange dauern, bis sie mal in meinen Laden kommt«, fügte er lachend hinzu. »Das tut jeder früher oder später.«

»Sie sieht wirklich gut aus, meinste nicht auch?«

»Nicht schlecht«, stimmte Fred wohl überlegt zu.

Gillian wusste nicht, dass die Männer sie beobachteten, als sie Becca auf die Musik ansprach. »Ich war wirklich beeindruckt von dem Chor«, sagte sie.

»Sie sind gut, nicht wahr?«, stimmte Becky zu. »Stephen hat auch viel Freude mit ihnen.«

»Ich kann gar nicht glauben, dass ihr so viele gute Sänger hier im Ort habt.«

»Haben wir auch nicht!«, warf Enid empört ein. »Das heißt, wir hätten sie schon, aber sie haben heute Morgen nicht gesungen!«

Gillian wandte sich ihr zu. »Wie meinen Sie das?«

»Es ist eine Schande! Dieser Cyprian hat den ganzen Chor einfach rausgeschmissen – und es war ein wirklich guter Chor. Und dafür hat er diese Bande hierher geholt. Es sind alles seine Freunde, Leute aus Norwich. Sie kommen nur für die Messe her – und sie erhalten sogar Geld dafür! Ich kann nicht verstehen, dass Pater Stephen ihm das durchgehen lässt! Die treuen Chormitglieder so zu behandeln – Ernest war wie vor den Kopf geschlagen, das kann ich euch sagen.«

Becca errötete, als sie die indirekte Kritik an ihrem Mann vernahm, und versuchte die Sache zu erklären. »Cyprian ist ein großartiger Musiker, ein international anerkannter Komponist. Stephen meint, dass wir froh sein könnten, ihn zu haben. Er hat den Posten vor allem deshalb übernommen, weil er das Landleben mag – er sagt, dass es gut für das Komponieren ist. Außerdem konnte ihm Stephen ein Cottage in der Nähe der Kirche anbieten, als Teil seines Gehalts. Und die Kirche hat eine so wunderbare alte Orgel und eine so tolle Akustik…, all das zusammen hat die Sache für ihn interessant gemacht.«

»Eine Schande!«, warf Enid ein.

»Er hat sogar dafür gesorgt, dass in der Kirche verschiedene Aufnahmen gemacht werden, weil die Akustik so gut ist«, fuhr Becca fort und bemühte sich, den Einwand nicht zu beachten. »Und mit dem Geld, das dafür hereingekommen ist, konnte er einen professionellen Chor engagieren.«

»Pater Fuller hätte es niemals zugelassen«, flüsterte Enid Gillian zu, »dass so ein aufgeblasener Organist wie dieser Cyprian den Chor rausschmeißt!«

»Cyprian Lawrence?«, fragte Gillian. »Ich habe schon einiges von ihm gehört.« Sie blickte sich um, in der Hoffnung, den Organisten irgendwo zu sehen. Es würde sicher interessant sein, ihn kennen zu lernen, dachte sie. Vielleicht war Walston überhaupt um einiges interessanter, als sie gedacht hatte.

»Sie brauchen sich gar nicht nach ihm umzusehen«, erklärte Enid mit einem boshaften Lächeln. »Er rennt davon, sobald die Messe aus ist, und versteckt sich in seinem kleinen Cottage. Nicht dass ich ihm deshalb böse bin – er ist hier nicht gerade sehr beliebt.«

Es war jedoch der jähzornige Ernest Wrightman, der das letzte Wort zu diesem Thema haben sollte, als er sich zu den Frauen gesellte. »Wenn ihr mich fragt, kann er ruhig nach London zurückgehen oder wo immer er herkommt. Von mir aus kann er auch zum Teufel gehen.«

3

Lass ab von mir, dass ich mich erquicke,
ehe ich dahinfahre und nicht mehr bin.

Psalm 39, 14

Beim Essen bemühte sich Stephen Thorncroft, seine Sorge um Roger Staines ein wenig beiseite zu schieben und seine volle Aufmerksamkeit seiner Frau zuzuwenden. Sie hatte ihm von ihrem Gespräch mit den neuen Mitgliedern seiner Gemeinde erzählt, was ihn naturgemäß interessierte. Er selbst hatte die Frau und ihre Tochter nur ganz kurz beobachtet, als sie die Kirche verließen. Es tat gut, zu sehen, dass Becca wieder einmal Begeisterung über irgendetwas zeigte. Es war ein wenig verwirrend, wie sie sich benahm, seit sie verheiratet waren – genau genommen, seit ihrer Rückkehr von der Hochzeitsreise. Sie wirkte oft geistesabwesend oder bedrückt, wo sie doch zuvor stets ein so sonniges Gemüt an den Tag gelegt hatte. Noch mehr beunruhigte ihn, dass sie immer wieder betonte, dass alles in Ordnung sei. Er vermutete, dass es mit der Gewöhnung an die Ehe zu tun hatte, vielleicht auch an das Leben in einem Dorf, wo jeder über einen Bescheid wusste und wo die Frau des Pfarrers ganz besonders kritisch beobachtet wurde. Und man durfte nicht vergessen, sagte er sich, dass Becca mit ihren einundzwanzig Jahren sehr jung für eine solche Verantwortung war – auch wenn für sie als Pfarrerstochter das alles nicht mehr ganz neu sein konnte.

»Ich finde, sie ist wirklich nett«, sagte Becca und reichte

ihm die Bratensoße. »Und ihr kleines Mädchen ist einfach süß.«

»Was ist mit ihrem Mann? Geht er nicht in die Kirche?«

»Ich glaube nicht, dass sie verheiratet sind«, gab sie zu. »Er scheint ihr Lebensgefährte zu sein. Anscheinend ist er noch in London und kommt erst nächstes Wochenende her.«

»Das werden sie hier im Dorf nicht so gern sehen«, sagte Stephen halb zu sich selbst.

»Enid scheint es zu akzeptieren – sie hat Gillian sogar schon gefragt, ob sie nicht der Mothers' Union beitreten will.«

Stephen schüttelte den Kopf. »Wer hätte das gedacht. Na, wie auch immer, Schatz, wir müssen sie jedenfalls in Walston willkommen heißen. Vielleicht sollten wir sie mal zum Essen einladen.«

Mit einem etwas mulmigen Gefühl betrachtete Becca das Sonntagsmahl, das sie heute gekocht hatte. Es war ganz passabel, aber gewiss nichts Aufregendes. Kochen hatte sie noch nie sonderlich interessiert – und daran hatte sich auch nach der Hochzeit nichts geändert. »Sie ist wahrscheinlich eine sehr gute Köchin. Könnte vielleicht peinlich werden, wenn wir sie einladen.«

»Sei doch nicht albern«, sagte er mit einem liebevollen Lächeln. Becca war zwar keine große Köchin – doch zum Glück stellte Stephen in dieser Hinsicht keine hohen Ansprüche und sah Essen nicht als etwas allzu Wichtiges an. »Was zählt, ist allein die Gastfreundschaft.«

Plötzlich klingelte das Telefon in der Diele. Becca erschrak und ballte die Hände zu Fäusten, während ihr Mann aufstand und zum Telefon ging. Nein, es konnte nicht dieser Mann sein; schließlich hatte er noch nie angerufen, wenn Stephen zu Hause war. Doch kaum war ihr Mann fort, klingelte mit absoluter Sicherheit wenig später das Telefon – und immer war es diese Stimme. Sie klang ganz ruhig und entspannt und irgendwie vertraut. Es begann immer gleich: Zuerst fragte der Mann, wie es ihr ging – so wie es ein freundlicher Angehöriger der Pfarrgemeinde tun würde. Und dann kamen die unvermeidlichen Fragen, die Anspielungen, die schmutzigen Fantasien. Sie wusste nicht, wie sie alldem hätte entgehen können. Wenn sie auflegte, rief er sofort wieder an und tat ein wenig beleidigt, weil sie so unhöflich gewesen wäre, um gleich darauf dort fortzufahren, wo er aufgehört hatte. Sie konnte andererseits das Telefon auch nicht ignorieren; schließlich hätte es ja jemand sein können, der dringend den Pfarrer brauchte.

Doch das Schlimmste war, dass sie sich nicht traute, es Stephen zu sagen. Das erste Mal, als es passiert war, vor über einem Monat, hatte sie sich hinterher gesagt, dass es sicher nicht noch einmal vorkommen würde und dass kein Grund bestand, ihren Mann damit zu belasten. Und als sich die Anrufe wiederholten, wusste sie nicht mehr, wie sie ihm hätte erklären sollen, dass sie es ihm nicht früher gesagt hatte. Außerdem hätte sie niemals all die schmutzigen Wörter aussprechen können, schon gar nicht gegenüber Stephen. All dieser Schmutz würde ständig zwischen ihnen stehen und die Schönheit ihres intimen Zusammenseins zunichte machen. Außerdem würde sie damit seine Beziehung zu den Mitgliedern seiner Gemeinde belasten; der Gedanke, dass einer von ihnen so etwas tat, würde seine Einstellung gegenüber ihnen allen beeinträchtigen. Und so hatte sie es allein getragen und ihm auf seine besorgten Fragen immer wieder tapfer versichert, dass alles in Ordnung sei – auch wenn sie wusste, dass es nicht allzu überzeugend klang.

»Es war Doktor McNair«, sagte Stephen, als er ins Wohnzimmer zurückkam. »Er ist gerade aus Norwich heimgekommen, aus dem Krankenhaus. Roger möchte, dass ich ihm die Krankensalbung spende. Ich wollte ihn sowieso heute Nachmittag besuchen, also werde ich gleich losfahren, wenn wir mit dem Essen fertig sind.«

Stephen sah kurze Panik in ihren Augen aufflackern, die sie

rasch unterdrückte. »Ja, das muss wohl sein«, sagte sie tapfer. »Wenn er die Krankensalbung will.«

»Becca, Liebling, was ist denn los?« Er ging zu ihr hinüber und hob ihr Kinn mit einem Finger ganz leicht an, damit sie ihm in die Augen sah.

»Nichts. Ich habe nur … gehofft, dass wir den Nachmittag zusammen verbringen könnten, das ist alles.« Sie zwang sich zu einem Lächeln. »Ich weiß, ich darf nicht so selbstsüchtig sein.«

Stephen beugte sich zu ihr hinunter und küsste sie zärtlich. »Tapferes Mädchen. Ich bin sicher zum Abendessen wieder da.«

Sie ging in die Küche, um den Nachtisch zu holen und kämpfte die Panik nieder, die in ihr hochkam. Als sie wieder an den Esstisch trat, hatte sie plötzlich eine Idee. »Stephen, kann ich mitkommen?«, fragte sie hoffnungsvoll. »Ich würde Mr. Staines auch gern besuchen.«

Er dachte einen Augenblick über ihren Vorschlag nach. »Warum nicht, Schatz. Der Doktor hat gemeint, dass er Besuch empfangen darf, und vielleicht tut es ihm ja gut, wenn er dein hübsches Gesicht sieht. Und auf der Heimfahrt könnten wir vielleicht in einer netten Teestube Halt machen.«

Diesmal war ihr Lächeln so strahlend, dass ihr Mann fast erschrak. »Oh, danke, Stephen! Das wäre wirklich schön!«

Stephen hatte ihn am Abend zuvor besucht, als er noch viel schlechter ausgesehen hatte – dennoch erschrak Becca zutiefst, als sie im Norfolk and Norwich Hospital Roger Staines in seinem Bett liegen sah. Sein Gesicht war aschfahl, und an seiner nackten Brust waren verschiedene Sensoren befestigt, die ihn mit allen möglichen Gerätschaften verbanden. Auf diese Weise wurde rund um die Uhr kontrolliert, wie stark das Leben in ihm pulsierte, während eine Tropfinfusion mithalf, dass dieses Pulsieren nicht nachließ. Dennoch brachte er ein Lächeln zustande, als er sie sah. »Was für eine nette Überraschung, Herr Pfarrer. Sie haben mir da etwas mitgebracht, das gleich wieder Farbe in meinen grauen Alltag bringt – Ihre reizende Frau.«

Becca trat zu ihm ans Bett und küsste ihn auf die Wange. »Hallo, Mr. Staines. Sie haben uns ja einen schönen Schreck eingejagt.«

»Es hat mir selbst auch ein bisschen Angst gemacht«, sagte er lächelnd und deutete dabei sein gewohntes Augenzwinkern an. »Eine Zeit lang dachte ich schon, dass mein letztes Stündlein geschlagen hätte. Aber Fergus McNair meint, dass ich durchkommen werde.«

»Das sind ja wunderbare Neuigkeiten«, sagte Stephen, während er ebenfalls ans Bett trat und seine Hand auf die des Patienten legte. »Der Doktor hat mich angerufen und gesagt, dass Sie die Krankensalbung möchten.«

»Es wundert mich, dass er meinen Wunsch überhaupt weitergegeben hat«, sagte Roger lächelnd. »Sie wissen ja, was für ein zynischer alter Heide er ist.«

Becca zog sich in eine Ecke des Zimmers zurück und sah zu, wie Stephen die Krankensalbung vornahm. Ihr anfänglicher Schreck hatte sich gelegt, doch sie konnte den Blick dennoch nicht von dem Mann im Bett wenden. Die Wangenknochen traten aus dem Gesicht hervor, das normalerweise glatt und rundlich war, und seine Blässe betonte die hohe Stirn. Sein graues Haar, für gewöhnlich ordentlich gekämmt, sah strähnig und matt aus, und seine blauen Augen wirkten ohne die Brille kleiner als sonst. Der Anblick schreckte einen umso mehr, wenn man wusste, wie viel Wert er sonst auf sein Äußeres legte. Roger Staines war immer tadellos gekleidet, wenngleich er seine ganz persönliche Note pflegte. Er trug zumeist Tweedanzüge mit einer bunten Fliege und einer gemusterten seidenen Weste. Bei einem anderen hätte diese Kleidung etwas angeberisch gewirkt – doch jeder, der ihn kannte, wusste, dass ihm jede Art von Affektiertheit fremd war. Roger Staines war ein intelligenter, gebildeter Mann und ein profunder Historiker. Er hätte es in der akademischen Welt weit bringen können – und man hatte ihm in der Tat mehr als einmal ein Forschungsstipendium in Oxford und Cambridge angeboten –, doch er blieb lieber in Walston, um an seinem großen Werk zu arbeiten: einer umfassenden Geschichte des Dorfes sowie der St. Michael's Church – ein Buch, an dem er schon seit vielen Jahren arbeitete.

Es war kein Zufall, dass Roger Staines gerade an diesem Dorf in Norfolk so großes Interesse zeigte. Er war ein Nachkomme der weiblichen Linie der Familie Lovelidge, die als Inhaber des Herrensitzes jahrhundertelang dem Dorf vorgestanden hatten. Die männliche Linie war kurz nach dem Ersten Weltkrieg ausgestorben. Die Erbschaftsbedingungen brachten es mit sich, dass Walston Hall verkauft wurde und dass Roger Staines von seiner stolzen Herkunft nichts anderes geblieben war als ein bescheidenes privates Einkommen – gerade genug, damit er seine Rolle als selbst ernannter Dorfhistoriker ausfüllen konnte, ohne seinen Lebensunterhalt verdienen zu müssen. Er lebte allein in einem Cottage am Rande des früheren Herrensitzes und widmete sich seiner Forschungsarbeit, ohne jedoch seine Pflichten als Gemeindevorsteher zu vernachlässigen.

Von allen Mitgliedern der Pfarrgemeinde ihres Mannes fand Becca Roger Staines bis jetzt am sympathischsten. Er war immer überaus freundlich zu ihr und legte dabei eine altmodische Höflichkeit an den Tag. Und sie wusste, dass Stephen ihn sowohl wegen seines Intellekts als auch wegen seines Pflichtbewusstseins schätzte.

Nachdem er die Mission, wegen der er gekommen war, erfüllt hatte, sprach Stephen noch einen Segen. »Vielleicht sollten wir jetzt lieber gehen«, sagte er dann. »Ich möchte nicht, dass Sie sich überanstrengen.«

»O nein.« Roger machte ein enttäuschtes Gesicht. »Bitte bleiben Sie noch ein Weilchen und leisten Sie mir Gesellschaft, alle beide. Die Zeit vergeht so langsam hier, und ich fühle mich auch schon viel besser. Ein kleines Schwätzchen wäre mir wirklich willkommen, Pater.«

»Ja, also schön.« Stephen stellte zwei Stühle ans Bett, und sie setzten sich zu ihm. »Aber nur wenn die Ärzte nichts dagegen haben.«

»Oh, ich bin sicher, dass sie nichts dagegen haben. Es geht mir schon wieder so gut, dass sie mich vielleicht heute noch nach Hause schicken.« Sein Lächeln war noch etwas schwach, zeugte aber von fröhlicher Entschlossenheit.

Stephen lachte. »Das freut mich zu hören. Ich habe nicht vergessen, dass Sie versprochen haben, diese Woche die Dachrinnen der Kirche zu reinigen, und es wird wirklich Zeit dafür. Wissen Sie, Sie können hier nicht ewig simulieren.«

»Also, die Dachrinnen sind erledigt – Ernest hat mir gestern Nachmittag dabei geholfen. Aber über das Simulieren muss ich noch mit Ihnen sprechen«, fügte Roger mit bedauernder Miene hinzu. »Ich fürchte, es wird von Dauer sein.«

»Wie meinen Sie das?«, fragte der Pfarrer beunruhigt.

»Diesmal werde ich es noch mal schaffen«, versicherte Roger. »Aber Doktor McNair meint, dass der Herzinfarkt ein Warnsignal war und dass mein Herz geschädigt ist. Er sagt, dass ich das Amt des Gemeindevorstehers aufgeben muss, dass der Stress zu groß ist und dass ich nicht mehr so viel arbeiten kann. Wenn ich noch ein, zwei Jahre leben will, hat er gesagt, dann müsst ihr euch einen anderen Vorsteher suchen. Es tut mir wirklich schrecklich Leid«, fügte er hinzu.

»Oh«, sagte Stephen seufzend. »Ich verstehe. Nun, dann müssen Sie natürlich sofort zurücktreten, Roger. Wir werden Sie sehr vermissen, das brauche ich Ihnen ja nicht zu sagen, und ich weiß nicht, wer Sie ersetzen könnte – aber Ihre Gesundheit ist das Einzige, was im Moment zählt. Wir wollen Sie nämlich noch viel länger als ein, zwei Jahre bei uns haben.«

Der Mann im Bett seufzte ebenfalls. »Es tut mir wirklich Leid«, sagte er noch einmal. »Gerade jetzt, wo wir diese Probleme haben, lasse ich euch nicht gern im Stich.«

Becca beugte sich beunruhigt zu ihm vor. »Was soll das heißen?«

Mit einem entschuldigenden Lächeln erläuterte er, was er meinte. »Ich wollte diese Woche sowieso zu Ihnen kommen, Pater. Ich weiß schon seit einiger Zeit, dass da etwas im Gange ist, aber ich wollte Sie nicht unnötig beunruhigen. Aber jetzt sieht es ganz so aus, als könnte ich Ihnen nicht mehr viel helfen. Es geht um Fred Purdy. Er hat mal wieder eine von seinen verrückten Ideen.«

»Meinen Sie die Erweiterung von Ingrams Laden?«, fragte Stephen. »Er hat schon mal so was erwähnt.«

»Worum geht es denn da?«, wollte Becca wissen und blickte beunruhigt von einem zum anderen.

Roger nickte Stephen zu, der seiner Frau die Sache schilderte. »Du weißt doch, dass wir einen kleinen landwirtschaftlichen Betrieb im Dorf haben – auf dem Grundstück, das einmal zum Herrensitz gehört hat?« Sie schüttelte verneinend den Kopf, und er fuhr fort: »Im Moment haben sie nur ein paar Batteriehühner und verkaufen ein wenig Saatgut, aber sie wollen sich gewaltig vergrößern und eine richtige Geflügelzucht aufmachen. Das würde in Walston einiges verändern; zuerst einmal hätten wir dann viel mehr Verkehr hier, vor allem Lastwagen. Man müsste dann auch eine neue Zufahrtsstraße bauen. Fred hält das jedenfalls für eine gute Idee.«

»Er meint, es wäre gut für das Dorf«, fügte Roger mit einem bitteren Lächeln hinzu. »Vor allem aber wäre es gut für Fred Purdy, auch wenn er selbst es nicht so ausdrücken würde. Er denkt sich wahrscheinlich, dass er von Ingram frisches Geflügel und Eier kaufen könnte und dass die zusätzlichen Mitarbeiter neue Kunden für ihn wären. Er hätte also einen doppelten Nutzen davon. Wirklich fein, nicht wahr?«

Beccas Verwirrung wurde noch größer. »Aber was hat das mit euch beiden zu tun?«

»Der Pfarrer und die Gemeindevorsteher sind die Treuhänder des Altersheims«, erläuterte Stephen. »Das heißt, dass er die Stimme von einem von uns beiden braucht, wenn er eine Zwei-zu-eins-Mehrheit für seinen Plan haben will, der vorsieht, dass Ingram das Durchfahrtsrecht durch den Grund des Altersheims bekommt.«

»Und er weiß ganz genau, dass ich das für eine saublöde Idee halte«, warf Roger Staines ein. »Ich habe ihm das auch schon gesagt. Man bedenke nur …dieser Verkehr, ganz zu schweigen von den Auswirkungen auf die Umgebung. Aber ich fürchte, das ist nicht der einzige verrückte Plan, den Fred im Moment im Auge hat«, fuhr er fort. »Er meint auch, wir sollten keine Beiträge mehr an die Diözese abliefern.«

»Was?«, rief der Pfarrer überrascht. »Davon habe ich noch gar nichts gehört!«

»Deshalb wollte ich Sie ja warnen. Es ist ihm ziemlich ernst damit, fürchte ich. Er meint, dass es keinen Grund mehr gibt, warum wir weiter so viel Geld nach Norwich schicken sollten, wo wir es doch so dringend hier im Dorf brauchen.«

Stephen schüttelte den Kopf. »Das ist einfach lächerlich. Aber Fred ist ja nicht gerade als großer Denker bekannt. Ich frage mich, wie er auf eine solche Idee kommt.«

»Sie haben Recht«, sagte der Gemeindevorsteher lachend, »er hat sich das nicht selbst ausgedacht. Er hat mit ein paar anderen Gemeindevorstehern im Dekanat gesprochen, als der neue Pfarrer von Upper Walston in sein Amt eingeführt wurde. Das ist die große evangelische Kirche«, fügte er, zu Becca gewandt, hinzu. »So wie viele evangelische Gemeinden besitzen sie so viel Geld, dass sie gar nicht wissen, was sie damit anfangen sollen. Trotzdem haben ihre Vorsteher beschlossen, dass sie es nicht länger an die Diözese abliefern wollen. Fred hat mir erzählt, dass sie gesagt hätten: ›Warum sollen wir unser gutes

Geld an Leute abliefern, die es doch nur zum Fenster hinauswerfen?‹ Also zahlen sie einfach ihre Beiträge nicht mehr und finanzieren damit lieber ihre eigenen Projekte. Wenn die Diözese im Gegenzug die Zahlung der Pfarrersgehälter verweigert, dann wird ihnen das nicht allzu viel ausmachen. Sie sind also in einer ziemlich unangreifbaren Position. Und dazu kommt noch, dass jetzt auch die Vorsteher von Walston St. Mary, der verbohrtesten anglokatholischen Kirche im Dekanat, beschlossen haben, keine Beiträge mehr zu zahlen – als Protest gegen die Priesterweihe von Frauen. Die Kirche von England hätte kein Recht gehabt, diesen Schritt zu unternehmen, behaupten sie, und so sehen sie sich nicht mehr zu weiteren Zahlungen verpflichtet. Fred will sich ihnen anschließen«, fügte er mit einem bitteren Lächeln hinzu.

»Kann die Diözese denn nichts gegen uns unternehmen, wenn wir nicht zahlen?«, fragte Becca stirnrunzelnd. »Könnte es nicht sein, dass sie nicht mehr für Stephens Gehalt aufkommen wollen?«

Roger Staines zerstreute ihre Sorge sogleich. »Nein, das können sie nicht. St. Michael ist da in einer glücklichen Lage. Die Diözese ist praktisch verpflichtet, das Amt hier zu besetzen. Die Familie Lovelidge war einst Schirmherr der Kirche und bestimmte über die Stiftungsgelder. Irgendwann im 19. Jahrhundert richteten sie einen Treuhandfonds ein, damit das Gehalt des Pfarrers über die Diözese bezahlt werden konnte. Und die Diözese würde den Treuhandfonds einbüßen, sobald es hier keine Kirche oder keinen Pfarrer mehr gäbe – das Geld würde dann an eines der Colleges von Oxford gehen. Also liegt es im Interesse der Diözese, dass in St. Michael weiter ein Pfarrer amtiert. Das ist ja auch der Grund, warum es in einer so kleinen Gemeinde wie Walston eine Kirche wie St. Michael geben kann und warum wir nicht mit anderen Gemeinden zusammengelegt wurden, wie das in Norfolk so häufig passiert ist.«

»Also wird Stephen seine Stelle nicht verlieren – egal was Mr. Purdy tut«, fasste Becca erleichtert zusammen.

Roger setzte sich mit einiger Anstrengung auf und verzog dabei das Gesicht vor Schmerz. »Aber das ist noch nicht das Wesentliche«, hielt er schließlich mit Nachdruck fest. »Es wäre einfach *falsch*, die Beiträge nicht mehr zu zahlen. Was würde denn passieren, wenn alle Gemeinden so denken und niemand mehr seine Beiträge ablieferte?«

»Die Diözese wäre bald pleite«, sagte Stephen nachdenklich.

»Genau! Und wenn es allen Diözesen so geht, dann wäre auch die Kirche von England pleite.« Er hielt kurz inne und sagte dann mit umso mehr Nachdruck: »Es geht hier um das Überleben unseres Kirchensystems, Pater. Oder um es noch deutlicher auszudrücken: Es geht um das Überleben der Kirche von England. So wichtig ist die ganze Sache.«

Becca sah ihn entsetzt an. »Das können wir nicht zulassen! Wir müssen Mr. Purdy aufhalten!«

Erschöpft sank Roger aufs Bett zurück. »Tja, meine Liebe, darum bin ich so beunruhigt, dass ich euch gerade jetzt im Stich lassen muss mit meinem absolut unpassenden Herzinfarkt. Ich kann jetzt nichts mehr tun.«

»Dann sollten wir gut Acht geben«, führte Stephen seinen Gedanken weiter, »dass Ihr Nachfolger als Gemeindevorsteher jemand ist … dem wir vertrauen können.«

»Ja«, sagte Roger mit einem schwachen Lächeln. »Ich hatte ja schon ein wenig Zeit, um über das alles nachzudenken, nachdem Doktor McNair mir sagte, dass ich nicht weitermachen darf.«

»Und ist Ihnen schon etwas eingefallen?«

»Was meinen denn Sie, Pater?«, fragte Roger. »Sie haben doch Ihre Gemeinde in den vergangenen Monaten sicher ganz gut kennen gelernt. Wer, glauben Sie, hätte an dem Amt Interesse? Ich meine jetzt gute und schlechte Kandidaten.«

Stephen strich sich nachdenklich über das Kinn. »Also, Ernest Wrightman würde sich bestimmt nicht bewerben, denke ich.«

Der Mann in dem Bett lachte kurz und atemlos auf. »Er würde es liebend gern tun, wenn seine Gesundheit – oder Doris' – es zuließe. Abgesehen davon hat er jetzt ja sowieso jede Menge zu tun, seit er in den beiden Stiftungen für Bildung und für das Altersheim tätig ist. Er hat gemerkt, dass man nicht unbedingt Gemeindevorsteher sein muss, um Einfluss zu haben. Ich glaube, Ernest können wir ausschließen.«

»Und was ist mit Doris selbst?«, fragte der Pfarrer lächelnd. »Meinen Sie nicht, dass es an der Zeit wäre, dass wir einmal einen weiblichen Gemeindevorsteher bekämen?«

Roger zog ein säuerliches Gesicht. »Sehr witzig. Eine Gemeindevorsteherin – warum nicht? Aber Doris? Als Nächstes werden Sie noch Enid Bletsoe vorschlagen.«

»Na ja, wen hätten wir sonst noch?«, murmelte Stephen und ging im Geist die Pfarrgemeinde durch. »Ich denke, Quentin Mansfield wäre wahrscheinlich der beste Kandidat«, sagte er schließlich. »Er ist ein schlauer Bursche und kann auf jeden Fall mit Geld umgehen, was in der momentanen Situation nicht unwichtig ist. Und jetzt wo er im Ruhestand ist, hätte er auch die nötige Zeit für das Amt.« Mansfield war ein wohlhabender Geschäftsmann, der vor fünf Jahren mit seiner Frau Diana nach Walston gezogen war, nachdem er Walston Hall gekauft hatte, um hier seinen Ruhestand zu genießen. In den vergangenen fünf Jahren hatte er sich zumeist geschäftlich in London aufgehalten, doch nun war es endlich so weit, dass er ständig in Walston lebte.

Roger nickte anerkennend. »Eine gute Wahl. Ich glaube zwar nicht, dass er viel Fantasie hat – aber das ist im Moment auch nicht so sehr gefragt. Wie Sie schon sagten, seine Kompetenz in finanziellen Angelegenheiten könnte sich als unschätzbar erweisen, und er ist ganz sicher ein Mensch, der weiß, was er will. Er lässt sich bestimmt nicht von Fred Purdy oder sonst jemandem beeinflussen.«

»Wann ist denn die Wahl?«, warf Becca ein. »Schon bald?«

»Ostern, bei der Gemeindeversammlung«, antwortete ihr Gemahl. »Also schon in einem Monat.«

»Ich werde ziemlich erleichtert sein, wenn alles vorbei ist«, meinte Roger Staines in ruhigem Ton. »Fred mag ja vielleicht nicht der Hellste sein, aber ich habe gelernt, dass man die Macht der Dummheit nicht unterschätzen darf, vor allem wenn sie mit einer solchen Entschlossenheit auftritt.«

»Es wird alles gut gehen«, versicherte der Pfarrer. »Sie können sich ganz darauf konzentrieren, sich rasch zu erholen.« Er erhob sich von seinem Stuhl. »Schließlich müssen Sie Ihr Buch vollenden. Wir warten alle schon darauf.«

Das Gesicht des Mannes war erneut von Sorge überschattet. »Ja«, sagte er, »genau das ist mein nächstes Problem. In all den Jahren habe ich mir nie bei der Arbeit helfen lassen. Aber was ist, wenn mir etwas zustößt? Meine Notizen liegen leider nicht in einer Form vor, dass jemand anders damit arbeiten könnte. Niemand wäre in der Lage, sie auch nur zu lesen. Ich darf gar nicht daran denken, dass diese Arbeit, in die ich so viele Jahre meines Lebens investiert habe, umsonst wäre, wenn ich heute Abend sterben würde. Ich kann jetzt nicht mehr allein weitermachen. Aber wer hier in Walston könnte mir helfen?«

Becca überraschte sie beide, als sie sich hoffnungsvoll vorbeugte und Roger Staines' Hand drückte. »Oh, ich könnte das ja tun«, sagte sie eindringlich. »Bitte, Mr. Staines, lassen Sie mich Ihnen bei Ihrem Buch helfen. So etwas würde mir wirklich liegen. Ich habe als Sekretärin für meinen Vater gearbeitet – ich könnte Ihre Notizen ins Reine schreiben und Ihnen helfen, das Material zu ordnen. Bitte, lassen Sie mich Ihnen helfen.«

Ihr Mann starrte sie staunend an. »Aber Becca!«, sagte

Stephen verdutzt. »Du hast doch gesagt, dass du keine Arbeit annehmen, dass du zu Hause bleiben willst, um dich daran zu gewöhnen, die Frau eines Pfarrers zu sein, bevor du … na ja, bevor wir eine Familie gründen.«

»Ich hab's mir anders überlegt. Außerdem wäre es ja höchstens für ein paar Stunden die Woche.« Sie richtete ihre ganze Aufmerksamkeit auf Roger Staines, fast so als wollte sie ihn beschwören, ja zu sagen. »Bitte, Mr. Staines.«

Der Mann im Bett lächelte und drückte ihre Hand. »Wenn Sie unbedingt wollen, meine Liebe, dann nehme ich mit Freude an.«

»Was ist denn hier los?«, ertönte eine schroffe, von schottischem Akzent geprägte Stimme von der Türe her. Die Frage klang ärgerlich, doch die beiden Männer kannten Dr. Fergus McNair zu gut, um sich dadurch aus der Ruhe bringen zu lassen.

Stephen wandte sich zur Tür um. »Oh, hallo Doktor McNair.«

Fergus McNair war klein und drahtig, hatte ein wettergegerbtes, sommersprossiges Gesicht und dichtes Haar, das einst feuerrot gewesen war; allerdings war er inzwischen fast fünfzig, und sein Haar hatte einen etwas gedämpfteren Farbton angenommen. Dr. McNair war vor ungefähr zwanzig Jahren nach Walston gekommen, um in der Praxis seines Onkels zuerst auszuhelfen und sie schließlich ganz zu übernehmen. Obwohl er schon so lange hier war, nannte man ihn immer noch den »jungen Doktor McNair«, nachdem sein Onkel längst das Zeitliche gesegnet hatte. »Seht ihr denn nicht, dass der Mann in einem kritischen Zustand ist?«, fragte er und zog vorwurfsvoll die ergrauten Brauen über seinen klugen blauen Augen zusammen. In den zwanzig Jahren, die er nun südlich der Grenze lebte, war sein gerolltes R, das ihn als echten Schotten auswies, nur noch deutlicher geworden. Becca musste immer wieder lächeln, wenn sie ihn so markant sprechen hörte.

»Ist es nicht schade«, sagte der Mann im Bett, der bereits in einem weit weniger »kritischen Zustand« zu sein schien als noch eine halbe Stunde zuvor, »dass Doktor McNair ein heidnischer Schotte ist, der keinen Funken Glauben in sich trägt? Könnte nicht er einen erstklassigen Gemeindevorsteher abgeben? Mit dem Unsinn, dass wir unsere Beiträge nicht mehr zahlen sollen, würde er jedenfalls rasch aufräumen, das kann ich euch sagen!«

4

Denn ich esse Asche wie Brot und mische meinen Trank
mit Tränen vor deinem Drohen und Zorn,
weil du mich hochgehoben und zu Boden geworfen hast.

Psalm 102, 10, 11

Roger Staines' Herzinfarkt sorgte in Walston nicht allzu lange für Aufregung – vor allem als sich abzeichnete, dass er nicht tödlich ausgehen würde. Doch die direkte Konsequenz des Vorfalls, nämlich Rogers Rücktritt als Gemeindevorsteher, blieb für einige der männlichen Dorfbewohner von anhaltendem Interesse; Fred Purdy, Ernest Wrightman und Harry Gaze verbrachten Stunden damit, über mögliche Nachfolger zu diskutieren.

Die Frauen von Walston hingegen interessierten sich vor allem für die bevorstehende Ankunft von Gillian Englishs Lebensgefährten Lou. Laut Enid Bletsoe, der selbst ernannten Expertin für die Neuankömmlinge, sollte er am Freitag im Dorf eintreffen. Außerdem, so teilte Enid nicht ohne Stolz ihrer Schwester Doris und ihrer Freundin Marjorie Talbot-Shaw mit, wollte er gleich an seinem ersten Abend in Walston zum Abendessen zu ihr kommen, sodass sie auf jeden Fall die Erste sein würde, die seine Bekanntschaft machte.

»Ich erzähle euch dann auch gleich, wie er ist«, versprach sie den beiden mit kaum verhüllter Freude am Freitag Vormittag beim Kaffee. »So gut, wie ich Gillian mittlerweile kenne, bin ich überzeugt, dass er ein feiner Mensch ist.«

Doris schüttelte ungläubig den Kopf. »Ich weiß nicht, warum du dir so sicher sein kannst, dass er nicht doch ein Ausländer ist«, murmelte sie. »Ein Italiener.«

»Er ist ganz sicher kein Italiener«, versicherte Enid triumphierend. »Ich habe Gillian nach seinem Nachnamen gefragt, und sie hat mir gesagt, dass er Sutherland heißt. Das ist ganz bestimmt kein italienischer Name. Und auch kein walisischer, nebenbei bemerkt.«

»Höchstens schottisch«, warf Marjorie nachdenklich ein. »Was hast du noch mal gesagt, macht er beruflich, Enid?«

»Es hat irgendwas mit Computern zu tun«, erläuterte die Expertin. »Telecommuting, wisst ihr. Das ist *die* Sache heutzutage.«

»Wie kommt er denn hierher?«, wollte Doris wissen. »Fährt er mit dem Zug nach Norwich?«

Auch in diesem Fall kannte Enid die Antwort. »Er hat einen Firmenwagen. Einen BMW, glaube ich, also dürfte man ihn kaum übersehen, wenn er eintrifft.«

Tatsächlich bekam jedoch niemand etwas von Lou Sutherlands Ankunft in Walston mit. Nicht einmal Enid war in der Lage, an zwei Orten gleichzeitig zu sein – und nachdem sie sich in der Küche aufhalten musste, um das Abendessen zuzubereiten, konnte sie unmöglich auf ihrem Beobachtungsposten am Fenster sitzen. Das Wiedersehen in Foxglove Cottage verlief also ganz privat und unbeobachtet.

Zur Teestunde jedoch, als sie wieder einmal kurz aus dem Fenster blickte, sah sie den Wagen und ließ das Kartoffelschälen für ein paar Minuten sein, um ihre Schwester anzurufen.

»Er ist da!«, verkündete sie. »Er hat einen dunkelblauen BMW.«

»Dann hast du ihn also schon gesehen? Hast du ihn schon kennen gelernt?«

»Na ja, also … nicht direkt«, entgegnete Enid ausweichend. »Aber ich glaube, ich habe ihn kurz durch ihr Wohnzimmerfenster gesehen. Es sah so aus, als hätte er dunkles Haar; das muss er gewesen sein, weil Gillian und Bryony ja blond sind.«

»Siehst du!«, triumphierte Doris. »Er ist Italiener – ich hab's dir gleich gesagt!«

Die Türglocke läutete pünktlich um sieben. Enid war ungewöhnlich nervös, als sie die Schürze abnahm, noch einen raschen Blick in den Spiegel warf und schließlich die Tür öffnete. Bryony trat lächelnd mit einer Schachtel Pralinen vor und ihre Mutter überreichte Enid einen Blumenstrauß. In London hätten sie wohl eine Flasche Wein mitgebracht, aber Gillian hatte gefunden, dass das in Walston eher nicht angebracht war – vor allem nicht bei Enid, deren Lieblingsgetränk Bitter Lemon zu sein schien. »Die sind für Sie«, sagte Gillian. »Und ich würde Ihnen gerne Lou vorstellen.«

Lou war klein und schmächtig, hatte haselnussbraune Augen und kurzes gekräuseltes Haar von einem so dunklen Braun, dass es fast schon schwarz wirkte. Lou war außerdem ganz unbestreitbar eine Frau.

Enid brachte kein Wort heraus. »Das ist Lou«, sagte Gillian. »Louise Sutherland.«

Der Abend ging irgendwie vorüber, und am Samstag Morgen trabte Enid schließlich halb aufgeregt und halb widerwillig durch den kalten Nieselregen zum Haus ihrer Schwester. Die Neuigkeiten mussten überbracht werden – aber wie sollte sie gegenüber ihrer Schwester eingestehen, wie sehr sie sich geirrt hatte?

»Eine Frau!« Doris starrte sie entsetzt an. »Du meinst …? Sie sind … lesbisch!«

Enid nickte, dass ihre Hängebacken zitterten. »Ich habe in den Zeitschriften über solche Frauen gelesen, aber ich hätte nie gedacht, dass ich einmal so jemanden in meinem Haus empfangen müsste.«

»Aber sie – Gillian – hat dir doch gesagt, dass Lou ein Mann ist! Sie hat dich belogen!«

Enid rief sich jenen furchtbaren Moment an der Tür wieder in Erinnerung, wie sie es seither schon so oft getan hatte, und sie musste sich eingestehen, dass Gillian das nie ausdrücklich gesagt hatte. »Sie hat mich getäuscht. Sie hat es mich glauben lassen.«

»Aber das ist ja furchtbar!« Doris griff nach einem Keks und schob ihn gierig in den Mund. »Du Arme – wie hast du das nur ertragen? Sind sie zum Abendessen geblieben?«

»Es war sehr schwierig.« Enid hob tapfer das Kinn. »Ich musste so tun, als hätte ich es von Anfang an gewusst. Das war wirklich nicht leicht für mich.«

»Ich hätte sie rausgeworfen«, verkündete ihre Schwester selbstgerecht. »Ich hätte diese Perverslinge nicht über meine Türschwelle gelassen!«

»Aber das konnte ich unmöglich tun – nicht vor der lieben kleinen Bryony!«

»Oh.« Doris' Gedanken wandten sich dem unglücklichen Kind zu. »Oh, das arme kleine Ding! Wie furchtbar für sie.«

»Ja.« Enid schwieg einige Augenblicke. »Wir müssen Mitleid mit der armen Bryony haben und versuchen, ihr zu helfen, wo wir nur können.« Mit verengten Augen fügte sie hinzu: »Aber diese Frauen … die sind böse, Doris. Böse.«

»Böse und schamlos«, pflichtete ihre Schwester ihr bei. »Es würde mich nicht wundern, wenn sie Hexen wären. Ich meine, baut sie denn nicht Kräuter an? Das sind bestimmt Kräuter für irgendwelche Zaubertränke!«

»Über meine Schwelle kommen sie jedenfalls nicht mehr.« Enid griff nach der Kaffeekanne und schenkte sich noch eine Tasse ein. Ihre Hände zitterten vor selbstgerechter Empörung. »Sie haben mich *einmal* getäuscht und betrogen. Sie haben meine Gutgläubigkeit ausgenützt, aber das passiert mir nie wieder.«

Möglicherweise war Enid enttäuscht, dass am Samstag niemand einen Fuß vor die Haustür von Foxglove Cottage setzte. Lou verbrachte fast den ganzen Tag damit, ihr Büro einzurichten und ihr Computersystem zu installieren. Gillian, die Lous Hightech-Anlage undurchschaubar fand und sich grundsätzlich von ihrem Büro fern hielt, erledigte dies und jenes im Haus, bereitete das Essen zu und beaufsichtigte Bryony beim Spielen. Dank ihres ruhigen, ausgeglichenen Wesens vermochte sie es, die wüsten Flüche zu ignorieren, die immer wieder aus dem Büro zu hören waren. Zur Mittagszeit erschien Lou schließlich in der Küche.

»Mir reicht's«, verkündete sie mit dramatischer Gebärde. »Diese verdammte Festplatte hat offenbar beschlossen, den Geist aufzugeben. Gestern in London hat sie noch tadellos funktioniert. Glaubst du, sie will mir damit irgendwas sagen?«

Gillian lächelte. »Zum Beispiel, dass du in London hättest bleiben sollen?«

»Genau.« Lou ließ sich auf einem Sessel nieder, stützte die Ellbogen auf den Kiefernholztisch und das Kinn auf ihre Hände. »Wessen Idee war es eigentlich, dass wir nach Norfolk ziehen?«

»Ich glaube, es war Mamis Idee«, sagte Bryony, die am Tisch saß und sorgfältig ein Bild bunt anmalte. »Aber du hast auch gefunden, dass es eine gute Idee wäre, Lou. Ich weiß noch genau, dass du das gesagt hast.«

»Na ja, ziemlich dumm von mir – die Gegend hier ist einfach das Letzte. Verregnet und kalt – einfach widerlich. In London scheint jetzt bestimmt die Sonne.« Lou rieb sich die Stirn. »Mir brummt der Schädel, Gill.«

»Oh, du Arme.« Gill trat hinter sie und massierte mit geschickten Fingern ihren Nacken. »Soll ich dir vielleicht einen Majorantee machen? Oder lieber Betonientee?«

Lou lehnte sich entspannt zurück und genoss die Massage. »Igitt. Du weißt doch, dass ich dem Zeug nicht traue. Vielleicht willst du mich damit sogar vergiften«, fügte sie lächelnd hinzu.

»Soll ich deine Tabletten holen?«, bot Bryony an.

»In der Schublade im Nachttisch«, sagte Lou und gestikulierte mit ihren ausdrucksvollen Händen in Richtung Treppe.

Das Mädchen war wenig später wieder zurück und reichte ihrer Mutter die kleine flache Schachtel mit den schmerzstillenden Tabletten. Gill füllte ein Glas mit Wasser und gab die Tabletten hinein, die sich zischend auflösten. »Hier, Darling«, sagte sie und reichte Lou das Glas. »Trink das aus, dann geht's dir gleich wieder besser.«

Lou leerte das Glas in einem Zug und verzog das Gesicht. Doch sie lächelte Gill zu und streichelte rasch ihre Hand, als diese ihr das leere Glas abnahm. »Danke, mein Engel. Du gibst wirklich gut auf mich Acht.«

Im Pfarrhaus stand Stephen vom Mittagessen auf und blickte ohne große Begeisterung in den gleichmäßigen Regen hinaus. »Kein guter Tag, um wegzugehen«, sagte er. »Aber ich schätze, es muss wohl sein.«

»Aber du kannst doch sicher warten, bis das Wetter besser wird«, drängte ihn Becca.

»Nein, ich gehe lieber gleich. Aber ich bin bestimmt nicht lange fort. Ich muss in Walston Hall vorbeischauen und mich mal mit Quentin Mansfield unterhalten. Vielleicht kandidiert er ja als Gemeindevorsteher. Er erwartet mich, weißt du.«

Becca unterdrückte einen Seufzer. »Na schön. Aber beeil dich.«

An einem schönen Tag wäre Stephen zu Fuß nach Walston Hall gegangen – auf dem alten Weg zwischen Herrenhaus und Kirche, den die Familie Lovelidge einst benutzt hatte. Doch der Regen wurde immer stärker, sodass der Pfad ziemlich matschig sein würde. Es blieb ihm also nichts anderes übrig als den

Wagen zu nehmen. Mrs. Mansfield würde es gar nicht gern sehen, wenn der Pfarrer schmutzige Fußabdrücke in ihrem Haus hinterließ.

Walston Hall war auch bei Regen ein imposanter Anblick. Es gehörte zwar nicht zu den größten Herrensitzen Englands, doch besonderen Reiz gewann es dadurch, dass es wie aus einem Guss wirkte. Es war ein Gebäude aus der frühen Tudorzeit, erbaut aus rotem Backstein und gekrönt von majestätischen Schornsteinen. Zwei symmetrische Seitenflügel ragten weit in den Hof hinaus. Laut Roger Staines war Walston Hall von Kardinal Wolsey erbaut worden, der die Schirmherrschaft über St. Michael's Church übernommen hatte. Der Kardinal wollte mit den hohen Einkünften sein neues College in Ipswich finanzieren. John Lovelidge, der ebenso wenig von edler Herkunft war wie Wolsey, war für das Erheben des Zehnten zuständig. Doch Lovelidge hatte gespürt, was in der Luft lag und sich auf die Seite Henrys VIII. geschlagen, bevor Wolsey gestürzt wurde. Als Belohnung für seine Treue hatte der nunmehr in den Adelsstand erhobene Sir John Lovelidge Walston Hall samt den umgebenden Ländereien erhalten. Hier begründete er die Dynastie, die Walston über fast vier Jahrhunderte prägen sollte.

Nun jedoch gehörte das Haus Quentin Mansfield und seiner Frau. Mansfield hatte nach dem Hauskauf kurz mit dem Gedanken gespielt, es in Mansfield Park umzubenennen – doch der Aufschrei der Empörung war so laut gewesen, dass er den Plan wieder fallen ließ. Das Haus hieß weiterhin Walston Hall, und dabei würde es wohl auch bleiben, so lange es stand.

Die Mansfields hatten keine Diener, die mit im Haus wohnten; sie hatten Teilzeitkräfte aus dem Dorf angestellt, die sich um alles kümmerten. Stephen wurde an der Tür von Diana Mansfield empfangen, die ihm vorsichtig den nassen Regenschirm abnahm und ihn in einen dekorativen Messing-Schirmständer in der Eingangshalle stellte. »Treten Sie ein,

Herr Pfarrer«, sagte sie und trat zur Seite. »Quentin wartet schon in der Bibliothek auf Sie.«

Stephen wusste nie so recht, was er von Diana Mansfield halten sollte. Sie war eine attraktive Frau um die fünfzig, gertenschlank, mit champagnerfarbenem Haar, das ihr glattes Gesicht anmutig umrahmte. In ihrem Alter, so mutmaßte man im Dorf, musste ihre glatte Haut entweder auf einem seltenen genetischen Glücksfall oder auf einer Meisterleistung der Schönheitschirurgie beruhen. Es war jedoch anzunehmen, dass eher Letzteres der Fall war. Ihre Kleider waren offensichtlich sehr teuer, doch sie waren viel besser für einen Spaziergang am Sloane Square geeignet als für die ländliche Gegend, in der sie lebte. An diesem Tag trug sie eine cremefarbene Seidenbluse, eine rehbraune Hose, die ihre schlanke Figur noch mehr betonte, und dazu eine schwere Goldkette. Selbst die Allwetterjacke, die sie gelegentlich im Dorf trug, um so auszusehen, als wäre sie von hier, hatte sie ganz offensichtlich in Knightsbridge gekauft.

Man konnte nicht sagen, dachte Stephen, dass Diana Mansfield sich nicht bemüht hätte, dazuzugehören; die Allwetterjacke war der Beweis dafür, dass ihr die Meinung der Dorfbewohner nicht gleichgültig war. Von Anfang an hatte sie sich unermüdlich in der Pfarrgemeinde engagiert, war der Mothers' Union beigetreten und hatte sich sogar bereit erklärt, das jährliche Sommerfest zu organisieren. Doch irgendwie wollte es nicht so recht funktionieren; sie wurde von den anderen nie als eine von ihnen akzeptiert. In allen Gruppen, denen sie angehörte, blieb sie immer irgendwie am Rand; zwar wollte sie gern dazugehören – doch aus irgendeinem Grund schaffte sie es nicht ganz.

Ihr Problem kam zum Teil wohl daher, dachte sich Stephen, dass sie hier in Walston so lange allein gewesen war. Ihr Mann hatte die Woche über in London gewohnt und war nur an den Wochenenden zu ihr nach Walston gekommen. Ihre Kinder hatten das Elternhaus schon verlassen, bevor sie nach Walston gezogen waren. Es war die typische Situation einer Frau mittleren Alters, die, nachdem die Kinder aus dem Haus waren, plötzlich allzu viel Zeit hatte. Dass sie und ihr Mann in eine fremde Umgebung übersiedelten, machte das Ganze wohl noch schlimmer. Stephen hatte irgendwie Mitleid mit Diana Mansfield, doch es war ihm bis jetzt noch nichts eingefallen, womit er ihr hätte helfen können.

Quentin Mansfield, der ihn in die Bibliothek geleitete und ihm einen Drink anbot, wirkte ganz anders als sie. Stephen hatte ihn als einen absolut selbständigen und selbstbeherrschten Menschen kennen gelernt. Er war ein korpulenter Mann, der regelmäßig zur Kirche ging, darüber hinaus aber im öffentlichen Leben des Dorfes kaum in Erscheinung trat.

Im Kamin knisterte das Feuer, und Stephen ließ sich dankbar in den bequemen Ledersessel sinken und nahm einen Drink entgegen.

Sein Gastgeber blieb stehen und lehnte sich gegen den geschnitzten hölzernen Kaminsims. »Nun, Herr Pfarrer?«, sagte er. »Worum geht's? Ich kann mir nicht vorstellen, dass das bloß ein Höflichkeitsbesuch ist.«

»Nun, eigentlich nicht, das stimmt.«

»Geht es um Geld?«, fragte er geradeheraus. »Ist das Dach undicht? Wenn Sie Geld für Messgewänder und dergleichen brauchen – das ist völlig zwecklos. Sie wissen, dass ich diesen ganzen Firlefanz nicht sehr schätze.«

Stephen war ein wenig verdutzt, doch er fing sich rasch. »Nein, Mr. Mansfield, es geht nicht um Geld. Zumindest nicht direkt«, fügte er lächelnd hinzu. »Und ich weiß auch, dass Sie meine Auffassung von Kirche nicht teilen – aber das sollte uns nicht hindern, zusammenzuarbeiten.« Er nahm einen Schluck von seinem Drink und beschloss, dass es am besten war, sofort auf den Punkt zu kommen. »Also, es geht um Folgendes: Roger

Staines kann aus gesundheitlichen Gründen nicht als Gemeindevorsteher weitermachen. Das bedeutet, dass wir bei der Gemeindeversammlung zu Ostern das Amt neu besetzen müssen, und ich habe mich gefragt, ob Sie vielleicht Interesse hätten.«

»Ich – als Gemeindevorsteher? Ich muss sagen, Sie überraschen mich.« Mansfield musterte den jungen Pfarrer eingehend. »Sollte man denn nicht in Walston geboren sein, oder zumindest in Norfolk, um für eine solche Ehre in Frage zu kommen?«

»Also, ich weiß nicht, ob es eine Ehre ist«, erwiderte Stephen. »Es bringt vor allem viel Arbeit und eine große Verantwortung mit sich.«

»Dann frage ich mich«, sagte Mansfield mit einem höhnischen Lächeln, »warum niemand den Job je freiwillig aufgeben wollte. Fred Purdy ist schon so lange Gemeindevorsteher, dass er selbst nicht mehr genau weiß, wie lange, und auch Ernest Wrightman wäre es, so hört man, am liebsten für immer geblieben, wenn ihm seine Gesundheit nicht einen Strich durch die Rechnung gemacht hätte. Das gilt wahrscheinlich auch für Roger Staines.«

Stephen sah ihn nachdenklich an. »Da haben Sie nicht ganz Unrecht«, räumte er ein. »Es ist wohl ein sehr einflussreiches Amt, und es gibt nun einmal Menschen, für die Macht etwas sehr Verlockendes ist. Roger würde ich allerdings nicht zu dieser Gruppe zählen.«

»Und was ist mit mir?«, fragte Mansfield direkt. »Ist das der Grund, warum Sie mich fragen? Weil Sie denken, dass Macht für mich etwas Verlockendes ist?«

Eine so offene Frage, dachte Stephen, verdiente eine ebenso offene Antwort. »Ich frage Sie, weil ich denke, dass Sie die nötige Kompetenz in finanziellen Angelegenheiten haben, die wir brauchen, und weil ich glaube, dass Sie zum Wohle von St. Michael und der Kirche von England handeln würden. Ich glaube außerdem, dass Sie ein Mann mit gutem Urteilsvermögen sind – auch wenn wir vielleicht nicht in allem die gleiche Meinung haben.«

»Ah.« Mansfield entfernte sich vom Kaminsims und setzte sich Stephen gegenüber in einen Ledersessel. »Jetzt kommen wir der Sache schon näher. Es geht also doch ums Geld.«

»Indirekt ja. Wie Sie wissen, Mr. Mansfield, ist die Kirche von England im Moment nicht gerade in einer beneidenswerten finanziellen Position«, sagte Stephen mit einem bitteren Lächeln. »Die Verantwortlichen haben viel Geld verschleudert, und nun lastet die Bürde immer mehr auf den Pfarrgemeinden selbst.«

»Klar.«

»Und da gibt es jetzt Leute, die – aus verschiedenen Gründen – meinen, dass die Gemeinden kein Geld mehr an die Diözesen abliefern sollten, weil dort ihrer Ansicht nach nur Geldverschwender am Werk sind.«

»Davon habe ich gehört«, sagte Mansfield. »Und es hat ja auch etwas für sich.«

Stephen beugte sich vor und sagte mit ernster Miene: »Ja, aber hier geht es um die Kirche von England. Unsere Kirche. Wir sind nun mal keine Kongregationalisten, wo jede Gemeinde völlig unabhängig von den anderen arbeitet. Wollte man so argumentieren wie diese Leute, dann könnte das gesamte System zusammenbrechen – und es würde die Kirche von England bald nicht mehr geben. Wenn Ihnen das recht wäre – gut, das steht Ihnen frei. Sagen Sie es ganz offen – und wir beide haben nichts mehr zu besprechen. Aber wenn es Ihnen genauso wichtig ist wie mir, dass es die Kirche von England weiter gibt, dann glaube ich, dass Sie der Mann sind, den wir als Gemeindevorsteher brauchen.«

Im Pfarrhaus ging unterdessen der Albtraum für Becca weiter. Stephen war kaum zehn Minuten weg, als das Telefon auch schon klingelte. Schaudernd hob sie ab, auch wenn sie noch hoffte, dass sie sich irrte.

Doch sie irrte sich nicht. Der Anruf verlief genauso wie alle anderen – und wie immer wurde sie von quälender Übelkeit erfüllt. Noch bevor der Anrufer zum Ende kam, legte sie den Hörer auf. Doch im nächsten Augenblick klingelte es erneut.

Becca schlug die Hände vors Gesicht. Sie konnte es nicht mehr ertragen, nicht heute Nachmittag. Es gab nur noch eines, was ihr zu tun blieb: Sie musste weg.

Sie zwang sich, ruhig und klar zu überlegen, wohin sie gehen könnte. Im Dorf hatte sie die Leute reden gehört, dass Gillian Englishs Lebensgefährte am Freitag angekommen sein müsste. Das lieferte ihr den Anlass, den sie brauchte: Sie würde der Familie einen Willkommensbesuch abstatten. Die ganze Woche schon hatte sie sich vorgenommen, Gillian zu besuchen – und jetzt wollte sie es tun.

Aber was sollte sie mitbringen? Becca war sich bewusst, dass sie als Pfarrersfrau irgendein kleines Präsent brauchte – ein Glas selbst gemachter Marmelade vielleicht, oder einen duftenden Obstkuchen oder frisches Buttergebäck. Allerdings war sie sich schmerzlich bewusst, dass sie auf diesem Gebiet nicht allzu viel zu bieten hatte. Es blieb ihr also nichts anderes übrig als im Dorf etwas zu besorgen – zum Beispiel einen Strauß Blumen.

Das Telefon klingelte immer noch. Sie nahm den Hörer ab und legte ihn neben das Telefon. Dann holte sie ihren Mantel vom Kleiderständer und schnappte sich noch rasch einen Regenschirm, bevor sie tief durchatmend das Haus verließ.

Der Regen war ihr in diesem Moment nicht unwillkommen – er hatte etwas Erfrischendes, als er ihr auf dem Weg ins Dorf ins Gesicht klatschte. Sie kam an den Häusern von Cyprian Lawrence und Harry Gaze vorbei, dann an der Kirche, ehe sie schließlich die Hauptstraße des Dorfes erreichte.

Fred Purdy stand wie immer hinter dem Ladentisch. Es waren keine anderen Kunden da, sodass er ihr seine ungeteilte Aufmerksamkeit widmen konnte.

»Schöner Tag für Enten«, sagte er lachend. »Aber nicht für Ladeninhaber. Heute ist nicht viel los, darum freut es mich umso mehr, dass Sie gekommen sind. Aber es sieht so aus, als wären Sie ein klein wenig nass geworden, junge Lady.«

Becca brachte ein Lächeln zustande. »Ja, es ist ziemlich feucht draußen.«

»Hat Ihr Schirm etwa ein Loch? Er hat Ihnen jedenfalls nicht viel geholfen.« Er deutete lachend auf ihr klatschnasses Haar und dann auf den Regenschirm in ihrer Hand.

»Ich habe wohl vergessen, ihn aufzuspannen«, versuchte sie sich zu rechtfertigen.

»Nun, was kann ich für Sie tun? Vielleicht irgendwas Feines für das Abendessen des Pfarrers?«

»Haben Sie auch Blumen, Mr. Purdy?«

Er zeigte auf den Eimer, der hinter ihm stand. »Narzissen natürlich. Und auch ein paar Schwertlilien, aber die sind ein wenig teurer.«

»Dann nehme ich die Schwertlilien«, beschloss sie und griff nach ihrer Handtasche – musste jedoch erkennen, dass sie sie gar nicht bei sich hatte. »Oh, ich habe meine Tasche zu Hause vergessen!«

Fred lachte. »Ist schon in Ordnung, meine Liebe. Dann bezahlen Sie eben beim nächsten Mal. Wenn man der Frau des Pfarrers nicht mehr trauen könnte, wem soll man denn dann noch trauen?«

»Vielen Dank«, sagte sie voll echter Dankbarkeit, als ihr klar wurde, dass sie es nicht ertragen hätte, noch einmal ins Pfarrhaus zurückgehen zu müssen.

Er wickelte die Blumen ein. »Dann haben Sie heute wohl Gäste zum Abendessen?«

»O nein. Ich wollte nur mal einen Besuch in Foxglove Cottage machen.«

»Ah!« Fred reichte ihr die Schwertlilien über den Ladentisch. »Dann haben Sie es also auch schon gehört? Sie wollen sich jetzt wohl selbst ein Bild machen, was?«

Becca sah ihn etwas verständnislos an. »Ich habe gewusst, dass – wie heißt er doch gleich – Lou, der Lebensgefährte von Mrs. Gillian, gestern ankommen sollte, aber sonst habe ich nichts gehört.«

Fred grinste – hoch erfreut, dass er ihr die Neuigkeit mitteilen konnte. »Es hat sich herausgestellt, dass Lou gar kein Er ist, sondern eine Sie – wenn Sie verstehen, was ich meine.«

Sie war sich nicht sicher, ob sie ihn tatsächlich richtig verstanden hatte. »Eine Sie?«

»Eine Frau. Na, Sie wissen schon.« Er deutete mit beiden Händen die Form von übergroßen Brüsten an. »Sieht so aus, als hätten wir jetzt zwei Lesben in Walston.«

Becca starrte ihn mit großen Augen an. »Oh!«

»Enid Bletsoe hatte sie gestern zum Abendessen im Haus, und sie war stinksauer, dass man sie so hinters Licht geführt hat. Die ganze Zeit ließ man sie glauben, dass Lou ein Mann wäre.« Er kicherte vor Vergnügen. »Sie ist vorhin hier gewesen und hat ein Desinfektionsmittel gekauft, damit sie sich keine Krankheit von den beiden einfängt. Ich habe sie noch sie so wütend gesehen. Und sie hat eine der beiden auch noch in die Mothers' Union eingeladen! Können Sie sich das vorstellen? Solche Leute in der Mothers' Union?«

Becca näherte sich Foxglove Cottage mit etwas gemischten Gefühlen. Sie konnte sich nicht erinnern, je einer lesbischen Frau begegnet zu sein und wusste nicht recht, was sie erwarten würde. Gillian hatte eigentlich einen sehr netten Eindruck auf sie gemacht; sie hatte überhaupt nicht ungewöhnlich gewirkt.

Es war Bryony, die ihr die Tür öffnete. »Mami!«, rief sie. »Es ist die Frau des Pfarrers. Sie ist ganz nass und sie hat Blumen dabei.«

Wenige Minuten später saß Becca in der gemütlichen Küche bei einer Tasse Kräutertee. Ihr tropfnasser Mantel war zum Trocknen aufgehängt worden, und Gill kümmerte sich in ihrer stillen Art um sie. »Sie werden sich erkälten, wenn Sie nicht aufpassen. Wenn es wirklich passieren sollte, dann lassen Sie es mich wissen, damit ich einen speziellen Trank für Sie zubereite.«

»Lou trinkt Mamis Tees gar nicht gern«, warf Bryony ein. »Sie sagt, das ist Gift.«

»Oh, Sie haben Lou noch gar nicht kennen gelernt, nicht wahr?«, sagte Gill und wandte sich ihrer Tochter zu. »Liebling, geh doch mal schnell in Lous Büro und sag ihr, dass die Frau des Pfarrers da ist.«

Das Mädchen lief los, um den Auftrag auszuführen, und kam wenige Sekunden später zusammen mit Lou zurück. »Sie sind die Frau des Pfarrers, nicht wahr? Ich bin froh, dass man mich gewarnt hat – jetzt weiß ich, dass ich mich ordentlich benehmen muss. Man flucht nicht, wenn die Frau des Pfarrers anwesend ist. Ich bin überzeugt, dass Gill nur deshalb Bryony zu mir geschickt hat, damit sie sich nicht für mich schämen muss.«

»Oh, Lou, du bist unmöglich«, seufzte Gill – doch ihr Lächeln ließ erkennen, dass sie es nicht so meinte.

»Willkommen in Walston«, sagte Becca aufrichtig. »Es ist wirklich schön, dass Sie hier sind.«

Als Becca zwei Stunden später mit trockenem Mantel und trockenem Haar im Schutze ihres Regenschirms nach Hause eilte, dachte sie daran, wie sehr sie den Nachmittag mit den beiden Frauen genossen hatte. Gill wirkte eher still und bedächtig, während Lou lustig und gesprächig war und ständig mit ihren ausdrucksvollen Händen gestikulierte. Sie hatte keinen Moment lang das Gefühl gehabt, dass an der Beziehung der beiden Frauen etwas Ungewöhnliches oder gar Anstößiges sein könnte. Sie behandelten einander mit Zuneigung und Respekt, so als wären sie ein richtiges Ehepaar.

Sie freute sich wirklich, dass die beiden jetzt in Walston lebten. Vielleicht, so dachte Becca hoffnungsvoll, würde sich eine richtige Freundschaft entwickeln. Stephen hatte Recht – sie sollte das Paar schon bald zum Essen einladen. Vielleicht sollten sie auch gleich Cyprian einladen – er fühlte sich bestimmt einsam, nachdem er ganz allein lebte und niemand im Dorf ihn leiden konnte.

Plötzlich fiel ihr ein, dass ihr der Besuch so großen Spaß gemacht hatte, dass ihr der Gedanke an den Telefonanruf ganz entfallen war. Ihre Beklemmung kehrte zurück – wie eine altbekannte dunkle Wolke, die sich wieder über sie schob.

Doch der Wagen stand in der Einfahrt, was bedeutete, dass Stephen zu Hause war und sie sich sicher fühlen konnte.

Stephen wartete stirnrunzelnd an der Tür auf sie. »Wo warst du denn?«, fragte er in ungewöhnlich scharfem Ton.

»Ich habe einen Besuch in Foxglove Cottage gemacht«, begann sie. »Und alle dort sind …«

»Weißt du überhaupt, was ich mir für Sorgen gemacht habe? Du warst nicht da, aber deine Handtasche lag in der Diele, und du hast nicht mal eine kurze Nachricht hinterlassen. Was hätte ich da denken sollen?«

Becca hob schuldbewusst die Hand an den Mund. »Es tut mir Leid. Es war gedankenlos von mir.«

»Außerdem lag der Hörer neben dem Telefon! Ich habe dir das bestimmt schon mal gesagt, Becca: Es ist sehr wichtig, dass du den Hörer immer auflegst. Falls du es vergessen hast – ich bin der Pfarrer hier, und die Leute müssen mich immer erreichen können. Das war sehr leichtsinnig von dir.«

Es war das erste Mal, dass ihr Mann in so scharfem Ton mit ihr sprach. »Ja, Stephen«, murmelte sie schuldbewusst. »Es tut mir Leid.« Sie wandte sich rasch von ihm ab, damit er ihre Tränen nicht sehen konnte.

5

Denn sie reden nicht, was zum Frieden dient,
und ersinnen falsche Anklagen wider die Stillen im Lande.

Psalm 35, 20

Als die Messe am Sonntagmorgen begann, gab es niemanden in Walston, der nicht über Gillian und Lou Bescheid wusste – über ihre unorthodoxe Lebensführung und wie sie Enid Bletsoe getäuscht hatten. Doch nachdem niemand außer Enid – und Becca – Lou tatsächlich gesehen hatte, war die Messe besonders gut besucht; alles hoffte, dass die beiden Frauen kommen würden.

Die Gemeinde wurde nicht enttäuscht. Sie kamen beide und hatten auch Bryony dabei; es schien ihnen gar nicht bewusst zu sein, dass sie das schockierendste Ereignis darstellten, das es in Walston seit vielen Jahren gegeben hatte. Sie setzten sich in eine der vorderen Reihen und bemerkten nicht einmal, dass die braven Bürger von Walston die unausgesprochene Übereinkunft getroffen hatten, sie zu meiden.

Nach der Messe waren sie dennoch nicht völlig isoliert; Becca Thorncroft unterhielt sich mit ihnen, zumal sie bereits Pläne für das Abendessen schmiedete, zu dem sie am Wochenende einladen wollte. Sie konnte es gar nicht erwarten, sich mit den beiden wieder zu unterhalten.

»Klingt wirklich gut«, sagte Gill sofort zu. »Aber was ist mit Bryony? Es ist vielleicht keine so gute Idee, wenn sie mitkommt, und wir sind noch nicht so lange hier, dass wir schon einen Babysitter hätten.«

Das war ein Problem, an das Becca nicht gedacht hatte. »Oh, ich denke, es wäre schon in Ordnung, wenn Sie sie mitnehmen«, sagte sie etwas unschlüssig.

»Großer Gott, nein – Sie werden doch nicht dieses kleine Monster in Ihrem Haus haben wollen«, sagte Lou lachend und strich Bryony zärtlich übers Haar.

Enid, die in Hörweite gleichsam auf der Lauer lag und sich mit Doris und Marjorie unterhielt – den anstößigen Frauen betont den Rücken zukehrend –, drehte sich um und setzte ein freundliches Lächeln auf. »Ich habe zufällig gehört, was Sie beredet haben«, begann sie. »Vielleicht könnte ich helfen – ich würde mich gern um die liebe kleine Bryony kümmern.«

Gill lächelte dankbar – nicht ahnend, dass Enid, die sich bisher so freundlich gezeigt hatte, nun ihre erbitterte Feindin war. »Das ist sehr freundlich von Ihnen, Enid. Ich danke Ihnen vielmals. Würden Sie lieber zu uns kommen oder möchten Sie die Kleine zu sich nach Hause nehmen?«

»Bitte, Mami«, warf Bryony ein, die bereits an die leckeren Schokoladekekse und die süßen Getränke dachte, die es jedes Mal gegeben hatte, wenn sie in The Pines gewesen waren, »darf ich zu Mrs. Bletsoe? Ich würde so gern zu ihr nach Hause gehen.«

Enid strahlte. »Aber ja, mein Schatz. Natürlich darfst du zu mir kommen.«

»Ich danke Ihnen vielmals«, sagte Gill noch einmal.

»Ja, es ist wunderbar, dass wir einmal einen Abend ohne das kleine Monster verbringen können«, sagte Lou lächelnd. »Sie können sie haben, so oft Sie wollen.«

Sie gingen zusammen mit Becca weg und sprachen über das Abendessen, sodass Enid sich wieder ihren Freundinnen zuwenden konnte. Sie waren empört über das, was Enid soeben getan hatte. »Was fällt dir nur ein?«, stieß Doris empört hervor. »Hast du schon vergessen, wie sie dich behandelt haben?«

»Ich finde, du übertreibst es ein bisschen mit der christlichen Nächstenliebe«, fügte Marjorie vorwurfsvoll hinzu.

»Oh«, sagte Enid mit einem geheimnisvollen Lächeln, »ich habe meine Gründe. Ihr werdet schon sehen. Und wie ich gestern schon sagte, Doris – es ist nicht gerecht, die kleine Bryony für das zu bestrafen, was ihre Mutter tut. Sie ist genauso ein Opfer der Verkommenheit ihrer Mutter wie wir alle.«

Marjorie Talbot-Shaw schüttelte den Kopf und sah über den Rand ihrer Halbbrille hinweg den drei jungen Frauen nach, die soeben weggingen. »Ich verstehe nicht, was sich der Pfarrer dabei denkt, dass er seiner Frau erlaubt, solche Leute zum Essen einzuladen. Das gehört sich einfach nicht. Mein lieber Godfrey hätte es niemals gebilligt, dass sich solche Leute an seinen Tisch setzen.«

»Pater Fuller genauso wenig«, stellte Doris fest. »Er wäre schockiert. Wahrscheinlich dreht er sich gerade im Grab um.«

»Außerdem«, fügte Marjorie naserümpfend hinzu, »selbst wenn diese Frauen nicht so … anstößig wären, könnte ich nicht verstehen, warum die Frau des Pfarrers diese Neuankömmlinge zu ihrer ersten Abendgesellschaft einlädt. *Mich* hat sie noch nie eingeladen – und dabei sind sie schon seit Monaten verheiratet.«

»Uns auch nicht!«, warf Doris empört ein. »Und das bei allem, was Ernest schon seit vielen Jahren für diese Kirche tut! Erst als Gemeindevorsteher, dann in den beiden Stiftungen. Ich meine, was täte denn der Pfarrer ohne ihn? Er arbeitet mehr als die beiden Vorsteher zusammen!«

In diesem Augenblick gesellte sich eine Frau namens Flora Newall zu ihnen. Sie gehörte eigentlich nicht ihrem Kreis an, zumal sie einige Jahre jünger war und ganztags als Sozialarbeiterin tätig war. Sie lebte schon seit mehreren Jahren in Walston, wenngleich sie sich aufgrund ihrer Arbeit oft in den umliegenden Städten und Dörfern aufhielt – in Upper Walston, Walston St. Mary, Nether Walston und noch etwas weiter Richtung Norwich. Ihr Engagement in der Pfarrgemeinde war zwar nicht allzu umfangreich – doch sie machte alles mit großer Begeisterung. So war sie auch Mitglied der Mothers' Union und hatte schon oft beim Blumenschmuck und sogar beim Erntedankessen ausgeholfen.

Doris bildete sich einiges darauf ein, dass sie Flora Newall in die Mothers' Union geholt hatte. Es bewies, wie offen sie waren; immerhin war Flora Newall keine Mutter und nicht einmal verheiratet.

Sie sah im Grunde so aus, wie man sich die typische ledige Engländerin mittleren Alters vorstellte: dünn und knochig mit einem blassen Gesicht, das nicht hässlich, sondern ganz einfach unscheinbar war; mit leicht vortretenden Augen, großen Zähnen und Haaren, deren Farbe und Schnitt man schwer hätte einordnen können. Alles in allem war sie eher unauffällig und recht fröhlich, ohne aufdringlich zu sein.

»Wisst ihr schon das Neueste?«, verkündete sie, als sie sich zu ihnen gesellte. »Ich habe gerade mit der Frau des Pfarrers gesprochen, und sie hat mich für nächstes Wochenende zum Abendessen eingeladen!«

»Oh!« Marjorie Talbot-Shaw musterte sie mit wachsendem Interesse über den Rand ihrer Brille hinweg. »Das hat sie getan?«

»Warum gerade sie, frage ich mich?«, flüsterte Doris ihrer Schwester zu.

»Vielleicht, damit die Runde komplett ist«, antwortete Enid laut genug, dass alle es hören konnten. »Ich habe gehört, dass sie diesen Cyprian Lawrence einladen – also hat sie vermutlich noch eine Frau gebraucht.«

»Cyprian Lawrence!«, zischte Doris und hob empört die Augenbrauen. »Dann bin ich froh, dass sie mich und Ernest nicht eingeladen hat! Wir würden uns nämlich keine Minute im selben Haus aufhalten wie dieser Mensch!«

Das Thema wurde auch am Esstisch der Wrightmans besprochen, als man bei dem wohlgeratenen Rinderbraten saß.

»Ich verstehe einfach nicht, warum sie diese Flora Newall einlädt, wo sie uns noch kein einziges Mal gefragt hat«, sagte Doris zu ihrem Mann, während sie einen Löffel Erbsen auf seinen Teller häufte.

Ernest griff nach der Schüssel mit der Bratensoße. »Ich war der Meinung, Flora Newall ist eine Freundin von dir.«

»Oh, das ist sie auch. Zumindest eine Art Freundin«, erwiderte sie einschränkend. »Aber sie hat einfach keine Persönlichkeit, kein Temperament. Sie ist nicht so wie ich oder Marjorie, nicht einmal wie Enid. Flora ist ein schüchternes Pflänzchen – ich verstehe gar nicht, warum die Frau des Pfarrers sich mit ihr abgeben will.«

»Ach ja?«, sagte Ernest, der gerade ein Stück von seinem Braten abschnitt, nun aber nachdenklich innehielt.

Doris redete munter weiter, sodass es ihr gar nicht auffiel, dass Ernest während der ganzen Mahlzeit ungewöhnlich still blieb. Und sie bemerkte auch nicht, dass ihr Mann, während sie in der Küche mit dem Abwasch beschäftigt war, in der Diele stand und telefonierte.

Die Woche ging für Becca schnell vorüber. Sie war vor allem damit beschäftigt, das Abendessen zu planen und alles Nötige einzukaufen. Ihre Planungen wurden etwas komplizierter, als sie erfuhr, dass Flora Newall Vegetarierin war – doch sie fand schließlich ein Rezept für gefüllte Auberginen, die, wie Stephen ihr versicherte, ganz bestimmt allen schmecken würden.

Die Anrufe hörten zwar nicht ganz auf, doch sie schienen nicht mehr so häufig zu kommen – vielleicht, weil sie tagsüber häufiger wegging als früher und weil Stephens abendliche Sitzungen in dieser Woche nicht allzu lang dauerten. Stephen sah mit Freude, dass seine Frau in einer viel besseren Gemütsverfassung war als noch vor kurzem. Dass sie nicht mehr so nervös war, schrieb er dem Einfluss ihrer neuen Freundinnen und ihrem plötzlichen Interesse am Kochen zu.

Das folgenschwerste Ereignis dieser Woche war ein Treffen, dem man an sich keine große Bedeutung beigemessen hätte. Ernest Wrightman hatte sich an Flora Newall gewandt und sie um ein Gespräch gebeten, das schließlich eines Abends in Floras Cottage stattfand und kaum länger als eine halbe Stunde dauerte.

»Möchten Sie eine Tasse Tee?«, fragte sie aufgeregt, nachdem sie ihm den Mantel abgenommen hatte. »Oder vielleicht lieber Kaffee?«

»Eine Tasse Tee wäre fein.«

Flora war ziemlich erstaunt gewesen, als Ernest sie anrief, um ein Treffen mit ihr zu vereinbaren. Und auch jetzt war sie noch nicht schlauer, nachdem Ernest gekommen und in ihrem kleinen Wohnzimmer Platz genommen hatte. Sie schaltete den Teekessel ein, häufte ein paar Kekse auf einen Teller und bedeckte ihr schäbiges altes Tablett mit einem weißen Tuch.

»So«, sagte sie fröhlich, als sie wieder ins Wohnzimmer kam. Sie stellte das Tablett auf den Tisch und schenkte ihnen beiden ein. »Es geht doch nichts über eine gute Tasse Tee, sage ich immer.«

»Ein wahres Wort«, meinte Ernest und beugte sich vor, um etwas Zucker in seinen Tee zu geben, worauf er ihr die kleine Zuckerschüssel reichte.

Flora kicherte nervös. »Nein, danke. Ich nehme immer Süßstoff.« Sie holte eine kleine Dose hervor und warf eine kleine weiße Tablette in ihren Tee. Danach wusste sie nicht so recht, was sie noch tun sollte, und blickte ihn unsicher an.

Ernest beschloss, gleich zur Sache zu kommen. Er nahm

einen Schluck von seinem Tee und begann mit seinem Anliegen. »Sie fragen sich wahrscheinlich, was das Ganze soll.«

»Ja …«

Ernest spürte ihre Besorgnis und lachte schrill auf. »Nichts, was Sie beunruhigen müsste, meine liebe Lady«, versicherte er.

»Aber was …«

»Ich komme gleich auf den Punkt. Ich habe mich gefragt, ob Sie sich vorstellen könnten, Gemeindevorsteherin zu werden.«

»Gemeindevorsteherin?« Sie starrte ihn völlig verdutzt an. »Ich?«

»Irgendwer muss es ja tun – jetzt, wo Roger Staines das Amt aufgeben muss. »Warum nicht Sie?«

»Aber ich weiß doch gar nicht, was ein Gemeindevorsteher zu tun hat. Ich bin ja erst ein paar Jahre in Walston – ich kenne nicht einmal alle Leute in der Gemeinde.«

Er machte eine wegwerfende Handbewegung, wie um ihre Argumente vom Tisch zu wischen. »Das spielt doch keine Rolle. Sie hätten ja eine Menge Leute, wie mich zum Beispiel, die Ihnen helfen könnten. Wir würden Ihnen alles sagen, was Sie wissen müssten und was Sie zu tun hätten.«

Sie saß einige Augenblicke still da und dachte über seinen Vorschlag nach. »Warum gerade ich?«, fragte sie schließlich. »Es gibt doch bestimmt andere, die viel besser geeignet sind.«

»Aber wir haben niemanden mit Ihrer Begabung«, erwiderte Ernest, ohne zu überlegen. Er hatte sich mehrere Tage Zeit genommen, um sich seine Argumente zurechtzulegen. »Sie können gut mit Menschen umgehen – das hat mir Doris gesagt. Und das ist sehr wichtig. Außerdem sehe ich ja, dass Sie intelligent sind.«

Sie errötete bis unter die Haarwurzeln und murmelte: »Oh, das ist wirklich nett von Doris. Und von Ihnen natürlich auch.«

»Außerdem finde ich, dass es höchste Zeit ist, dass wir einen weiblichen Gemeindevorsteher bekommen, meinen Sie nicht auch?«, meinte er lächelnd. »Schließlich leben wir nicht mehr im Mittelalter. Wir müssen mit der Zeit gehen.«

»Aber was sagt Pater Thorncroft dazu? Glaubt er auch, dass ich eine gute Gemeindevorsteherin wäre?«

»Pater Thorncroft zählt nicht«, erwiderte er mit einem abschätzigen Lächeln. »Er wird das tun, was ich ihm sage.«

Das gesellige Beisammensein am Samstagabend wurde ein großer Erfolg. Die Gäste waren guter Stimmung, und Beccas Kochkünste wurden zu ihrer größten Freude von allen Seiten gelobt. Gillian und Lou, die Becca immer netter fand, je besser sie sie kennen lernte, verstanden sich mit Cyprian Lawrence auf Anhieb sehr gut; bis lange nach Mitternacht unterhielten sie sich über Musik, das Leben in London und andere Themen, die für alle Beteiligten von Interesse waren. Sogar Flora Newall schien sich gut zu amüsieren, auch wenn sie zum Gespräch nicht allzu viel beizutragen hatte. Beim Essen saß sie neben dem Pfarrer, was sie dazu nützte, ihm verschiedene Fragen über kirchliche Angelegenheiten zu stellen, die er gewissenhaft beantwortete, auch wenn er sich nicht erklären konnte, warum sie sich plötzlich dafür interessierte.

Inzwischen verbrachte Bryony einen für ihre Begriffe sehr angenehmen Abend mit Enid Bletsoe. Die Mahlzeit bestand aus Beefburgern und Pommes frites, was sie zu Hause nie bekam, und danach gab es noch jede Menge Schokoladekekse sowie das Versprechen, dass sie Fernsehsendungen sehen durfte, die gewöhnlich für sie verboten waren. Doch bevor das Fernsehen begann, setzte sich Enid zu ihr, um mit ihr zu plaudern.

»Wie gefällt es dir denn in deiner neuen Schule?«, fragte sie.

»Oh, es ist sehr nett dort. Ich habe schon einige Freundinnen.«

»Warst du nicht traurig, dass du deine alte Schule und deine Freundinnen in London verlassen musstest?«

»Na ja«, sagte Bryony und dachte über die Frage nach, »ich wollte eigentlich nicht so mitten im Schuljahr weggehen, aber Mami hat gesagt, es ist wichtig – wegen der Kräuter. Wenn wir gewartet hätten, bis das Schuljahr vorbei ist, wäre es zu spät gewesen, um sie anzubauen.«

»Ja, ich verstehe.« Enid bot ihr noch einen Keks an. »Was macht denn deine Mami mit ihren Kräutern?«

»Sie verkauft sie an Restaurants, und die verwenden sie zum Kochen. Und natürlich«, fügte das Mädchen hinzu, »baut sie auch ein paar Kräuter an, die man nimmt, wenn man krank ist.«

»Krank?«

»Na ja, wenn man Kopfweh oder Bauchweh hat. Wenn mir was wehtut, gibt sie ein paar Kräuter in kochendes Wasser und ich muss es trinken.«

»Aha«, sagte Enid hellhörig. »Nur du, oder trinken auch andere Leute Mamis Kräutertee?«

»Meistens nur ich«, antwortete Bryony. »Und Mami natürlich auch. Lou mag sie nicht so besonders. Sie sagt, dass Mami sie vergiften könnte.«

Enid beugte sich interessiert vor. »Sie vergiften?«

»Ich glaube, sie macht nur Spaß. Aber sie nimmt lieber ihre Tabletten.«

»Tabletten?«, fragte Enid in möglichst beiläufigem Ton. Drogenkonsum! Das wunderte sie überhaupt nicht. Sie traute den beiden so gut wie jede Abartigkeit zu.

»Ja, sie nimmt sie immer.«

»Und weißt du auch, wo sie sie aufbewahrt?«

Bryony hoffte, dass Enid nicht bemerkte, dass sie nach einem weiteren Keks griff. »Natürlich. Meistens sagt sie zu mir, dass ich sie ihr holen soll. Sie sind in einer Schublade beim Bett. Könnte ich noch etwas Saft haben?«

»Aber natürlich, Liebling. Ich hol dir gleich welchen.« Während Enid in der Küche war, steckte Bryony rasch drei Schokoladekekse ein.

»Bei Daddy bekomme ich immer Eis«, verkündete sie, als Enid zurückkam. »Haben Sie auch Eis im Haus, Mrs. Bletsoe?«

»Nun«, sagte Enid listig, »da müssen wir mal nachsehen. Aber erst möchte ich noch ein wenig mit dir plaudern.« Sie stellte das volle Glas auf den Tisch und fuhr mit ihren Fragen fort. »Vermisst du deinen Daddy denn gar nicht, Bryony?«

»Manchmal schon.«

»Du siehst ihn wohl nicht sehr oft, was?«

»Nein«, gestand Bryony. »Und jetzt, wo wir aus London weg sind, werde ich ihn fast gar nicht mehr sehen. Mami und Daddy mögen sich nicht mehr. Und Lou hasst Daddy«, fügte sie hinzu.

Ja, dachte Enid, das kann ich mir vorstellen. »Wie lange lebt Mami denn schon mit Lou und nicht mehr mit Daddy zusammen?«, fragte sie weiter.

Das Mädchen überlegte kurz. »Schon eine Weile.«

»Wie nennen sich Mami und Lou denn?«

Bryony sah sie etwas verständnislos an. »Na, Gill und Lou. So heißen sie ja«, erläuterte sie, als redete sie mit einem kleinen Kind. »Gill kommt von Gillian und Lou von Louise.«

Enid schob den fast schon leeren Teller mit den Keksen etwas näher zu dem Mädchen hin. »Weißt du, ich meine, ob sie auch noch was anderes zueinander sagen – so Dinge wie ›Liebling‹ oder ›Schatz‹ zum Beispiel.«

»Oh, das!« Bryony nahm sich noch einen Keks. »Mami sagt manchmal ›Liebling‹ zu Lou, und Lou nennt Mami manchmal ›Engelchen'. Meinen Sie solche Dinge?«, fragte sie und leckte sich die Schokolade von den Fingern.

Enid arbeitete sich allmählich zu den entscheidenden Fragen vor. »Küsst Mami Lou auch manchmal?«

»Aber natürlich«, antwortete Bryony etwas herablassend. »Wir küssen uns alle. Mami küsst mich und ich küsse Mami, und ich küsse Lou und Lou küsst mich, und Mami küsst Lou und Lou küsst Mami. Wir sind ja eine Familie.«

Auf dem Teller war noch ein Schokoladekeks übrig. Enid zeigte mit einer Kopfbewegung darauf und sah zu, wie das Mädchen den Keks verzehrte, bevor sie fragte: »Schlafen Mami und Lou im selben Bett, Bryony?«

»Natürlich.«

»Und schläfst du auch bei ihnen im Bett?«

»Nicht immer. Nur manchmal, wenn mir der Bauch wehtut oder wenn ich schlecht geträumt habe.« Sie sah Enid erwartungsvoll an.

»Wie ich sehe, sind die Kekse weg«, sagte Enid fröhlich. »Gibt es da vielleicht ein kleines Mädchen, das gern etwas Eis hätte?« Sie stand auf. »Jetzt haben wir uns aber wirklich nett unterhalten.«

6

Der Herr wolle ausrotten alle Heuchelei und die Zunge,
die hoffärtig redet, die da sagen:
»Durch unsere Zunge sind wir mächtig, uns gebührt zu reden!«

Psalm 12, 4, 5

Am darauf folgenden Montagnachmittag besuchte Becca Roger Staines in dessen Cottage. Er war aus dem Krankenhaus entlassen worden und hatte es eilig, Ordnung in seine Aufzeichnungen zu bringen. Einige Stunden später kehrte sie voller Enthusiasmus nach Hause zurück.

»Mr. Staines ist ein wirklich interessanter Mensch«, sagte sie beim Essen zu Stephen. »Er weiß so viel über die Geschichte des Dorfes. Und auch über die Kirche. Hast du gewusst, dass die Gegend hier früher eines der Zentren für den Wollhandel war und dass es reiche Wollhändler waren, die das Geld für den Bau der Kirche zur Verfügung gestellt haben?«

Stephen freute sich, sie wieder einmal so überschwänglich zu sehen. »Tatsächlich?«, sagte er, um sie zum Weitersprechen zu ermutigen.

»Und hat er dir schon einmal von den Lovelidges erzählt? Dass sie ihre ersten Söhne immer John oder Thomas nannten? Und dass sie es immer irgendwie schafften, sich auf die Seite der Sieger zu schlagen?«

»Wie meinst du das – auf die Seite der Sieger?«

»Na ja«, erläuterte Becca, »der erste der Familie, Sir John Lovelidge, wurde in den Adelsstand erhoben, weil er rechtzeitig Henry VIII. unterstützte, kurz bevor Kardinal Wolsey in Ungnade fiel. Und während der Reformation wurde er sogar noch reicher, als der König ihm alle kirchlichen Belange übertrug. Das bedeutete, dass immer einer der jüngeren Lovelidge-Söhne Pfarrer wurde. In der Zeit des Bürgerkriegs wechselte der damalige Lovelidge – es war ein Sir Thomas Lovelidge – abermals die Seite und unterstützte die Parlamentarier, als es danach aussah, dass sie sich durchsetzen würden. Auf diese Weise gelang es ihm, Walston Hall zu behalten. Außerdem rettete er das Ostfenster der Kirche vor der Zerstörung, indem er es herausnahm und in seinem Haus aufbewahrte. Und später, in der Zeit der Restauration, war sein Sohn ganz auf der Seite von Charles II. und wurde sogar königlicher Kammerjunker.«

»Das nennt man eine pragmatische Haltung«, merkte Stephen an. »Die Familie hatte offenbar ein Talent dafür, ihre Macht zu bewahren.«

»Das hat ihnen am Ende aber auch nichts genützt. Der letzte Sir John Lovelidge hatte nur einen Sohn namens Thomas – und der fiel 1915 in Frankreich, als er gerade neunzehn Jahre alt war. Mr. Staines sagte mir, dass der Vater an gebrochenem Herzen starb«, sagte sie stirnrunzelnd. »Ist das nicht traurig? Und danach gab es keine Lovelidges mehr – der Herrensitz wurde verkauft.«

»Das klingt ja so, als hättest du heute Nachmittag einiges gelernt, mein Schatz.« Er streckte die Hand über den Tisch hinweg aus und strich ihr zärtlich übers Haar. »Es freut mich, dass es dir gefallen hat.«

»In der Schule hat mich Geschichte nicht sehr interessiert«, gab Becca zu. »Aber Mr. Staines erzählt das alles so lebendig. Die Lovelidges sind für mich jetzt so real, als wären sie Menschen aus unserer Zeit.«

Stephen fand Beccas Erzählung so interessant, dass er am Mittwoch nach dem Mittagessen die Grabdenkmäler der

Lovelidges in der Kirche etwas genauer betrachtete. Harry Gaze war nirgends zu sehen, sodass er sich ungestört umschauen konnte.

Der erste Sir John, ein Vertrauter von Henry VIII., teilte sich mit seiner Gemahlin Anne ein aufwändiges Grabmal im Altarraum. Das kunstvoll gearbeitete Denkmal, an dem noch Spuren der ursprünglichen Bemalung zu erkennen waren, zeigte sich in erstaunlich gutem Zustand und erinnerte Stephen an ein Gedicht von Philip Larkin, das den Titel »Ein Grabmal in Arundel« trägt. »Was von uns übrig bleibt ist Liebe«, murmelte er vor sich hin.

Spätere Vertreter der Familie Lovelidge hatten ihre Familiendenkmäler in der Marienkapelle unterbringen lassen, und Stephen begab sich dorthin, um sie sich genauer anzusehen. Die Lovelidges der elisabethanischen Epoche, Sir Thomas und seine Gemahlin Lettice, die beide riesige Halskrausen trugen, knieten in einer seltsamen Position, halb innerhalb und halb außerhalb der Südmauer, die Hände andächtig zum Gebet gefaltet. Jener Sir John, der, wie auf seinem Grabdenkmal geschrieben stand, einst königlicher Kammerjunker war, also Gentleman of the Bedchamber von Charles II., hatte offensichtlich auch genügend Zeit in seinem eigenen Schlafzimmer verbracht: Er war dreimal verheiratet gewesen, und seine Frauen, die erstaunlicherweise alle Sarah hießen, hatten ihm insgesamt nicht weniger als dreiundzwanzig Kinder geschenkt, die zu einem großen Teil schon im Kindbett oder im Kindesalter starben. Das Denkmal zeigte sie alle mit erleichtertem Gesichtsausdruck – in der Mitte Sir John, umgeben von drei Frauen und einer Schar von kleinen Kindern, gehüllt in Leichentücher. Es war fast erschreckend, wie realistisch alles dargestellt war.

Die Denkmäler wurden immer prächtiger; offensichtlich bemühten sich die Vertreter der Familie, dem Gedenken an die eigene Person mit immer größerem Aufwand nachzuhelfen.

Ein Sir John aus dem 18. Jahrhundert, lebensgroß in Marmor dargestellt, ruhte bequem zurückgelehnt, den Kopf samt Perücke auf eine Hand gestützt, während eine Klagegestalt, die sinnbildlich die Trauer darstellte, mit gesenktem Kopf zu seinen Füßen kniete. Wenn man der Inschrift glauben mochte, so musste er geradezu vollkommen gewesen sein: Tolerant, gütig, außerdem ein wundervoller Ehemann und Vater, wie seine Witwe Augusta, Tochter von Lord Hollingsworth aus der Grafschaft Shropshire, behauptete. Die Lovelidges der viktorianischen Epoche verzichteten auf sinnbildliche Darstellungen; sie hatten offensichtlich eine Vorliebe für weinende Engel, von denen es hier jede Menge zu sehen gab. Stephen fand jedoch, dass das schlichteste Denkmal das ergreifendste war. Es handelte sich um eine kleine Tafel, die in die Wand eingelassen war. Hier stand in Blockbuchstaben geschrieben: »Captain Thomas Lovelidge, der einzige Sohn von Sir John Lovelidge und seiner Gemahlin Alice, 1896–1915. Seine sterbliche Hülle liegt in Frankreich, seine Seele ruht in Gott, doch in unseren Herzen lebt er für immer fort.«

»Ziemlich interessant, diese Denkmäler«, sagte Harry Gaze, der plötzlich hinter dem Pfarrer auftauchte. »Wirklich ein Jammer, dass die Familie einfach so ausgestorben ist.«

»Ja, sehr traurig«, meinte Stephen und wandte sich dem Küster zu.

»Schade, dass ich nicht hier war – ich würde Ihnen nämlich gern alles zeigen. Ich bin nur rasch nach Hause gelaufen, um einen Happen zu essen. Haben Sie den mit den drei Frauen gesehen?« Harry zeigte auf den königlichen Kammerjunker. »Der war nicht gerade vom Glück verfolgt, was? Die Frauen waren am Ende bestimmt ganz schön mitgenommen vom vielen Kinderkriegen.«

»Ja, wahrscheinlich.«

Harry schien, wie üblich, zu einem kleinen Schwätzchen aufgelegt zu sein. »Früher einmal hat man die Frauen zu nichts anderem gebraucht; es reichte, wenn sie Kinder zur Welt brachten und für die anderen Dinge im Schlafzimmer da waren. Natürlich mussten sie auch kochen und das Haus sauber halten.« Der Ton, in dem er das sagte, ließ vermuten, dass er dies für durchaus angebracht hielt.

»Zum Glück hat sich inzwischen einiges geändert«, entgegnete Stephen vorwurfsvoll.

Der Küster zwinkerte Stephen verschlagen zu. »Ich hab gehört, dass Ihre Gemahlin 'nen Job angenommen hat.«

»Nur für ein paar Stunden die Woche«, erwiderte Stephen und fragte sich selbst, warum es so klang, als müsse er sich dafür rechtfertigen.

»So fängt es immer an. Bald werden Sie Ihre Messgewänder selber bügeln und sich Ihr Essen selber kochen müssen.«

Stephen zwang sich zu lachen. »Das wäre nicht das Ende der Welt. Ich habe das früher schon gemacht, und es hat mich auch nicht umgebracht. Es gibt viele Pfarrer, die nicht verheiratet sind, Harry, und die keine Frauen haben, die für sie kochen und bügeln. Ich selbst habe auch erst vor kurzem geheiratet – haben Sie das schon vergessen?«

»Nun, aber die meisten haben eine Haushälterin oder sonst eine Frau, die sich um sie kümmert. Pater Fuller hatte auch eine Haushälterin. Das hätten Sie nicht erlebt, dass er seine Messgewänder selber bügelt.«

»Der heilige Pater Fuller«, konnte Stephen nicht umhin zu murmeln und verdrehte dabei die Augen. »Erlöse mich von Pater Fuller.«

»Er war ein vorbildlicher Pfarrer«, erwiderte Harry mit strenger Miene. »Ich kann mir keinen besseren vorstellen.«

»Das glaube ich«, sagte Stephen ohne eine Spur von Ironie.

»Ich frage mich«, meinte Harry nachdenklich und wischte kurz über die kniende Klagegestalt, so als wolle er Staub entfernen, »ich frage mich, was Pater Fuller wohl von dem Plan gehalten hätte, den Fred sich ausgedacht hat.«

»Was für einen Plan meinen Sie denn?«, erkundigte sich Stephen, obwohl er die Antwort kannte.

Der Küster sah ihn nachdenklich an. »Fred meint, dass wir kein Geld mehr an die Diözese abliefern sollten. Er sagt, es ist eine Schande, dass sie das ganze Geld verschwenden und uns nichts dafür geben.«

»Mit dem Geld, das wir an die Diözese weiterreichen, werden zum Beispiel die Gehälter der Pfarrer bezahlt«, wandte Stephen ein. »Also kann man sagen, dass ihr für eure Beiträge *mich* bekommt, Harry.«

»Aber Fred sagt, dass Ihr Gehalt von irgend so 'nem Treuhandfonds kommt, der noch von der Familie Lovelidge stammt. Das hat also gar nichts mit der Diözese zu tun.«

»Das stimmt nicht ganz. Und darum geht es auch gar nicht.«

»Worum es geht«, fuhr Harry unbeirrt fort, »ist, dass Fred meint, wir brauchen unser Geld hier in Walston. Und dass wir uns um uns selbst kümmern sollten. Die Familie Lovelidge hat vor vielen Jahren dafür gesorgt, dass wir immer einen Pfarrer hier haben. Warum sollten wir also unser gutes Geld nach Norwich schicken, nur damit sich irgendwelche anderen Dörfer gesundstoßen können? Warum sagen wir ihnen nicht einfach, dass sie für sich selbst sorgen müssen?«

Stephen atmete tief durch und bemühte sich, ruhig zu bleiben. »Weil wir alle zur Kirche von England gehören«, erläuterte er. »Darum geht es im Grunde. Wir gehören alle zusammen.«

»Viele hier im Dorf sehen das ganz anders, Pater.« Harry verschränkte die Arme vor der Brust. »Fred hat schon mit einer Menge Leute gesprochen. Er glaubt, dass so viele seiner Meinung sind, dass er die Sache in der nächsten Sitzung des Pfarrgemeinderats vorbringen kann.«

»Ach, wirklich?«, sagte Stephen mit wachsender Beunruhigung.

»Bis dahin haben wir dann auch einen neuen Gemeinde-vorsteher – und sie wird Fred bestimmt unterstützen.«

»Aber …«, begann Stephen, als plötzlich ein Wort in sein Bewusstsein drang. »Sie? Haben Sie gerade ›sie‹ gesagt, Harry?«

Harry musterte ihn mit verschlagener Miene. »Das hab ich, ja. Sind Sie etwa nicht damit einverstanden, dass wir einen weiblichen Vorsteher bekommen – wo Sie doch immer so für die Frauen eintreten?«

»Wer hat gesagt, dass wir einen weiblichen Vorsteher be-kommen?«, fragte er völlig verdutzt.

»Aber das weiß doch schon jeder, Pater. Sie wollen mir doch nicht sagen, dass Sie es noch nicht wussten.«

Stephen runzelte die Stirn. »Ist das auch einer von Freds kleinen Plänen?«

»O nein, das hat sich Ernest ausgedacht«, teilte ihm Harry genüsslich mit. »Ernest meint, dass es zu seinen Aufgaben ge-hört, den nächsten Vorsteher zu bestimmen, wo er doch so wichtig in der Gemeinde ist.«

»Und wer ist die Frau?«, fragte Stephen. »Oder hat sich Er-nest noch nicht festgelegt?«, fügte er sarkastisch hinzu.

»O doch, er weiß schon, wer es werden soll. Es ist Flora Ne-wall, die Sozialarbeiterin. Meiner Meinung nach eine Frau, wo überall ihre Nase reinsteckt – aber das müssen andere ent-scheiden. Ernest wird schon wissen, was er tut.«

Im Pfarrhaus verbrachte Becca nicht gerade einen schönen Nachmittag. Stephen war erst wenige Minuten aus dem Haus gewesen, als auch schon das Telefon klingelte. Mit einem Ge-fühl, das schon an Resignation grenzte, nahm sie den Hörer ab. Die Anrufe schienen so unvermeidlich und ihr Inhalt war so vorhersehbar, dass sie sich fast schon an das Grauen gewöhnt hatte. Zwar blieb ihr Abscheu unvermindert, doch sie hatte ir-gendwie gelernt, es zu ertragen. Doch diesmal war es etwas anders. Nachdem sich der Anrufer wie immer erkundigt hatte, wie es ihr ging, ließ er sich diesmal etwas Neues einfallen.

»Weiß der Pfarrer eigentlich, dass er eine solche Hure geheiratet hat?«

»Was?«, stieß sie so entsetzt hervor, als hätte sie einen Schlag ins Gesicht bekommen.

»Ein Mann reicht dir wohl nicht – jetzt treibst du es schon im ganzen Dorf. Du bist wohl auf den Geschmack gekommen, was, meine Liebe?«

Becca spürte, wie sie errötete, obwohl sie wusste, dass sie keinen Grund hatte, sich zu schämen. »Was meinen Sie damit?«, flüsterte sie.

»Jeden Tag besuchst du Roger Staines in seinem Cottage«, sagte er lachend. »Du darfst den armen Mann nicht überbeanspruchen, sonst bekommt er gleich noch einen Herzinfarkt.«

»Aber ich arbeite doch für Roger Staines!«

Erneut lachte der Mann. »Ja, davon bin ich überzeugt. Und ich hoffe, er weiß es zu schätzen und bezahlt dich anständig dafür. Ich würde es jedenfalls tun.«

Becca schluchzte auf, was ihn noch mehr zu ermuntern schien. »Und was ist mit den beiden Hexen in Foxglove Cottage?«, fuhr er fort. »Wir wissen doch alle, was das für welche sind. Und sie sind deine Freundinnen, nicht wahr? Haben sie dir auch schon beigebracht, dass du's auf ihre Art machst? Treibt ihr es zu dritt im Bett? Und weiß dein Mann davon? Wenn ich verspreche, dass ich's ihm nicht sage, lasst ihr mich dann zusehen?«

»Nein, o nein!« Sie hatte das Gefühl, dass es ihr den Magen umdrehte. Ihre Hand vermochte den Hörer nicht länger zu halten, und sie ließ ihn zu Boden fallen.

Pfarrer Stephen Thorncroft war normalerweise kein Mensch, der zu Wutanfällen neigte – von einigen wenigen Ausnahmen in der Vergangenheit abgesehen –, doch an diesem Tag brodelte es heftig in ihm. Er ging direkt zu Ernest Wrightman nach Hause, und schon sein Gesichtsausdruck warnte Doris, die ihm die Tür öffnete, dass irgendetwas nicht in Ordnung war.

»Es tut mir Leid, aber Ernest ist nicht da«, antwortete sie etwas nervös auf seine Frage. »Er hat sich mit den Leuten von Ingram zum Essen getroffen, und er ist noch nicht zurück.«

»Dann warte ich auf ihn«, sagte der Pfarrer hartnäckig, »wenn es Ihnen nichts ausmacht.«

»Bitte, kommen Sie herein, Pater«, entgegnete sie und führte ihn ins Wohnzimmer. »Möchten Sie vielleicht eine Tasse Tee?«

Etwas Tee hätte ihm gut getan, doch er fand, dass es seine Position schwächen würde, wenn er das Angebot annahm. »Nein, danke.«

»Nun gut.« Doris setzte sich auf einen Stuhl ihm gegenüber und starrte ihn unverwandt an.

»Bitte«, sagte Stephen, »lassen Sie sich nicht aufhalten – Sie haben bestimmt zu tun.«

Sie erhob sich rasch und sagte: »Ich war gerade beim Wäscheaufhängen. Wenn es Ihnen nichts ausmacht …«

»Nein, natürlich nicht. Machen Sie ruhig weiter.«

In diesem Augenblick war das leise Geräusch eines Schlüssels zu hören, der in der Haustür umgedreht wurde. »Das muss Ernest sein. Ich sage ihm, dass Sie hier sind, Pater.«

»Danke.« Stephen erhob sich.

Wenig später trat Ernest Wrightman ins Wohnzimmer. Er rieb sich die Hände – sichtlich zufrieden mit dem Verlauf des Treffens, von dem er kam. »Guten Tag, Pater«, sagte er etwas gespreizt. »Was kann ich für Sie tun?«

Stephen holte tief Luft. »Ich habe vorhin mit Harry Gaze gesprochen, und er hat mir erzählt, dass Sie sich schon über den neuen Gemeindevorsteher Gedanken machen. Ich glaube, Sie schulden mir eine Erklärung.«

»Nun, Pater«, antwortete Ernest, von Stephens Ton ganz und gar nicht eingeschüchtert – ja, er schien sogar noch selbstzufriedener als zuvor. »Ich habe Miss Newall gefragt, ob sie sich vorstellen könnte, Gemeindevorsteherin zu werden. Und sie hat ja gesagt.«

»Das hat mir Harry auch erzählt. Und Sie finden nicht, dass Sie das mit mir hätten besprechen sollen, bevor Sie einen solchen Schritt unternehmen?«

Ernest hob die Augenbrauen und antwortete in ziemlich schroffem Ton: »Die Gemeindevorsteher werden von der Pfarrgemeinde gewählt – das hat nichts mit Ihnen zu tun, Herr Pfarrer.«

Mit großer Mühe bezähmte Stephen seinen Zorn. Seine grauen Augen funkelten hinter der Brille, als er mit kalter Stimme antwortete: »Alles, was in der Pfarre geschieht, hat mit mir zu tun – vor allem die Wahl der Gemeindevorsteher. Ich hoffe, Sie werden das in Zukunft nicht mehr vergessen.« Ernest Wrightman strich sich nachdenklich über den Schnurrbart. »Darf ich fragen, Pater, ob Sie für den Posten jemand Bestimmten im Auge hatten?«

»In der Tat«, antwortete Stephen. »Und das habe ich immer noch. Ich finde, dass Quentin Mansfield ein ausgezeichneter Gemeindevorsteher wäre. Mit seiner Kompetenz in finanziellen Angelegenheiten und seinem Geschäftssinn wäre er hervorragend geeignet.«

»O nein«, erwiderte Ernest unbeirrt. »Er wäre ganz und gar nicht geeignet, Pater. Die Pfarrgemeinde würde sich niemals für ihn entscheiden. Ich hoffe, Sie haben nicht mit ihm darüber gesprochen – das wäre peinlich für uns alle. Er ist ganz einfach nicht der Richtige.«

Flora Newall stellte zu ihrer großen Überraschung fest, dass sie in Walston noch nie so beliebt gewesen war wie jetzt. Im Laufe der vergangenen Woche, als sich die Nachricht von ihrer bevorstehenden Ernennung zur Gemeindevorsteherin im ganzen Dorf verbreitete, hatte sie zahlreiche Telefonanrufe erhalten, bei denen alle möglichen Einladungen ausgesprochen, Vorschläge unterbreitet und Anliegen an sie herangetragen wurden. Die Einladungen nahm sie größtenteils an, während sie die Vorschläge und Bitten mit der Einschränkung zur Kenntnis nahm, dass sie ja noch nicht Gemeindevorsteherin sei.

Ein typisches Beispiel dafür war die Versammlung der Mothers' Union am Donnerstag Abend. Mehrere Frauen traten, von Fred Purdy aufgestachelt, an sie heran, um ihr zu sagen, wie dumm es wäre, weiter Geld nach Norwich zu schicken, wo es doch nur verschwendet würde. Andere wollten von ihr, dass sie sich für den alten Chor einsetzte. »Da muss sich doch etwas machen lassen«, flüsterte Doris Wrightman ihr nach der Versammlung vertraulich zu, als sie bei Tee und Keksen beisammen saßen. »Dieser Cyprian Lawrence ist doch auch nur ein Angestellter der Kirche. So etwas muss man sich von ihm nicht gefallen lassen. Fred Purdy wird dich sicher unterstützen.«

»Ich bin noch nicht gewählt«, erwiderte Flora hartnäckig.

»Oh, aber das wirst du ganz bestimmt. Ernest hat versprochen, dass du gewählt wirst – und er wird dich nicht im Stich lassen. Weißt du«, fügte sie voller Stolz hinzu, »wenn Ernest etwas verspricht, dann hält er es auch.«

»Aber vielleicht liegt das nicht in Ernests Macht«, wandte Flora ein. »Die ganze Gemeinde muss mich als Vorsteherin akzeptieren.«

Doris sah sie selbstgefällig und ein wenig mitleidig an, so als wundere sie sich, wie naiv Flora war. »Die Gemeinde wird natürlich Ernests Rat folgen. So ist das immer. Er verfügt über so viel Erfahrung und Weisheit. Pater Fuller wusste das genau und hätte nie etwas getan, ohne Ernest vorher um Rat zu fragen.«

Als Enid Bletsoe sie ein paar Minuten später zu einem Vieraugengespräch beiseite nahm, war Flora auf ein ähnliches An-

sinnen vorbereitet und erinnerte die Frau deshalb vorsichts-
halber daran, dass sie ja noch nicht gewählt wäre. Zu ihrer
Überraschung winkte Enid ungeduldig ab. »Es geht nicht um
die Gemeinde. Ich möchte mit dir als Sozialarbeiterin sprechen.«

Flora sah sie überrascht an. »Ja?«

»Ich brauche einen Rat«, sagte Enid und fügte mit leiserer
Stimme hinzu: »Über Kindesmissbrauch.«

»Kindesmissbrauch?«, fragte Flora völlig verdutzt. Nie hätte
sie erwartet, dass die Frau über ein solches Thema mit ihr sprechen wollte.

»Ich will keine Namen nennen, sondern einfach nur streng
vertraulich fragen, wie man vorgeht, wenn man einen Fall von
Kindesmissbrauch melden will.«

Flora war von einem Moment auf den anderen ganz Sozialarbeiterin und sprach so sachlich und kompetent, wie Enid es
noch nie bei ihr erlebt hatte. »Wenn ein Fall von Kindesmissbrauch vorliegt«, sagte sie in energischem Ton, »dann muss er
unverzüglich gemeldet werden. Man darf keinen Augenblick
zögern, wenn ein Kind in Gefahr ist. Wer ist das Kind? Du
musst es mir sagen.«

Angesichts dieser energischen Antwort beschloss Enid, ausweichend zu reagieren. Es war nicht gut, wenn sie ihre Karten
zu früh aufdeckte. »Oh, es geht um niemand Bestimmten. Ich
wollte das nur ganz allgemein wissen. Ich habe kürzlich in
einer Zeitschrift einen Artikel über Kindesmissbrauch gelesen
– da habe ich mich eben gefragt, was man täte, wenn einem so
etwas auffällt.«

»Nun«, entgegnete Flora in ungewohnt entschiedenem
Ton, »ich hoffe, du wirst es mir sofort melden, wenn du jemals
von einem solchen Missbrauch hörst.«

Enid nickte. »Du kannst sicher sein, dass ich das tun werde.«
Als Flora sich umdrehte und wegging, lächelte Enid in ihre
Teetasse hinein.

7

Ich schütte meine Klage vor ihm aus
und zeige an vor ihm meine Not.

Psalm 142, 3

Die weiteren Geschehnisse dieser Woche trugen nicht gerade dazu bei, Stephens Sorge um die Zukunft seiner Gemeinde zu zerstreuen. Egal, mit wem er sprach – alle schienen Flora Newalls Wahl zur Gemeindevorsteherin als beschlossene Sache anzusehen. Als ebenso sicher galt offenbar, dass man in Zukunft keine Beiträge mehr an die Diözese abliefern würde. Stephen hatte das beunruhigende Gefühl, dass ihm die Dinge zunehmend entglitten – eine Situation, wie er sie noch nie erlebt hatte.

In der Nacht von Freitag auf Samstag machte er kaum ein Auge zu. Stundenlang gingen ihm immer wieder die gleichen Gedanken durch den Kopf. Der Palmsonntag stand vor der Tür – und damit der Beginn der bedeutendsten Woche im Kirchenjahr. Er hätte sich eigentlich spirituell darauf einstimmen sollen – doch er war wie gelähmt und fühlte sich absolut hilflos angesichts der Machenschaften von Fred Purdy und Ernest Wrightman. Wie hatte es nur so weit kommen können?, fragte er sich immer wieder. Wie war es ihnen möglich gewesen, ihm, ohne dass er es bemerkte, jeglichen Einfluss auf seine Gemeinde zu entziehen?

Diese Frage beschäftigte ihn so sehr, dass eine andere Sache, die ihn ebenfalls beunruhigte, in den Hintergrund rückte: die

Tatsache, dass er und Becca seit drei Tagen nicht mehr miteinander geschlafen hatten. Als er am Mittwoch von Ernest Wrightman zurückgekehrt war, hatte er sich so geärgert, dass er kaum mitbekam, wie niedergeschlagen seine Frau wirkte. Er hatte sich ausgiebig über Wrightmans Arroganz ausgelassen, und Becca hatte schweigend zugehört. Als sie schließlich zu Bett gingen, drehte sie sich – übrigens zum allerersten Mal – mit der Begründung von ihm weg, dass sie Kopfschmerzen habe. Das war wirklich kein Wunder, hatte Stephen gedacht; schließlich hatte er selbst Kopfschmerzen, nach allem, was passiert war. Ihre Kopfschmerzen vergingen auch am Donnerstag und Freitag nicht, und es kam ihm sogar so vor, als wäre sie zusammengezuckt, als er sie berührte, was er jedoch als Einbildung abtat.

Als das Licht des beginnenden Tages durch die Vorhänge der Schlafzimmerfenster hereindrang, wandte sich Stephen seiner schlafenden Frau zu und betrachtete sie. Sie lag mit dem Rücken zu ihm am Rand des Bettes, doch er konnte die Rundung ihrer blassen Wange sehen. Becca war in letzter Zeit wirklich sehr blass – er hoffte, dass ihre Kopfschmerzen nicht ein Anzeichen für etwas Schlimmeres waren. Stephen beugte sich über sie und strich ihr zärtlich eine Strähne ihres silberblonden Haars aus dem Gesicht. Die Liebe, die ihn bei ihrem Anblick durchströmte, war wie Balsam für seine leidende Seele. Wie schön es doch war, eine Frau zu haben. »Oh, Becca«, murmelte er. Im Schlaf reagierte sie auf seine Stimme und wandte sich ihm zu. Dabei verrutschte ihre Decke, sodass er einen Blick auf ihre Brüste erhaschte.

Das Gefühl der Zärtlichkeit verwandelte sich augenblicklich in Verlangen, das nach drei Tagen der Enthaltsamkeit umso heftiger zutage trat. »Oh, Becca«, murmelte er erneut und beugte sich vor, um sie küssen, während er eine Hand auf ihre Brust legte.

Plötzlich schlug sie die Augen auf. »Nein!«, stieß sie hervor und wich von ihm zurück.

»Aber Becca, Schatz, was ist denn los? Ich will dich so gern wieder einmal spüren.«

»Nein!«, erwiderte Becca mit verzweifelter Stimme. »Nein, ich kann nicht!«

Es war zu schlimm – und zu peinlich –, um darüber zu reden, und so sprachen sie überhaupt nicht davon. Als Stephen einige Stunden später am Küchentisch saß, nachdem er die Frühmesse in St. Michael gelesen hatte, redete er mit ihr über alles andere als den Vorfall im Bett, während Becca sein Frühstück zubereitete.

»Bratwürstchen am Samstagmorgen – das ist schon etwas Feines«, sagte er, als sie die Würstchen in der Pfanne wendete. »Ich weiß, dass es nicht gesund ist – aber ich sage mir, dass es mich nicht umbringen wird, wenn ich es mir einmal die Woche genehmige. Und nachdem ich samstags wegen der Messe immer so früh aufstehe, habe ich irgendwie das Gefühl, dass ich es mir verdient habe.«

Becca schlug ein Ei in die Pfanne und stieß im nächsten Augenblick einen kurzen Schrei aus. »Oh, der Dotter ist zerlaufen.«

»Das macht doch nichts, Liebling. Ich esse es auch so gern.«

Sie schlug die Hände vors Gesicht. »Ich hab's vermasselt«, sagte sie mit einem leisen Schluchzer.

Stephen beugte sich erschrocken vor. »Ich habe gesagt, es macht mir nichts aus.«

»Und die Würstchen sind verbrannt.« Tränen strömten ihr über die Wangen. »Ich bin dir eine grauenhafte Ehefrau, Stephen. Eine miserable Köchin und eine grauenhafte Ehefrau. Du hättest mich nicht heiraten sollen.«

»Red doch keinen Unsinn, Liebling. Es ist doch nur ein Frühstück.« Er wollte schon aufstehen, um sie zu trösten, hielt aber inne, als sie sich sichtlich beherrschte und zum Schrank hinüberging, um einen Teller zu holen.

»Sprechen wir doch über etwas anderes«, sagte sie wieder etwas gefasster und stellte den Teller mit dem armselig aussehenden Frühstück vor ihn hin.

Stephen nahm ihren Vorschlag gern an und begann über das Thema zu reden, das ihn in letzter Zeit so sehr beschäftigte. »Ich verstehe einfach nicht, was in dem Menschen vorgeht«, sagte er nachdenklich. »Ernest meine ich. Zuerst einmal frage ich mich, wie er sich einbilden kann, dass er das Recht hat, zu bestimmen, was in meiner Gemeinde geschehen soll. Aber abgesehen davon frage ich mich auch, was er dagegen haben kann, dass Quentin Mansfield unser neuer Gemeindevorsteher wird. Quentin hat alle Qualitäten, die wir jetzt so dringend brauchen, und er ist ein anerkanntes Mitglied der Gemeinde – schließlich lebt er in Walston Hall!«

Becca nahm den Themenwechsel mit einem erleichterten Seufzer zur Kenntnis, auch wenn die Sache für Stephen noch so ärgerlich sein mochte. »Immerhin ist er erst seit ein paar Jahren hier«, wandte sie ein. »Die Leute im Dorf sind etwas misstrauisch gegenüber allen, die nicht in Walston geboren wurden.«

»Das meine ich ja gerade!«, rief Stephen und schlug zur Bekräftigung mit der Hand auf den Tisch. »Und was ist mit Flora Newall? Sie ist auch nicht länger in Walston als die Mansfields, und sie ist ein viel unbeschriebeneres Blatt. Zweifellos ist sie ja sehr engagiert, aber keiner kennt sie wirklich gut. Außerdem hat sie einen Ganztagsjob, also wird sie sicher nicht so viel Zeit für das Amt haben wie Roger sie hatte, oder wie Quentin sie hätte.« Während er sein Frühstück verzehrte, ohne auf den zerlaufenen Eidotter und die verbrannten Würstchen zu achten, ging er zu dem Problem um Fred Purdy und die Beiträge an die Diözese über. »Ich weiß einfach nicht, was ich tun soll«, schloss er wenige Minuten später. »Ich habe noch nie mit solchen Schwierigkeiten zu tun gehabt.«

Becca setzte sich ihm gegenüber und hüllte sich in den Morgenmantel, als wolle sie sich schützen. Sie versuchte sich vorzustellen, was ihr Vater an seiner Stelle getan hätte, um sogleich festzustellen, dass ihr Vater nie in eine solche Situation gekommen wäre; niemand hätte es je gewagt, ihm vorzuschreiben, was er tun sollte. »Gibt es denn niemanden, mit dem du sprechen könntest? Vielleicht wenn du dich an den Erzdiakon wendest, oder an den Landesdekan? Du könntest auch mit einem Kollegen in einer anderen Pfarrei reden.«

Er schüttelte den Kopf. »Ich brauche keinen seelsorgerischen Rat, sondern den Rat eines Juristen. Ich muss wissen, ob ich irgendetwas unternehmen kann, um Fred Purdy und seine Kumpane daran zu hindern, dass sie die Kirche von England angreifen.«

»Den Rat eines Juristen«, sagte Becca nachdenklich. »Dann bräuchtest du also einen Anwalt.«

Die Idee kam ihnen im selben Moment, doch Stephen sprach sie als Erster aus. »David Middleton-Brown!«

Im Moment war David Middleton-Brown kein glücklicher Mensch. Er verfügte von Natur aus über ein recht sonniges Gemüt, wenn er auch gelegentlich seine Stimmungsschwankungen hatte, und die vergangenen Jahre waren die bei weitem glücklichsten seines Lebens gewesen. Nach seinen Jahren in der Provinz hatte seine Karriere als Anwalt einen richtigen Schub bekommen, als ihm eine Stelle bei einer renommierten Firma in London angeboten wurde. Außerdem hatte er sich mit zweiundvierzig bis über beide Ohren in die Malerin Lucy Kingsley verliebt – und er war ebenso erstaunt wie dankbar, als er feststellte, dass die Gefühle nicht einseitig waren. Nachdem er nun zwölf Monate mit ihr zusammen war und sechs Monate davon in ihrem Haus mit ihr gelebt hatte, war er sich sicher, dass er für immer bei Lucy bleiben wollte – doch Lucy schien von einer Heirat nicht allzu viel zu halten. Vor kurzem hatten sich die Dinge dramatisch zugespitzt, nachdem Lucys etwas schwierige vierzehnjährige Nichte Ruth drei Wochen lang bei ihnen zu Besuch gewesen war. Sie hatten Ruth noch zum Bahnhof gebracht, dann teilte Lucy ihm mit, dass sie die Beziehung beenden wolle – und zwar nicht, weil sie ihn nicht liebte, sondern weil sie fürchtete, dass sie ihn zu sehr liebte.

David stand immer noch unter Schock, als sie beide in Lucys Haus in South Kensington zurückkehrten, nachdem sie im Auto kaum ein Wort gewechselt hatten. Zwölf Tage – so viel Zeit blieb ihm noch, um sie umzustimmen. Anfang April, also genau in zwölf Tagen, würde er ein Haus übernehmen, das er geerbt hatte; Lucy erwartete, dass er bis dahin auszog – es sei denn, er schaffte es, sie in den nächsten Tagen doch noch davon zu überzeugen, dass sie nicht ohne ihn leben konnte. Allerdings hatte er keine Ahnung, wie er das anstellen sollte. Während des kurzen Gesprächs auf dem Bahnhof war ihm nicht allzu viel eingefallen; er hatte instinktiv gespürt, dass er sich nur selbst schaden würde, wenn er es mit emotionaler Erpressung versuchte. Aber wie sollte er sie sonst überreden? Er war sich voll und ganz bewusst, dass sein Lebensglück davon abhing, ob es ihm gelang.

Als sie das Haus betraten, klingelte das Telefon. Lucy hatte immer noch Tränen in den Augen, als sie den Hörer abhob. »Hallo?«, sagte sie mit einer Stimme, die gar nicht ihre eigene zu sein schien.

»Lucy, bist du es?«, fragte Stephen zögernd.

»Lucy Kingsley, ja«, bestätigte sie.

»Hallo, Tante Lucy.« Stephen nannte sie oft im Scherz seine Tante. Das war auch nicht ganz falsch, nachdem Lucy vor Jahren einmal für kurze Zeit mit seinem Onkel verheiratet gewesen war. Dabei war Lucy nur wenige Jahre älter als Stephen.

»Stephen!« Sie bemühte sich, Freude über seinen Anruf zu zeigen. »Wie geht es dir? Wie geht's Becca?«

Er hatte ebenso große Mühe, auf ihre Frage zu antworten. »Oh, es geht uns gut. Und dir?«

»Sehr gut, danke.«

Nach einer etwas peinlichen Pause sagte Stephen: »Könnte ich vielleicht mal kurz mit David sprechen?«

»Ja, er ist hier.« Sie hatte das Gefühl, nicht länger Konversation machen zu können, und reichte den Hörer an David weiter, der mit gerunzelter Stirn neben ihr stand.

Lucy hörte nur die Hälfte des Gespräches mit – die andere Hälfte erfuhr sie von David später in der Küche, als sie bei starkem Kaffee beisammen saßen. Er hatte eigentlich das Gefühl, dass er etwas Stärkeres bräuchte – doch er wusste, dass Lucy nicht begeistert sein würde, wenn er schon vor dem Mittagessen zum Whisky griff.

»Wie es aussieht, hat er ziemliche Probleme mit seiner Pfarrgemeinde. Es scheint da einen starrköpfigen und etwas beschränkten Gemeindevorsteher zu geben, der schon eine Ewigkeit dort ist und der keine Beiträge mehr an die Diözese zahlen will. Der Mann hat offenbar bereits einen großen Teil der Gemeinde auf seine Seite gebracht. Außerdem muss der Posten des zweiten Gemeindevorstehers neu besetzt werden – und da gibt es anscheinend so einen Kerl, der im Hintergrund die Fäden ziehen will und der sich einbildet, dass er besser als der Pfarrer weiß, wer gewählt werden sollte. Stephen hat einen ganz bestimmten Mann im Auge, der geschäftliche Erfahrung und Finanzkompetenz hat, aber dieser Ernest Wrightman schlägt eine Frau vor – eine Sozialarbeiterin, die noch gar nicht lange zur Gemeinde gehört.«

Lucy hörte ihm aufmerksam zu und wickelte sich eine Strähne ihres naturgelockten rotgoldenen Haars um einen Finger. »Ich verstehe immer noch nicht«, sagte sie stirnrunzelnd, »was das alles mit dir zu tun hat.«

»Ich eigentlich auch nicht«, sagte David mit einem

Lächeln, dessen Ironie sich gegen ihn selbst richtete. »Aus irgendeinem Grund scheint er zu glauben, dass ich Wunder wirken kann.«

»Will er, dass du hinkommst?«

»Er will, dass *wir* kommen«, antwortete David. »Er sagt, sie hätten dort ein großes Pfarrhaus mit viel Platz und stellt es sich so vor, dass wir ein paar Tage dort bleiben und uns die Lage aus der Nähe ansehen – und dass ich ihm dann vielleicht einen Rat geben könnte.«

»Glaubst du, dass du ihm helfen kannst?«

»Ich glaube«, sagte David und lachte kurz und freudlos auf, »dass ich ihm danach dasselbe raten würde wie ich es jetzt schon am liebsten täte: Er soll sich am besten eine neue Pfarrgemeinde suchen.«

Lucy verzog das Gesicht zu einem angedeuteten Lächeln. »Du willst also nicht hinfahren?«

»Das habe ich nicht gesagt.« Er schenkte sich noch etwas Kaffee ein und überlegte dabei, wie es wäre, wenn er Stephens Wunsch nachkäme. Wobei er keine Ahnung hatte, ob er dem jungen Pfarrer in irgendeiner Weise helfen konnte, zumal die rechtliche Situation recht eindeutig war. Er hatte Stephen schon am Telefon gesagt, dass es nahezu unmöglich war, eine Entscheidung seines Pfarrgemeinderats umzustoßen. Doch was seine Situation mit Lucy betraf, so war eine gemeinsame Woche in Norfolk möglicherweise genau das Richtige. David war von Natur aus ein eher harmoniebedürftiger Mensch, und so war ihm die Vorstellung überaus zuwider, dass sie in den nächsten zwölf Tagen immer wieder die gleichen Diskussionen über ihre Zukunft führen würden, um am Ende doch zu keinem glücklichen Ergebnis zu kommen. Doch es gab einen großen Unterschied zu ihren früheren Diskussionen: Diesmal ging es nicht um die Frage einer möglichen Heirat – nein, diesmal stand sogar ihre gemeinsame Zukunft auf dem Spiel. Und das war nicht gerade eine schöne Aussicht. Ein paar Tage in Norfolk würden ihnen wenigstens eine kleine Verschnaufpause verschaffen. Vielleicht war Lucy ja bereit, die Sache erst einmal ruhen zu lassen, so lange sie dort waren.

»Ich hätte nichts dagegen, dass wir hinfahren«, sagte er schließlich. »So ein kleiner Urlaub auf dem Land wäre vielleicht ganz nett. Und es wäre schön, Stephen und Becca wieder zu sehen, auch wenn ich ihnen vielleicht nicht helfen kann. Außerdem«, fügte er lächelnd hinzu, »haben sie dort eine wunderschöne Kirche. Sie würde dir bestimmt gefallen mit ihrem prächtigen Perpendikularstil und der schönen Kapelle, die Comper umgebaut hat. Was meinst du, Lucy?«

»Ja, das wäre vielleicht nicht schlecht.« Lucy begann ohnehin bereits zu bedauern, was sie zuvor zu David gesagt hatte. Seine Argumente waren doch recht überzeugend gewesen, außerdem liebte sie ihn wirklich. Vielleicht würde es ihnen beiden gut tun, wenn sie London für ein paar Tage hinter sich ließen. »Aber kannst du dir so lange freinehmen?«

»Stephen hat vorgeschlagen, dass wir nächstes Wochenende kommen, und da ist ja schon Ostern. Wir könnten also auf ein langes Wochenende nach Norfolk fahren, ohne dass ich mir freinehmen müsste. Wir könnten Samstag früh losfahren und Montag Abend zurückkommen.«

»Dann fahren wir doch einfach«, sagte sie, streckte die Hand aus und legte sie auf die seine. »Und reden wir am besten eine Weile nicht mehr über … na, du weißt schon. Ich glaube, wir sollten das Ganze für ein paar Tage ruhen lassen.«

»Wunderbar.« Er seufzte tief und erleichtert und verschränkte seine Finger mit den ihren. »Dann rufe ich Stephen zurück und sage ihm, dass wir nächsten Samstag bei ihm auftauchen.« Lächelnd erhob er sich, zog Lucy ebenfalls auf die Beine und führte sie zur Treppe. »Aber das kann warten. Weißt du, Liebling, wenn wir schon nicht reden, dann könnten wir ja etwas anderes tun. Taten sagen ohnehin mehr als Worte, nicht wahr?«

8

Gillian English hatte – zumindest nach Lous Ansicht – vor allem einen gravierenden Fehler: dass sie den Leuten allzu bereitwillig vertraute. Gill hatte in den vergangenen Tagen Enid Bletsoe kaum gesehen – doch es kam ihr nicht in den Sinn, dass das einen Grund haben könnte. Wahrscheinlich, so dachte sie, war es für Enid eben mittlerweile nichts Besonderes mehr, dass sie neue Nachbarn hatte. Und so grüßte sie Enid nichts ahnend und genauso freundlich wie immer, als sie ihr am Samstag vor der Karwoche im Dorfladen begegnete. »Hallo, wir haben uns ja ein Weilchen nicht mehr getroffen«, sagte Gill, als sie von hinten auf Enid zuging.

Enid, die sich gerade mit Fred Purdy über Gill und Lou unterhalten hatte, drehte sich rasch zu ihr um. »Hallo«, antwortete sie widerwillig. Sie wollte nicht, dass Fred dachte, sie wäre mit diesen Leuten befreundet.

»Genießen Sie auch das schöne Wetter?«, fragte Gill und zeigte zum Fenster, durch das die Sonne hereinschien. »Die ganze Woche ist es schon so schön – ich habe meinen Garten bereits angelegt und die meisten Kräuter angebaut.«

»Ja, hm.« Enid rümpfte die Nase und warf Fred einen vielsagenden Blick zu. Sie hatten gerade über Gills zwielichtige berufliche Tätigkeit gesprochen. Es war ihr peinlich, dass die

Frau sich offenbar mit ihr unterhalten wollte, und so packte sie rasch die Waren, die sie eingekauft hatte, in ihren Korb. »Und ich glaube, ich nehme auch noch eine Packung Schokoladekekse«, fügte sie ganz bewusst hinzu. »Die hat die kleine Bryony so gern.«

Gill reagierte mit freundlicher, aber fester Stimme; wenn es um ihre Tochter ging, war sie sehr wohl bereit, ihren Standpunkt durchzusetzen. »Es wäre mir lieber, wenn Sie ihr keine Schokoladekekse mehr geben würden. Die sind nicht gut für sie, wissen Sie. Zu Hause erhält sie auch keine.« Sie lächelte, um ihren Worten die Schärfe zu nehmen. »Als Sie sich neulich freundlicherweise um sie gekümmert haben, da ist sie mit Schokoladekeksen in der Hosentasche heimgekommen – das war eine schöne Bescherung in der Waschmaschine.«

»Dein Jamie hat sicher nie Kekse in der Hosentasche gelassen, nicht wahr?«, warf Fred Purdy lachend ein.

»Na ja, zumindest war ich so gescheit, dass ich vorher in den Taschen nachsah, bevor ich seine Sachen in die Waschmaschine steckte«, murmelte Enid und packte die Kekse demonstrativ ein.

Gill fand, dass es besser war, von etwas anderem zu sprechen, und wählte ein Thema, von dem sie dachte, dass es die gutnachbarschaftlichen Beziehungen fördern würde. »Wann, haben Sie gesagt, nehmen Sie neue Mitglieder in die Mothers' Union auf? Ich will mir das Datum im Kalender notieren.«

Enid stellte den Einkaufskorb mit einer jähen Geste auf den Ladentisch zurück und starrte Gill mit stechendem Blick an. »Meinen Sie das ernst?«, stieß sie hervor.

Gill war einen Moment lang sprachlos und zuckte halb entschuldigend mit den Schultern. »Na ja, Sie haben mich doch gefragt, ob ich beitreten möchte.«

»Das war, bevor ich erfuhr, was für ein Mensch Sie sind«, versetzte Enid mit zornfunkelnden Augen. »Als Sie mich noch glauben ließen, dass Sie eine ganz normale Mutter wären.«

»Aber ich bin doch Mutter.«

»Pervers sind Sie!«, stieß Enid hasserfüllt hervor. »Durch und durch verdorben und pervers. Leute wie Sie dulden wir nicht in der Mothers' Union. Leute wie Sie wollen wir nicht hier im Dorf. Ich kann nur sagen, dass mir Ihre Tochter Leid tut.« Und mit einer großen Gebärde nahm sie ihren Korb vom Ladentisch und eilte hinaus.

Gill kam mit leeren Händen nach Hause und zitterte am ganzen Leib, als sie das Wohnzimmer betrat, wo Bryony gerade ein Video ansah und Lou, von den Samstagszeitungen umgeben, auf dem Sofa saß.

»Ich dachte, du wolltest Besorgungen machen«, sagte Lou, von ihrer Zeitung aufblickend. »Hast du denn nichts gekauft?« Sie betrachtete ihre Lebensgefährtin etwas genauer. »Ist etwas nicht in Ordnung, Engelchen? Du siehst aus, als hättest du gerade ein Gespenst gesehen.«

Gill atmete tief durch, und es kam ihr gerade noch rechtzeitig zu Bewusstsein, dass ihre Tochter im Zimmer war. »Bryony, Schatz, geh doch bitte hinaus und spiel ein bisschen im Garten. Es ist ein wirklich schöner Tag heute.«

Bryony hielt sich zumeist lieber im Haus auf. »Aber ich seh mir gerade den Film hier an. Du hast gesagt, ich darf ihn anschauen.«

»Du kannst dir den Rest später ansehen, Schatz. Es ist viel zu schön draußen, um im Haus zu bleiben.«

»Aber du bist doch auch im Haus«, erwiderte das Kind hartnäckig.

»Geh schon«, befahl Lou.

Bryony ging mit einem gequälten Seufzer hinaus.

»Jetzt sag mir, was los ist.« Lou erhob sich, während Gill sich in einen Stuhl sinken ließ.

»Oh, Lou, es war schrecklich.« Rasch schilderte sie ihre Begegnung mit Enid.

»Sie hat dich pervers genannt?«, fragte Lou zornig.

»Durch und durch verdorben und pervers, hat sie gesagt«, antwortete Gill mit einem zittrigen Lachen. »Es war schrecklich.«

»Diese bösartige alte Kuh!« Lou ging im Wohnzimmer auf und ab. »Aber ehrlich, Gill, was hast du denn erwartet, um Himmels willen? Ich habe dich gewarnt, dass man es in diesem gottverlassenen Dorf nicht gerade gern sehen würde, wenn zwei wie wir sich hier niederlassen.«

»Aber in London hat es doch auch niemandem etwas ausgemacht.«

»London ist London«, erwiderte Lou. »In Norfolk geht es jedenfalls ganz anders zu.«

»Das kommt mir auch so vor«, sagte Gill und versuchte zu lächeln. »Aber sie war doch vorher so nett zu uns. Sie hat uns zum Essen eingeladen und angeboten, dass sie auf Bryony aufpasst. Ich verstehe es einfach nicht.«

Während sie sich im Wohnzimmer unterhielten, spielte Bryony etwas lustlos im Vorgarten mit ihrem Springseil. Enid, die immer wieder einmal aus dem Fenster blickte, sah sie und ging augenblicklich auf die Straße hinaus. »Hallo, junge Dame«, sagte sie mit dieser süßlichen Stimme, die sie stets bei Bryony verwandte. »Wie geht's dir denn heute?«

»Oh, ganz gut«, antwortete Bryony und hörte zu springen auf. »Aber ich wäre lieber im Haus geblieben. Ich habe gerade ein Video angesehen – einen wirklich guten Film –, aber Mami wollte mit Lou allein sein und hat mich hinausgeschickt.«

Enid lächelte triumphierend; das lief ja noch besser, als sie gehofft hatte. »Ach, wirklich?«

»Ja, immer wenn Mami und Lou allein sein wollen, sagen sie, dass ich hinausgehen soll. Dabei habe ich schon Durst.«

»Nun«, sagte Enid kurz entschlossen, »dann musst du unbedingt zu mir rüberkommen und ein Glas Orangensaft trinken.

Ich habe auch wieder diese feinen Schokoladekekse gekauft, die du so gern hast.«

»Ich glaube, es wäre Mami nicht recht, wenn ich weggehe ohne zu fragen«, erwiderte Bryony.

»Oh, ich bin sicher, Mami wird gar nicht merken, dass du fort bist, wenn du für ein paar Minuten zu mir kommst.« Sie führte das Mädchen über die Straße und drehte sich noch einmal kurz zu dem Cottage um, wo – davon war sie überzeugt – gerade eine ausschweifende Sex-Orgie stattfand. Wie konnten sie es wagen, dachte sie entrüstet, das arme unschuldige Kind hinauszuschicken, wo es leicht irgendjemand hätte entführen können, während sie ihre unnatürlichen Gelüste befriedigten. Solche Leuten verdienten es überhaupt nicht, Kinder zu haben.

Bryony war immer noch ein wenig unsicher, doch sie folgte Enid in die Küche und vergaß rasch ihre Zweifel, als sie Kekse und Orangensaft bekam.

»Jetzt hast du ja bald Ferien, nicht wahr?«, sagte Enid.

»Ja, am Wochenende fangen sie an.«

»Fährst du dann nach London zu deinem Daddy?«

Bryony biss genüsslich von einem Keks ab. »Nein, ich glaube nicht. Zumindest hat Mami nichts davon gesagt.« Das Mädchen neigte den Kopf und fügte etwas leiser hinzu: »Ich glaube, Daddy weiß gar nicht, wo ich bin.«

»Du meinst, Mami hat es ihm gar nicht gesagt? Sie ist einfach aus London weggezogen und hat ihm nicht gesagt, wo sie hingeht?«, fragte Enid erregt.

»Na ja, ich glaube nicht, dass sie es ihm gesagt hat. Jedenfalls habe ich nichts mehr von Daddy gehört, seit wir hier sind.«

Enid atmete schwer. »Würdest du deinen Daddy denn nicht gern sehen?«

»O doch, schon. Er nimmt mich manchmal in den Zoo mit und kauft mir immer ein Eis wenn ich will«, fügte sie verschlagen hinzu.

»Oh, du armes kleines Ding. Jetzt nehmen sie dir auch noch den Vater weg!« Diese Frau war noch verkommener, als sie gedacht hatte.

Bryonys Hinweis, dass ihr Vater ihr immer Eis kaufte, brachte Enid nicht auf den Gedanken, den die Kleine sich gewünscht hätte – und so nahm sie sich achselzuckend noch einen Keks. »Ich glaube, ich sollte jetzt nach Hause gehen, Mrs. Bletsoe. Vielen Dank für den Orangensaft und die Kekse, aber ich will nicht, dass sich Mami Sorgen macht.«

»Ja, gut.« Enid brachte sie zur Tür und überlegte dabei fieberhaft. »Nur noch eins, Bryony«, sagte sie mit gedämpfter Stimme. »Wie heißt denn dein Daddy? Und wo wohnt er?«

Wenig später kam der Anruf. Es war ganz einfach Pech, dass Gillian allein in der Küche war und ans Telefon ging; Lou hätte den Hörer sofort wieder auf die Gabel geknallt. »Hallo Gill«, sagte eine glatte Stimme, die ihr schrecklich vertraut war.

Wenige Minuten später kam Gill zum zweiten Mal an diesem Tag ins Wohnzimmer gestürmt, während Bryony wieder vor ihrem Video saß und Lou sich erneut den Zeitungen widmete. »O Gott«, stieß sie hervor. »Es ist passiert – er hat uns gefunden!«

»Was?« Lou ließ die Zeitung sinken. »Wovon redest du, Gill? *Wer* hat uns gefunden?«

»Adrian! Er hat gerade angerufen! O Gott, Lou, was sollen wir nur machen?«

Bryony blickte auf. »Diesmal gehe ich nicht hinaus«, murmelte sie widerspenstig. »Jetzt kommt gleich das Beste vom ganzen Film.«

Bryonys Einwand half Gill, die Beherrschung wiederzugewinnen. Sie atmete tief durch und wandte sich ihrer Tochter zu. »Nein, du gehst nirgendwohin, junge Dame«, sagte sie mit ruhiger, aber entschlossener Stimme. »Du wirst mir jetzt einiges erklären.«

Lou war mittlerweile aufgesprungen. »Was zum Teufel geht hier eigentlich vor?«, wollte sie wissen.

Gill presste die Hände aneinander, damit sie nicht so sehr zitterten. »Adrian hat gerade angerufen«, wiederholte sie mit ruhiger Stimme.

»Dieser Bastard! Wie hat er uns bloß gefunden?«, stieß Lou hervor und verzog angewidert das Gesicht.

»Er hat gesagt, dass unsere Nachbarin Mrs. Bletsoe ihn angerufen hätte, weil sie sich Sorgen macht, dass Bryony ihren Daddy vermisst.«

»Und woher hat diese neugierige alte Hexe seine Telefonnummer?«, fragte Lou und wandte sich vorwurfsvoll Bryony zu.

Bryony machte ein schuldbewusstes Gesicht. »Sie hat mich gefragt, wie er heißt und wo er wohnt«, murmelte sie. »Vor einer Weile, als ihr mich hinausgeschickt habt.«

Es war ein Albtraum, der wahr geworden war, dachte Gill, und ihre eigene Tochter hatte mitgeholfen, dass es so weit gekommen war. »Pass bitte gut auf, junge Dame«, sagte sie in einem Ton, der keinen Zweifel daran ließ, wie ernst sie es meinte, »ich will nicht, dass du noch einmal mit Mrs. Bletsoe sprichst. Hast du mich verstanden?«

Doch Lou war mit Bryonys Versprechen nicht zufrieden. Sie stürmte aus dem Haus und über die Straße, pochte an die Haustür und wartete, die Hände in die Hüften gestemmt, bis Enid schließlich aufmachte.

»Jetzt hören Sie mir gut zu, Sie lästiges altes Miststück!«, rief Lou und fuchtelte mit dem Zeigefinger drohend vor Enids Nase hin und her. »Lassen Sie uns verdammt noch mal in Ruhe! Lassen Sie Bryony in Ruhe und auch Gill und mich! Wenn Sie sich noch einmal in unser Leben einmischen, dann bekommen Sie es mit mir zu tun!«

Enid starrte die wütende Frau mit offenem Mund an; es war das erste Mal in ihrem Leben, dass sie absolut sprachlos war.

Während der Karwoche kam es in und um Walston zu einigen recht bemerkenswerten Begegnungen. Der Pfarrer fand schließlich die Zeit und den Mut, um Quentin Mansfield zu besuchen und ihm mitzuteilen, dass seine Chancen, Vorsteher der Pfarrgemeinde zu werden, nicht allzu günstig standen. Ernest und Doris Wrightman verbrachten einen netten Tag beim Segeln auf einem der nahe gelegenen Seen mit den neuen multinationalen Eigentümern von Ingram. Nachdem der Dorfladen am Karfreitag geschlossen hatte, nützte Fred Purdy die Gelegenheit, um sich am Nachmittag mit den Gemeindevorstehern der St. Mary Church von Walston zu treffen und sich mit ihnen über ein baldiges Ende der Beitragszahlungen an die Diözese zu unterhalten. Und noch ein weiteres bemerkenswertes Treffen fand am Karfreitag statt: Flora Newall, die ebenfalls Urlaub hatte, besuchte Diana Mansfield in Walston Hall, wo sie zum Essen eingeladen war.

Als Mrs. Mansfield die Einladung ausgesprochen hatte, war Flora mit dem Zeitpunkt zuerst gar nicht einverstanden gewesen; sie fand, dass eine voraussichtliche neue Gemeindevorsteherin bei der dreistündigen Karfreitagsandacht zur Gänze anwesend sein sollte. Doch Diana hatte nicht nur betont, wie wichtig es wäre, dass Flora käme, sondern auch, dass sie keine andere Wahl hatte, was den Zeitpunkt betraf. »Quentin wird in der Kirche sein, und ich muss unbedingt unter vier Augen mit Ihnen sprechen«, hatte sie ihr erläutert.

Diana erklärte ihr das Ganze noch einmal und entschuldigte sich gleichzeitig bei Flora, während sie als ersten Gang geräucherten Lachs servierte. »Es tut mir wirklich Leid, dass Sie wegen mir am Karfreitag nicht in der Kirche sein können«, sagte sie, »aber seit Quentin im Ruhestand ist, kommt es mir so vor, als hätte ich überhaupt keine Zeit mehr für mich selbst.«

»Das muss für Sie beide eine große Umstellung sein«, sagte Flora mitfühlend; im Zuge ihrer Arbeit hatte sie immer wieder mit angesehen, wie es aus ähnlichen Gründen zu Ärger in der Familie kam.

»Ja, ich bin es einfach noch nicht gewohnt, dass er sich ebenfalls ständig hier aufhält«, antwortete Diana mit einem entschuldigenden Lächeln, deutete dann aber mit einer ausladenden Geste an, wie großzügig das Haus angelegt war. »Nicht dass man sich in einem Haus wie Walston Hall dauernd über den Weg läuft. Es gibt genug Räume, wo man vor dem anderen seine Ruhe hat. Ich kann mir nicht vorstellen, wie sich so etwas in einer Sozialwohnung auswirken würde.«

Flora sah sich in dem prächtigen Esszimmer um und beobachtete ihre Gastgeberin aus dem Augenwinkel. Diana Mansfield war so elegant gekleidet und frisiert wie immer, was Flora noch viel mehr als sonst das Gefühl vermittelte, dass sie selbst absolut durchschnittlich aussah. Weil sie sich in Dianas Gegenwart immer etwas unwohl fühlte, hatte sie die Einladung auch nicht sofort angenommen, wie Flora sich jetzt eingestehen musste. Und dass ihre Gastgeberin sich so lange Zeit ließ, mit ihrem Anliegen herauszurücken, machte es auch nicht gerade leichter. Flora gab sich nicht der Illusion hin, dass irgendwelche freundschaftlichen Gefühle der Grund für Dianas Einladung wären; andererseits war ihr völlig unklar, was eine Frau wie Diana von ihr wollen könnte.

Es brauchte drei Gänge und zwei Flaschen Wein, bis Diana endlich zur Sache kam. Flora, die es nicht gewohnt war, so viel zu trinken – tagsüber nahm sie überhaupt keinen Alkohol zu sich – hatte es mittlerweile aufgegeben, sich zu fragen, was der Grund für die Einladung sein könnte. Sie lehnte höflich ab, als Diana ihr Likör zum Kaffee anbot, und holte stattdessen ihren Süßstoff hervor. Etwas verwirrt sah sie zu, wie Diana einen großzügigen Schuss Brandy in ihren Kaffee goss. »Sie fragen sich bestimmt, warum ich mit Ihnen sprechen wollte«, sagte Diana nach einem ersten Schluck.

Flora nickte zustimmend.

»Man hört überall, dass Sie unsere neue Gemeindevorsteherin werden.«

Floras Einwand kam längst automatisch. »Das ist noch keineswegs sicher. Es gibt in St. Michael bestimmt Leute, die besser für das Amt geeignet sind als ich.«

»Aber jeder sagt, dass Sie gewählt werden«, erwiderte Diana. »Und es wird auch niemand sonst antreten. Quentin hätte es eigentlich vorgehabt, aber er will nicht kandidieren, wenn alle hier lieber Sie wollen. Er könnte es nicht ertragen, zu verlieren. So ist Quentin nun mal – wenn er nicht weiß, dass er gewinnen kann, dann spielt er lieber gar nicht mit.«

Flora glaubte nun zu wissen, worum es der Frau ging und warum sie unbedingt vor der Gemeindeversammlung nächste Woche mit ihr hatte sprechen wollen. »Sie möchten also, dass ich nicht antrete«, sagte sie geradeheraus, »damit Quentin freie Bahn hat.«

Diana blickte sie verdutzt an. »Aber nein, keineswegs! Ich will durchaus nicht, dass Quentin Gemeindevorsteher wird!«

»Aber was ...?«

Diana blickte auf ihren Kaffee hinunter und antwortete mit ruhiger Stimme: »Nachdem Sie ja Gemeindevorsteherin werden, möchte ich mit Ihnen über eine wichtige Sache sprechen, die ... einen Freund von mir betrifft. Cyprian Lawrence.« Jetzt, wo sie einmal begonnen hatte, sprudelte es nur so aus ihr hervor. »Niemand hier mag Cyprian ... Mr. Lawrence, weil er den Chor ausgewechselt hat. Sie halten ihn für eingebildet und arrogant. Dabei hat die Musik hier in St. Michael durch ihn ein viel höheres Niveau bekommen. Jetzt können wir wirklich stolz auf unseren Chor sein. Anscheinend begreifen die Leute nicht, was für ein hohes Ansehen er uns dadurch verschafft hat

117

und wie viel Geld die Aufnahmen in der Kirche uns einge-
bracht haben.«

»Aber was kann denn ich dabei tun?«

»Sie können sich für ihn einsetzen. Als Gemeindevorsteherin haben Sie großen Einfluss – viel mehr als Sie vielleicht
denken. Sie sind dann Treuhänder in den Stiftungen für Bildung und für das Altersheim und sitzen in allen Komitees. Der
Pfarrer hat das Quentin ganz genau erklärt. Es ist ein Amt mit
großem Einfluss. Und Roger Staines hat alles unterstützt, was
Cyprian – Mr. Lawrence – getan hat, um das Niveau der Musik zu heben. Fred Purdy kann ihn nicht ausstehen, und Ernest
Wrightman genauso wenig, weil er sie beide nicht mehr im
Chor mitmachen lässt. Quentin wäre auch gegen ihn gewesen,
weil eine Sache wie Musik für ihn keinen hohen Stellenwert
hat. Aber Sie – Sie sind eine intelligente, kultivierte Frau. Sie
verstehen bestimmt, wie wichtig es ist, dass Mr. Lawrence hier
in Walston weitermacht. Bitte – Sie müssen verhindern, dass
man ihn rauswirft!«

9

Deine Widersacher brüllen in deinem Hause
und stellen ihre Zeichen darin auf.

Psalm 74, 4

In der Kirche von England ist der Karsamstag traditionell ein ruhiger Tag, abgesehen von den unermüdlichen Helfern – für gewöhnlich Frauen –, die eine Kirche, in der Trauerstimmung herrscht, in einen Ort der Freude verwandeln. Der Altar, der am Gründonnerstag allen Schmucks entkleidet wird, erstrahlt am Ostersonntag in seiner ganzen Pracht. Eine leuchtend weiße Altardecke wird aufgelegt, das schlichte Holzkreuz wird durch ein silbernes Kruzifix ersetzt, und nach der langen Fastenzeit ohne jeden Blumenschmuck wird die Kirche nun großzügig mit Lilien geschmückt. Dem durchschnittlichen Kirchgänger erscheint diese Umwandlung wie ein Wunder, doch für all jene, die dieses Wunder zustande bringen müssen, ist ein beachtliches Stück Arbeit damit verbunden.

Genauso war es auch in St. Michael's Church. Enid begann mit ihren Freundinnen schon früh am Samstag Morgen die Kirche mit Blumen zu schmücken. Einmal im Jahr wurden keine Kosten gescheut; statt der Gartenblumen und bescheidenen Nelken, mit denen man sich das ganze Kirchenjahr über zufrieden gab, leistete man sich nun prächtige Lilien, Narzissen, Tulpen und Hyazinthen.

Normalerweise wäre Enid als Erste in der Kirche gewesen, doch an diesem Karsamstag achtete sie genau auf den richtigen

Moment ihres Erscheinens. Ihre Schwester Doris war ebenso bereits anwesend wie Marjorie Talbot-Shaw und Flora Newall. Sie standen da und warteten auf Befehle, wie eine Armee auf ihren General wartet. Doris beherrschte das Gespräch und beschrieb in allen Einzelheiten, wie ihr Ausflug ins Seengebiet verlaufen war. »Und das Wetter war einfach ideal – sonnig und warm«, schwärmte sie und streckte ihr sonnengebräuntes Bein vor. »Seht nur, wie braun ich geworden bin.«

In diesem Augenblick traf Enid ein. Sie kannten sie gut genug, um zu wissen, dass sie etwas Bedeutsames mitzuteilen hatte – und sie wurden nicht enttäuscht.

»Stellt euch vor«, begann sie atemlos, »mein Jamie hat mich gerade angerufen.« Sie hielt inne, um die Wirkung ihrer Worte zu erhöhen.

Doris verdarb ihr jedoch die Wirkung ein wenig, indem sie fragte: »Wo ist denn Jamie? Ich dachte, er kommt zu Ostern nach Hause.«

Ihre Schwester strafte sie mit einem kurzen bitterbösen Blick, ehe sie fortfuhr. »Jamie verbringt Ostern in Hollingsworth Park mit Lord Hollingsworth und seiner Familie. Er hat gerade seine Verlobung mit Charlotte Hollingsworth bekannt gegeben! Sie werden heiraten!«

David und Lucy kamen etwas später am Vormittag in Walston an als sie gedacht hatten. Sie beschlossen noch rasch einen Blick in die Kirche zu werfen, bevor sie zum Pfarrhaus fuhren. »Heute ist so ein schöner sonniger Morgen«, sagte David. »Die Kirche wird einfach umwerfend aussehen, wenn die Sonne durch das prachtvolle mittelalterliche Ostfenster scheint.«

»Ist die Kirche denn offen?«

»Die Kirchen hier in Ostengland sind immer offen«, antwortete David zuversichtlich. »In London versteht man das nicht, aber ich habe hier in Norfolk noch nie eine Kirche versperrt vorgefunden.«

Er hatte mit beiden Vorhersagen Recht: St. Michael's Church war geöffnet, und die Kirche sah im Licht der Frühlingssonne wirklich großartig aus. Lucy trat ein und hielt den Atem an. »Wundervoll!«, stieß sie hervor.

»Ja, das Licht ist wirklich unglaublich.« David ließ ihr etwas Zeit, um sich einen Eindruck zu verschaffen, und erläuterte ihr dann ein paar Details von ihrem Aussichtspunkt am Westportal aus. »Über dem Altarraum«, sagte er und zeigte mit dem Finger darauf, »siehst du das mittelalterliche Gemälde, auf dem das Jüngste Gericht dargestellt ist. Es wurde weiß übermalt und das königliche Wappen angebracht, aber das Wappen ist mit den Jahren abgeblättert, und so ist das Bild darunter nach und nach wieder hervorgetreten. Erkennst du die Teufel auf der einen Seite, die die Sünder in die Hölle zerren, und die Engel auf der anderen Seite, die die Glücklichen in die ewige Seligkeit geleiten?«

»Es ist wundervoll«, sagte sie.

»Gefallen Ihnen die Engel oben an der Decke?«, fragte Harry Gaze, der die beiden Besucher entdeckt hatte und sofort zu ihnen geeilt kam.

»Wundervoll«, sagte Lucy noch einmal.

»Ich nehme an, Sie werden auch noch die anderen Schätze sehen wollen.«

David hätte Lucy gern selbst alles gezeigt, aber er sah ein, dass sich Harrys kleine Führung kaum vermeiden ließ. »Ja, natürlich«, sagte er höflich.

Harry führte die beiden den Mittelgang entlang und wäre wohl mit ihnen direkt in den Altarraum gegangen, wenn David nicht am Tor zum Altarraum stehen geblieben wäre, um Lucy auf die Gestaltung des Lettners aufmerksam zu machen. »Das musst du dir ansehen. Die Puritaner haben alles mit protestantischen Texten überschrieben, aber darunter sind Heilige dargestellt.«

Sie betrachtete die bemalte Wand des Altarraums und sah

zu ihrer Freude die schwachen, aber doch deutlich sichtbaren Umrisse der Gestalten unter den verblassten Texten in gotischer Schrift.

»An den Attributen kann man erkennen, wer es ist«, erläuterte David. »Siehst du, der hier hat eine Muschel, also muss es der heilige Jakobus sein. Und der mit dem Kelch ist zweifellos Johannes der Evangelist.«

Harry Gaze sah ihn misstrauisch an. »Woher wissen Sie so viel über die Kirche?«

»Oh, ich war schon ein-, zweimal hier«, erläuterte David und fügte diplomatisch hinzu: »Aber wir sind natürlich trotzdem neugierig, was Sie uns noch berichten können.«

Durch Davids höfliche Worte versöhnt, führte Harry die beiden in den Altarraum und erzählte ihnen die ganze Geschichte rund um den Stuhl von König John. Lucy blickte David ein-, zweimal fragend an, doch der schüttelte kaum merklich den Kopf, weil er erkannte, dass es völlig sinnlos gewesen wäre, Harry Gazes Version der Geschichte in Frage zu stellen.

»Möchten Sie auch etwas über die Denkmäler wissen?«, fragte Harry hoffnungsvoll, nachdem er die Geschichte von Bad King John erzählt und seinen Gästen Gelegenheit gegeben hatte, das Ostfenster gebührend zu bewundern. »Die Familie Lovelidge, wo fast vierhundert Jahre die Herren hier waren, sind alle in dieser Kirche bestattet, und die Grabdenkmäler sind ziemlich interessant.«

»Ja, natürlich«, stimmte David zu und folgte ihm zur Marienkapelle. »Siehst du«, flüsterte er Lucy zu. »Ich habe dir ja gesagt, dass Comper die Kapelle erneuert hat.«

Die Blumenfrauen hatten mittlerweile den Altarraum fertig geschmückt und konzentrierten sich nun auf die Kapelle – doch sie blickten neugierig auf, als die Besucher eintraten. Enid betrachtete die beiden jungen Leute genauer, um hinterher über die beiden reden zu können – den sympathisch aussehenden schlanken, mittelgroßen Mann mit dem braunen Haar und die äußerst attraktive, ein klein wenig jüngere Frau, die elegant gekleidet war und schulterlanges, lockiges Haar hatte, das in einer ganz außergewöhnlichen Farbe leuchtete, als das Licht durch das Ostfenster darauf fiel.

»Dieser Lovelidge hier, Sir John hat er geheißen, der hatte drei Frauen, und alle hießen sie Sarah«, führte Harry weiter aus. »Der Name muss ihm ziemlich gefallen haben, aber ich denke mir, das muss ganz schön verwirrend gewesen sein.«

»Wie seltsam«, merkte Lucy an. »Was für ein Zufall.«

»Gentleman of the Bedchamber von König Charles II.«, entzifferte David laut die Inschrift an dem Denkmal. »Ein ziemlich wichtiger Mann also.«

Nachdem mehrere Frauen in Hörweite waren, fiel Harrys anzügliche Bemerkung etwas weniger deftig aus; er begnügte sich mit einem Augenzwinkern in Davids Richtung und sagte: »Gentleman of the Bedchamber, das kann man wohl sagen. Seine dreiundzwanzig Kinder sind wohl der beste Beweis dafür.«

Enid rümpfte missbilligend die Nase und tätschelte nachdenklich die lockige Perücke der Sir-John-Statue aus dem 18. Jahrhundert. »Da wir gerade von Zufällen sprechen«, warf sie ein, ihre Chance erkennend, »dieser Sir John Lovelidge war mit Augusta verheiratet, der Tochter von Lord Hollingsworth. Sehen Sie, hier steht es. Und mein Enkel Jamie ist mit Charlotte Hollingsworth verlobt, der Tochter des gegenwärtigen Lord Hollingsworth. Sie haben die Verlobung gerade bekannt gegeben. Ist das nicht ein erstaunlicher Zufall?« Sie hatte bereits Doris, Marjorie und Flora von diesem Zufall wissen lassen, doch sie fand, dass sich das Ereignis ein breiteres Publikum verdiente.

Lucy tat ihr den Gefallen zu gratulieren, was Enid strahlen ließ. Sie bekam sehr wohl mit, dass es Harry gar nicht gefiel, dass sie ihm seinen Anspruch auf die beiden Besucher streitig machte – doch sie konnte sich diese Chance einfach nicht entgehen lassen. »Sie sind hier in Walston zu Besuch, nicht wahr?«, fragte sie, obwohl diese Tatsache offensichtlich war.

»Wir sind gerade aus London gekommen«, antwortete David. Es wurde ihm bewusst, dass dies vielleicht eine gute Gelegenheit war, einige der Mitglieder von Stephens Pfarrgemeinde kennen zu lernen, bevor bekannt wurde, dass sie mit dem Pfarrer befreundet waren. »Wir dachten schon, dass wir das Dorf nicht finden würden. Wir fuhren eine Abzweigung zu früh von der Hauptstraße ab – in Nether Walston – und mussten feststellen, dass man von dort nicht nach Walston kommt. So sind wir dann eine ganze Weile herumgeirrt, bevor wir auf die Hauptstraße zurückkamen.«

»Meine Schuld«, warf Lucy schuldbewusst ein. »Ich habe ihm als Beifahrerin eine falsche Abzweigung angegeben.«

»Nether Walston!«, stieß Enid naserümpfend hervor. »Es gibt wirklich keinen Grund, den Ort zu besuchen. Es ist nicht besonders schön dort.«

»Grauenhaft«, warf Doris ein.

Harry nutzte die Gelegenheit, die Sache zu erläutern. »Wir hier in Walston sind nie besonders gut mit den Leuten in Nether Walston ausgekommen. Das ist schon seit einigen hundert Jahren so – seit Dowsings Männer herkamen und unsere Kirchenfenster einschlugen; die in Nether Walston haben diese Kerle nämlich hinterher bewirtet. Gute Nachbarn tun so was nicht.«

»Und da ist noch etwas«, warf Enid ein, der mehr an Vorfällen aus der jüngeren Vergangenheit gelegen war. »Vor ein paar Jahren haben sie den Preis für das schönste Dorf gewonnen, obwohl doch jeder, der Augen im Kopf hat, gesehen haben muss, dass sie uns nicht das Wasser reichen können. Die Juroren müssen bestochen gewesen sein.«

Flora schaltete sich in das Gespräch ein. »So schlimm ist es auch wieder nicht«, sagte sie zu David und Lucy. »Obwohl es wirklich schwierig ist, den Ort von Walston aus zu erreichen. Ich muss beruflich regelmäßig hin.«

»Ich würde da nicht hingehen«, stellte Enid kategorisch fest, so als wäre damit jede weitere Debatte überflüssig.

Als jüngere Schwester wusste Doris genau, wie sie Enid treffen konnte. »Aber hat nicht Jamie dort gearbeitet?«, fragte sie mit unschuldiger Miene. »Er hatte doch vor ein, zwei Jahren in Nether Walston einen Job in den Ferien, nicht wahr, Enid?«

Ihre Bemerkung hatte genau die gewünschte Wirkung. Enid sah ihre Schwester vorwurfsvoll an und antwortete mit scharfer Stimme: »Aber nur, weil es bei uns keine Jobs gab.«

»Wenn ich mich recht erinnere, wollte er bei Ingram arbeiten, aber dort haben sie ihn nicht genommen.« Doris konnte ihre Zufriedenheit nicht verbergen; sie hatte es satt, immer wieder die Geschichte von den Hollingsworths hören zu müssen – und so genoss sie diesen Augenblick der Rache. »Wenn er heuer einen Job dort will, kann ja Ernest ein gutes Wort für ihn einlegen. Sie halten bei Ingram sehr viel von Ernest.«

»Das ist doch lächerlich!«, versetzte Enid. »Jamie wird kaum einen Job bei Ingram brauchen, wo er doch Charlotte Hollingsworth heiratet!«

Flora war das Gezänk zwischen den Schwestern peinlich, und so versuchte sie Enid abzulenken. »Dann wird er den Sommer in Hollingsworth Park verbringen?«, fragte sie.

»Den Großteil, ja«, nickte Enid, nun etwas besänftigt.

»Ich kenne Hollingsworth Park gut«, sagte Flora, zu David und Lucy gewandt. »Ich habe einige Jahre ganz in der Nähe gelebt.«

»Oh, in Shropshire?«, fragte Lucy lächelnd. »Ich bin selbst in Shropshire aufgewachsen. In der Nähe von Ludlow.«

Es entspann sich eine lebhafte Unterhaltung, in der die beiden Frauen herauszufinden versuchten, ob sie irgendwelche gemeinsamen Bekannten hatten. Bevor sie jedoch fündig wurden, meldete sich Harry zu Wort, um die Aufmerksamkeit der

Besucher wieder auf sich zu ziehen. »Sehen Sie diese Rüstung da?«, fragte er mit lauter Stimme und zeigte auf einen alten Brustharnisch mit Helm, der über einem der Grabdenkmäler an der Wand hing. »Die Rüstung gehörte einem der jüngeren Söhne – der war Soldat und kämpfte in Naseby. Seit dem Tag, als er starb, hängt seine Rüstung dort. Und wissen Sie was?« Er machte eine Pause, um die Aufmerksamkeit aller Umstehenden zu gewinnen. »Wenn diese Rüstung jemals runterfällt, so heißt es, dann wird in Walston ein Mord passieren!«

David und Lucy hatten nicht zur Hochzeit kommen können; sie waren Stephen und Becca genau genommen seit dem letzten Sommer nicht mehr begegnet. In Anbetracht der Umstände, unter denen sie nach Walston gerufen worden waren, hatten sie schon erwartet, dass Stephen ein wenig niedergeschlagen sein würde – doch sie waren überrascht, wie bedrückt nicht nur er, sondern auch Becca wirkte.

Stephen führte David am Nachmittag in sein Arbeitszimmer, um sich ausführlich mit ihm zu unterhalten, während Lucy mit Becca einkaufen ging. Als sie später nach einem etwas deprimierenden Abendessen im Gästezimmer allein waren, besprachen David und Lucy, was sie erfahren hatten. Ihre eigenen Probleme waren für den Augenblick in den Hintergrund getreten.

»In seiner Pfarrgemeinde gibt es offensichtlich ein paar ziemlich unangenehme Typen«, sagte David. »Dieser ganze Unsinn – dass sie keine Beiträge mehr an die Diözese abliefern wollen und den Organisten am liebsten rausschmeißen würden –, das alles setzt ihm ziemlich zu, dem armen Kerl. Aber ich werde das Gefühl nicht los, dass es da noch etwas geben muss, das er mir nicht erzählt hat.«

»Und Becca leidet sicher mit ihm«, warf Lucy ein. »Aber ich kann mir trotzdem nicht vorstellen, dass ihr die Probleme ihres Mannes so zu schaffen machen. Hast du die dunklen Ringe unter ihren Augen gesehen? Sie sieht furchtbar aus und macht einen ziemlich nervösen Eindruck.«

David ging im Zimmer auf und ab, während Lucy auf der Bettkante saß. »Hast du sie gefragt, was sie so bedrückt?«, wollte er wissen.

»Natürlich konnte ich sie nicht direkt fragen.« Nachdenklich wickelte sich Lucy eine Locke um den Finger. »Aber ich habe ihr zu verstehen gegeben, dass sie mit mir über alles reden kann, wenn sie möchte. Ich hatte das Gefühl, dass sie mir irgendetwas sagen wollte, dass sie sich aber nicht dazu durchringen konnte.«

»Bei Stephen war es genauso«, stellte David fest. »Er hat mir sehr ausführlich von seinen Problemen mit der Gemeinde erzählt, aber über private Dinge wollte er nicht reden. Ich habe einen kleinen Scherz gemacht, wie glücklich sie als Jungvermählte doch sein müssen – und er zuckte zusammen, als hätte ich ihm eine Ohrfeige verpasst. Da ist irgendetwas ganz und gar nicht so, wie es sein sollte, Darling.«

Sie konnte sich eine bissige Bemerkung nicht verkneifen. »Und das nach drei Monaten Ehe!«

David ging nicht näher auf ihren Kommentar ein. »Du darfst nicht vergessen, dass Becca noch sehr jung ist. Vielleicht braucht sie ganz einfach Zeit, um sich an die neue Situation zu gewöhnen.«

»Außerdem ist es noch nicht einmal ein Jahr her, seit ihr Vater ermordet wurde«, fügte Lucy nachdenklich hinzu. »Er mag es ja verdient haben, aber es war trotzdem ein großer Schock für sie. Sie war immer sehr auf seine Anerkennung angewiesen. Aber irgendwie glaube ich, dass mehr dahinter steckt.«

David nickte. »Da hast du bestimmt Recht. Ich wünschte, wir könnten ihnen irgendwie helfen.«

»Was ist mit Stephens Problemen mit seiner Gemeinde? Konntest du ihm denn gar keinen Rat geben?«

Er schüttelte den Kopf. »Nicht wirklich – zumindest nicht, was die Beiträge an die Diözese betrifft. Ich fürchte, die Gemeindevorsteher haben wirklich großen Einfluss, wenn es um solche Entscheidungen geht – vor allem, wenn es ihnen gelingt, den Pfarrgemeinderat auf ihre Seite zu bringen. Dem Pfarrer sind praktisch die Hände gebunden – es sei denn, er ist ein Mensch, der seinen Willen mit allen Mitteln durchsetzt.«

»So wie Beccas Vater«, stellte Lucy trocken fest.

»Genau. Aber, wie wir wissen, ist Stephen nicht so. Er ist nun mal ein vernünftiger Bursche, der immer eine ausgleichende Lösung sucht.«

»Und die Sache mit dem Organisten? Becca hat mir ein wenig davon erzählt, aber ich kann nicht behaupten, dass ich verstehe, was da vor sich geht.«

David setzte sich neben sie auf die Bettkante. »Er scheint ein hervorragender Musiker zu sein, aber der Großteil der Gemeinde hat aus verschiedenen Gründen etwas gegen ihn – und das nicht nur wegen der Geschichte mit dem Chor, sondern sicher auch weil er nicht aus der Gegend stammt, nehme ich an, und weil er sich nicht so recht in die Gemeinschaft einfügt. Aber in dieser Hinsicht sieht es für Stephen nicht so schlecht aus. Rein rechtlich wird der Organist vom Pfarrer angestellt, und der Pfarrgemeinderat kann ihn nicht loswerden, wenn der Pfarrer etwas dagegen hat. Also würde ich sagen, dass der Job des Organisten trotz der Kampagne gegen ihn ziemlich sicher ist.«

»Nun, dann sieht es doch nicht ganz so trist für Stephen aus.«

»Na ja, wie man's nimmt.« David stand wieder auf und trat ans Fenster. »Was ihn eben sehr beschäftigt, ist die Wahl des neuen Gemeindevorstehers. Er fühlt sich so hilflos, weil er ihn nicht selbst aussuchen kann.«

»Aber ich dachte, dass ihm das sehr wohl möglich sein müsste. Du hast mir doch gesagt, dass er einen Vorsteher selbst

128

ernennen kann und dass der andere von der Gemeinde gewählt wird.«

»Theoretisch ja«, erläuterte David. »Aber der Mann, den er sich als Vorsteher wünscht, will das Amt nicht annehmen, wenn er nicht die Unterstützung der Gemeinde hat. Also ist die Wahl eigentlich nur noch Formsache.«

Lucy stand vom Bett auf und trat neben ihn. »Und mag Stephen denjenigen nicht, der für das Amt kandidiert?«

»Ich glaube nicht, dass er etwas gegen die Frau hat, die antritt – aber sie ist für ihn einfach ein unbeschriebenes Blatt. Er kennt sie nicht gut genug, um zu wissen, was er von ihr erwarten kann. Und es stört ihn sehr, dass er so machtlos ist.«

»Ich habe den anderen Gemeindevorsteher heute getroffen«, teilte ihm Lucy mit. »Als ich mit Becca im Dorfladen war. Fred Purdy – der, der die Beiträge nicht mehr zahlen will.«

»Und?«

»Er kommt mir wie ein richtiger Quatschkopf vor; er konnte gar nicht aufhören, über seine eigenen Witze zu lachen. Ich war nicht sehr beeindruckt von ihm«, meinte sie. »Eigentlich hätte ich ihn für harmlos gehalten, aber das scheint ja wohl nicht so zu sein, zumindest nicht, was die Beiträge betrifft.«

»Er ist schon sehr lange Gemeindevorsteher, hat mir Stephen erzählt. Und sein Wort hat hier in Walston großes Gewicht.«

»Es klingt vielleicht beleidigend, wenn ich das sage – aber ›Gewicht‹ ist ein treffendes Wort, wenn man Mr. Purdy beschreiben will«, erwiderte Lucy mit einem säuerlichen Lächeln. »Er ist ziemlich pummelig und sieht aus wie ein Gartenzwerg.«

David lachte spontan über ihre Bemerkung; es kam ihm so vor, als hätte er wochenlang nicht mehr gelacht. Und er fühlte sich seit langem wieder einmal wohl; aus keinem bestimmten Grund hatte er plötzlich das Gefühl, dass alles gut werden würde – zumindest was ihn und Lucy betraf. Er nahm sie an der Hand. »Ich liebe dich, Lucy«, sagte er leise. »Sehr sogar.«

Ihre Antwort kam so leise, dass er den Atem anhalten musste, um sie zu verstehen. »Ich weiß.« Sie drückte seine Hand. »Aber ich bin das noch nicht gewohnt – ich brauche etwas Zeit. Ich hoffe, du hast noch ein wenig Geduld mit mir.«

Er atmete seufzend aus – erleichtert und gleichzeitig enttäuscht. »Nimm dir Zeit, so lang du brauchst, mein Schatz. Ich bin da, wenn du so weit bist.«

10

Ich halte Frieden; aber wenn ich rede,
so fangen sie Streit an.

Psalm 120, 7

Der Ostersonntag begann so strahlend schön und wolkenlos wie der Tag davor, und in St. Michael hatte sich die Gemeinde vollzählig versammelt, um die Auferstehung zu feiern – das freudigste und wichtigste Ereignis des Kirchenjahres. Dem Anlass und der Jahreszeit entsprechend sah man kaum noch dunkle Winterkleider, sondern überwiegend freundliche Pastellfarben und sogar hie und da einen Hut.

In den vergangenen Wochen hatte sich in der Kirche eine Sitzordnung herausgebildet, die die Polarisierung der Gemeinde widerspiegelte. Gillian English und Lou Sutherland saßen zusammen mit Bryony auf der Südseite, und Becca Thorncroft saß bei ihnen. Dementsprechend waren all jene, die etwas gegen die beiden neuen Einwohner von Walston hatten – und deren Anzahl war beträchtlich –, auf die andere Seite gewechselt, so als fürchteten sie, sich eine ansteckende Krankheit zuziehen zu können.

Die Ausnahme von dieser Regel bildete Ernest Wrightman, der zerrissen war zwischen dem Wunsch, seine Frau und alle rechtschaffenen Mitglieder der Gemeinde zu unterstützen, und der allzu verlockenden Gelegenheit, wenn auch nur für kurze Zeit den freien Platz des Gemeindevorstehers auf der Südseite einzunehmen. Roger Staines war noch nicht wieder in die Kirche gekommen, sodass sein Platz immer noch frei war – und es schien nur recht und billig zu sein, dass ihn vorübergehend ein Mann einnahm, der selbst lange Jahre treu als Gemeindevorsteher gedient hatte. Schließlich behielt der Wunsch, sich auf den begehrten Platz zu setzen, die Oberhand, sodass Ernest Wrightman nun trotz seiner Ablehung der neuen Dorfbewohner auf deren Seite saß.

Zu Ernests Unglück sollte sich Roger Staines an diesem Ostersonntag doch in die Kirche bemühen. Nachdem er wochenlang kaum aus dem Haus gekommen war, hatte er länger gebraucht, als er gedacht hatte, um sich – mit der gewohnten Sorgfalt – für den Kirchenbesuch anzukleiden. Deswegen kam er erst wenige Minuten vor Beginn der Messe in die Kirche und sah Ernest auf seinem Platz sitzen, den Stab des Gemeindevorstehers fest in der Hand.

»Oh, entschuldige«, sagte Roger in mildem, wenn auch überraschtem Ton.

Ernest drehte sich zu ihm um. Seine gelbbraunen Augenbrauen zogen sich missmutig zusammen. »Dich habe ich hier nicht erwartet«, knurrte er aggressiv.

Zum Glück erfasste Roger die Situation sofort. Er hätte gern noch ein letztes Mal auf dem Platz des Gemeindevorstehers gesessen und so seine Amtszeit ausklingen lassen – doch er wollte dafür keine peinliche Szene provozieren. »Kein Problem, alter Junge«, sagte er würdevoll. »Bleib nur sitzen.« Er winkte kurz ab und ließ sich auf dem Platz hinter Gill und Lou nieder.

Nach der Messe kam es zu einem Ereignis, das die Kluft zwischen den beiden Lagern noch weiter vertiefte; in Foxglove Cottage fand ein großes Oster-Essen statt, zu dem Gill und Lou außer Stephen und Becca sowie deren Wochenendgästen auch Cyprian Lawrence und Roger Staines eingeladen hatten, mit denen sie über Becca bekannt geworden waren. Nach einigem

Überlegen hatten sie auch die Mansfields eingeladen, obwohl sie die kaum kannten. Jetzt, nachdem Quentin Mansfield von Ernest Wrightman so rundweg als Gemeindevorsteher abgelehnt worden war, konnte man die beiden auch quasi als Außenseiter in der Gemeinde betrachten. Stephen hatte ein wenig gezögert, die Einladung anzunehmen, da er fand, dass der Pfarrer sich nicht auf eine der beiden Seiten schlagen sollte, Becca hatte jedoch mit Recht eingewandt, dass sie schließlich von niemand anderem eingeladen worden waren.

Da so viele Leute nicht am Esstisch Platz fanden, war Gill auf die Idee gekommen, ein großes Büfett vorzubereiten, was den Vorteil hatte, dass die Gäste sich während des Mahls frei bewegen konnten.

Das kleine Fest war ein voller Erfolg, wie alle übereinstimmend fanden. Das Essen war ausgezeichnet, und zwischen den Gästen ergaben sich überaus anregende Gespräche. David und Lucy betrachteten es als eine gute Gelegenheit, wieder ein paar Mitglieder von Stephens Pfarrerei kennen zu lernen und von ihnen etwas mehr über die restliche Gemeinde zu erfahren. Während Lucy sich ausführlich mit dem Organisten über Musik unterhielt, genoss David sein Gespräch mit Roger; es passierte ihm nicht so oft, dass er jemanden traf, der genauso großes Interesse an der Vergangenheit hatte wie er selbst. Roger klärte ihn über verschiedene Details der Geschichte von Walston auf und kam dann auch auf die Gegenwart zu sprechen.

»Ich habe gesehen, was heute Morgen passiert ist«, merkte David an. »Als Sie in die Kirche kamen.«

Roger verzog das Gesicht. »Sie meinen Ernest.«

»Worum ging es eigentlich?«

»Wie es scheint, hat Ernest es sehr genossen, als Ersatz-Gemeindevorsteher aufzutreten, während ich krank war. Ich dachte mir, dass es sich nicht lohnt, deswegen einen Streit anzufangen. Ernest meint es ja sicher gut«, fügte er mit einem nachsichtigen Lächeln hinzu. »Und ich muss anerkennen, dass er wirklich viel für die Kirche geleistet hat – aber er ist ein Wichtigtuer und dabei ein ziemlich langweiliger Mensch. Manchmal ist es gar nicht so einfach mit ihm.«

»Das scheint ja ein richtig sympathischer Zeitgenosse zu sein«, erwiderte David mit einem ironischen Lächeln. »Schade, dass ich noch nicht das Vergnügen hatte, ihn kennen zu lernen.«

»Ja.« Etwas ernster fuhr Roger fort: »Aber so langweilig er auch sein mag – ich glaube nicht, dass er so gefährlich wie Fred Purdy ist. Die Sache mit den Beiträgen für die Diözese macht mir wirklich Sorgen.«

Am Montag war Stephen verschlossen und mürrisch, während er sich auf die Gemeindeversammlung am Abend vorbereitete. Am Nachmittag zog er sich in sein Arbeitszimmer zurück, um nachzudenken und im Gebet eine Antwort auf die Frage zu finden, wie er auf die Unnachgiebigkeit seiner Gemeinde reagieren sollte. So sehr ihm auch vor der diesjährigen Hauptversammlung der Pfarrgemeinde graute – sie bot ihm doch die Möglichkeit, seine Gemeinde auf eine Weise anzusprechen, wie es während der Karwoche und der Osterfeiertage nicht passend gewesen wäre. Es war üblich, dass der Pfarrer im Laufe der Versammlung eine Rede hielt, in der er Rückschau auf das vergangene Jahr hielt, die Gegenwart beurteilte und auf das Kommende vorausblickte. Stephen erkannte, dass das seine Gelegenheit war, einige schmerzliche Wahrheiten auszusprechen.

Er wusste, dass sie das nicht erwarten würden. Er hatte die Protokolle früherer Versammlungen gelesen und dabei den Eindruck gewonnen, dass Pater Fuller sich in seinen Reden darauf beschränkt hatte, das Positive hervorzuheben, die Gemeinde zu ihren Leistungen zu beglückwünschen und für die Zukunft zu versprechen, dass alles so bleiben würde wie bisher. Nachdem dies Stephens erste derartige Versammlung war, würden sie von ihm gewiss erwarten, dass er sich dankbar zeigte, hier in Walston sein zu dürfen. Nun, sie würden sich täuschen, beschloss er und griff nach der Bibel. Vielleicht war er nicht in der Lage, sie an ihren Vorhaben zu hindern – doch er konnte ihnen zumindest einen kräftigen Denkanstoß geben.

Am Abend kam die Gemeinde in einem Winkel der Kirche zusammen, wo Harry Gaze bereits Stühle im Halbkreis um einen Tisch aufgestellt hatte, an dem der Pfarrer den Vorsitz hielt. Rein rechtlich handelte es sich um zwei verschiedene Versammlungen, die an diesem Abend abgehalten wurden; in der ersten, die für jedes Mitglied der Pfarrgemeinde frei zugänglich war – egal ob Kirchgänger oder nicht –, ging es um die Wahl der Gemeindevorsteher. Die zweite Versammlung stand nur jenen offen, die auf der Wählerliste eingetragen waren. In der Praxis gingen die beiden Versammlungen jedoch nahtlos ineinander über.

Der Abend verlief zunächst wie erwartet. Nach den üblichen einleitenden Worten befasste man sich mit der Nominierung der Kandidaten für das Amt des Gemeindevorstehers, und Ernest Wrightman erhob sich sogleich, um wichtigtuerisch zu verkünden: »Herr Vorsitzender, ich schlage Mr. Alfred Purdy und Miss Flora Newall vor.«

Es gab keine anderen Kandidaten, sodass der Vorschlag angenommen wurde. Nach dem Hin und Her der vergangenen Wochen ging das Ganze fast enttäuschend reibungslos über die Bühne, dachte Becca, die in der ersten Reihe saß.

Doch auch sie war nicht auf das vorbereitet, was nun folgen sollte. Nachdem die Wahl und alle anderen Formalitäten erledigt waren, erhob sich Stephen und blickte mit ernster Miene in die Runde.

»Ich habe gehört«, begann er schließlich, »dass es in St. Michael Brauch ist, dass der Pfarrer ein paar Minuten dazu benützt, um über das abgelaufene Kirchenjahr Bilanz zu ziehen und auf das kommende Jahr vorauszublicken.« Einige der Anwesenden nickten bestätigend. »Und ich bin mir sicher, dass ihr nicht gekommen seid, um euch eine Predigt von mir anzuhören.«

»Ein wahres Wort«, flüsterte Fred Purdy seinem Nebenmann Ernest Wrightman zu und stieß ihn kurz mit dem Ellbogen an. »Davon kriegen wir sonntags schon genug, was?«

»Aber ich würde euch gern ganz kurz aus dem Wort des Herrn vorlesen.« Stephen nahm seine Bibel zur Hand und öffnete sie an der Stelle, die er markiert hatte. »Aus dem Matthäusevangelium, Kapitel sieben. Die Bergpredigt. ›An ihren Früchten sollt ihr sie erkennen. Kann man denn Trauben lesen von den Dornen oder Feigen von den Disteln? So bringt jeder gute Baum gute Früchte; aber ein fauler Baum bringt schlechte Früchte. Ein guter Baum kann nicht schlechte Früchte bringen, und ein fauler Baum kann nichtg gute Früchte bringen. Jeder Baum, der nicht gute Früchte bringt, wird abgehauen und ins Feuer geworfen. Darum: an ihren Früchten sollt ihr sie erkennen.‹«

In dem schwachen Licht der Kirche konnte er die erstaunten Gesichter vor sich erkennen. Auf jeden Fall hatte er ihre Aufmerksamkeit gewonnen. »Seit ich letzten Herbst hierher nach Walston gekommen bin, höre ich immer wieder von Pater Fuller reden. Ihr alle habt mir gesagt, was für ein guter Pfarrer er war, wie mitfühlend und fürsorglich, und wie viel Zeit er mit Gebeten und Einkehr verbracht hat.« Einige der Anwesenden nickten zustimmend. »Ihr habt mir zu verstehen gegeben, wie dankbar ich sein muss, dass ich in die Fußstapfen eines Mannes wie Pater Fuller treten darf.« Wieder nickten einige bestätigend.

Stephen hielt kurz inne und schlug dann die Bibel so abrupt zu, dass die Anwesenden erschraken. »Aber seht euch nur an!«, sagte er mit leiser, aber eindringlicher Stimme. »Seit ich hier bin, habe ich noch kaum etwas von christlicher Nächstenliebe gesehen, oder auch nur von normaler menschlicher

Güte. Diese Pfarrgemeinde ist ein einziger Sündenpfuhl. Nichts als Streit und Intrigen. Was würde unser Herr davon halten? Was würde Pater Fuller davon halten?«

Die beherrschte Leidenschaft in seiner Stimme verlieh seinen Worten eine Wirkung, die er nicht einmal hätte erzielen können, wenn er laut geworden wäre. Die Anwesenden waren sichtlich schockiert. Doch schließlich machte sich unter ihnen eine Reaktion bemerkbar, mit der Stephen nicht gerechnet hatte. Er hatte erwartet, dass sie vielleicht ablehnend die Arme verschränken und ihn herausfordernd anstarren würden, vielleicht auch, dass der eine oder andere reumütig den Blick senkte. Stattdessen begannen sie sich nach ihren Nachbarn umzublicken; Doris sah Enid an, während Enid, als sie das Wort Sünde hörte, zu Gill und Lou hinübersah. Ernest wiederum starrte mit finsterer Miene zuerst Quentin Mansfield und dann Cyprian Lawrence an. Becca errötete und schaute auf ihre gefalteten Hände hinunter, bevor sie sich kurz nach den anwesenden Männern umblickte – in der vergeblichen Hoffnung, irgendwo ein schuldbewusstes Gesicht zu entdecken.

Stephen war von dieser Reaktion überrascht, was jedoch nichts an seiner Entschlossenheit änderte. »Die Früchte von Pater Fullers langer Amtszeit hier sind keine sehr guten«, sprach er weiter. »Dazu gehört zum Beispiel, dass viele nicht mehr zu wissen scheinen, was unsere Aufgabe in der Kirche von England ist. Wir von St. Michael sind nicht irgendeine Gemeinde von Kongregationalisten – wir gehören zur großen Kirche unseres Landes, und das schon seit Jahrhunderten. Schulden wir dieser Kirche denn nicht etwas dafür, dass sie uns so lange unterstützt hat? Schulden wir ihr nicht unsere Treue, unsere Unterstützung? In diesen schwierigen Zeiten ...« Er wurde von einem lauten metallischen Krachen unterbrochen, das fast so klang, als würden zwei Autos gegeneinander prallen – doch der Knall kam aus dem Inneren der Kirche und hallte ohrenbetäubend durch die alten Gemäuer.

»Oh!«, rief Harry Gaze aus, sprang auf und eilte zur Kapelle hinüber. Alle anderen saßen wie erstarrt da. Das Krachen hallte immer noch von den Wänden wider, als Harry mit entsetzter Miene zurückgeeilt kam. »Pater!«, stieß er erschüttert hervor. »Es ist passiert! Die Rüstung ist von der Wand gefallen!« Er ließ sich betroffen in einen Stuhl sinken. »Das ist ein Zeichen, Pater. Jetzt können wir uns auf was gefasst machen!«

11

Denn er hat seinen Engeln befohlen,
dass sie dich behüten auf allen deinen Wegen.

Psalm 91, 11

Der Beginn von Flora Newalls Amtszeit als Vorsteherin der Pfarrgemeinde war genauso ereignisreich wie ihr Weg dorthin. Es zeigte sich, dass ihre Beliebtheit noch weiter gestiegen war. In der ersten Woche ihrer Amtszeit, noch vor ihrer Vereidigung durch den Erzdiakon, traf sie sich mit Ernest Wrightman, der ihr sogleich zu verstehen gab, was man von ihr in Zukunft erwartete, und mit Fred Purdy, der immer noch fest entschlossen war, seine Pläne zu verwirklichen. Außerdem wurde sie von verschiedenen Angehörigen der Pfarrgemeinde auf der Straße angesprochen; alle, so schien es, kamen zu ihr, um ihre Anliegen durchzusetzen.

Sie hatte noch kaum Zeit gehabt, sich an ihre neue Rolle zu gewöhnen, als sich etwas ereignete, was für mehrere Menschen weitreichende Folgen haben sollte. Wie so oft, war das Ereignis, das diese Entwicklung auslöste, für sich genommen völlig unbedeutend.

Das Ganze trug sich so zu: Als Gillian eines Tages in der Küche stand, um das Mittagessen für sich und Lou zuzubereiten, rutschte sie mit dem Messer ab und schnitt sich tief in den Finger. Sie stieß unwillkürlich einen Schrei aus, worauf Lou sofort aus ihrem Arbeitszimmer geeilt kam.

»Was ist denn los?«, fragte sie, als sie in die Küche kam.

»Ich habe mich geschnitten«, sagte Gill und hielt den stark blutenden Finger hoch.

»O Gott!«, schrie Lou und eilte zu ihr. »Wie kannst du da so ruhig sein? Du könntest verbluten! O Gott!«

Gill stieß ein zittriges Lachen aus. »So schlimm ist es auch wieder nicht.«

»Und ob es das ist! Schau nur, wie tief die Wunde ist!« Sie riss ein Stück von der Küchenrolle ab und versuchte die Blutung damit zu stoppen. »Du musst sofort zum Arzt!«

»Na gut. Ich gehe zu Doktor McNair.«

»Ich rufe an, um sicherzugehen, dass er auch da ist«, beschloss Lou. Ein kurzer Anruf in der Praxis brachte das Ergebnis, dass Dr. McNair noch zu tun hatte; die Sprechstundenhilfe schlug vor, dass sie so schnell wie möglich in die Unfallstation des Krankenhauses in Norwich fahren sollten, damit die Wunde dort genäht werden konnte.

»Komm mit«, befahl Lou und schnappte sich Handtasche und Autoschlüssel. »Wir fahren sofort los.«

Gill zögerte einen Augenblick. »Aber was ist mit Bryony? Du weißt ja, wie lange so etwas dauern kann. Ich bin vielleicht nicht rechtzeitig zurück, um sie von der Schule abzuholen.« Sie dachte scharf nach. »Könntest du Becca anrufen und sie fragen, ob sie Bryony abholen und zu sich nach Hause nehmen kann, bis wir zurück sind?«

Ungeduldig rief Lou im Pfarrhaus an, wo sie jedoch nicht Becca, sondern Stephen erreichte.

»Tut mir Leid, aber Becca ist nicht zu Hause«, antwortete er auf Lous Frage. »Sie ist bei Roger. Sie können sie dort anrufen – ich kann ihr aber auch eine Nachricht hinterlassen.«

»Ich habe keine Zeit für noch einen Anruf und auch nicht für lange Erklärungen«, erwiderte sie aufgeregt. »Aber würden Sie bitte Becca fragen, ob sie Bryony heute Nachmittag von der Schule abholen und zu sich nach Hause mitnehmen könnte, bis wir sie abholen kommen?«

Stephen hörte deutlich, wie aufgeregt Lou war. »Ist irgendetwas nicht in Ordnung?«, fragte er. »Kann ich Ihnen irgendwie helfen?«

Lou sah Gill an; die Küchenrolle war bereits mit Blut durchtränkt. »Ich kann es Ihnen jetzt nicht erklären«, wiederholte sie verzweifelt. »Bis später!«

Leider kam die Nachricht nicht bei Becca an. Stephen hinterließ ihr einen Zettel mit der Botschaft auf dem Küchentisch – doch als sie nach Hause kam, stellte sie die Einkaufstasche auf den Zettel, ohne ihn zu bemerken. Die Folge davon war, dass an diesem Nachmittag niemand zum Schultor kam, um Bryony abzuholen. Sie wartete ein paar Minuten, ohne sich Sorgen zu machen. Vielleicht, so dachte sie sich, hatte ihre Mutter heute einfach vergessen, sie abzuholen. Sofort beschloss sie, dass sie den Weg nach Hause sehr wohl auch alleine finden konnte; schließlich war es nicht weit von der Schule bis Foxglove Cottage.

Sie kam auch wirklich gut zu Hause an, doch als sie an die Haustür klopfte, machte niemand auf. Sie ging um das Haus herum, um nachzuschauen, ob die Autos da waren, und sah nur den Metro ihrer Mutter; Lous BMW war nicht da.

Noch immer machte sich Bryony keine allzu großen Sorgen, obwohl die Situation neu für sie war. Sie würden bestimmt jeden Augenblick zurück sein, dachte sie, und sie konnte ja so lange im Garten warten. Einige Minuten später begann es jedoch zu regnen, sodass ihre Schuluniform bald von dem kalten Regen durchtränkt war. Zitternd drückte sie sich unter dem Überhang des Dachs gegen die Haustür.

Im Haus gegenüber kam Enid gerade mit einer Tasse Tee ins Wohnzimmer, nahm sich eine neue Zeitschrift vom Tisch und setzte sich ans Fenster. Was sie da sah veranlasste sie, sogleich aufzuspringen und rasch einen Regenschirm zu holen. Sie eilte hinaus, überquerte die Straße und lief durch das Gartentor von Foxglove Cottage. »Bryony, Kind!«, rief sie mit ihrer mitfühlendsten Stimme. »Was machst du denn da draußen im Regen?«

Bryony lächelte, dann fiel ihr ein, dass sie ihrer Mutter feierlich versprochen hatte, nicht mehr mit Mrs. Bletsoe zu sprechen. Doch es wäre wohl unhöflich von ihr gewesen, wenn sie nicht auf die Frage geantwortet hätte – und Mami würde bestimmt nicht wollen, dass sie unhöflich war. »Es ist niemand zu Hause«, sagte sie. »Mami hat mich nicht von der Schule abgeholt, darum bin ich allein nach Hause gegangen, aber es ist niemand daheim.«

»Oh, du armes Mädchen! Komm doch zu mir – ich mache dir heiße Schokolade, und du kannst dich am Feuer wärmen.«

Jetzt wurde es schon etwas schwieriger – aber Bryony wusste, dass ihre Mami sehr böse wäre, wenn sie zu Mrs. Bletsoe nach Hause ginge, auch wenn sie es nur täte, weil es so stark regnete. »Nein, danke, Mrs. Bletsoe, ich warte lieber hier. Mami kommt bestimmt gleich zurück.«

»Sei doch nicht dumm, Schätzchen«, drängte Enid. »Du wirst ja durch und durch nass! Du weißt doch gar nicht, wie lang deine Mami noch weg ist.«

»Nein, danke«, erwiderte Bryony. Sie spürte, dass sie der Frau erklären musste, warum sie ihr Angebot ablehnte, und fügte hinzu: »Es ist sehr freundlich, dass ich zu Ihnen kommen darf, aber Mami wäre das gar nicht recht. Sie hat gesagt, dass ich nicht mehr mit Ihnen sprechen darf – und sie wäre sehr böse, wenn ich mit Ihnen gehe.«

»Oh!« Enid blickte das Mädchen verdutzt an.

»Trotzdem danke schön«, sagte Bryony und schlang die Arme um ihren Oberkörper, damit sie nicht mehr so zitterte. »Sie sollten lieber wieder ins Haus gehen, Mrs. Bletsoe. Es wäre nicht gut, wenn Mami Sie hier sieht.«

Enids Tee war kalt, doch sie machte sich eine frische Kanne

und setzte sich damit ans Fenster, um zu verfolgen, was nun passieren würde. Nach etwa einer Viertelstunde fuhr der dunkelblaue BMW vor dem Haus vor. Die beiden Frauen stiegen aus und eilten auf das völlig durchnässte Kind zu; im nächsten Augenblick verschwanden alle drei im Haus.

Sie schenkte sich noch eine Tasse Tee ein und überlegte, sich ihr weiteres Vorgehen. Sollte sie alles niederschreiben und den Vorfall melden, oder würde es genügen, wenn sie mit Flora Newall sprach? Sie beschloss, zunächst einmal eine Liste mit allen Fakten anzufertigen, ehe sie sich an Flora wandte. Sofort holte sie liniertes Papier und einen blauen Kugelschreiber aus dem Sekretär und setzte sich an den Tisch, um ein Dokument zusammenzustellen, das sie mit »Missbrauch von Bryony English« überschrieb.

Als sie die Liste aufgesetzt, korrigiert und mit ihrer schönsten Handschrift ins Reine geschrieben hatte, wartete sie, bis Flora von der Arbeit nach Hause gekommen war, bevor sie sie anrief.

»Ich bin gerade beim Essen«, sagte Flora, »und muss heute Abend noch zu einer wichtigen Versammlung der Altersheim-Stiftung. Seit ich Gemeindevorsteherin bin, ist mir abends sicher nie mehr langweilig«, fügte sie lächelnd hinzu.

»Aber es ist sehr wichtig – ich muss dich sofort sprechen«, beharrte Enid. »Es ist etwas passiert, um das wir uns sofort kümmern müssen.«

Flora zögerte. »Ich darf diese Versammlung nicht versäumen. Kannst du mir nicht sagen, worum es geht?«

»Kindesmissbrauch«, sagte Enid geradeheraus.

Flora erschrak; so etwas hatte sie ganz bestimmt nicht erwartet. »Oh! Du musst mir sofort sagen, um wen es sich handelt, Enid. Dann werde ich gleich morgen weitere Schritte einleiten.«

Enid ließ sich nicht so leicht abspeisen. »Ich möchte heute Abend mit dir sprechen – ich muss dir das Ganze erklären.«

»Also gut, dann nach der Versammlung«, versprach Flora. »Soll ich zu dir kommen, wenn wir fertig sind? Es wird so gegen zehn sein.«

»Gut, ich warte«, antwortete Enid zufrieden.

Es war schon etwas nach zehn Uhr, als Flora schließlich in The Pines eintraf. Enid hielt es kaum noch aus vor Ungeduld. Sie führte Flora gleich ins Wohnzimmer und bot ihr eine Erfrischung an. »Tee? Kaffee?«

»Du hast wohl keinen Gin da?«, fragte Flora mit einem zittrigen Lachen. »Nein, vergiss es. Tee wäre fein.«

Als der Tee kam, hatte Flora sich so weit gefasst, dass sie ihre Aufmerksamkeit auf den Grund ihres Besuchs richten konnte. »Also, du hast gesagt«, begann sie ohne Umschweife, »dass es einen Fall von Kindesmissbrauch gibt. Bitte, erzähl mir alles.«

Enid redete ebenfalls nicht lange um den Brei herum. »Es geht um Bryony English«, sagte sie. »Das Kind wird missbraucht, und man sollte es der Mutter sofort wegnehmen.«

Flora wusste, dass man nie nach dem äußeren Anschein gehen durfte, wenn es sich um Kindesmissbrauch handelte – aber dieser Vorwurf überraschte sie nun doch sehr. Sie starrte Enid mit großen Augen an. »Bryony? Aber Gillian English scheint eine sehr gute Mutter zu sein.«

»Ha!«, stieß Enid hervor und verschränkte die Arme vor der Brust. »Ich weiß nicht, wie du so etwas sagen kannst, wo dir doch bekannt ist, dass sie mit einer anderen Frau zusammenlebt. Lesbisch sind sie«, hielt sie anklagend fest. »Durch und durch verdorben. Einsperren sollte man die beiden.«

Erleichtert, dass Enid den beiden nicht mehr als das vorzuwerfen hatte, schüttelte Flora den Kopf. »Das ist kein Verbrechen, wie du weißt. Das war es überhaupt nie, sogar in der Zeit, als männliche Homosexualität noch strafbar war. Jedenfalls ist das kein Grund, um einer Mutter das Kind wegzunehmen – zumindest heutzutage nicht mehr. Lesbische Paare dürfen heute sogar schon Kinder adoptieren.« Sie blickte auf die Uhr und stellte die Teetasse nieder. »Es ist in Ordnung, dass du mir deine Sorge mitgeteilt hast – aber ich hatte einen harten Tag heute und es ist schon spät ...«

»O nein, du darfst jetzt nicht gehen!«, wandte Enid ein und legte eine Hand auf Floras Arm. »Das ist noch lange nicht alles! Ich sage dir, das kleine Mädchen wurde auf verschiedene Weise missbraucht.« Sie stand auf, um die Liste zu holen, die sie in einer Schublade des Schreibtischs verwahrt hatte.

»Also ...«

»Heute«, begann Enid, »haben sie das Kind allein gelassen. Die Kleine musste eine halbe Stunde im Regen stehen, und es würde mich nicht wundern, wenn sie sich eine schlimme Erkältung geholt hätte. Sie stand zitternd da draußen und konnte nicht ins Haus, während ihre Mutter irgendwo mit ihrer ... Geliebten unterwegs war.«

Flora runzelte nachdenklich die Stirn. »Das ist in der Tat Besorgnis erregend, aber es gibt vielleicht eine einfache Erklärung dafür.«

»Eine einfache Erklärung dafür, dass man ein sechsjähriges Kind allein von der Schule nach Hause gehen lässt und dass die Kleine dann noch eine halbe Stunde im Regen stehen muss?«, erwiderte Enid in scharfem Ton. »So haben *wir* früher unsere Kinder nicht aufgezogen. Und es ist nicht das erste Mal, dass sie sie allein gelassen haben. Ein andermal habe ich sie ganz einsam im Garten entdeckt. Sie sagte, ihre Mutter hätte sie hinausgeschickt, damit sie mit dieser anderen Frau allein sein konnte. Ist es nicht schockierend, dass jemand sein eigenes Kind einer solchen Gefahr aussetzt, nur um seinen abartigen Gelüsten zu frönen? Ich meine, heutzutage kann man ein Kind doch nicht mehr unbeaufsichtigt lassen. Wenn man liest, was heute so alles passiert – da stehen einem die Haare zu Berge!«

Flora nickte bestätigend und forderte sie damit auf, weiterzusprechen. »Du hast vorhin gesagt, es gäbe noch andere Dinge?«

Enid blickte auf ihre Liste – auf der Suche nach einem besonders gravierenden Anklagepunkt. »Sie nehmen Drogen«, sagte sie schließlich. »Bryony hat es mir selbst gesagt. Und sie weiß auch, wo sie sie versteckt haben, und nimmt selbst auch schon welche.«

»Oh!«

»Ganz zu schweigen von den giftigen Kräutern, die Mrs. English im Garten anbaut«, fügte Enid hinzu. »Ich glaube, einige davon sind so eine Art Rauschgift. Wahrscheinlich hat sie in irgendeinem Winkel des Gartens auch ein Beet mit Cannabis angelegt.«

»Also, ich glaube kaum ...«

Enid wandte sich wieder ihrer Liste zu. »Ich habe auch gehört, dass Lou schreckliche Dinge über Bryony sagt – sie hat sie einmal ›kleines Monster‹ genannt und geschrien, dass sie froh wäre, wenn sie die Kleine los ist.«

»Du meine Güte«, sagte Flora stirnrunzelnd.

»Und besonders schlimm ist auch, dass Bryonys Vater seine Tochter nicht mehr besuchen darf. Es ist genau so wie man es manchmal im Fernsehen sieht oder in den Zeitschriften liest – sie sind einfach weggezogen und haben ihrem Vater nicht einmal gesagt, wohin. Das war also reine Absicht. Offensichtlich verurteilt er die abartige Lebensweise seiner Exfrau, und sie bestrafen ihn dafür, indem sie ihm seine Tochter wegnehmen. Die Kleine hat alles verloren – ihr Zuhause, ihre Freundinnen und auch den Vater. Und wenn das kein Missbrauch ist, dass man einem Kind seinen Vater wegnimmt, dann weiß ich nicht, was Missbrauch sein soll«, schloss sie in selbstgerechtem Ton.

»Das ist wirklich nicht gut«, stimmte Flora besorgt zu. »Gibt es sonst noch etwas?«

»Und ob«, antwortete Enid in der Gewissheit, sich das Beste für den Schluss aufgehoben zu haben. Und genau das teilte sie Flora nun genüsslich mit, auch wenn sie dabei ein empörtes Gesicht machte. »Sexueller Missbrauch. Sie nehmen das Kind zu sich ins Bett. Bryony hat es mir selbst gesagt, dass sie oft alle zusammen im Bett sind und sich küssen.« Sie stand auf und trat ans Fenster, von wo sie das Cottage gegenüber beobachten konnte, in dem kein Licht mehr brannte. »Es würde mich nicht wundern, wenn sie auch in diesem Augenblick alle zusammen im Bett wären und sich küssen – und andere Dinge machen.« Nachdem sie nichts Näheres darüber wusste, was Frauen miteinander im Bett anstellten, musste sie sich mit einer eher vagen Umschreibung begnügen. »Sie treiben ganz bestimmt abartige Dinge miteinander«, fügte sie angewidert hinzu und hielt Flora die Liste unter die Nase. »Wir können doch nicht zusehen, wie ein unschuldiges Kind so schamlos missbraucht wird! Die Kleine hat ja noch Glück, dass es eine Nachbarin gibt, die sich um sie sorgt und die keine Scheu hat, etwas zu unternehmen.«

12

Denn wie das Gras werden sie bald verdorren,
und wie das grüne Kraut werden sie verwelken.

Psalm 37, 2

Flora schlief in dieser Nacht nicht gut. Ihr war etwas übel, so als kündige sich eine Magenverstimmung oder eine Grippe an, außerdem war sie sehr beunruhigt. Ihr Besuch bei Enid war nur die letzte in einer Reihe von Begegnungen, die einer Frau wie Flora Newall, die stets bestrebt war, mit allen gut auszukommen, doch sehr zu schaffen machten. Ihr war schon vor längerer Zeit klar geworden, dass sie vor allem ein Problem hatte: Sie wollte von allen gemocht werden und hasste es, sich Feinde zu schaffen – doch hatte sie andererseits hohe Prinzipien und ließ sich auf keine Kompromisse ein, wenn es um Recht und Unrecht ging. Und wenn sie eine Aufgabe übernahm – sei es das Amt des Gemeindevorstehers oder in ihrem Job als Sozialarbeiterin –, dann war sie fest entschlossen, diese Aufgabe so gut wie möglich zu erfüllen. Das bedeutete aber, dass sie oft jemanden vor den Kopf stoßen musste, mit dem sie gern in bestem Einvernehmen geblieben wäre.

Die Sache mit Bryony English war ein gutes Beispiel dafür: Egal, was sie tat – es würde ihr entweder Enid oder Gillian English hinterher böse sein, vielleicht sogar beide. Sie musste Enids Anschuldigungen nachgehen – schließlich ging es um das Wohl eines Kindes –, doch sie wusste nur zu gut, was das bedeutete: Wenn das Jugendamt erst einmal einschritt, dann nahmen die Dinge ihren Lauf und waren nicht mehr zu stoppen. Eigentlich war es ihr zutiefst zuwider, dass Enid sie in diese schwierige Lage gebracht hatte. Doch da es nun einmal passiert war, wusste Flora, was ihre Pflicht war: Sie würde ihren Vorgesetzten informieren müssen. Sie konnte sagen, dass sie in diesem Fall befangen wäre, sodass sie persönlich nichts mit der Sache zu tun haben würde – doch es wäre ihr dann nicht mehr möglich etwas zu tun, was den Lauf der Dinge beeinflussen konnte.

Die ganze Nacht über stellte sie sich immer wieder den weiteren Verlauf vor: Es würde zu Sitzungen des Jugendamtes und zu ärztlichen Untersuchungen kommen, außerdem würde es eine Verfügung geben, um das Kind der Obhut der Mutter zu entziehen. Sie hatte sehr wohl das Bedürfnis, von Enid und ihren Freundinnen akzeptiert zu werden – doch sie hatte andererseits nie zu denen gehört, die Gillian und Lou feindlich gegenüberstanden. Nachdem sie mehrmals Gelegenheit gehabt hatte, mit ihnen zu sprechen, war sie überzeugt, dass die beiden durchaus verantwortungsbewusste Menschen waren – und sie stand auch ihrer Lebensweise aufgeschlossen gegenüber. Vor allem fürchtete sie sehr, dass Gill denken könnte, ihr Vorgehen in dieser Angelegenheit wäre durch reine Bosheit oder irgendwelche Vorurteile motiviert. Deshalb war es notwendig, dass sie Gill versicherte, dass sie grundsätzlich nichts gegen sie hatte. Sie würde sie gleich heute Vormittag besuchen – nicht nur in ihrer Eigenschaft als Sozialarbeiterin, sondern auch als Freundin und Nachbarin – und ihr schildern, in welchem Dilemma sie steckte. Wenn Gill sich verständnisvoll und kooperativ zeigte – vielleicht würde die Sache dann gar nicht so schlimm werden.

Sie stand früh auf und machte sich eine Tasse Tee. Für gewöhnlich hatte sie einen herzhaften Appetit – doch an diesem Morgen verspürte sie ein so flaues Gefühl im Magen, dass an ein Frühstück nicht zu denken war. Nach einer Dusche und einer weiteren Tasse Tee war es immer noch zu früh, um aus dem Haus zu gehen – und so beschäftigte sie sich mit ihrem Papierkram und sah die Unterlagen über ihre laufenden Fälle durch. Die Beschäftigung half ihr nicht nur, sich die Zeit zu vertreiben, sondern auch, sich von ihren Sorgen abzulenken.

Flora glaubte fest daran, dass sich mit Tee so manche Unpässlichkeit kurieren ließ und machte sich noch eine Tasse, die sie genüsslich trank, während sie letzte Vorbereitungen für den Tag traf. Nachdem sie beschlossen hatte, Gill einen Besuch abzustatten, reifte in ihr noch ein weiterer Entschluss heran; sie wollte eine andere Sache erledigen, die sie nun schon einige Tage beschäftigte. Sie blickte kurz auf die Uhr, um sicherzugehen, dass es nicht zu früh für einen Anruf war, und ließ sich dann von der Auskunft die Londoner Nummer von Lucy Kingsley geben.

Es war in Walston allgemein bekannt, dass es die Malerin Lucy Kingsley war, die den Pfarrer neulich besucht hatte. Walston war zwar nicht gerade eine Hochburg der Kunst und Kultur – doch Enid Bletsoe hatte eines Tages in einer Zeitschrift etwas über Lucy gelesen und war beeindruckt, dass es sich bei der Frau um eine Freundin des Pfarrers handelte. In der Folge hatte es sich rasch im ganzen Dorf herumgesprochen, dass Lucy Kingsley eine berühmte Malerin war. Außerdem wurde bekannt, dass ihr Begleiter ein Anwalt war, der noch dazu als Experte auf dem Gebiet des Kirchenrechts galt. Nachdem Flora sich mit Lucy über Shropshire unterhalten hatte, fand sie diese Tatsache besonders interessant. Und zufällig gab es nun eine Sache, bei der ihr dieser Anwalt eine große Hilfe sein konnte.

Nach mehrmaligem Klingeln nahm Lucy schließlich ab. »Hallo?«

»Hallo, Miss Kingsley«, begann Flora aufgeregt, »ich weiß nicht, ob Sie sich an mich erinnern – wir sind uns vergangenen Monat in Walston begegnet. In der Kirche. Wir haben uns über Shropshire unterhalten. Mein Name ist Flora Newall«, fügte sie hinzu.

»O ja, Miss Newall, natürlich.«

»Entschuldigen Sie, dass ich störe – Sie haben bestimmt viel zu tun. Aber ich habe mich gefragt … na ja, ich habe Ihren Namen erst nach unserem Gespräch erfahren, und da fragte ich mich, ob Sie zufällig mit John Kingsley, dem Geistlichen, verwandt sind. Ich glaube, er ist heute Domherr, aber früher war er ein einfacher Pfarrer.«

»Das ist mein Vater«, sagte Lucy erfreut. »Und er ist wirklich Domherr in der Kathedrale von Malbury. Woher kennen Sie ihn? Waren Sie früher in seiner Gemeinde?«

»Oh, ich habe nicht dazugehört, nein, aber ich bin ihm durch meine Arbeit öfter begegnet. Er ist ein großartiger Mensch, Miss Kingsley«, fügte sie mit ernster Stimme hinzu.

»Ja, ich weiß«, stimmte Lucy lächelnd zu. »Sie brauchen mir das nicht zu sagen, aber es ist trotzdem schön, zu hören, dass auch andere das so sehen.«

Nach dieser Einleitung zögerte Flora, ihr Anliegen auszusprechen. »Ich habe gehört, Miss Kingsley«, begann sie, »dass Ihr Freund – der mit Ihnen in Walston war – Anwalt ist und gut im Kirchenrecht Bescheid weiß.«

»Ja, David ist Anwalt«, bestätigte Lucy. »Und er hat wirklich viel mit Kirchen zu tun – aber er würde sich ganz sicher nicht als einen Experten für Kirchenrecht bezeichnen. Warum wollen Sie das wissen?«

»Nun, ich habe mich einfach nur gefragt, ob … na ja, Sie haben vielleicht gehört, dass ich kürzlich zur Gemeindevorsteherin gewählt wurde. Und mir ist klar, dass man in diesem Amt auch gewisse rechtliche Pflichten hat – aber ich weiß darüber nicht besonders gut Bescheid, fürchte ich.«

»Wenn Sie sich mit David unterhalten möchten«, schlug Lucy vor, deren Neugier nun geweckt war, »dann hätte er bestimmt nichts dagegen. Ich könnte ihm sagen, dass er Sie zurückrufen soll, oder Sie könnten auch selbst noch einmal heute Abend anrufen.«

»Danke. Vielleicht telefoniere ich dann noch einmal, wenn Sie meinen, dass es ihn nicht stört.«

»Oh, es stört ihn bestimmt nicht«, versicherte ihr Lucy und fügte neugierig hinzu: »Geht es um etwas Bestimmtes?«

»Na ja«, sagte Flora zögernd, »ich habe mich gefragt, welche rechtlichen Pflichten ein Gemeindevorsteher hätte, wenn er etwas entdecken würde … etwas ziemlich Peinliches über ein wichtiges Mitglied der Kirche, etwas wirklich Unangenehmes. Ich habe mich gefragt, ob der Gemeindevorsteher dann verpflichtet wäre, es zu melden … zum Beispiel dem Pfarrer oder dem Bischof …«

»Ich weiß nicht, ob man rechtlich dazu verpflichtet wäre«, antwortete Lucy. »David könnte Ihnen da bestimmt Auskunft geben. Aber es erscheint mir sicher vernünftig, mit dem Pfarrer darüber zu sprechen. Stephen – Pater Thorncroft – ist ein vertrauenswürdiger Mensch, Miss Newall. Ich kenne ihn schon seit Jahren und ich halte ihn für einen wirklich guten Pfarrer. Ich finde, Sie sollten mit ihm reden.«

Floras Seufzer war auch über das Telefon gut zu hören. »Ich danke Ihnen, Miss Kingsley. Sie haben mir da einen wirklich guten Rat gegeben. Und ich melde mich dann heute Abend noch einmal, wenn Sie sicher sind, dass Ihr Freund David nichts dagegen hat.«

Etwas widerwillig nahm Flora schließlich ihren Besuch in Foxglove Cottage in Angriff. Ihr flaues Gefühl wurde immer stärker statt schwächer, und sie war sich bewusst, dass es ein ziemlich schwieriges Gespräch werden könnte.

Der Anfang verlief jedoch recht vielversprechend; Gill freute sich sichtlich über ihren Besuch und ließ sie sogleich in der Küche Platz nehmen. »Hier ist es gemütlicher«, erklärte sie,

»und ich wollte mir selbst gerade eine Tasse Kräutertee machen. Möchten Sie auch eine Tasse?«

Flora hätte lieber schwarzen Tee gehabt – doch sie konnte Gills freundliches Angebot nicht ablehnen. »O ja, gern«, sagte sie, bemüht, begeistert zu klingen.

»Es ist ein Tee, den ich selbst zusammengestellt habe«, vertraute ihr Gill an, während sie die getrockneten Blätter in den Teekessel gab. »Ich finde die Mischung sehr entspannend.«

Der fertige Tee war schließlich von einer unappetitlichen gelbgrünen Farbe, und Flora betrachtete ihn misstrauisch, bevor sie aus reiner Höflichkeit einen Schluck von dem Gebräu trank, das – zumindest ihrer Ansicht nach – ausgesprochen bitter schmeckte. »Sehr gut«, sagte sie schließlich. Sie glaubte nicht, dass es allzu überzeugend klang, doch Gill lächelte dennoch zufrieden.

»Es freut mich, dass er Ihnen schmeckt. Möchten Sie vielleicht etwas dazu essen – ein paar Kekse oder ein Stück Kuchen?« Sie ging rasch zur Vorratskammer, was Flora Gelegenheit gab, ihren Süßstoff hervorzuholen und drei Tabletten in ihren Tee zu geben. Sie rührte rasch um, ehe Gill zurückkehrte und ihr Kuchen anbot.

Sie nahm ein Stück an, konnte aber kaum mehr tun, als mit der Gabel daran herumzustochern. Flora spürte Gills neugierigen Blick auf sich ruhen und entschuldigte sich für ihren mangelnden Appetit. »Es tut mir Leid, aber ich glaube, ich kann nichts essen. Der Kuchen sieht köstlich aus, aber ich habe heute Morgen ein wenig Bauchweh.«

»Oh, das hätten Sie gleich sagen sollen!«, erwiderte Gill mit sanftem Vorwurf. »Ich kann Ihnen etwas dagegen geben. Balsamkraut wirkt am besten, auch wenn diese Pflanze nicht so bekannt ist. Ich gebe Bryony immer Balsamkrauttee, wenn sie Bauchweh hat.« Sie füllte den Teekessel mit Wasser und ging wieder zur Vorratskammer, aus der sie ein Glas mit getrockneten Kräutern holte. »Frische Blätter sind natürlich besser, aber um diese Jahreszeit gibt es noch keine.« Sie warf ein paar Blätter in eine Tasse, übergoss sie mit kochendem Wasser und stellte die Tasse vor Flora auf den Tisch. »Das wird Ihre Bauchschmerzen vertreiben«, versicherte sie ihr.

Flora ergriff die Gelegenheit, den eigentlichen Zweck ihres Besuches noch etwas hinauszuschieben, und kostete gehorsam von dem Tee. Der Balsamkrauttee schmeckte noch bitterer als der andere Kräutertee – doch es gelang ihr auch diesmal, heimlich etwas Süßstoff dazuzugeben, als Gill sich gerade ein Stück Kuchen abschnitt.

»Es ist wirklich sehr nett von Ihnen, dass Sie sich solche Umstände machen«, sagte sie aufrichtig.

»Aber das ist doch nichts Besonderes. Ich finde es nett von Ihnen, dass Sie mich besuchen. Wir bekommen hier nicht allzu oft Besuch«, vertraute ihr Gill mit einem schüchternen Lächeln an.

Ihre Bemerkung vergrößerte Floras Schuldgefühle nur noch mehr; sie beschloss, dass es Zeit war, zur Sache zu kommen. »Eigentlich gibt es schon einen ganz bestimmten Grund für meinen Besuch«, sagte sie schließlich.

Gills Lächeln schwand. »Wirklich?«, fragte sie unsicher.

»Ich komme sozusagen wegen einer amtlichen Sache – aber ich dachte mir, es wäre nett, wenn wir uns trotzdem ganz zwanglos unterhalten.«

Gillian verstand nicht, was Flora meinte. »Geht es um irgendeine Kirchenangelegenheit?«, fragte sie.

»O nein«, antwortete Flora rasch. »Ich bin nicht als Gemeindevorsteherin gekommen, sondern als Sozialarbeiterin.«

Gillian verspürte eine seltsame Anspannung, auch wenn sie keine Ahnung hatte, worum es ging. »Als Sozialarbeiterin?«, sagte sie verständnislos. »Aber weshalb denn?«

Flora nahm einen Schluck von dem Balsamkrauttee und versuchte, sich zu konzentrieren. »Es geht um Ihre Tochter, Mrs. English«, sagte sie schließlich. »Bryony.«

»Bryony?«, stieß Gill mit schriller Stimme hervor. »Ist Bryony etwas passiert? Sagen Sie's mir!«

Flora beschloss, auf den Punkt zu kommen. »Ich habe eine Beschwerde bekommen – es geht um den Vorwurf des Kindesmissbrauchs.«

»Kindesmissbrauch?« Gill starrte sie völlig verständnislos an. »Ich habe keine Ahnung, wovon Sie sprechen.«

»Es wird behauptet, dass Kindesmissbrauch vorliegt«, wiederholte Flora. »Der Vorwurf kommt von Enid Bletsoe.« Sie machte sich auf eine heftige Reaktion gefasst – doch zu ihrem Erstaunen begann Gill schallend zu lachen.

»Dieser alte Drachen!«, rief Gill und kicherte fast hysterisch. »Das hätte ich mir denken können. Sie werden doch nicht so dumm sein, Miss Newall, den Unsinn zu glauben, den diese Frau erzählt!«

»Es handelt sich um einen schwer wiegenden Vorwurf, dem man nachgehen muss«, stellte Flora fest.

Gill hörte so abrupt zu lachen auf wie sie begonnen hatte. »Man muss dem Vorwurf nachgehen?«, fragte sie verständnislos.

»Ich fürchte, ja. Ich glaube, dass Sie eine gute Mutter sind, Mrs. English«, sagte sie, »aber Mrs. Bletsoe hat einige Dinge beobachtet, bei denen es sich um Vernachlässigung handeln könnte. Und es gibt auch noch andere Vorwürfe.«

»Welche?«, fragte Gill mit Nachdruck.

Flora holte die Liste aus ihrer Handtasche hervor und reichte sie ihr. »Das sind die Dinge, die Mrs. Bletsoe beobachtet hat oder die Bryony ihr selbst erzählt hat. Ich sage nicht, dass ich all das glaube, aber Sie werden verstehen, dass ...«

»Lügen!«, stieß Gill mit so schriller Stimme hervor, dass Flora erschrocken innehielt. »Lügen, nichts als gemeine Lügen!« Sie zerriss die Liste und warf die Fetzen auf den Boden.

Flora bemühte sich, die wütende Geste zu ignorieren und sagte mit ruhiger Stimme: »Ich würde vorschlagen, dass wir die Untersuchung ein paar Tage aufschieben. Wenn Sie einverstanden sind, Bryony von Doktor McNair untersuchen zu lassen – sagen wir, heute Nachmittag oder morgen ...«

»Niemals!« Gill war noch nie in ihrem Leben so wütend gewesen. »Doktor McNair wird mein Kind nicht anrühren, nicht heute und auch sonst nie!«

»Aber wenn Sie kooperativ sind«, flehte Flora sie an, »dann wird es für alle Beteiligten viel einfacher. Wenn nicht, muss ich dafür sorgen, dass Bryony Ihrer Obhut entzogen wird.«

Gill sprang empört auf. »Wie können Sie es wagen, in mein Haus zu kommen und so etwas zu verlangen! Verschwinden Sie auf der Stelle, bevor ich mich vergesse!«

»Ich mache doch nur meine Arbeit«, wandte Flora ein. »Und ich möchte, dass es möglichst schmerzlos für Sie über die Bühne geht, Mrs. English.«

»Raus hier!«, schrie Gill. Eine Tigerin, die ihr Junges verteidigt, hätte nicht wilder sein können als sie. »Und kommen Sie ja nicht wieder. Und wenn Sie versuchen, mir mein Kind wegzunehmen, dann bringe ich Sie um! Ich schwöre zu Gott: Eher bringe ich Sie um, als dass ich Sie mein Kind auch nur anrühren lasse!«

Flora stand auf – und wurde im nächsten Augenblick von einem entsetzlichen Schwindelgefühl gepackt. Ihre Brust verengte sich plötzlich, als befände sie sich in einem Schraubstock. »Oh!«, stieß sie keuchend hervor und griff sich an die Brust. »Oh, es geht mir gar nicht gut.«

Gill betrachtete sie völlig ungerührt; sie dachte, dass Flora nur auf ihr Mitgefühl aus war. »Raus hier!«, wiederholte sie unbeirrt.

»Bitte ...«, keuchte Flora. »Bitte rufen Sie Doktor McNair. Oder einen Krankenwagen. Ich glaube, ich sterbe!«

Floras Gesicht war aschfahl – doch Gill war so wütend, dass sie nicht mehr klar denken konnte. »Dann tun Sie es gefälligst draußen auf der Straße!«, schrie sie völlig außer sich, packte

Flora am Arm und zerrte sie zur Tür. »Ich will Sie keine Minute länger in meinem Haus haben!«

Flora schleppte sich irgendwie über die Straße zum Haus gegenüber und lehnte sich gegen die Klingel – doch Enid saß gerade im Haus ihrer Schwester beim Kaffee. Unfähig, auch nur einen Schritt weiter zu gehen, brach Flora vor der Haustür zusammen und rang nach Atem, während der Druck in ihrer Brust unerträglich wurde, bis sie schließlich das Bewusstsein verlor.

Enid fand sie etwas später am Boden liegend, als sie nach Hause kam. Sie wollte sogleich einen Krankenwagen rufen, doch Flora lang direkt vor der Haustür, sodass sie nicht ins Haus konnte. In ihrer Verzweiflung rannte Enid über die Straße und klopfte an die Tür von Foxglove Cottage.

»Es ist wegen Flora!«, rief sie, als Gill die Tür öffnete. »Rufen Sie schnell 999 an – ich glaube, sie ist tot!«

»O Gott!«, rief Gill erschrocken aus. »O Gott, ich habe sie umgebracht!«

Zweiter Teil

13

Es wäre nicht ganz richtig gewesen, zu sagen, dass David Middleton-Brown in den Wochen nach Ostern keinen Gedanken mehr an Walston verschwendet hätte – doch die Einwohner und die Probleme dieses Dorfes in Norfolk wurden doch eindeutig durch andere, näher liegendere Dinge in den Hintergrund gedrängt.

Am 1. April, gleich nachdem er und Lucy nach London zurückgekehrt waren, nahm David das Haus in der Nähe der Kensington Gardens in Besitz, das er geerbt hatte. Lucy bestand zwar nicht darauf, dass er voll und ganz aus ihrem Haus auszog, doch sie wollte, dass er wenigstens so tat, als würde er in das neue Heim einziehen. Dies bedeutete, dass er seine Bücher und einen Großteil seiner Kleider mitnehmen musste. Lucys Haus war so klein, dass er, als er bei ihr eingezogen war, seine Bücher gar nicht aus den Kartons ausgepackt, sondern gleich auf dem Dachboden verstaut hatte, sodass es nun nicht schwer war, sie wieder mitzunehmen. Die Kleider aus ihren Schränken zu holen, hatte jedoch eine gewisse symbolische Bedeutung und bereitete ihm einigen Schmerz – doch Lucy versicherte ihm, dass es sich ja nicht um eine Trennung für immer handle, sondern dass es nur darum gehe, eine gewisse Distanz herzustellen, damit sie die Möglichkeit habe, über ihre

Beziehung nachzudenken. Es bestände ja trotz allem die Möglichkeit, dass er den Abend – und die Nacht – bei ihr verbringen könne.

Die Tatsache, dass er sich nicht vollständig von ihr zurückziehen musste, machte ihm das Übersiedeln einigermaßen erträglich, und so ließ er sich auch noch den Rest seiner Habseligkeiten schicken, die aus dem Haus seiner Eltern in Wymondham stammten, das vor sechs Monaten verkauft worden war. Es brauchte einige Zeit und viel emotionale Energie, um diese Bestandteile seiner Vergangenheit in seine neue Umgebung zu integrieren. Vor allem die Beziehung zu seiner Mutter war recht schwierig gewesen – und als er nun wieder mit all den Dingen konfrontiert wurde, die ihn an seine Zeit bei ihr erinnerten, kamen lange unterdrückte Gefühle in ihm hoch.

Außerdem stellte David fest, dass ihn das neue Haus interessierte; er begutachtete die schönen Zimmer und Möbel und verspürte ein Gefühl des Besitzes, aber auch Freude darüber, etwas so Schönes überantwortet bekommen zu haben, für dessen Erhalt er nun verantwortlich war. Und zu seiner Freude teilte Lucy dieses Interesse; sie verbrachten so manchen Abend damit, die Schubladen durchzusehen und die Möbel in den Zimmern umzustellen. Und so war es kein Wunder, dass sie die meisten Nächte in dem neuen riesigen Bett verbrachten, das er sich in das geräumige Schlafzimmer hatte stellen lassen.

Sie waren, kurz gesagt, so beschäftigt, dass Lucy ganz vergaß, David von dem seltsamen Anruf zu erzählen, den sie von Flora Newall bekommen hatte. Und nachdem die Frau auch nicht mehr anrief, wie sie es versprochen hatte, erinnerte sich Lucy überhaupt nicht mehr an die Sache.

In Walston ging es unterdessen alles andere als ruhig zu. Floras Tod war ein furchbarer Schock für die ganze Gemeinde, doch es sollten noch größere Erschütterungen folgen.

Die Obduktion, die im Falle eines so plötzlichen Todes gesetzlich vorgeschrieben war, ergab, dass Flora Newall an einem schweren Herzinfarkt gestorben war. Dies stand auch mit Gillians Aussage in Einklang, dass Flora über Bauchschmerzen geklagt habe, dass sie ganz bleich im Gesicht gewesen wäre und die Hand an die Brust gedrück habe, als ob sie keine Luft mehr bekäme.

Doch kurz nachdem sich die Ergebnisse der Obduktion im Dorf verbreitet hatten, platzte Enid Bletsoe an einem Montag Nachmittag in die Praxis von Dr. McNair. »Ich möchte den Doktor sprechen«, sagte sie zu der Frau, die sie als Sprechstundenhilfe ersetzt hatte – die ihr also ihren Posten gestohlen hatte.

Die Frau sah Enid an, die zwar hochrot im Gesicht war, ansonsten aber kaum Anzeichen eines Notfalls aufwies, und blickte dann auf ihren Terminkalender. »Ich fürchte, heute sind wir voll. Ich werde sehen, dass ich Sie morgen noch irgendwo einschieben kann, in Ordnung?«

Enid rümpfte herablassend die Nase und blickte die Frau, die sie von ihrem Platz verdrängt hatte, finster an. »Ich brauche keinen Termin, danke. Ich muss einfach nur Doktor McNair sprechen. Falls es Sie interessiert, ich war in meinem ganzen Leben noch nie krank. Und Doktor McNair wird ziemlich verärgert sein, wenn Sie mich warten lassen.«

Die neue Sprechstundenhilfe sah ein, dass sie gegen Enid nicht ankam und gab schließlich nach. »Doktor McNair hat gerade einen Patienten bei sich. Wenn Sie einen Augenblick Platz nehmen – ich sage ihm, dass Sie hier sind.«

Wenige Minuten später trat Enid in das Sprechzimmer. Der Doktor, der sie sehr gut kannte, hob die Augenbrauen und verschränkte die Arme vor der Brust. »Und?«, knurrte er. »Was gibt's denn so Wichtiges? Ich habe viel zu tun, und es gibt jede Menge kranke Leute, die mich brauchen. Was ist denn so wichtig, dass es nicht noch etwas Zeit hätte?«

Enid ließ sich von Fergus McNair nicht einschüchtern; schließlich hatte sie schon für ihn gearbeitet, als er in ihren Augen noch ein blutiger Anfänger gewesen war. Sie sah es sogar so, dass sie ihn quasi als Arzt angelernt hatte. »Flora Newall«, teilte sie ihm ohne Umschweife mit. »Ich habe gehört, dass die Ergebnisse der Obduktion da sind.«

»Ja?«, fragte er in unverbindlichem Ton.

»Herzinfarkt, wie ich hörte.«

»Ja?«, fragte er erneut.

»Nun, das werden Sie ja wohl hoffentlich nicht akzeptieren!«, sagte Enid vorwurfsvoll.

Dr. McNairs Augenbrauen zogen sich zusammen. »Das hat die Untersuchung ergeben. Und es passt auch zu den Symptomen, die Mrs. English geschildert hat.«

»Ja, falls Sie ihr das glauben!«, erwiderte Enid und stemmte die Hände in die Hüften. »Was soll sie denn sonst sagen?«

»Was soll das Ganze? Gibt es irgendeinen Grund, warum ich Mrs. English nicht glauben sollte?«

Nun war Enids großer Augenblick gekommen, und sie genoss ihn sichtlich. »Und ob. Sie hatte nämlich höchstwahrscheinlich allen Grund, Sie anzulügen«, verkündete sie. »Ich glaube, dass Gillian English Flora Newall ermordet hat!«

»Mord?« Der Doktor trat einen Schritt zurück und starrte sie ungläubig an. »Was reden Sie denn da? Es war ein Herzinfarkt!«

Enid ließ sich nicht beirren. »Ich habe nicht umsonst so viele Jahre hier in der Praxis gearbeitet; ich weiß sehr wohl, dass es gewisse Mittel gibt, die zu einem Herzinfarkt führen, wenn man sie jemandem gibt.«

»Ja?«

»Digitalis!«, verkündete sie triumphierend. »Digitalis, das man aus der Fingerhut-Pflanze gewinnt. Schließlich hat sie ja all diese giftigen Pflanzen in ihrem Garten, nicht wahr? Und als ich zu ihr sagte, dass Flora Newall tot sei, hat sie gesagt:

›O Gott, ich habe sie umgebracht!‹ Genau das waren ihre Worte. Ich habe es selbst gehört! Sie hat sie umgebracht, da können Sie sicher sein!«

Fergus McNair saß in der Klemme. Er wusste, dass Enid Bletsoe eine gehässige Frau war, die jemandem über Jahre hinweg böse sein konnte und vor nichts zurückschreckte, wenn es darum ging, jemanden anzuschwärzen, der ihr ihrer Ansicht nach Unrecht getan hatte. Doch etwas an dem, was sie gesagt hatte, gab ihm doch zu denken. Die Geschichte von Gillians spontanem Ausruf, dass sie Schuld an Flora Newalls Tod sei, hatte sich mittlerweile weit verbreitet; er hatte sie bereits von verschiedenen Seiten gehört. Und als er mit Gillian English über Floras Symptome kurz vor ihrem Tod gesprochen hatte, war sie ihm nicht sehr gesprächig vorgekommen, so als verschweige sie ihm irgendetwas.

Sein flaues Gefühl verstärkte sich noch, als er in seinem Handbuch für Toxikologie nachschlug. Wie er vermutet hatte, wurde Digitalis, ein Produkt der Fingerhut-Pflanze, nicht bei einer routinemäßigen Obduktion nachgewiesen. Die Symptome waren absolut dieselben wie bei einem herkömmlichen Herzinfarkt. In der Medizin wurde Digitalis bei Herzrhythmusstörungen eingesetzt, während eine Überdosis zum Infarkt führte. Er erfuhr aus seinem Buch auch, dass es sehr wohl möglich war, eine Vergiftung mit Digitalis nachzuweisen – aber man musste schon gezielt danach suchen, wenn man es finden wollte.

Um sein Gewissen zu beruhigen beschloss Dr. McNair, noch einmal mit Gillian English zu sprechen. Vielleicht würde sie sich diesmal gesprächiger zeigen und die Sache konnte ohne Probleme aufgeklärt werden.

Und so machte er nach seiner Nachmittagssprechstunde einen Besuch in Foxglove Cottage, wo man zwar noch bei Tisch saß, das Abendessen aber schon hinter sich hatte. »Es tut mir Leid, wenn ich ungelegen komme«, entschuldigte er sich bei Gill an der Haustür.

»Nein, ist schon in Ordnung«, sagte sie. »Wir sind gerade mit dem Essen fertig. Kommen Sie doch herein und trinken Sie einen Kaffee mit uns.«

Lou räumte gerade den Tisch ab, als sie in die Küche kamen. »Hallo, Doc«, grüßte sie ihn fröhlich. »Gibt es etwas, was ich nicht weiß? Ist eine von uns krank?«

»Das müssten Sie mir sagen«, erwiderte er und setzte sich auf den Stuhl, den Gill ihm anbot. »Darf der Doktor denn nicht auch mal einfach nur zu Besuch kommen?«

»Das ist nicht gerade wahrscheinlich«, meinte Lou lachend.

»Geh rauf und putz dir die Zähne, Schatz«, sagte Gill zu Bryony. »Dann kannst du noch ein kurzes Video ansehen, wenn du magst.«

»Darf ich nicht hier bleiben?«, bat Bryony, die von Dr. McNair fasziniert war; sie liebte seinen seltsamen schottischen Akzent und fand die Sommersprossen auf seinen Handrücken besonders interessant.

Gill blieb unnachgiebig. »Nein, Schatz. Wenn du kein Video ansehen willst, kannst du ja in deinem Zimmer spielen.«

Widerwillig ging Bryony hinaus. Gill machte Kaffee und nutzte die Zeit um nachzudenken. Sie hatte das unangenehme Gefühl, dass Dr. McNairs Besuch mit Floras Tod zu tun hatte, und sie wusste nicht, was sie ihm noch sagen sollte. Dass sie Flora in ihrem Zustand aus dem Haus hatte gehen lassen, war völlig unverständlich, wenn sie nicht die ganze Geschichte erzählte – doch sie war nicht bereit, von den Anschuldigungen des Kindesmissbrauchs zu sprechen. Seit Floras Tod gab es in dieser Hinsicht keine Probleme mehr. Gill nahm an, dass Enid mit niemand anderem darüber gesprochen hatte; vielleicht hatte die Frau es sich überlegt und würde die Angelegenheit nun nicht weiter verfolgen. Sprach sie jetzt mit Dr. McNair darüber, würde sich der Doktor vielleicht gezwungen sehen, der Sache nachzugehen – und das alles konnte vermieden werden, wenn sie schwieg. Außerdem hatte sie Lou nichts von den furchtbaren Anschuldigungen erzählt, mit denen Flora sie konfrontiert hatte. Sie wusste, dass Lou so wütend wäre, dass sie möglicherweise irgendetwas tun würde, um es Enid heimzuzahlen. Schon allein deshalb konnte sie nicht die ganze Geschichte über Floras Besuch erzählen. Mit einem gezwungenen Lächeln schenkte sie dem Doktor eine Tasse Kaffee ein. »Sahne oder Milch?«, fragte sie.

»Ich trinke ihn schwarz, danke«, sagte er und wandte sich Lou zu. »Sie haben übrigens Recht, das ist kein reiner Höflichkeitsbesuch – obwohl ich mich schon dafür interessiere, wie es meinen Patienten so geht, auch denen, die so gesund sind, dass sie kaum einmal in meine Praxis kommen. Was macht übrigens Ihr Finger?«, fragte er Gill.

»Oh, schon viel besser – er heilt sehr gut.« Sie hielt den Finger hoch, damit er ihn begutachten konnte. »Ich glaube, die Fäden können bald gezogen werden.«

»Das stimmt.« Er nahm einen Schluck von seinem Kaffee, stellte die Tasse nieder und schmatzte anerkennend mit den Lippen. »Ah, so eine gute Tasse Kaffee ist schon etwas Herrliches.«

Gill rieb sich nervös den verletzten Finger. »Aber Sie sind bestimmt nicht wegen meinem Finger gekommen«, sagte sie schließlich und wünschte sich, es möglichst rasch hinter sich zu haben.

Er warf ihr einen listigen Blick zu. »Na ja, eigentlich wollte ich Sie noch ein paar Dinge über Flora Newall fragen – ich meine über das, was an dem Tag geschah, als sie starb.«

»Ich habe Ihnen ja schon alles erzählt«, antwortete sie und blickte auf ihre Kaffeetasse hinunter – unfähig, ihm in die Augen zu schauen. »Sie kam auf eine Tasse Tee zu mir, und da bekam sie dann Bauchschmerzen.«

»Sie hat also nur Tee getrunken, sonst nichts?«

Diese Frage hatte sie nicht erwartet. »Also … ja«, sagte sie unsicher. »Kräutertee. Eine Tasse von meiner Spezialmischung, und als ich ihr dann ein Stück Kuchen gab, da sagte sie, dass sie Bauchweh hätte. Ich machte ihr daraufhin eine Tasse Balsamkrauttee für den Magen – und sie hat beide Tees getrunken.«

»Verstehe.« Dr. McNair dachte einige Augenblicke über ihre Antwort nach. »Und hatte sie eigentlich einen bestimmten Grund, warum sie Sie besuchte?«

»Nun …«, begann Gill unsicher. Sie war es nicht gewohnt, etwas anderes als die Wahrheit zu sagen. »Ich glaube nicht.«

Er wandte sich Lou zu. »Sie waren an diesem Tag nicht zu Hause, Miss Sutherland?«

»Also, nein«, stammelte Lou ungewohnt verlegen. »Ich war an dem Tag … nicht zu Hause.«

Es entging Dr. McNair nicht, wie unangenehm den beiden Frauen seine Fragen zu sein schienen. Er wandte sich wieder Gill zu. »Floras Besuch hatte also keinen bestimmten Grund, sagen Sie. Sie hatten also nicht vielleicht … Streit wegen irgendetwas?«, fragte er.

»Nein, natürlich nicht. Wir kannten uns ja kaum – wie hätten wir da Streit haben sollen?«, erwiderte Gill so überzeugend, wie sie es fertig brachte.

»Aber warum haben Sie dann gesagt: ›O Gott, ich habe sie umgebracht‹, als Sie hörten, dass sie gestorben war? Das haben Sie doch gesagt, nicht wahr?«

Gill schluckte erst einmal, bevor sie antworten konnte. »Ich … hatte Schuldgefühle, weil ich sie weggehen ließ, obwohl sie sich nicht wohl fühlte. Ich hätte Sie anrufen müssen oder gleich einen Krankenwagen rufen sollen.«

»Und warum haben Sie es nicht getan?«, bohrte er weiter. »War es denn nicht deutlich zu sehen, wie schlecht es ihr ging? Sie haben gesagt, dass sie sich an die Brust griff und ganz bleich im Gesicht war. Warum haben Sie eine Frau, die in einem solchen Zustand war, aus dem Haus gehen lassen?«

Wieder konnte sie ihm nicht in die Augen sehen. »Das kann ich auch nicht erklären«, sagte sie leise. »Dafür gibt es keine Entschuldigung, das weiß ich. Und ich werde für immer mit dieser Schuld leben müssen.«

Lou war die ganze Zeit ungewöhnlich schweigsam gewesen, während der Doktor seine Fragen stellte. Erst als Fergus McNair gegangen war, wandte sie sich ihrerseits an Gill. »Ich habe mich das auch schon gefragt«, sagte sie. »Was ist an jenem Vormittag hier vorgefallen, Engelchen?«

»Ich kann es dir nicht sagen«, flüsterte Gill niedergeschlagen. »Ich wünschte, ich könnte es, aber es ist unmöglich. Du musst mir vertrauen.«

»Natürlich vertraue ich dir«, versicherte ihr Lou und nahm sie zärtlich in die Arme. Doch die quälende Frage ließ sie nicht los: Was verbarg Gill vor ihr? Gleichzeitig begannen auch bei Gill die Alarmglocken zu läuten. Wo war Lou eigentlich an jenem Tag gewesen?

Dr. McNair hatte keine Antwort auf seine Fragen bekommen, und seine Sorgen waren noch größer als vorher. Je länger er darüber nachdachte, desto sicherer war er, dass an Gillian Englishs Geschichte etwas faul war. Irgendetwas verbarg sie vor ihm; war es etwas Nebensächliches oder war sie gar in einen Mordfall verwickelt?

Nach einer schlaflosen Nacht stand er am nächsten Morgen sehr früh auf, zog bequeme Kleidung an und unternahm einen Spaziergang. Er rang mit sich um einen Entschluss. Was sollte er nur tun? Fergus McNair war kein religiöser Mensch, doch er war sehr gewissenhaft und hatte einen ausgeprägten Gerechtigkeitssinn. Andererseits war Gillian English seine Patientin, die er, so fand er, keinen unnötigen Belastungen aussetzen durfte. Was wären die Konsequenzen, wenn er die falsche Entscheidung traf? Wenn er keinen Test mehr machen ließ, würde die Wahrheit nie ans Licht kommen. Flora Newall wäre weiterhin für alle Welt das Opfer eines plötzlichen Herzinfarkts. Niemand außer Enid würde ihm einen Vorwurf machen – und er hatte vor Enid nicht mehr Angst als sie vor ihm. Aber wenn er den Test machen ließ und das Ergebnis war negativ, dann würde es Fragen geben. Die Polizei würde wissen wollen, wie er auf eine solche Idee gekommen war, und es würde unter den Bewohnern von Walston ein bestimmter Verdacht gegen Gillian aufkommen – denn eine solche Sache blieb im Dorf bestimmt nicht geheim. Er wusste genau, was die Leute reden würden: »Wo Rauch ist, ist auch Feuer«, würden sie sagen, und sie würden die beiden Frauen von Foxglove Cottage noch mehr als Außenseiter behandeln als sie es ohnehin schon taten. Konnte er die Verantwortung dafür übernehmen? Aber wenn doch etwas dran war, und er unternahm nichts ...

Er wünschte sich, es gäbe jemanden, mit dem er über sein Dilemma offen reden konnte. Zwar war er selbst nicht gläubig, konnte aber den jungen Pfarrer gut leiden; allerdings wusste er, dass Stephen die Situation aus religiöser Sicht betrachten würde. Auch Roger Staines hielt er für einen Freund, mit dem er offen reden konnte – aber Rogers gegenwärtiger labiler Gesundheitszustand machte es unmöglich, ihn mit einem so schwierigen Problem zu belasten.

»Was glaubst du, sollte ich tun, Jock, alter Junge?«, fragte er seinen treuen Retriever. Aber Jock, der grundsätzlich die Ansicht vertrat, dass alles, was sein Herrchen tat, in Ordnung war, wedelte nur mit dem Schwanz.

Sie waren zuerst eine Landstraße entlanggegangen und hatten schließlich den Weg eingeschlagen, der Walston Hall mit St. Michael verband. Dieser Weg war eigentlich privat – doch die Bewohner von Walston Hall benutzten ihn dennoch als

Abkürzung, wann immer es notwendig schien. Als er die Kirche vor sich aufragen sah, beschloss Fergus McNair, einen Blick hinein zu werfen. »Warte hier ein Weilchen«, befahl er dem gehorsamen Jock vor der Tür und trat ein.

Es war eine ganze Weile her, seit er zum letzten Mal St. Michael besucht hatte. Nur hin und wieder nahm er am Begräbnis von einem seiner Patienten teil, doch es war seit längerem keiner mehr gestorben – bis die Sache mit Flora Newall passierte. Er dachte intensiv an sie, als er still ganz hinten in der Kirche stand. Ein leises Murmeln auf der anderen Seite des Lettners – wahrscheinlich der Pfarrer beim Frühgottesdienst – sagte ihm, dass er nicht allein hier war. Die Sonne strömte durch das Ostfenster herein und ließ den Altarraum in leuchtenden Farben erstrahlen. Das Adlerpult glänzte im hellen Licht, und sogar die Staubteilchen, die in der Luft tanzten, wurden hell erleuchtet. Ein feiner Hauch von Poliermittel, vermischt mit Blumenduft und etwas Weihrauch, sorgte für einen eigentümlichen Geruchscocktail. Es war ein so stiller, fast zeitloser Ort, dass sich Fergus McNair für einen Moment wünschte, er könnte auch dazugehören und gläubig sein. Er betrachtete die lebensgroße Gestalt am Kreuz über dem Lettner; der schlaffe Leib zeigte keine Anzeichen mehr von Qualen und Todeskampf, und das Kreuz wirkte mehr wie ein Ziergegenstand und nicht wie ein Folterwerkzeug. Ob *Er* wirklich so friedlich gestorben ist?, fragte er sich. Fergus McNairs eigene Erfahrungen mit dem Tod, wie er sie aus nächster Nähe und unter den verschiedensten Umständen hatte machen müssen, waren dazu angetan gewesen, ihm ein ganz anderes Bild zu vermitteln. Und genau das war der Grund, warum er nicht glauben konnte. Dann fiel sein Blick auf die mittelalterliche Darstellung des Jüngsten Gerichts, die über dem Lettner angebracht war. Darauf war ein gleichmütig dreinblickender Gott abgebildet, der die Trennung der Schafe von den Böcken überwachte, während Teufel mit glutroten Augen die verzweifelten

Sünder auf die eine Seite zerrten und Engel mit weißen Gewändern die Seelen der Geretteten mit offenen Armen empfingen. Wie tröstlich und gleichzeitig beängstigend, sich eine solche letzte Instanz der Gerechtigkeit vorzustellen, der niemand entkommen konnte …

Fergus McNair hob die Schultern und wusste plötzlich, was er zu tun hatte. So unangenehm die Folgen auch sein würden – die Wahrheit musste ans Licht kommen. Genauso still, wie er gekommen war, verließ er die Kirche wieder, rief Jock mit einem Pfiff zu sich und ging nach Hause, um den Pathologen anzurufen.

Dr. McNair erfuhr, dass es einige Tage dauern würde, bis das Ergebnis des Tests da war. Und so bemühte er sich, nicht mehr an die Sache zu denken, während er in der Praxis Patienten untersuchte, Hausbesuche durchführte und sich mit der gleichen Sorgfalt um das körperliche Wohl der Bewohner von Walston kümmerte wie der Pfarrer um das Wohl der Seelen bemüht war.

Am Donnerstag, zwischen der Vormittags- und Nachmittagssprechstunde, beschloss er, Roger Staines zu besuchen – unter dem Vorwand, nach seiner Gesundheit zu sehen. Rogers Cottage, das von einem vorbildlichen Garten umgeben war, befand sich am Rand des einstigen Herrensitzes und in der Nähe des unansehnlichen Gebäudekomplexes, in dem Ingrams Betrieb für landwirtschaftliche Produkte untergebracht war. Roger achtete penibel darauf, dass in seinem Haus Ordnung herrschte; die einzige Ausnahme war sein Arbeitszimmer, wo er einen Großteil seiner Zeit verbrachte und in dem ein unglaubliches Chaos aus Büchern und Manuskripten herrschte, die er für sein Lebenswerk benötigte.

Dr. McNair fand, dass Roger gut aussah – fast so wie früher, dachte er. Er trug eine zitronengelbe seidene Weste, eine dazu passende Fliege und darüber ein schickes Tweedjackett. Roger schien sich zu freuen, ihn zu sehen; er führte den Doktor ins Wohnzimmer und bot an, Kafee zu machen.

»Nur keine Umstände«, sagte Fergus. »Instantkaffee tut's auch.«

Roger machte ein säuerliches Gesicht. »Ich weiß, du hältst mich für einen Invaliden, aber ich kann dir versichern, dass es mich nicht umbringen wird, wenn ich uns anständigen Kaffee zubereite. Es würde mich viel eher umbringen, wenn ich diesen üblen Instantkaffee trinke – deshalb rühre ich dieses Zeug lieber nicht an.«

Als sie wenige Minuten später bei ihrem dampfenden Kaffee saßen, plauderten sie über dies und jenes, vermieden das Thema aber, das sie beide am meisten beschäftigte. »Ich habe gehört, dass sich Becca schon recht gut bei dir eingearbeitet hat«, sagte der Doktor schließlich.

»O ja. Sie hilft mir wirklich sehr, Ordnung in mein Material zu bekommen. Sie ist ein kluges Mädchen und hat auch Erfahrung als Sekretärin.« Roger zögerte einige Augenblicke. »Aber, um ehrlich zu sein, mache ich mir in letzter Zeit Sorgen um sie. Sie ist irgendwie anders als sonst – so zerstreut und nervös. Und auch müde, so als würde sie nicht besonders gut schlafen.«

Fergus lächelte. »Das scheint mir bei Jungverheirateten nicht ungewöhnlich zu sein. Ich will ja nicht taktlos sein, aber sie und der Pfarrer haben wahrscheinlich in der Nacht etwas Besseres zu tun als zu schlafen. Und ich meine jetzt nicht beten oder dass sie sich gegenseitig aus der Bibel vorlesen.«

»Mag sein«, sagte Roger und schüttelte den Kopf. »Aber dann müsste sie ja eigentlich glücklich und gut gelaunt sein – aber das ist sie nicht.«

»Dann ist sie vielleicht schwanger«, wandte Fergus ein. »Das wirkt sich oft so aus. Ist ihr manchmal am Morgen übel?«

»Nicht dass ich wüsste.«

»Tja.« Er nahm einen Schluck von dem ausgezeichneten Kaffee, als sich plötzlich sein Piepser meldete. Er erschrak und vergoss ein paar Tropfen Kaffee auf seine Jacke. »Verdammt und zugenäht!«, stieß er hervor.

Roger erhob sich sofort und ging zu ihm hinüber. »Ist alles in Ordnung? Du hast dich doch nicht verbrannt?«

»Nein, alles in Ordnung. Aber ich muss kurz telefonieren, wenn's dir nichts ausmacht.«

»Bitte, nur zu.«

Er setzte sich an den Schreibtisch, der mit jeder Menge Unterlagen bedeckt war, und rief in seiner Praxis an. Seine Sprechstundenhilfe entschuldigte sich für die Störung, aber es wäre ein dringender Anruf vom Pathologen gekommen, der ihn so bald wie möglich sprechen wollte.

Aufgeregt wählte er die Nummer des Pathologen. »Positiv«, lautete dessen kurze Mitteilung. »Es war mit Sicherheit eine Digitalisvergiftung. Ich habe schon die Polizei verständigt, aber ich wollte es Sie gleich wissen lassen.«

»Verdammt«, sagte Fergus McNair zu sich selbst, als er den Hörer auflegte. Sein Vorgehen war also berechtigt gewesen – doch er fühlte sich deshalb keineswegs besser als vorher. Aus einem herkömmlichen Herzinfarkt war plötzlich ein Mordfall geworden – und jetzt gab es kein Zurück mehr.

14

Sei nicht ferne von mir, denn Angst ist nahe;
denn es ist hier kein Helfer.

Psalm 22, 12

Eine oder zwei Stunden später kam bereits ein Polizeibeamter in Foxglove Cottage vorbei, um Gill ein paar Fragen zu stellen. Sie erzählte ihm genau die gleiche Geschichte, die sie auch schon Dr. McNair mitgeteilt hatte: Flora Newall war zu einem nachbarschaftlichen Besuch vorbeigekommen und hatte etwas Kräutertee getrunken, als ihr auf einmal übel wurde. Sie, Gill, hätte den Doktor holen sollen, aber sie hatte es nicht getan und fühle sich deshalb schuldig an Floras Tod.

Sergeant John Spring, ein gut gebauter Mann mit einem braunen Schnurrbart und einem stechenden Blick, machte sie ziemlich nervös – aber nachdem sie ihre Geschichte nun schon einige Male erzählt hatte, klang sie schlüssiger und zusammenhängender als zu Beginn. Trotzdem nahm der Polizist ihre Gefäße mit den verschiedenen Kräutertees zur Analyse mit und teilte Gill mit, dass er sie möglicherweise für weitere Fragen brauchen würde. »Mit anderen Worten, bleiben Sie in der Gegend«, sagte er grinsend.

Auf irgendeine geheimnisvolle Weise wusste bald ganz Walston, dass Flora ermordet worden war und dass die Polizei in Foxglove Cottage nachgefragt hatte.

Enid konnte kaum verbergen, wie zufrieden sie mit dem Verlauf der Ereignisse war. »Recht so«, sagte sie noch am selben Nachmittag im Dorfladen zu Fred Purdy. »Für mich besteht überhaupt kein Zweifel, dass sie es getan hat. Habe ich nicht gleich gesagt, dass mir diese ganzen Kräuter nicht geheuer sind? Wahrscheinlich hat sie einen Tee aus Fingerhutblättern gemacht und ihn der armen, ahnungslosen Flora zu trinken gegeben.«

»Aber warum?«, fragte Fred, während er vier Schnitten Speck für sie abschnitt. »Warum hätte sie die gute Flora umbringen sollen? Sie hat doch keiner Fliege was zuleide getan.«

»Nun«, sagte Enid und fügte in verschwörerischem Ton hinzu: »Ich weiß zufällig, dass sie ein sehr gutes Motiv hatte. Ich kann dir nicht verraten, was für eines – aber wenn dieser nette junge Polizist bei mir vorbeikäme und mich fragen würde …«

Die Ladentür ging auf, und Becca trat ein. Enid verstummte augenblicklich und betrachtete sie misstrauisch, doch Fred sah keinen Grund zur Zurückhaltung. »Haben Sie es schon gehört?«, fragte er. »Die arme Flora wurde ermordet, genau wie Enid vermutet hat. Vergiftet. Und die Polizei war schon in Foxglove Cottage. Ich brauche Ihnen ja wohl nicht zu sagen, was sie gesucht haben«, fügte er lachend hinzu.

»Oh!«, stieß Becca angewidert hervor. »Über so etwas scherzt man nicht.«

»Es ist auch kein Scherz«, warf Enid ein. »Es ist die reine Wahrheit. Diese abartige Person hat die arme Flora ermordet! Ich habe es ja schon immer gesagt – und jetzt hat es sich gezeigt, dass es die Wahrheit ist.«

»Oh, arme Gill!«, rief Becca und lief aus dem Laden.

»Na ja«, sagte Enid mit vorwurfsvoller Miene, während Fred ihren Speck einpackte. »Das ist ja wirklich nett – sie hat mehr Mitleid mit der Mörderin als mit dem Opfer. Was ist mit der armen Flora, frage ich dich?«

Becca ging direkt auf Foxglove Cottage zu, obwohl sie wusste, dass sie nicht viel mehr tun konnte als ihr Mitgefühl und ihre moralische Unterstützung zu zeigen – doch sie hatte das Bedürfnis, dass sie wenigstens das tun musste. Seit jenem Nachmittag, an dem Bryony durch einen unglücklichen Zufall nicht von der Schule abgeholt worden war, hatte Becca gegenüber den beiden Frauen ein schlechtes Gewissen, wenngleich die beiden ihr natürlich keine Schuld gaben. Die jüngste Entwicklung ließ Becca das jedoch augenblicklich vergessen – jetzt zählte nur noch die Tatsache, dass Gillian Hilfe brauchte.

Als Becca in Foxglove Cottage eintraf, war Gill äußerst niedergeschlagen – man konnte fast sagen, sie befand sich in einem Zustand des Schocks. »Ich bin nur froh, dass Bryony noch in der Schule war, als er kam«, sagte sie ruhig. »Es wäre furchtbar für sie gewesen, mit anzusehen, wie ihre Mutter von der Polizei verhört wird. Ich weiß nicht, wie sie damit fertig werden sollte, wenn ich … ins Gefängnis käme.«

Lou war im Gegensatz zu Gill ziemlich aufgebracht. »Ins Gefängnis?«, sagte sie wütend, während sie in der Küche auf und ab ging. »Sie würden niemals wagen, dich einzusperren. Du hast doch nichts getan – außer dass du einer Frau eine Tasse Tee gegeben hast, um Himmels willen!«

»Kräutertee«, warf Gill ein. »Zwei Tassen.«

»Na gut, dann eben einen verdammten Kräutertee! Sie hätte fünf Liter von dem Zeug trinken können, und es wäre ihr trotzdem nichts passiert!«, rief Lou.

»Besteht vielleicht die Möglichkeit …«, wandte Becca zögernd ein. »Ist es irgendwie möglich, dass zufällig etwas Giftiges zwischen die Kräuter geraten sein könnte? Die Blätter von irgendeiner anderen Pflanze vielleicht?«

Gill lachte und nahm Becca den Einwand keineswegs übel. »Ich glaube, ich bin so vorsichtig, dass so etwas nicht passieren kann. Und Sie dürfen nicht vergessen, dass ich selbst auch von dem Tee getrunken habe. Ja, ich trinke schon seit Monaten Tee, den ich aus den Blättern aus diesem Glas hier zubereite. Und es hat mir oder sonst jemandem noch nie geschadet. Sie haben selbst schon so einen Tee getrunken, Becca – und Sie haben's ja auch überlebt, wie man sieht.«

»Es war nur so ein Gedanke«, sagte Becca seufzend.

Sie erschraken alle drei, als das Telefon klingelte. Lou nahm den Hörer ab und reichte ihn gleich darauf an Gill weiter.

»Die Polizei«, berichtete Gill wenige Augenblicke später mit zittriger Stimme. »Es war dieser Sergeant Spring. Er hat gesagt, dass er mir noch einige Fragen zu stellen hat. Diesmal bringt er einen Kollegen mit, der sich Notizen machen wird.«

»Du hättest ihm sagen sollen, dass er sich zum Teufel scheren soll«, sagte Lou.

Gill schüttelte den Kopf. »Keine sehr konstruktive Antwort.«

»Haben Sie einen Anwalt?«, fragte Becca besorgt. »Es klingt so, als würden Sie einen brauchen.«

»Aber ich habe doch nichts getan.«

»Es spielt keine Rolle, ob Sie etwas getan haben oder nicht. Sobald die Polizei Sie verdächtigt, brauchen Sie rechtlichen Beistand. Und ganz offensichtlich haben die Beamten irgendeinen Verdacht – sonst würden sie ja nicht so bald wiederkommen.«

»Sie hat Recht«, stimmte Lou zu. »Aber du kannst unmöglich irgendeinen Hinterwäldler aus der Gegend hier nehmen.«

»David«, sagte Becca entschieden. »Sie brauchen David Middleton-Brown. Sie erinnern sich sicher noch – er war zu Ostern hier.«

»Natürlich erinnere ich mich«, sagte Gill. »Aber glauben Sie wirklich ...«

Becca nickte entschieden und erklärte voller Überzeugung: »Er ist genau der Mann, den Sie brauchen. Sie müssen mir glauben – er ist großartig. Ich kann ihn anrufen, wenn Sie möchten.«

Lou reichte ihr den Hörer. »Tun Sie's sofort, und sagen Sie ihm, er soll herkommen, so schnell er kann. Ich glaube, wir dürfen keine Zeit verlieren.«

Lucy nahm den Anruf entgegen und hörte sich völlig verblüfft an, was sich in den wenigen Wochen seit ihrem Besuch in Walston alles ereignet hatte. »Ich weiß nicht recht«, sagte Lucy, als Becca mit ihrem Bericht fertig war. »Ich gebe dir seine Nummer im Büro, dann kannst du gleich mit ihm selbst reden – aber versprechen kann ich dir nichts. Du weißt ja, wie er ist – er wird dir sagen, dass du dir jemand Geeigneteren suchen sollst.«

»Aber es gibt keinen, der besser geeignet wäre als er!«

»Ja, wir beide wissen das«, erwiderte Lucy mit einem bitteren Lächeln. »Aber David ist so bescheiden.«

»Überzeuge ihn davon, dass er kommen muss!«, bat Becca eindringlich. »Und du musst auch kommen – ihr müsst beide für eine Weile zu uns kommen. Gill braucht David, und ich brauche *dich*.«

Lucy spürte sehr wohl, wie wichtig es Becca zu sein schien; sie erkannte, dass es da irgendetwas gab, das Becca ihr nicht erzählt hatte. »Ich werde tun, was ich kann«, versprach sie.

Wie erwartet, war David nicht leicht zu überreden. Es bedurfte schon der gemeinsamen Überzeugungskraft von Becca und Lucy, um ihn zum Zustimmen zu bewegen.

»Sie sollte jemanden aus ihrer Gegend nehmen«, sagte er, als er mit Lucy telefonierte, nachdem Becca ihn angerufen hatte. »Jemanden von meiner früheren Firma in Norwich. Ich könnte ihr einen guten Kollegen empfehlen.«

»Sie will aber dich«, erwiderte Lucy.

»Ich bin doch kein Strafverteidiger!«, wandte David ein. »Bitte begreift das doch.«

»Ich glaube«, fuhr Lucy fort, »dass Becca auch noch persönliche Gründe hat, warum sie unbedingt will, dass wir kommen. Sie hat gesagt, sie braucht mich – ich bin sicher, dass sie mit mir über irgendetwas reden will. Weißt du noch – ich hatte damals schon das Gefühl, dass sie mir etwas erzählen will, aber sie konnte sich wahrscheinlich nicht dazu durchringen. Vielleicht ist sie jetzt gelöster.«

David seufzte; er wusste in seinem tiefsten Inneren, dass er gegen Lucy nicht ankam. »Das heißt aber noch lange nicht, dass ich als Anwalt tätig werden muss«, sagte er. »Wir könnten ja übers Wochenende hinfahren, und du kannst mit Becca reden.«

»Da gibt es noch etwas«, wandte sie verschlagen ein – im Bewusstsein, nun ihren größten Trumpf auszuspielen. »Ich habe damals ganz vergessen, es dir zu erzählen – Flora Newall, die Frau, die ermordet wurde, hat mich vor ein, zwei Wochen angerufen und wollte dich sprechen. Sie wollte dich um irgendeine Rechtsauskunft bitten – etwas, das mit ihrem Amt als Gemeindevorsteherin in Verbindung stand. Sie deutete an, dass sie über jemand Wichtigen in der Gemeinde etwas Belastendes erfahren hätte. Ihre Frage war, ob sie als Vorsteherin verpflichtet wäre, es dem Bischof oder dem Pfarrer zu melden.«

»Großer Gott. Was hast du ihr denn gesagt?«

»Ich habe ihr gesagt, sie soll mit Stephen reden.«

»Und hat sie's getan?«

»Ich weiß es nicht. Wie ich schon sagte, es ist mir eben erst wieder eingefallen.«

»Tja.« David trommelte mit dem Bleistift auf den Schreibtisch und warf einen kurzen Blick auf seinen Terminkalender. »Ich werde ein paar Termine verschieben müssen – aber wenn alles gut geht, sollten wir morgen früh nach Walston fahren können. Morgen ist Freitag – vielleicht lässt sich die Sache ja übers Wochenende klären.«

»Ich rufe Becca gleich an«, schlug Lucy lächelnd vor.

David wiederum war das Ganze keineswegs so unangenehm, wie er Lucy glauben ließ. Die Aussicht, für ein paar Tage mit ihr wegzufahren, an einem gemeinsamen Ziel zu arbeiten und auch die Nächte mit ihr verbringen zu können, hatte durchaus ihren Reiz. Vielleicht war das genau das, was sie brauchten, um ihrer Beziehung eine dauerhafte Basis zu geben.

»Also, wenn wir das Ganze kurz zusammenfassen«, sagte David, als er am Freitag Nachmittag am Küchentisch von Foxglove Cottage saß und schwarzen Kaffee trank; er hatte noch nie etwas für Kräutertee übrig gehabt – und im Moment stand ihm der Sinn ohnehin nach etwas Kräftigerem. »Was wir mit Sicherheit wissen, ist, dass die Polizei aus irgendeinem Grund glaubt, dass diese Flora Newall vergiftet wurde. Und die Beamten haben Sie befragt, weil Sie die Letzte waren, die die Frau lebend gesehen hat.«

Lou hatte sich schon die ganze Zeit mit Mühe zurückgehalten, nun aber platzte es aus ihr heraus: »Dieser kleine Scheißer von Polizist hat Gill wie eine Verbrecherin behandelt«, stieß sie wütend hervor. »Das ist ja unerhört, ihr zu unterstellen, dass sie die alte Tante vergiftet haben soll, nur weil sie ihr, verdammt noch mal, eine Tasse Kräutertee gegeben hat.«

»Er hat die Gläser mit meinen Kräutertees mitgenommen«, warf Gill ein. Sie war mittlerweile wieder ganz gefasst und saß, die Hände im Schoß gefaltet, auf ihrem Platz. »Er wollte ganz genau wissen, was sie bei mir gegessen und getrunken hat – also nehme ich an, dass er den Verdacht hat, dass ich sie vergiftet habe.«

»Und mehr wissen Sie nicht?«

Sie sah ihn mit einem bitteren Lächeln an. »Ich bin sicher, dass jeder hier in Walston viel mehr weiß als ich – aber mit uns spricht ja keiner. Vielleicht reden die Leute mit Ihnen – aber wenn sie erfahren, dass Sie mein Anwalt sind, werden sie Ihnen wohl auch nichts erzählen.«

David lachte. »Möglicherweise bekommt Lucy etwas aus ihnen heraus. So etwas kann sie recht gut.« Er nahm einen Schluck von seinem Kaffee. »Was hat der Polizist denn sonst noch gefragt?«

»Er wollte zum Beispiel wissen, wann Flora Newall gekommen und gegangen ist«, antwortete Gill und zuckte die Schultern. »Außerdem wollte er genau wissen, wie sie ausgesehen hat, als sie wegging, und was sie davor gesagt hat.«

»Und jetzt will er noch einmal mit Ihnen sprechen?«

»Er hat gestern Nachmittag angerufen und gesagt, dass er noch ein paar Fragen hat und dass ein Kollege mitkommt, der sich Notizen macht.« Sie seufzte und fügte hinzu: »Aber dann haben mich Becca und Lou überredet, dass ich einen Anwalt brauche, und der Polizist meinte, dass er kommen will, wenn Sie auch da sind – am Samstag, also morgen.«

David runzelte die Stirn und kaute nachdenklich an seinem Daumennagel. »Das klingt nicht gut. Aber das Ganze ergibt für mich keinen rechten Sinn. Ich verstehe ja, dass sie Ihnen ein paar Fragen hinsichtlich dieser ermordeten Frau stellen müssen – schließlich haben Sie sie ja als Letzte gesehen und haben ihr auch etwas zu trinken gegeben. Aber deswegen brauchen Sie ja wohl nicht anzunehmen, dass die Vergiftung etwas anderes als ein Unglücksfall gewesen ist. Ich meine, Sie hätten doch überhaupt keinen Grund gehabt, Flora Newall umzubringen, oder?«

»Ist doch ganz lächerlich!«, warf Lou gereizt ein. »Warum sollte sie denn einen Grund für so etwas haben? Das ist doch absurd, nicht wahr, Engelchen?«

»Natürlich«, sagte Gill mit leiser Stimme, ohne dabei irgendjemand in die Augen zu sehen.

Lou schien es nicht zu bemerken. »Also werden Sie sich den Kerl vorknöpfen?«, sagte sie, zu David gewandt. »Sie werden diesem Sergeant Spring doch sagen, dass er sich zum Teufel scheren soll, nicht wahr?«

Es war David sehr wohl aufgefallen, dass Gill ein wenig verschlossen wirkte – doch etwas an Lous Frage ließ ihn noch mehr aufhorchen. »Haben Sie Spring gesagt?«, fragte er neugierig. »John Spring?«

»Wir sprechen uns nicht mit dem Vornamen an«, warf Gill trocken ein.

»Ein gut gebauter Typ? Mit dunklem Haar und Schnurrbart?«

Gill nickte.

»Und er bildet sich nicht gerade wenig auf sich ein«, warf Lou verächtlich dazwischen. »Er trägt ganz enge Hosen und grinst dauernd dumm in die Gegend.«

»Ah«, sagte David mit einem zufriedenen Lächeln. »Das ändert die ganze Sache natürlich. Ich kenne John Spring schon eine Ewigkeit, und ich kann Ihnen versichern, es wird bei ihm bei weitem nicht so heiß gegessen, wie's gekocht wird.« Er setzte sich nachdenklich hin und wandte sich dann mit ernster Miene Gill zu. »Jetzt ist vor allem eines wichtig: Sie sollten vor unserem morgigen Gespräch mit der Polizei mit niemandem über die Sache sprechen, wenn ich nicht dabei bin.«

»Ja, in Ordnung.«

»Und ich muss Sie noch etwas fragen, bevor ich Sie vertreten kann. Sind Sie absolut sicher, dass Sie mir alles erzählt haben?«

»Ja«, sagte Gill ein wenig zu rasch – und auch diesmal, ohne ihn anzusehen.

Lucy besuchte währenddessen Becca. Seit sie Becca zum letzten Mal gesehen hatte, war sie noch blasser geworden und hatte nun schon dunkle Ringe unter den Augen. Lucy war fest entschlossen, dem Problem so schnell wie möglich auf den Grund zu gehen. Sie war überzeugt, dass Becca noch etwas anderes zu schaffen machte als die schockierende Tatsache, dass jemand im Dorf so plötzlich gestorben war und dass ihre Freundinnen in Foxglove Cottage unter Verdacht standen.

Ihrer Meinung nach wollte Becca zwar etwas loswerden, würde aber von sich aus die Sache nicht vorbringen – und so beschloss Lucy, ihre Freundin mit einer für sie untypischen Direktheit darauf anzusprechen. »Irgendetwas ist nicht in Ordnung«, sagte sie so sanft wie möglich. »Meinst du nicht, dass es besser wäre, wenn du es mir sagst?«

Becca hatte sofort Tränen in den Augen – doch ihre Stimme klang gefasst, als sie sagte: »Nicht hier. Ich muss unbedingt mit dir reden, aber nicht hier im Pfarrhaus. Machen wir lieber einen Spaziergang.«

Lucy stimmte sofort zu; es war ein wunderschöner Frühlingstag, und die Aussicht auf einen Spaziergang durch die ländliche Gegend erschien ihr recht reizvoll. »Hast du Walston Hall schon gesehen?«, fragte Becca. »Gehen wir vielleicht in diese Richtung. Es gibt einen schönen Weg dorthin.«

Der Weg zwischen der Kirche und Walston Hall führte teilweise durch den Wald und war so schmal, dass man nicht nebeneinander gehen konnte. Es war schon allein deshalb nicht möglich, allzu viel zu reden. Becca ging voraus, doch nach einer Biegung trafen sie plötzlich auf Diana Mansfield, die wie üblich äußerst schick gekleidet war, was hier auf einem Waldweg noch unangebrachter wirkte als im Dorf.

»Hallo«, sagte Becca und wich aus, damit Diana vorbeigehen konnte. »Sie haben meine Freundin Lucy Kingsley ja schon kennen gelernt, nicht wahr?«

Diana wirkte fast erschrocken, als sie die beiden Frauen sah. »Oh … hallo«, sagte sie verlegen. »Ja, wir sind uns schon begegnet. Zu Ostern in Foxglove Cottage, nicht wahr?«

»Ja, stimmt«, antwortete Lucy.

»Ich bin gerade unterwegs zur Kirche«, erläuterte Diana mit etwas atemloser Stimme. »Wissen Sie, die Blumen für Sonntag … Der Weg hier ist recht praktisch für mich, besonders wenn wir schönes Wetter haben. Dann brauche ich nicht den Wagen zu nehmen – auf der Straße ist es ziemlich weit zur Kirche.«

Dass Diana die Kirche erwähnte, erinnerte Becca daran, dass sie Stephen keine Nachricht hinterlassen hatte. Wenn er nach Hause kam, würde er sich vielleicht Sorgen machen. »Oh, Stephen ist auch in der Kirche und hält den Abendgottesdienst«, sagte sie. »Könnten Sie ihm bitte sagen, dass ich einen Spaziergang mit Lucy mache und dass es mit dem Abendessen vielleicht etwas später wird?«

Diana zögerte einen Augenblick und nickte dann. »Ja, natürlich, ich werd's ihm sagen.«

»Danke, das ist nett von Ihnen.«

Diana schlüpfte an ihnen vorbei und verströmte dabei den Hauch eines exquisiten und sehr teuren Dufts. »Bleiben Sie lange in Walston, Miss Kingsley?«, fragte sie.

»Sicher ein paar Tage.«

»Vielleicht möchten Sie beide einmal am Nachmittag zum Tee zu mir kommen?«, erkundigte sie sich zögernd mit einem schüchternen Lächeln. »Morgen vielleicht?«

Lucy sah Becca an, die zustimmend nickte. »Das ist sehr freundlich – ja, ich würde gern kommen«, antwortete Lucy, ebenfalls lächelnd.

»Dann erwarte ich Sie so gegen vier«, sagte Diana, während sie bereits weitereilte und ihnen noch kurz zuwinkte.

Wenige Minuten später hatten sie die Bäume hinter sich gelassen, und Walston Hall mit seinen stattlichen Backsteinmauern, seinen hoch aufragenden Schornsteinen und den Bleiglasfenstern, die wie Edelsteine in der Nachmittagssonne funkelten, tauchte vor ihnen auf. »Es ist wunderschön«, hielt Lucy begeistert fest. »Ich kann's gar nicht erwarten, das Haus von innen zu sehen.«

»Ja, es ist wirklich schön«, pflichtete Becca ihr bei. »Der Weg führt da drüben weiter.« Der Pfad, den sie gingen, war nun nicht mehr von Bäumen, sondern von Gräsern und frühen Wiesenblumen gesäumt; er war nun etwas breiter, sodass sie nebeneinander gehen konnten.

»Jetzt erzähl mir, was du auf dem Herzen hast«, forderte Lucy. sie nach einigen Minuten des Schweigens auf.

Den Blick zu Boden gerichtet, stieß Becca einen tiefen Seufzer aus. »Das ist sehr schwierig«, sagte sie leise. »Ich weiß nicht, wie ich es dir sagen soll.«

Wochenlang hatte Lucy sich vorzustellen versucht, was ihre Freundin so sehr verändert haben könnte. Becca war nie allzu selbstbewusst gewesen – doch in letzter Zeit wirkte sie noch unsicherer und nervöser. »Hat es vielleicht mit dem Tod dieser Frau zu tun?«

Becca hielt den Atem an. »Ich weiß es nicht – das heißt, ich bin mir nicht sicher. Ich glaube, es muss wohl damit zu tun haben. Es kann in einem kleinen Dorf nicht so viel … Böses geben, wenn nicht alles irgendwie miteinander zu tun hat.«

»Sag mir, was los ist.«

Und Becca begann mit ihrer leisen Stimme sich alles von der Seele zu reden; sie erzählte von den unerträglichen Telefonanrufen, die ihr so zu schaffen machten. Lucy hörte schweigend zu, bis Becca fertig war; so etwas hatte sie sich nicht annähernd vorgestellt. »Aber was ist mit Stephen?«, fragte sie schließlich. »Was sagt er dazu?«

Erneut hielt Lucy den Atem an. »Oh, ich kann es Stephen unmöglich sagen, verstehst du das denn nicht? Es würde alles verderben – unsere Ehe und sein Verhältnis zu den Menschen hier. Allein der Gedanke, dass einer aus der Gemeinde …«

»Ja, ich weiß, was du meinst.« Lucy verstand, wie Becca dachte – doch sie war überzeugt, dass ihre Freundin einen Fehler machte. Vor allem aber fühlte sie aus ganzem Herzen mit der jungen Frau, die eine so schwere Bürde aus selbstlosen Gründen ganz allein getragen hatte. »Aber gibt es denn niemanden sonst, mit dem du reden hättest können? Gill und Lou zum Beispiel?«

Becca erschauerte. »Nicht nach dem, was der Mann alles gesagt hat. Über ... du weißt schon. Dass wir es alle miteinander täten. Ich habe einmal kurz gedacht, dass ich es ihnen erzählen könnte – aber nach diesen Dingen war es einfach undenkbar. Und ich habe keine anderen Freunde – jedenfalls nicht in Walston. Du warst die Einzige, der ich mich anvertrauen konnte – ich wollte es dir schon damals zu Ostern erzählen, aber es war mir einfach nicht möglich. Und jetzt ist Flora tot, und ich fühle mich einfach grauenhaft.«

»Wie meinst du das?«

Becca sah Lucy zum ersten Mal direkt an. »Was ist, wenn Flora herausgefunden hat, wer der Mann ist? Und was ist, wenn er sie umgebracht hat, damit sie ihn nicht verraten kann? Wenn es so wäre, dann wäre alles meine Schuld.«

Lucy legte ihr eine Hand auf den Arm. »Das kommt mir ziemlich unwahrscheinlich vor«, versicherte sie ihr, dachte dabei aber an ihr Telefongespräch mit Flora; die Frau hatte tatsächlich irgendetwas entdeckt, und möglicherweise hatte Becca mit ihrer Befürchtung Recht. Sie musste das alles dringend mit David besprechen.

Als sie zum Pfarrhaus zurückgingen, blieb Becca wieder ganz in sich gekehrt. Nach einer Weile sagte Lucy: »Weißt du, du musst es Stephen erzählen.«

»Aber das kann ich nicht!«

»Du musst einfach«, erwiderte Lucy unbeirrt. »Ich weiß, dass es schwer ist, Becca, aber du musst dir von ihm helfen lassen. Dafür ist er schließlich da – und ich meine jetzt nicht nur als Pfarrer, sondern vor allem als dein Mann. Darum geht es in der Ehe – man teilt nicht nur das Schöne, sondern auch die Probleme und den Schmerz miteinander.«

»Aber ich habe es dir doch schon gesagt – es würde alles zwischen uns verderben!«

»Jetzt hör mir mal zu, Becca«, sagte Lucy, während sie stehen blieb und ihr erneut die Hand auf den Arm legte. »Ich verstehe, was du mir sagen willst – aber glaubst du nicht auch, dass die Sache ohnehin schon einiges zwischen euch verändert hat? Wenn du es für dich behältst, wird schließlich alles zwischen euch vergiftet. Stephen hat bestimmt schon bemerkt, wie sehr dich das mitnimmt. Und du verhältst dich doch zweifellos ihm gegenüber auch schon ganz anders, oder?«

Becca errötete und wandte sich ab. »Ich ertrage es kaum noch, dass er mich berührt«, gestand sie flüsternd. »Natürlich würde ich mir wünschen, dass wir ... miteinander schlafen könnten. Ich liebe ihn so sehr, und früher war das alles so ... schön. Aber jetzt ... wenn er mich berührt, dann zucke ich sofort zusammen.«

»Oh, Becca!«

»Ich kann nichts dagegen tun«, stieß sie mit Tränen in den Augen hervor.

Lucy war erschüttert über dieses Bekenntnis. »Siehst du denn nicht, wie wichtig es wäre, dass du ihm alles sagst? Das ist der einzige Weg, wie ihr das alles durchstehen könnt, ohne dass eure Ehe in die Brüche geht. Becca, Liebling, du musst es ihm sagen – sofort!«

15

*Neige mein Herz nicht zum Bösen, gottlos zu leben mit den
Übeltätern; ich mag nicht essen von ihren leckeren Speisen.*

Psalm 141, 4

Lucy musste ihr Gespräch mit David verschieben, nachdem
dieser sich für den frühen Abend bereits etwas vorgenommen
hatte.

Er rief von Foxglove Cottage aus Sergeant Spring an, der sofort zusagte, als David vorschlug, sich auf einen Drink zu treffen. »Im Queen's Head?«, fragte Spring.

Das Queen's Head in Walston wäre zwar durchaus geeignet
gewesen, doch David wollte nicht riskieren, dass irgendjemand
aus dem Dorf ihr Gespräch mithören konnte. Da fiel ihm ein,
dass niemand aus Walston je nach Nether Walston kam. »Gibt
es vielleicht ein Pub in Nether Walston?«, fragte er. »Das wäre besser.«

»Das Crown and Mitre«, antwortete Spring prompt. »Ein
nettes Pub direkt an der Dorfwiese – du kannst es gar nicht
verfehlen. Wir sehen uns dann später.«

Und so kam es, dass John Spring – in Freizeitkleidung mit
Lederjacke, sportlichem Hemd und engen Hosen – an einem
Tisch im Crown and Mitre saß und auf David wartete. Er zeig-
te sich sehr erfreut, seinen alten Bekannten zu treffen. »Toll,
dass wir uns wieder mal sehen, Dave«, sagte er und stand auf.
»Ein unerwartetes Vergnügen. Ich habe gehört, dass du von
Norfolk in die große Stadt gezogen bist.«

David schüttelte Spring die Hand. »Ich war auch ein wenig überrascht, als ich deinen Namen hörte. Das hier ist ja nicht gerade dein Revier, oder?«

»Das ist eine lange Geschichte, Kumpel – ich erzähl sie dir gleich; jetzt genehmigen wir uns aber erst mal einen Drink.« Spring hatte schon ein paar kräftige Schlucke von seinem Bier genommen und überlegte, ob er sich gleich ein zweites holen sollte; schließlich nahm er sein Glas und leerte es in einem Zug. »Was trinkst du denn? Whisky, wie immer?«

»Ja, danke.« David setzte sich und wartete, während Spring die Drinks holte. Er beobachtete den Polizisten, wie dieser die Frauen begutachtete, an denen er auf dem Weg zur Bar und zurück vorüberging. Manche Dinge ändern sich nie, dachte David kopfschüttelnd, und dazu gehörte John Springs unstillbarer Appetit auf das andere Geschlecht.

»Hier, bitte, Dave.« Spring nahm wieder ihm gegenüber Platz. »Cheers.«

David erhob sein Glas. »Cheers.«

Nach einem kräftigen Schluck von seinem Bier lehnte sich Spring mit einem zufriedenen Seufzer zurück. »Ein gutes Bier«, stellte er fest. »Hier in der Gegend gebraut. Und die Aussicht ist auch nicht zu verachten«, fügte er hinzu und zeigte mit einem Kopfnicken auf den Tisch nebenan, an dem einige junge Frauen angeregt plauderten.

»Wolltest du mir nicht erzählen, warum du so weit weg von Fakenham bist?«, fragte David, um das Thema zu wechseln.

»Ich habe mich nach Upper Walston versetzen lassen«, antwortete Spring grinsend. »Ein Tapetenwechsel ist manchmal keine schlechte Sache, Dave. Also, um die Wahrheit zu sagen – meine Frau hat mich rausgeworfen. Sie hat's mir irgendwie übel genommen, dass ich ihre beste Freundin gebumst habe.« Er zuckte nachdenklich die Schultern. »Man kann eben nicht immer gewinnen. Ich hätte mich nicht erwischen lassen dürfen, aber so ist es nun mal. Könnte also leicht sein, dass ich bald deine Hilfe brauche – eine nette kleine Scheidung, so wie die letzte, die du für mich erledigt hast.«

»Ich kann dir jemanden aus der Gegend empfehlen«, wandte David hastig ein.

»Oh, aber du hast das beim letzten Mal so toll hingekriegt. Außerdem hat es seine Vorteile, wenn man mit einem Kumpel Geschäfte macht«, fügte Spring mit einem Augenzwinkern hinzu. »Wenn du verstehst, was ich meine.«

David verstand nur zu gut: Das war die Gegenleistung für eventuelle Informationen, die Spring ihm über den Tod von Flora Newall zukommen lassen würde. »Ich tu, was ich kann«, versprach er seufzend.

»Gut«, sagte Spring und zwinkerte erneut. »Und wie geht's dir so, Dave? Bist du immer noch mit dieser tollen Biene zusammen – der Rothaarigen? Wenn nämlich nicht, dann würde ich vielleicht auch mal mein Glück bei ihr versuchen.«

»Lucy und ich sind immer noch … ein Paar«, antwortete David steif.

»Verheiratet?«

»Noch nicht«, antwortete er. »Aber ich arbeite gerade dran.«

»Ach ja, die Ehe«, sagte Spring und trank noch einen kräftigen Schluck Bier, bevor er mit seinen philosophischen Ausführungen begann. »Die Ehe ist wirklich eine großartige Sache, Kumpel. Ich kann sie nur wärmstens empfehlen. Vorausgesetzt, du findest eine Frau, die dir ein wenig … Freiheit lässt. Das Dumme ist nur, dass die meisten Frauen mit der Zeit ziemlich besitzergreifend werden.«

David erkannte, dass sie die ganze Nacht hier sitzen würden, wenn es ihm nicht gelang, das Gespräch von Springs Lieblingsthema wegzulenken. »Darf ich dir noch ein Bier holen?«, fragte er.

»Da sag ich nicht nein. Nett von dir.«

»Ach ja, was diesen Fall Newall betrifft«, sagte David rasch, als er von der Bar zurückkam und das Glas mit der Schaumkrone vor John Spring auf den Tisch stellte. »Ich habe dir ja schon am Telefon gesagt, dass ich seit kurzem selbst damit befasst bin, und ich habe überhaupt keine Ahnung, wie die Dinge stehen. Könntest du mir vielleicht ein paar Details verraten? Das bleibt natürlich unter uns.«

»Natürlich«, sagte Spring und zwinkerte ihm grinsend zu. »Du kennst mich ja, Dave. Einem alten Kumpel helfe ich immer gern.«

»Was kannst du mir denn erzählen? Alles, was ich weiß, ist, dass die Frau angeblich vergiftet wurde.«

»Sie wurde vergiftet, das steht fest«, sagte Spring und wischte sich mit dem Handrücken den Schaum vom Mund. »Mit Digitalis. Zuerst dachten sie, es wäre ein Herzinfarkt gewesen – das hat ja auch die Obduktion ergeben. Herzinfarkt – aus, Ende. Aber der Doktor hier im Ort rief den Pathologen an und sagte ihm, er soll einen Test auf Digitalisvergiftung machen. Anscheinend kann man Digitalis nicht mit einer Routineuntersuchung nachweisen – man muss schon gezielt danach suchen. Also haben sie gesucht, und siehe da – ein Volltreffer.«

David runzelte verwundert die Stirn. »Aber warum um alles in der Welt hat der Doktor den Test machen lassen? Wie ist er überhaupt auf diese Idee gekommen? Ich meine, wo das Ganze doch wie ein gewöhnlicher Herzinfarkt ausgesehen hat!«

Spring zuckte die Schultern. »Er hat gesagt, jemand wäre der Ansicht gewesen, dass es Digitalis sein könnte. Irgendwie muss es ihm plausibel erschienen sein, sonst hätte er den Test nicht angefordert. Und wie es aussieht, hatte er Recht.«

»Wer hat ihm den Tipp gegeben?«

»Weiß ich auch nicht«, gestand Spring. »Er will's nicht sagen. Schweigepflicht, erklärte er. Aber keine Angst, das bekommen wir schon noch aus ihm heraus. Ich werd ihm morgen mal auf den Zahn fühlen – dann wird er's mir schon verraten.«

»Und du hast auch meine Klientin, Mrs. English befragt. Weil sie vermutlich die Letzte war, die Mrs. Newall lebend gesehen hat?«

Spring nahm einen herzhaften Schluck und sah ihn über den Rand seines Bierglases hinweg an. »Es sieht nicht gut aus, alter Junge. Der Pathologe meint, dass sie das Digitalis nicht mehr als eine halbe Stunde vor ihrem Tod zu sich genommen hat. Das bedeutet, es muss in Mrs. Englishs Haus passiert sein.«

David starrte ihn völlig verdutzt an. »Aber das ist ja unglaublich! Willst du etwa behaupten, dass meine Klientin sie absichtlich vergiftet hat?«

»Immer mit der Ruhe, Dave«, meinte Spring grinsend. »Ich habe nichts von Absicht gesagt, oder? Wir gehen im Moment davon aus, dass ein paar Digitalisblätter in den Kräutertee geraten sein könnten, den sie der Lady vorgesetzt hat. Sie hat das Zeug anscheinend selbst angebaut, also könnte es so gewesen sein. Darum habe ich auch ihre Kräutertees mitgenommen, damit man sie analysieren kann.«

»Das verstehe ich nicht«, dachte David laut nach. »Warum hat der Tee dann niemand anderem geschadet? Das ergibt doch keinen Sinn. Entweder Gillian English hat ihr giftigen Tee vorgesetzt, oder nicht – aber wenn sie's getan hat, dann kann ich nicht erkennen, wie sie es unabsichtlich getan haben könnte.«

»Das hast du gesagt, Kumpel, nicht ich«, erwiderte Spring und leerte sein Glas. »Das Dumme ist nur, dass es keinen Grund zu geben scheint, warum deine Mrs. English die gute Miss Newall vergiften hätte sollen. Und solange uns nicht irgendjemand ein Motiv liefert, haben wir nichts als Indizien.«

»Was meinst du also – wie sieht die Sache für sie aus?«

»Sagen wir's mal so«, antwortete Spring im Ton des routinierten Polizisten, »es wäre uns recht, wenn Mrs. English die Gegend nicht verlässt. Zumindest nicht, bevor wir ihr noch ein paar Fragen gestellt haben. Und nicht bevor im Labor ihre Kräutertees untersucht wurden. Ist schon eine komische Frau, diese Mrs. English«, fügte er kopfschüttelnd hinzu. »Ich versteh's einfach nicht.«

»Was meinst du damit?«

»Sie sieht ja wirklich nicht übel aus. Und sie hat mal einen Kerl gehabt, sonst wär' sie nicht Mrs. sondern Miss English und hätte kein Kind.«

David verstand, worauf er hinauswollte. »Aha«, sagte er teilnahmslos.

»Ich weiß ja, dass es solche Frauen gibt, die auf Frauen stehen – genauso wie es Männer gibt, die auf Männer stehen, aber ich kapier's trotzdem nicht. Was für eine Verschwendung.« Mit einem nachdenklichen Blick in sein leeres Glas fügte er hinzu: »Wer weiß, wenn das hier vorbei ist, vielleicht könnte ich es dann ja mal versuchen. Vielleicht hat sie einfach noch nie einen guten Typen ausprobiert.«

David sah, dass Johns Glas leer war. »Noch ein Bier, John?«, fragte er.

»Meine Runde«, erwiderte Spring und blickte zum benachbarten Tisch hinüber, wo nur noch zwei junge Frauen übrig waren – eine zart gebaute Blondine und eine üppigere Brünette. »Und vielleicht ist es Zeit für ein bisschen Gesellschaft«, sagte er, erhob sich und ging zum Tisch nebenan, ehe David ihn aufhalten konnte. »Hallo«, sprach er die beiden Mädchen an. »Darf ich den reizenden Ladies vielleicht einen Drink spendieren?«

»Gern«, erwiderte die Brünette, während die Blonde den Kopf schüttelte. »Ich nehme ein Bier. Und meine Freundin trinkt ein Shandy.«

»Cynth!«, flüsterte das blonde Mädchen verärgert. »Ich hab nein gesagt!«

»Jetzt sei doch keine Spielverderberin«, seufzte die Brünette schulterzuckend und griff nach ihrer Handtasche. »Setzen wir uns zu ihnen.« Sie trat an den Nachbartisch, als John Spring gerade mit den Drinks zurückkam. »Ich heiße Cynth«, sagte sie.

»Ich bin John, und das ist mein Kumpel Dave«, meinte Spring sichtlich erfreut.

David war gar nicht begeistert; das Letzte, wozu er Lust hatte, war, John Spring beim Anbandeln zu begleiten. Er fragte sich, wie er aus der unangenehmen Situation herauskommen könnte.

Dem blonden Mädchen schien es genauso zu gehen wie ihm. Sie blieb zunächst an ihrem Tisch und setzte sich erst zu ihnen, als klar war, dass ihre Freundin nicht zurückkommen würde.

»Das ist Lisa«, sagte Cynth. »Lisa – John und Dave.«

Lisa nickte schüchtern und ließ sich auf dem freien Platz der Sitzbank nieder, wobei sie einen möglichst großen Abstand zu David hielt. »Cynth, ich muss jetzt wirklich nach Hause«, sagte sie leise, aber mit Nachdruck.

»Ach, sei doch nicht dumm«, erwiderte Cynth in verächtlichem Ton. Sie genoss den Abend und hatte offensichtlich keine Lust, jetzt schon nach Hause zu gehen. »Hast du mal Feuer, Kumpel?«, fragte sie, während sie eine Zigarette aus ihrer Handtasche hervorholte und sich näher zu John Spring hinüberbeugte.

»Aber sicher, Schätzchen.«

David betrachtete die junge Frau, die ihm gegenübersaß. Sie war nicht unattraktiv, fand er, wenngleich ihn diese etwas plumpe Art von Schönheit überhaupt nicht ansprach. Ihr dichtes, glänzendes Haar war braun gefärbt und hatte einen leicht violetten Schimmer. Sie war gut gebaut und so gekleidet, dass man es auch sah – mit einem tief ausgeschnittenen schwarzen Body, unter dem sie, wie man deutlich erkennen konnte, nichts mehr anhatte, und einem kurzen Lederrock, der ihre wohlgeformten Beine sehen ließ.

Ihre Freundin jedoch hatte ein Gesicht, das eher in ein Bild von Gainsborough gepasst hätte als in ein Pub auf dem Land; Lisa war eher zart gebaut und blass und von einer Schönheit, die trotz ihrer Schüchternheit deutlich zur Geltung kam. Sie hatte blaugraue Augen und blondes, seidig glänzendes Haar. Eigentlich sah sie aus wie zwölf, war aber in Wirklichkeit mindestens achtzehn. David jedenfalls hatte keine Ahnung, worüber er sich mit ihr unterhalten sollte.

Cynth nahm einen kräftigen Zug von ihrer Zigarette und legte sie in den Aschenbecher, um sich ihrem Bier und ihrem Bewunderer zuzuwenden, den sie lächelnd ansah. »Kommst du oft hierher, John?«, fragte sie, ohne David auch nur eines Blickes zu würdigen.

»Nicht oft genug, Schätzchen«, antwortete Spring und rückte etwas näher zu ihr. Die beiden schienen längst vergessen zu haben, dass sie nicht allein am Tisch saßen.

»Das hab ich mir schon gedacht. Ich hätte mich nämlich an dich erinnert, wenn ich dich schon mal gesehen hätte. Ein richtiger Mann fällt zwischen den Typen hier sicher auf.«

»Cynth, ich muss jetzt wirklich nach Hause«, warf Lisa erneut ein und strich sich nervös eine Haarsträhne hinters Ohr. »Ich habe meiner Mutter gesagt, dass ich rechtzeitig zu Hause bin, damit ich Janie noch eine Gutenachtgeschichte vorlesen kann.«

Cynth runzelte die Stirn und wandte sich ihrer Freundin zu. »Lass doch deine Mutter die Geschichte vorlesen«, erwiderte sie. »Ich will noch nicht gehen. Außerdem kommst du sowieso viel zu selten aus dem Haus, Lisa. Du kannst dir ruhig auch mal einen netten Abend gönnen.« Sie wandte sich wieder John Spring zu. »Ich hab sie praktisch gewaltsam mitschleppen müssen«, erläuterte sie. »Sie tut nie etwas anderes als zu Hause bei ihrem Kind zu hocken. Das Mädchen braucht ein wenig Abwechslung! Und ich kümmere mich darum, dass sie nicht daheim versauert. Schließlich bin ich ihre beste Freundin.«

Peinlich berührt wandte sich Lisa ab. »Wie kannst du so was

sagen«, protestierte sie. »Ich bin schließlich für Janie verantwortlich.«

»Das sagt dir deine Mutter, nicht wahr?«, erwiderte Cynth
und wandte sich Spring zu, um ihm das Ganze zu erklären, so
als wäre Lisa gar nicht da. »Sie hat ein kleines Kind, weißt du.
Ihr ist halt ein Fehler passiert, und jetzt muss sie's ausbaden«
Sie zog wieder an ihrer Zigarette und blies ihm herausfordernd
den Rauch ins Gesicht. »Sie hat nicht auf mich gehört, so ist
das. Ich sag immer: Wenn du schon nicht brav bist, dann pass
wenigstens auf. Nun, sie war nicht brav, aber aufpassen wollte
sie auch nicht. Und was hat sie jetzt davon? Ein Kind. Also,
ich – ich bin auch nicht immer brav, aber ich passe immer auf,
wenn du verstehst, was ich meine.« Sie schlug mit der Hand-
fläche vielsagend gegen ihre Handtasche. »Mein Motto ist: Sei
immer vorbereitet. Da bin ich wie ein Pfadfinder, das kannst
du mir glauben.«

»Na, wie ein Pfadfinder siehst du aber nicht gerade aus«,
murmelte Spring, und Cynth kicherte vergnügt.

David räusperte sich und fragte sich immer noch, wie er aus
diesem Albtraum herausfinden könnte, als ihm plötzlich eine
Idee kam. »Ich muss auch los«, sagte er. »Meine Freundin wartet schon auf mich.« Und zu Lisa gewandt fügte er hinzu:
»Wenn Sie möchten, bringe ich Sie gern nach Hause.«

Lisa zögerte, doch Spring war sichtlich erfreut über diesen
Weg, wie sich alle Probleme lösen ließen. »Von Dave hast du
absolut nichts zu befürchten«, versicherte er ihr. »Dave ist der
perfekte Gentleman. Irgendetwas muss bei ihm schief gelaufen
sein«, fügte er, zu Cynth gewandt, hinzu und berührte ihren
Oberschenkel.

»Oh, du bist ja ein ganz Schlimmer«, sagte sie lächelnd und
drückte sich an ihn. Die beiden schienen es gar nicht zu bemerken, als Dave und Lisa aufbrachen.

»Mein Wagen steht draußen auf dem Parkplatz«, sagte
David an der Tür des Pubs.

»Ich gehe zu Fuß – ich wohne ja hier im Ort«, erklärte Lisa – immer noch, ohne ihn anzublicken.

»Dann begleite ich Sie, damit Sie sicher nach Hause kommen.«

»Das ist nicht nötig – hier in Nether Walston passiert mir bestimmt nichts«, erwiderte Lisa und lächelte zum ersten Mal an diesem Abend. Und um ihm nicht das Gefühl zu geben, undankbar zu sein, fügte sie hinzu: »Aber das ist sehr nett von Ihnen.«

»Keine Ursache.«

Sie gingen schweigend durch das Dorf, bis sie zu einem modernen kleinen Reihenhaus kamen. »Hier ist es«, sagte sie. »Hier bin ich zu Hause. Danke vielmals, Mr. ...« Sie öffnete die Tür und verschwand im Haus.

David stand etwas verwirrt da und starrte auf die Tür. Dahinter hörte er die laute Stimme einer Frau und das Schreien eines kleinen Kindes. Nachdenklich wandte er sich ab und wanderte durch Nether Walston zu seinem Wagen zurück.

Währenddessen hatte Enid Bletsoe gerade ihre Schwester und ihren Schwager zum Abendessen im Haus. Es war schon zur Tradition zwischen ihnen geworden, dass sie einander abwechselnd einmal die Woche zum Essen besuchten. Mittlerweile geschah das jedoch so routinemäßig, dass es keinem der Beteiligten mehr Spaß machte. Es hatte eine Zeit gegeben, da waren die beiden Schwestern bemüht gewesen, einander noch mit ihren Kochkünsten zu übertreffen, doch das war lange her. Gekocht wurde längst nur noch, was Fred gerade im Laden hatte und was sich ohne großen Aufwand zubereiten ließ.

An diesem Abend war Enid allerdings froh, dass sie diesmal als Gastgeberin an der Reihe war. Es war höchst interessant gewesen, in den vergangenen Tagen das Kommen und Gehen in Foxglove Cottage zu verfolgen – und es wäre ihr gar nicht recht gewesen, wenn sie heute Abend hätte weggehen müssen, wo doch jederzeit etwas Aufregendes passieren konnte.

Zum Glück hatte Enid in der Küche nicht lange dazu gebraucht, um das Essen – Würstchen mit Kartoffelpüree – zuzubereiten. So war es ihr gelungen, Foxglove Cottage den ganzen Tag im Auge zu behalten. »Heute Nachmittag war dieser Freund des Pfarrers da«, teilte sie Doris genüsslich mit. »Du weißt schon – der aus London, der zu Ostern zu Besuch hier war, mit Lucy Kingsley, der Malerin.«

Doris nickte; ihr Interesse galt weniger David als Lucy. »Ja, sie hat so hübsches rötliches Haar.«

»Diese Haarfarbe nennt man heute kupfer«, berichtigte Enid und schürzte herablassend die Lippen.

»Na, egal. Aber es ist wahrscheinlich nicht ihre natürliche Haarfarbe, was meinst du?«, fragte Doris, während sie mit der Hand unbewusst an ihrem eigenen gefärbten Haar zupfte.

Enid rümpfte die Nase. »Warum nicht? Es gibt ja sehr wohl Leute, die nicht an dem herumpfuschen, was Mutter Natur ihnen schenkt.« Sie nahm einen Schluck von ihrem Bitter Lemon und betrachtete über den Brillenrand hinweg das Haar ihrer Schwester.

Doris konnte nichts darauf erwidern – ihr blieb nichts anderes übrig, als das Thema zu wechseln. »War sie auch dabei? Ich meine, als er heute Nachmittag drüben in Foxglove Cottage war?«

»Nein«, antwortete Enid. »Aber ich frage mich, was er wohl hier gemacht hat. Ich weiß, dass er zu Ostern einmal zum Essen in Foxglove Cottage war, aber …«

»Er ist ja aus London, nicht wahr?«, fiel ihr Doris ins Wort. »Und diese Frauen kommen auch aus London. Also kennen sie sich vielleicht von früher.«

»London ist nicht wie Walston, Doris«, entgegnete ihre Schwester herablassend. »Es ist ein klein wenig größer. In London kennt nicht jeder jeden.«

»Aber hat nicht irgendwer gesagt, dass er Anwalt ist?«, erinnerte sich Doris, den belehrenden Ton ihrer Schwester ignorierend. »Vielleicht war er deshalb da.«

»Natürlich!«, rief Enid aus. »Wenn jemand einen Anwalt braucht, dann diese Frau. Ich meine, sie hat ja noch Glück, dass man heute niemanden mehr hängt. Ich gehe jede Wette ein, dass er deswegen hier war.«

Ernest hatte bisher geschwiegen und sich seinen Würstchen mit Kartoffelpüree gewidmet. Das Kommen und Gehen in Foxglove Cottage interessierte ihn viel weniger als der Todesfall, der die Ursache dafür war. Er atmete tief durch und meldete sich schließlich zu Wort, als eine Pause im Gespräch der beiden Frauen entstand. »Was mich interessiert, ist, was der Pfarrer jetzt unternimmt, damit das freie Amt neu besetzt werden kann.«

»Das freie Amt?«, fragte Enid, die ihm noch nicht folgen konnte.

»Das Amt des Gemeindevorstehers«, stellte er fest. »Soweit ich weiß, kann der Pfarrer eine Sonderversammlung einberufen, damit das Amt besetzt wird; er kann sich aber auch mit *einem* Gemeindevorsteher zufrieden geben und warten, bis nächstes Jahr zu Ostern ein neuer Vorsteher gewählt wird.«

Enid verstand, worauf er hinauswollte; schließlich hatte er es sich vergangenen Sonntag einmal mehr nicht nehmen lassen, den freien Platz in der Kirche einzunehmen. »Ich schätze, es wäre dir lieber, wenn er bis nächstes Jahr wartet«, sagte sie in spöttischem Ton. »Dann kannst du bis dahin Gemeindevorsteher spielen.«

Er tat ihr nicht den Gefallen, auf ihre Bemerkung einzugehen. »Das Dumme ist nur«, fuhr er fort, als hätte sie gar nichts gesagt, »mir fällt niemand ein, der geeignet wäre. Und ihr wisst ja, dass der Pfarrer ganz darauf vertraut, dass ich den Richtigen finde.«

»Da wäre natürlich noch Roger Staines«, fuhr Enid fort, die

ihn nun ihrerseits ignorierte. »Warum sollte nicht er das Zeremonielle weiter übernehmen?«

»Aber Roger Staines ist krank!«, erinnerte sie Doris. »Er hat gerade einen Herzinfarkt überstanden und muss Acht geben, dass er sich nicht überanstrengt!«

»Ja ...«, sagte Enid mit funkelnden Augen. »Er hat einen Herzinfarkt gehabt, nicht wahr? Ich habe mir nur gerade gedacht – was ist, wenn sie auch ihn vergiftet hat? Was ist, wenn sein Herzinfarkt nichts anderes war als eine Digitalisvergiftung – nur dass sie sich beim ersten Mal mit der Dosis vertan hat? Was ist, wenn Roger Staines dieser Hexe in Foxglove Cottage nur mit knapper Not entronnen ist?«

16

Das Verlangen der Elenden hörst du,
Herr; du machst ihr Herz gewiss.

Psalm 10, 17

Beim Frühstück am nächsten Morgen im Pfarrhaus herrschte eine etwas gedrückte Stimmung. Stephen war schon aus dem Haus, Becca wirkte deprimiert und in sich gekehrt, und David und Lucy, die am Abend zuvor in ihrem Zimmer noch ein langes Gespräch geführt hatten – das übrigens nicht ganz harmonisch verlaufen war – schienen ziemlich müde.

»Dann hast du also noch nicht mit Stephen gesprochen«, äußerte Lucy eher als Feststellung denn als Frage.

»Nein, noch nicht – ich wollte schon, aber es ging einfach nicht«, sagte Becca stirnrunzelnd, während sie appetitlos in ihren Cornflakes rührte. »Aber ich werde es bald tun.«

»Das musst du unbedingt«, redete Lucy ihr zu. »Es wird schwer sein, es ihm zu sagen, aber danach wird es besser, du wirst schon sehen.«

David schenkte sich noch etwas Kaffee ein. »Du könntest etwas für mich machen, Becca«, sagte er.

Sie sah ihn fragend an.

»Es geht um Gill«, erläuterte er. »Ich habe so das Gefühl, dass sie mir irgendetwas verheimlicht. Und solange ich nicht alles weiß, tappe ich völlig im Dunkeln. Könntest du nicht einmal mit ihr sprechen? Vielleicht erfährst du ja noch irgendetwas Wichtiges.«

»Ja, okay.« Becca war froh, dass sie eine konkrete Aufgabe hatte – etwas, das sie von ihrer eigenen Situation ablenkte und das ihr das Gefühl gab, sich nützlich machen zu können. »Ich gehe gleich heute Vormittag zu den beiden.«

»Das wäre nett. Während du dort bist, können Lucy und ich uns ein wenig in Walston umhören. Vielleicht schnappen wir ja irgendwelchen Dorfklatsch auf.«

»Dafür ist der Dorfladen gut geeignet«, schlug Becca vor. »Und auch in der Kirche ist bestimmt jemand, der sich um die Blumen kümmert.«

David und Lucy waren schon fort, als das Telefon klingelte. Becca blickte angewidert zu dem Apparat hinüber, nahm aber dennoch den Hörer ab. Sie wusste aus langer leidvoller Erfahrung, dass es kein Entrinnen gab.

»Hallo, Becca, hier ist Gill«, sagte eine Stimme, die ganz anders klang als die, die sie erwartet hatte. »Könnte ich bitte David sprechen?«

»Er ist nicht da – er ist kurz ins Dorf gegangen. Soll ich ihm etwas ausrichten?«

Gill seufzte. »Ich wollte ihm nur sagen, dass dieser Polizist gerade hier war. Er ist ganz ohne Vorwarnung aufgetaucht.«

»Und was ist passiert?«

»Lou hat ihm ziemlich direkt zu verstehen gegeben, dass er sich fortscheren soll«, entgegnete Gill und lachte trocken. »Aber das heißt nicht, dass er nicht wiederkommt, und mir wäre einfach wohler, wenn David dabei wäre. Könnten Sie ihm das sagen?«

Becca fasste einen raschen Entschluss. »Ich komme rüber«, sagte sie. »Ich weiß, dass ich Ihnen nicht viel helfen kann – aber ich muss sowieso mit Ihnen sprechen. David hinterlasse ich eine Nachricht, damit er gleich nachkommt.«

»Schauen wir zuerst in der Kirche vorbei«, schlug David vor, als sie das Pfarrhaus verließen.

»In Ordnung«, sagte Lucy nicht allzu begeistert.

Nach dem Disput vom Abend zuvor lag immer noch eine leichte, aber deutlich spürbare Spannung zwischen ihnen in der Luft. Nachdem sie ihm von Lucys Leidensweg erzählt hatte, war seine Reaktion etwas anders ausgefallen, als sie es erwartet hatte; er war der Meinung gewesen, dass Becca vielleicht etwas überreagiere und dass so etwas ziemlich häufig vorkomme. »Findest du nicht auch, dass sie das Ganze ein wenig zu … tragisch nimmt?«, hatte er gemeint.

Lucy zeigte sich über seine Reaktion ziemlich verärgert. »Das ist wieder typisch Mann. Du hast ja gar keine Ahnung, wie traumatisch so etwas für eine Frau sein kann – vor allem in, Beccas Alter und wenn man eine so behütete Jugend hatte wie sie. Du darfst nicht vergessen, dass ihr Vater sie praktisch vom wirklichen Leben fern gehalten hat. Und Stephen hat sie auch nicht gerade ermutigt, erwachsen zu werden.«

»Also sind wieder mal an allem die Männer schuld«, hatte er – ebenso vorwurfsvoll – entgegnet. Am Ende hatte er sich für seine wenig verständnisvolle Reaktion entschuldigt und ihr versprochen, sich in Zukunft zu bemühen, einfühlsamer zu sein. Und dann hatten sie sich geküsst und auf überaus erfreuliche Weise versöhnt. Doch die Erinnerung an ihren Streit war immer noch lebendig.

»Es tut mir Leid wegen letzter Nacht«, sagte er verlegen, als sie zur Kirche gingen.

Lucy wandte sich ihm zu und sah ihn mit einem versöhnlichen Lächeln an. »Mir auch, Liebling. Ich hätte dich nicht gleich so anfahren sollen. Und ich finde es gut, was du heute Morgen zu Becca gesagt hast. Es tut ihr gut, wenn sie Gelegenheit hat, sich nützlich zu fühlen.«

Dankbar erwiderte David ihr Lächeln; es würde schließlich doch alles gut werden.

Sie betraten die Kirche durch das Westportal. Wie Becca vorhergesehen hatte, war die Kirche nicht leer; Marjorie Tal-.

bot-Shaw stand im Altarraum und arrangierte rosafarbene Tulpen zu einem Gesteck. Nach jeder Blume trat sie einen Schritt zurück und nahm die Brille ab, die dann – von einer goldenen Kette gehalten – vor ihrer weit ausladenden Brust hing. Sie betrachtete die Gesamtwirkung des Gestecks und setzte dann die Brille wieder auf, um weitere Tulpen hinzuzufügen.

»Sehr nett«, sagte David und betrat den Altarraum.

»Oh!« Sie drehte sich um und betrachtete die beiden über den Rand ihrer Brille hinweg. »Sie haben mich erschreckt – ich hörte Sie gar nicht hereinkommen.«

»Tut mir Leid«, meinte David mit seinem gewinnendsten Lächeln. »Ich finde, es ist jetzt die schönste Jahreszeit für Blumen«, fügte er hinzu. »Diese Tulpen sind wunderschön – wo haben Sie sie denn her?«

Marjorie taute sichtlich auf. »Aus meinem Garten. Sie sind wirklich hübsch, nicht wahr?« Sie nahm die Brille ab und zeigte damit, dass sie einem kleinen Schwätzchen nicht abgeneigt war.

Mit ihrer imposanten Gestalt und ihrer silbernen Haarsträhne war sie eine recht auffällige Erscheinung. »Wir sind uns schon begegnet, glaube ich«, sagte Lucy. »Zu Ostern. Sie haben auch damals die Blumen arrangiert – es war der Ostersonntag.«

»Ja, natürlich«, erwiderte Marjorie und musterte sie etwas genauer. »Sie sind mit den Thorncrofts befreundet, nicht wahr?«

»Stimmt«, bestätigte Lucy und fügte unnötigerweise hinzu: »Wir sind wieder zu Besuch gekommen.«

»Oh, verstehe.« Marjorie überlegte einen Augenblick und sagte dann: »Es wäre mal notwendig, dass jemand mit der jungen Frau des Pfarrers ein Wörtchen redet. Vielleicht könnten Sie das ja übernehmen. Ich fürchte, sie muss noch einiges darüber lernen, was man als Pfarrersfrau zu tun hat.«

»Becca? Wie meinen Sie das?«

Marjorie begutachtete ihr Blumenarrangement.

»Sie ist ziemlich distanziert, finde ich. Sie gibt sich gar keine Mühe, sich in der Gemeinde zu engagieren – zum Beispiel in der Mothers' Union oder hier mit den Blumenarrangements. Außerdem lädt sie nie jemanden ein – außer vielleicht ihren eigenen Freundeskreis, einschließlich der Frauen von Foxglove Cottage, und das ist einfach zu wenig. Die Pfarrersfrau sollte ein Vorbild für die ganze Gemeinde abgeben – sie sollte sich engagieren und gastfreundlich sein. Und dann setzt sie sich auch noch in den Kopf, selbst zu arbeiten – na ja!« Sie wandte sich von ihren Blumen ab und sah Lucy an. »Also, ich will ja nicht überkritisch sein – ich möchte nur helfen. Sie ist schließlich noch ein junges Mädchen, und man muss sich einfach um sie kümmern. Aber sie will auf niemanden hier in der Gemeinde hören. Vielleicht hört sie ja auf Sie.«

Lucy war ziemlich verblüfft und wusste nicht, was sie sagen sollte. Doch David erkannte, woher der Wind wehte. »Sie sind – oder waren – auch die Frau eines Pfarrers, nicht wahr?«, fragte er.

»Ja, das stimmt«, antwortete sie lächelnd. »Mein lieber verstorbener Mann Godfrey hat sein ganzes Leben dem Dienst an der Kirche von England gewidmet. Und ich glaube, ich darf sagen, dass ich ihm eine würdige Gehilfin war. Ich habe die Sonntagsschule geleitet, im Chor gesungen, bei den Blumenarrangements geholfen und habe mich natürlich auch in der Mothers' Union engagiert. Und wie oft ich Mitglieder unserer Gemeinde zu uns eingeladen habe! Meine Abendgesellschaften waren in ganz Shropshire berühmt.«

»Shropshire!«, rief Lucy aus. »Ich bin in Shropshire aufgewachsen. Mein Vater war Pfarrer in der Nähe von Ludlow. John Kingsley – kennen Sie ihn vielleicht?«

Marjorie runzelte nachdenklich die Stirn. »Nein, ich glaube nicht. Obwohl mir der Name schon bekannt vorkommt.«

In diesem Augenblick trat der Pfarrer zu ihnen, der David und Lucy im Altarraum entdeckt hatte. »Entschuldigt, dass ich störe«, sagte er, »aber ich habe mich gefragt, ob ihr vielleicht demnächst zum Pfarrhaus zurückgeht.«

David wandte sich ihm zu; Stephen sah deutlich schlechter aus als noch bei ihrem letzten Besuch. Seine Wangen waren eingefallen, und er hatte Fältchen um die Augen. Sein Lächeln wirkte gezwungen, so als koste es ihn große Mühe. Vor Lucys aufschlussreichem Gespräch mit Becca hatten David und Lucy gedacht, dass die Probleme in der Pfarrei die Ursache des Übels seien; nun wussten sie, was wirklich los war. »Wir könnten gleich gehen«, sagte David bereitwillig.

»Könntet ihr dann vielleicht Becca sagen, dass ich so gegen eins zum Essen komme? Ich habe mit Becca heute Morgen nicht gesprochen«, fügte er hinzu. Stephen hatte mit seiner Frau in den letzten Wochen immer weniger gesprochen; es war einfach zu schmerzhaft, in ihrer Nähe zu sein, und es war leichter, sich einigermaßen ausgeglichen zu fühlen, wenn er nicht zu Hause war. Die Sorgen um seine Pfarrei – sogar der Tod einer Gemeindevorsteherin – erschienen ihm fast belanglos angesichts des drohenden Scheiterns seiner Ehe. Becca wollte nicht mit ihm reden und sich auch nicht mehr von ihm berühren lassen – ja, sie schien es kaum noch zu ertragen, mit ihm im selben Zimmer zu sein. Was war nur aus der reizenden, liebevollen jungen Frau geworden, die er vor wenigen Monaten geheiratet hatte? Und das Allerschlimmste war seine Angst, dass es mit ihm zu tun haben könnte, dass er schuld daran sein könnte, dass sie ihn nicht mehr liebte. Dabei war es ihm unmöglich, sie zu fragen, was los war, weil er ihre Antwort fürchtete.

»Ja, natürlich«, sagte David. »Wir gehen gleich los.«

Als Becca in Foxglove Cottage eintraf, war Gill gewohnt ruhig, während Lou fuchsteufelswild zu sein schien. »Ich hab dem kleinen Scheißer einmal ordentlich die Meinung gesagt«, teilte Lou der Frau des Pfarrers mit. »Ich hab ihm gesagt, dass er sich zum Teufel scheren soll.« Sie stemmte die Hände in die

Hüfte und fügte mit wild entschlossenem Blick hinzu: »Scheren Sie sich fort, habe ich zu ihm gesagt, und tauchen Sie ja nicht wieder auf! Mrs. English kommt mit ihrem Anwalt zu Ihnen, wenn sie so weit ist.«

Die Vorstellung, dass die klein gewachsene, zart gebaute Lou in ihrer Wut einen großen, kräftigen Polizisten zur Schnecke machte, war so komisch, dass sich Becca sehr zusammennehmen musste, um nicht zu schmunzeln.

»Das war vielleicht ein Anblick«, warf Gill trocken ein. »Sie hat es ihm wirklich ordentlich gegeben, das kann ich Ihnen sagen. Aber ich wollte David auf jeden Fall wissen lassen, was passiert ist.«

Wenig später trafen auch Lucy und David ein, nachdem sie Beccas Nachricht gelesen hatten, worauf Gill und Lou die Geschichte noch einmal erzählten. »Und er täte gut daran, nicht wiederzukommen«, fügte Lou hinzu. »Ich habe keine Angst vor ihm mit seinen engen Hosen und seinem großen Knüppel. Der Kerl denkt offenbar mit diesem Knüppel.«

»Gut gesagt«, warf David lachend ein.

Gill kam zu Bewusstsein, dass Bryony im Zimmer war und sie warf den anderen einen warnenden Blick zu. »Möchte vielleicht jemand Kaffee?«, fragte sie rasch.

Während Gill in die Küche ging, um Kaffee zu machen, nahm David Becca kurz beiseite, um mit ihr unter vier Augen zu reden. »Du hast noch nicht mit ihr gesprochen, oder?«

»Nein«, antwortete Becca. »Aber mir ist da etwas eingefallen. Hast du mal mit ihr allein geredet? Vielleicht gibt es da etwas, das sie nicht vor Lou sagen möchte.«

Er erkannte augenblicklich, dass das die Lösung war. »Du bist ein Genie!«, flüsterte er. »Wenn ich mich nur allein mit ihr unterhalten könnte …«

Becca dachte einen Augenblick nach. »Wie wäre es, wenn ich Lou ins Pfarrhaus einlade?«, schlug sie vor. »Würde dir das weiterhelfen?«

»Wunderbar. Wenn du das hinbekommst, dann erledige ich den Rest.«

Sie folgten den anderen in die Küche. »Ich hätte euch gern Sandwiches angeboten«, sagte Gill, »aber mir ist gerade eingefallen, dass ich bei der ganzen Aufregung diese Woche nicht zum Einkaufen gekommen bin – darum habe ich fast kein Brot mehr im Haus.«

Becca ergriff sogleich die Gelegenheit. »Ihr könnt gern alle zu uns zum Essen kommen«, schlug sie vor.

»Ich auch?«, fragte Bryony.

»Aber natürlich.«

»Ja, bitte!«, rief das Mädchen strahlend.

»Das ist sehr nett von Ihnen«, sagte Gill.

Kurz bevor sie aufbrachen, legte David eine Hand auf den Arm von Gill. »Wir kommen in ein paar Minuten nach«, sagte er. »Ich muss noch kurz mit meiner Klientin unter vier Augen sprechen.«

Als die anderen weg waren, machte Gill Kaffee. »Milch? Zucker?«, fragte sie.

»Nein, schwarz bitte«, antwortete David und wartete, bis sie den Kaffee eingeschenkt und sich ihm gegenüber gesetzt hatte. Sie umfasste ihre Tasse mit ihren großen, geschickten Händen und sah ihn fragend an. »Also schön«, sagte er. »Ich glaube, Sie wissen, worum es mir geht, Gill. Ich denke, dass Sie mir etwas verheimlichen – und ich glaube, dass Sie es wegen Lou nicht sagen wollen.«

»Was meinen Sie damit?«, fragte sie ruhig.

»Meiner Meinung nach gibt es da etwas, von dem Sie nicht wollen, dass sie es weiß. Vielleicht wollen Sie sie auch schützen, keine Ahnung. Habe ich Recht?«

Gill seufzte und nahm einen Schluck von ihrem Kaffee. »Sie haben Recht«, sagte sie. »Zumindest teilweise.«

»Ich warte.«

»Es ist nur, dass … na ja, dass manche Leute finden könnten, dass ich so etwas wie ein Motiv hätte – ein Motiv, um Flora umzubringen.«

»Was für Leute meinen Sie?«, fragte David in scharfem Ton. »Die Polizei zum Beispiel?«

»Kann sein«, räumte sie ein.

Er lehnte sich in seinem Stuhl zurück und bezähmte seinen Drang, sie mit Fragen zu überhäufen. »Fangen Sie ganz vorne an«, sagte er.

Gill erzählte ihm die Geschichte in allen Einzelheiten. Sie hatte ein gutes Gedächtnis, was solche Dinge betraf, und konnte ihr Gespräch mit Flora recht ausführlich nacherzählen. »Sie können sich wahrscheinlich gar nicht vorstellen, dass ich so richtig wütend werden kann«, schloss sie mit einem angedeuteten Lächeln. »Aber ich kann Ihnen versichern, dass mich eine Stinkwut überkam. Sie hat mein Kind und meine Familie bedroht. Ich glaube, in dem Moment hätte ich sie wirklich umbringen können. Aber ich habe es nicht getan. Dafür belastet etwas anderes mein Gewissen: Ich habe sie sterben lassen – und damit muss ich jetzt wohl leben.«

David war nicht bereit, über ihre nachfolgenden Verfehlungen hinwegzusehen. »Und Sie haben die Polizei belogen, und mich auch.«

»Na ja«, sagte sie und strich mit dem Finger nachdenklich über den Rand ihrer Kaffeetasse. »Ich würde eher sagen, ich war einfach nicht bereit, mit der vollen Wahrheit herauszurücken.«

»Das kommt auf das Gleiche hinaus«, erwiderte David und beugte sich vor, um seinen Worten mehr Nachdruck zu verleihen. »Sie müssen das unbedingt klarstellen. Sie müssen der Polizei die volle Wahrheit sagen und Sie müssen es auch Lou erzählen.«

»O nein!« Einen Moment lang schien sie ihre Beherrschung zu verlieren. »Ich kann es Lou unmöglich erzählen! Sie würde ... na ja, Sie haben ja gehört, wie sie diesen Polizisten heute

Morgen behandelt hat. Können Sie sich vorstellen, was sie mit Enid machen würde, wenn sie es erfährt?«

»Sie können ihr die Wahrheit nicht ersparen«, sagte er eindringlich. »Das sollten Sie wirklich einsehen. Diese Anschuldigungen, die Enid vorgebracht hat – sie betreffen schließlich auch Lou, und deshalb muss sie davon erfahren. Außerdem kann es für Ihre Beziehung unmöglich gut sein, wenn es solche Geheimnisse gibt. Am Ende würde das zwischen Ihnen beiden stehen.«

»Ja, Sie haben Recht«, erwiderte Gill seufzend. »Ich muss es ihr wohl sagen.«

»Ja, am besten heute noch. Und dann setzen wir eine Erklärung für die Polizei auf.«

Sie schwieg einige Augenblicke nachdenklich. »Könnten Sie dabei sein, wenn ich es ihr sage? Ich glaube, es wäre besser, wenn wir nicht allein sind. Bryony darf nichts davon erfahren, aber … ich glaube, ich würde es auch Lucy und Becca gern erzählen. Sie müssen es schließlich auch irgendwann erfahren – und ich würde es lieber gleich allen berichten.«

David nickte. »Je früher, desto besser. Wir könnten ja gleich rüber ins Pfarrhaus gehen und es hinter uns bringen.«

Die Sache verlief jedoch nicht ganz wie geplant. Als sie das Haus verließen, sahen sie einen Polizeiwagen in der Einfahrt stehen, und im nächsten Augenblick stieg Sergeant John Spring mit einem etwas verwirrten Lächeln aus dem Wagen.

»Gehen Sie doch schon mal vor – ich komme in ein paar Minuten nach«, flüsterte David rasch Gill zu. »Ich würde gern ein paar Worte mit dem Sergeant reden.«

Gill machte sich auf den Weg, und David ging auf Spring zu.

»Dave!«, sagte John Spring lächelnd. »Genau mit dir wollte ich sprechen – und da bist du schon!«

»Hast du ein paar Minuten Zeit zum Plaudern?«, fragte David.

»Da kannst du drauf wetten, Kumpel. Wie wär's mit einem Drink im Queen's Head?«

»Gut«, stimmte David zu. »Ich lade dich ein.«

Es war ein ungewöhnlich warmer Frühlingstag, sodass sie sich mit ihren Biergläsern an einen Tisch im Gastgarten setzen konnten, wo kaum jemand lauschen würde. David wusste, dass er in jedem Fall zu hören bekäme, wie die Eroberung letzte Nacht verlaufen war – und er brauchte nicht lange zu warten.

»Ich persönlich würde ja lieber ins Crown and Mitre gehen«, sagte Spring nachdenklich. »Ein richtig gutes Pub, mit tollen Leuten.« Er schüttelte, in Erinnerungen schwelgend, den Kopf. »Ein wirklich steiler Zahn, diese Cynth. Die weiß, wie man einen Kerl so richtig verwöhnt, das kann ich dir sagen. Die Fenster von meinem Wagen sind immer noch beschlagen«, fügte er grinsend hinzu.

»Ein sehr hübsches Mädchen«, entgegnete David in neutralem Ton.

»Hübsch, sagst du? Also, das ist wohl kaum das richtige Wort, Dave. Hast du denn ihre Titten nicht gesehen? Waren die nicht einfach umwerfend?« Zum Glück brauchte David nicht zu antworten, denn Spring redete ohnehin gleich weiter. »Das Schlimme an dir ist, dass du zu prüde bist, mein Junge. Du musst hin und wieder mal ausbrechen und dir ein wenig Spaß gönnen. Also, mir ist zum Beispiel aufgefallen, dass du dieser Lisa gefallen hast. Sie mag ja recht still sein – aber sie hat immerhin ein Kind, also ist sie wohl auch nicht so prüde, wie sie tut. Du hättest leicht ein wenig Spaß mit ihr haben können, und deine Lucy hätte es nie im Leben erfahren. Du solltest öfter mal mit mir losziehen, Kumpel, ich würde schon dafür sorgen, dass du auf deine Kosten kommst.«

David schob sein Glas auf dem alten Holztisch hin und her, sodass feuchte Flecken auf dem Holz zurückblieben. »Ich bin eigentlich nicht zum Vergnügen hier in Walston«, erinnerte er Spring mit einem säuerlichen Lächeln. »Ich halte mich hier beruflich auf – und es handelt sich sogar um eine ziemlich ernste Angelegenheit, wenn ich das so sagen darf.«

»Ach ja, deine Klientin.« Spring blickte sich um und fügte mit leiserer Stimme hinzu: »Darüber wollte ich auch mit dir reden. Sie sitzt mächtig in der Tinte, Dave.«

»Wie das?«

»Na ja, du weißt ja, dass sie mir erzählt hat, sie hätte kein Motiv, um die alte Tante umzubringen. Und jetzt stellt sich doch glatt heraus, dass sie sehr wohl ein Motiv hatte – und was für eins.«

»Ach ja?«, fragte David und hob die Augenbrauen, um ihn zum Weitersprechen zu ermuntern.

»Du hast bestimmt schon gehört, dass ich heute Morgen dort war und dass die Kleine mich nicht reingelassen hat?«, sagte er lachend. »Also, das ist eine richtige kleine Giftnudel. Ich hatte Angst, dass sie mir die Augen auskratzt oder mich in meine empfindlichsten Teile tritt. Schließlich habe ich mich getrollt und bin zum Doc gegangen. Er wollte nicht gleich damit herausrücken, aber schließlich konnte ich ihn doch überreden. Es war dieser alte Drachen von gegenüber, diese Enid Bletsoe, die ihm den Tipp gegeben hat. Sie hat ihm gesagt, dass Flora Newall vergiftet wurde. Also bin ich zu ihr gegangen – und du glaubst es nicht, was sie mir erzählt hat.«

»Sag's einfach«, forderte David ihn auf.

»Sie hat mir erzählt, dass ihr schon immer klar gewesen wäre, dass deine Klientin die Frau vergiftet hat, und auch, warum sie's getan hat. Flora Newall war Sozialarbeiterin und hätte Mrs. English vielleicht ihr Kind weggenommen. Dieser alte Drachen, Mrs. Bletsoe, hat ihr nämlich gesagt, dass das Kind missbraucht wird. Das ist die ganze Geschichte, Dave«, fügte er grinsend hinzu.

David war froh, dass ihn diese Information keineswegs so überraschte, wie Spring gehofft hatte – doch er beschloss, sich nicht anmerken zu lassen, wie viel er wusste. »Das ist wirklich interessant«, sagte er nur.

»Außerdem hat sie mir erzählt, dass deine Klientin giftige Pflanzen anbaut – du brauchst dir ja nur anzusehen, wie das Haus heißt: Foxglove – Fingerhut! Die Pflanze, aus der man Digitalis gewinnt!«

»Das beweist überhaupt nichts«, wandte David ein. »Soviel ich weiß hat das Haus schon so geheißen, als es von den beiden übernommen wurde.«

»Und noch etwas«, fuhr Spring unbeirrt fort. »Es gibt da anscheinend einen Kerl im Dorf, der vor kurzem einen Herzinfarkt hatte. Mrs. Bletsoe meint, dass auch er vergiftet wurde – auch wenn er nicht dran gestorben ist.«

»Das ist eine böswillige Lüge«, erwiderte David, der nun langsam ärgerlich wurde. »Mrs. Bletsoe sollte sich schämen, solchen Unsinn zu verbreiten.«

»Immer sachte, Dave«, wandte Spring lächelnd ein. »Ich erzähle dir ja nur, was sie erzählt hat. Ich habe nicht gesagt, dass ich ihr das glaube. Aber wie man es dreht und wendet, Kumpel, deine Klientin steckt echt in der Klemme.« Er legte die Hände auf den Tisch, um seinen Worten mehr Nachdruck zu verleihen. »Ich will ganz offen mit dir reden, Dave. Es gibt da niemanden sonst, der in Frage käme. Alles deutet auf Mrs. English hin. Da ist einmal die Tatsache, dass Miss Newall laut unserem Toxikologen genau in der Zeit vergiftet wurde, als sie in Foxglove Cottage war. Und wir wissen auch, dass es sich um kein Versehen handelte. Wir haben alle ihre Tees überprüft – und es war keine Spur von Digitalis drin.«

»Das hätte ich dir gleich sagen können«, warf David ein und bemühte sich, nicht spöttisch zu klingen. »Schließlich hat Mrs. English selbst von dem Tee getrunken und nichts gespürt.«

»Ja, von dem ersten Tee«, erwiderte Spring ungewöhnlich scharfsinnig. »Aber sie hat gesagt, dass sie noch einen zweiten

Tee zubereitete, weil Miss Newall über Bauchschmerzen klagte. Im Labor hat man auch diesen Tee untersucht und es war alles in Ordnung damit. Kein Digitalis. Das heißt, es kann kein Versehen gewesen sein. Und jetzt, wo wir ein Motiv haben, steckt deine Mrs. English ganz schön in der Klemme, Dave.«

David überlegte einen Augenblick. »Aber du hast keine Beweise«, sagte er schließlich. »Nichts als Indizien. Du hast nicht genug in der Hand für eine Anklage.«

»Mach dir keine Sorgen, Kumpel, das kommt schon noch. Ist nur eine Frage der Zeit.«

»Warum erzählst du mir das alles?«, fragte David scharf. »Doch nicht etwa, weil wir Freunde sind, nicht wahr?«

»Dave!« Spring machte ein beleidigtes Gesicht. »Wie kannst du mir so etwas unterstellen?« Als David ihn weiter mit skeptischem Blick ansah, fügte er mit leiserer Stimme hinzu: »Okay, Dave, ich will ganz offen zu dir sein. Ich möchte, dass du sie dazu überredest, ein Geständnis abzulegen.«

»Ein Geständnis?«, sagte David ungläubig.

»Das wäre das Beste, verstehst du nicht? Sie ist ganz offensichtlich schuldig, und am Ende bekommen wir sie doch. Aber wenn sie jetzt gesteht, dann könnten wir ein Geschäft machen. Wir könnten dafür sorgen, dass es sie nicht allzu hart erwischt. Totschlag, verstehst du? In ein paar Jahren wäre sie wieder draußen.«

David schüttelte den Kopf. »Sie war es nicht, John.«

»Ach, komm schon, Dave! Es ist doch sonnenklar, dass sie es getan hat. Die alte Tante wollte ihr das Kind wegnehmen, da hat sie sie vergiftet. Wenn du sie dazu bringst, dass sie gesteht, ist es das Beste für uns alle. Und beeil dich, sonst ist es zu spät.«

»Und was hast du davon?«, wollte David wissen. »Ich kann nicht glauben, dass dir das Wohlergehen meiner Klientin so am Herzen liegt.«

Spring seufzte und leerte sein Glas. »Wenn du's wirklich wissen willst, Dave, ich würde die Sache gern aus der Welt schaffen, so lange ich noch an dem Fall dran bin«, gab er zu. »Es würde gut für mich aussehen, wenn ich ein Geständnis bekäme. Es würde mir helfen, befördert zu werden. Aber jetzt, wo das Ganze zu einem Mordfall geworden ist, wird bald einer der Hauptkommissare die Sache übernehmen, und dann habe ich nichts mehr damit zu tun.« Er warf David einen verschlagenen Blick über das leere Glas hinweg zu. »Und dann könnte ich auch dir nicht mehr aushelfen, Kumpel, wenn ich nicht mehr an dem Fall dran bin. Keine Informationen mehr.«

David erkannte, in was für einer Situation sich Spring befand. »Ich verstehe«, sagte er unverbindlich, stand auf und reichte ihm die Hand. »Danke, dass du so ehrlich zu mir warst. Ich melde mich wieder, John.«

»Eine Sekunde noch, Dave«, sagte Spring und kramte in seinen Taschen, um ein Stück Papier und einen Bleifstiftstummel hervorzuholen. Er schrieb eine Nummer auf den Zettel und reichte ihn David. »Meine Telefonnummer zu Hause«, sagte er. »Du kannst jederzeit anrufen, Tag und Nacht. Aber wenn ich dir einen Rat geben darf – tu's bald.«

Als David im Pfarrhaus ankam, hatte Gill es schon hinter sich gebracht. Sie hatte sich überwunden und Lou alles erzählt – und das in Gegenwart von Lucy, Becca und Stephen, während Bryony draußen im Garten spielte. Lou wurde natürlich zornig, doch da sie sich sozusagen in der Öffentlichkeit befanden, reagierte sie nicht so, wie sie es wohl zu Hause getan hätte. Gill wiederum war froh über das Verständnis, das die anderen ihr entgegenbrachten.

Becca fühlte sich dadurch ermutigt, ihre eigene peinliche Geschichte zu beichten, und auch sie tat es im tröstlichen Beisein ihrer Freunde. Sie blickte kurz zu Lucy hinüber, als sie begann. »Ich habe auch etwas zu erzählen. Stephen, ich wusste einfach nicht, wie ich dir das … sagen soll – aber vielleicht ist es leichter, wenn wir nicht allein sind.«

»Was gibt es denn?«, fragte er tapfer und fürchtete jetzt schon die Antwort.

Sie streckte die Hand über den Tisch hinweg aus, drückte seine Hand und sah ihm kurz in die Augen. Dann blickte sie auf den Tisch hinunter und erzählte ihm unter Tränen von den Anrufen und wie ihr dabei zumute gewesen war. »Ich hätte es dir viel früher sagen sollen, Stephen«, fügte sie mit leiser Stimme hinzu, »aber ich konnte es einfach nicht. Kannst du mir verzeihen?«

»Dir verzeihen?«, sagte er, immer noch schockiert, ehe er sich erhob, um den Tisch herum zu ihr ging und sie in die Arme schloss. »Becca, Liebling!« Er wusste nicht, was er sagen sollte. Sein Herz floss über – auch wenn seine Gefühle recht widersprüchlich waren; da war Zorn, Kummer, Erleichterung, vor allem aber Liebe. »Gehen wir hinauf, Liebling«, drängte er, ohne sich um die anderen zu kümmern. »Ich glaube, wir sollten jetzt allein sein.«

»Warte nur einen Augenblick«, warf David widerwillig ein; er störte nur ungern in diesem chaotischen Moment. »Es gibt noch etwas zu tun. Ihr müsst eine Anzeige bei der Polizei machen.«

»Nein!«, rief Becca bestürzt. »Dann erfahren es ja alle!«

»Aber das ist der einzige Weg, wie man ihn jemals erwischen kann«, wandte er ein. »Sonst macht er womöglich immer so weiter.«

»David hat Recht«, stimmte Stephen zu. »Der Kerl muss gefasst werden. Ich weiß, dass es schwer ist, Liebling, aber es geht nicht anders.«

»Vergiss nicht, was du selbst gesagt hast«, warf Lucy in sanftem Ton ein. »Es hat möglicherweise etwas mit Floras Tod zu tun. Der Mann macht vielleicht nicht nur schmutzige Telefonanrufe – er hat vielleicht etwas noch Schlimmeres getan.«

Becca biss sich auf die Lippe und kämpfte gegen die Tränen

an. »Muss ich selbst zur Polizei gehen? Muss ich es ihnen selbst sagen? Es ist einfach zu widerlich.«

David lächelte ihr aufmunternd zu. »Ich vertrete dich gern«, sagte er. »Wenn wir zusammen die Aussage aufsetzen, könnte ich sie überbringen. Die Polizei wird dir sicher noch ein paar Fragen stellen wollen, aber das hat bestimmt Zeit.«

Sie seufzte erleichtert. »Na gut, dann machen wir es so.«

Nach einer intensiven Besprechung hatten sie die Geschichte zu Papier gebracht und gingen auseinander: Becca und Stephen verschwanden nach oben, um sich einander zu widmen, während David mit Gill und Lou zur Polizeiwache fuhr. Lucy brachte unterdessen Bryony nach Foxglove Cottage und las ihr ihre Lieblingsmärchen vor.

17

Denn du führst mein Recht und meine Sache,
du sitzest auf dem Thron, ein rechter Richter.

Psalm 9, 5

Der Gang auf die Polizeiwache verlief ohne Zwischenfälle; David überbrachte Gills und Lous sorgfältig vorbereitete Aussagen und sprach wegen Beccas Anzeige mit einem Polizeibeamten. »Ich fände es gut, wenn Sie eine Kollegin hinsichtlich einer weiteren Befragung schicken würden«, schlug David vor. Er wollte auf jeden Fall vermeiden, dass jemand wie John Spring zu Becca käme um sich von ihr all die schmutzigen Details der Anrufe schildern zu lassen. »Es ist eine ziemlich heikle Sache, wie Sie zugeben werden. Ich denke, da wäre es angebracht, eine Frau damit zu befassen.« Der Polizeibeamte nickte. »Und vielleicht könnte sie in Zivil kommen«, fügte David hinzu. »Es sieht ganz danach aus, dass der Mann das Haus beobachtet. Wir sollten ihm nicht zu erkennen geben, dass die Polizei eingeschaltet wurde.«

Danach brachte er Gill und Lou nach Hause, lehnte jedoch die Einladung ab, noch auf eine Erfrischung hereinzukommen. Er wollte nur Lucy abholen und gleich aufbrechen. »Danke für alles«, sagte Gill, als sie die beiden an der Haustür verabschiedete. »David, Sie haben das Ganze relativ schmerzlos über die Bühne gebracht.«

David erwiderte ihr Lächeln und hob fragend die Augenbrauen. »Das klingt ja, als ginge es um einen gezogenen Zahn.«

»Na ja, so was Ähnliches ist es ja auch.«

»Aber es ist noch nicht vorbei«, rief er ihr in Erinnerung. »Es hat gerade erst angefangen, würde ich sagen.«

Gill seufzte. »Wie soll das Ganze jetzt weitergehen?«

Er überlegte einen Augenblick. »Das hängt vor allem von der Polizei ab. Aber wir müssen uns noch über so manches unterhalten, wir beide.«

»Kommen Sie doch heute Abend vorbei«, schlug Gill vor. »Sie beide. Kommen Sie zum Essen, dann können wir reden.«

Im Pfarrhaus warteten Stephen und Becca in der Küche auf sie. Er hatte einen Arm zärtlich und beschützend um ihre Schultern gelegt.

»Wie ist es gelaufen?«, wollte Stephen wissen. »Erzählt mal, was passiert ist.«

David nahm zu Recht an, dass Stephen nicht nach Gill und Lou, sondern nach Beccas Anzeige fragte. »Es hat keine Probleme gegeben«, versicherte er ihnen. »Sie schicken jemanden vorbei, der sich mit Becca unterhalten wird – ich habe vorgeschlagen, dass es eine Frau ist. Und sie wird sicher nicht vor morgen kommen.«

Becca nickte tapfer; jetzt, wo mit Stephen alles klar war, musste sie das Ganze nicht mehr allein durchstehen. »Gut, ich komme schon zurecht«, sagte sie und blickte auf die Uhr. »Ich habe mir schon Sorgen gemacht, ob ihr wohl rechtzeitig zurück seid.«

Sie sahen sie verständnislos an.

»Hast du's vergessen, Lucy? Wir sind zum Tee in Walston Hall eingeladen. Um vier Uhr sollten wir dort sein – also müssten wir in ein paar Minuten aufbrechen.«

Weder Becca noch Lucy hatten im Moment allzu große Lust, in Walston Hall Tee zu trinken – doch als sie erst einmal un-

220

terwegs waren fanden sie beide, dass es vielleicht ganz gut wäre, sich ein wenig abzulenken.

Diana Mansfield empfing sie herzlich und bat sie ins Wohnzimmer, das sehr gemütlich wirkte und gleichzeitig groß genug war, um nicht von dem stattlichen Klavier beherrscht zu werden, das in einer Ecke stand. Die Einrichtung ließ erkennen, dass es den Hauseigentümern weder an Geld noch an Geschmack mangelte. Das Geniale daran war jedoch, dass alles so aussah, als wäre es schon zur Zeit der ersten Lovelidges so gewesen; alles wirkte ein bisschen ausgeblichen, da war nichts aufdringlich Neues, das die Schönheit der Eichenholztäfelung und der Bleiglasfenster aus dem 16. Jahrhundert beeinträchtigt hätte. Lucys Bewunderung für den Raum war durchaus ehrlich. »Es ist wunderschön«, sagte sie mit spontaner Begeisterung.

»Gefällt es Ihnen?«, sagte Diana mit einem erfreuten Lächeln, das ihr ganzes Gesicht zum Leuchten brachte, so wie die Spätnachmittagssonne, die durch die Fenster hereinströmte, den Raum in ein ganz außergewöhnliches Licht tauchte.

»Ja, es ist wunderschön«, wiederholte Lucy beeindruckt. »Darf ich mir die Bilder ansehen?«

»Oh, bitte, gern.«

An den Wänden hingen Ölgemälde, die mit den Jahren etwas dunkler geworden waren – eine bunte Mischung von Landschaften, Stillleben und Porträts. »Die Menschen gefallen mir am besten«, gestand Lucy, während sie das Porträt einer Frau in einem steifen Brokatkleid betrachtete. Jedes Detail war mit größter Sorgfalt ausgeführt; die Perlen ihrer Brosche traten so leuchtend hervor, dass man das Gefühl hatte, man könnte sie von der Leinwand herunternehmen. Die Frau hatte ein herzförmiges Gesicht mit dunklen Augen und rotbraunes Haar, das in der Mitte gescheitelt war. Ihr Blick strahlte eine traurige Würde aus und ihr ernster Mund vermittelte das Gefühl von Geduld und Stärke. »Wissen Sie vielleicht, wer diese Frau war? Sie hat ein so ausdrucksstarkes Gesicht, nicht wahr?«

Diana schüttelte lächelnd den Kopf. »Ich weiß nicht, um wen es sich handelt. Es sind leider nicht meine Vorfahren, und auch nicht die von Quentin. Unsere Secondhand-Ahnen, so nennt er sie – wir haben sie einfach mit dem Haus übernommen.« Sie trat neben Lucy vor das Bild. »Mir gefällt sie auch besonders gut. Ihr Gesicht hat etwas so Schwermütiges, etwas das einen nicht loslässt. Manchmal sitze ich hier und sehe sie an und frage mich, warum sie wohl so traurig war. Sind vielleicht ihre Kinder früh gestorben oder hat sich ihr Mann ständig mit den Dorfmädchen vergnügt?« Sie lachte entschuldigend, so als wäre es ihr peinlich, dass sie so vor sich hin fantasierte. »Und das hier«, sagte sie und ging zu einem anderen Gemälde weiter, das einen schneidigen Reiter zeigte, der einen Rock aus blauem Satin trug und mit seinem Degen posierte. Sein schwarzes Haar fiel auf die Schultern herab, seine Augen blickten kühn geradeaus und sein extravagant hängender Schnurrbart verdeckte kaum den sinnlichen Mund, der zu einem süffisanten Grinsen verzogen war. »Ich frage mich, wie viele Herzen er wohl gebrochen hat«, sagte Diana nachdenklich, so als spreche sie mit sich selbst.

»Er war sich seiner Attraktivität jedenfalls bewusst«, stimmte Lucy zu. »Bestimmt war er kein besonders bescheidener Mensch. Es gibt Frauen, die so etwas sehr anziehend finden.« Sie dachte an ihren David, der fast zu zurückhaltend war. Und was für ein Mensch war wohl Quentin Mansfield?, fragte sie sich. Bei ihrem kurzen Zusammentreffen in Foxglove Cottage hatte sie sich kein allzu genaues Bild machen können; sie hatte lediglich den Eindruck gewonnen, dass er ein Mensch war, der wusste, was er wollte, und der wahrscheinlich entsprechend selbstbewusst handeln würde – ein Mensch, der keine übersteigerte Meinung von sich selbst hatte, der aber auch nichts von falscher Bescheidenheit hielt. Sie betrachtete erneut den stolzen Reiter und trat etwas näher an das Bild heran. Seine funkelnden Augen drückten etwas aus, das sie an jemand anderen erinnerte – doch es wollte ihr nicht einfallen, an wen. Jedenfalls nicht an den ziemlich soliden, etwas phlegmatisch wirkenden Quentin Mansfield – dessen war sie sich sicher.

Mit einem unwillkürlichen Seufzer wandte sich Diana von dem Bild ab, so als wäre ihr soeben etwas eingefallen. »Aber Sie sind ja zum Tee gekommen, nicht wahr? Und ich stehe hier herum und quatsche dummes Zeug über alte Bilder, während Sie beide am Verdursten sind.«

Wenig später brachte sie feinen chinesischen Tee in einer silbernen georgianischen Teekanne, der aus dazu passenden Tassen aus feinstem Porzellan getrunken wurde. Dazu gab es Sandwiches, lauwarmes Buttergebäck mit Marmelade sowie saftigen Obstkuchen. Doch Lucy hatte das Gefühl, dass das Gespräch nicht so recht in Gang kommen wollte; ihre Gastgeberin wirkte zerstreut, und auch Becca zeigte sich nicht gerade gesprächig.

Lucy blickte sich auf der Suche nach einem geeigneten Gesprächsthema im Zimmer um. »Das ist ein schönes Klavier«, sagte sie. »Spielen Sie selbst?«

Diana errötete. »Ein bisschen«, gestand sie fast widerstrebend. »Das ist etwas, das ich schon immer tun wollte, und seit kurzem nehme ich auch Stunden. Ich bin noch nicht besonders gut, aber es macht mir viel Spaß.«

»Das finde ich toll«, sagte Lucy begeistert. »Ihr Mann ist bestimmt stolz auf Sie.«

»Ja, äh …«, sagte Diana und blickte in die Teekanne. »Fast leer. Soll ich noch eine Kanne machen?«

Erst als sie ungefähr die Hälfte der nächsten Kanne getrunken hatten, kam Diana endlich auf das Thema zu sprechen, von dem Lucy dachte, dass es der Grund für die Einladung wäre – und vielleicht auch der Grund für die Nervosität der Frau, wenngleich Lucy nicht verstand, warum das so war. »Ich habe gehört, dass Sie eine berühmte Malerin sind«, begann Diana.

»Also, ich weiß nicht, ob ich berühmt bin«, entgegnete Lucy lächelnd und wickelte sich eine Locke um den Finger. »Aber ich lebe vom Malen, ja. Aquarelle – aber keine traditionellen.«

»Ja, ich weiß.« Diana blickte verlegen in ihre Teetasse. »Ich habe mich ein bisschen schlau gemacht und habe auch einige Ihrer Bilder in einer Galerie in Norwich gesehen.«

»Das muss die Bridewell Gallery gewesen sein«, sagte Lucy. »Ich hatte voriges Jahr eine Ausstellung dort, und sie haben meistens ein paar von meinen Sachen dort.«

»Ja. Und sie gefielen mir sehr. Dabei habe ich mich gefragt – machen Sie eigentlich auch Auftragsarbeiten?«

»Ja, natürlich.« Lucy beugte sich vor und stellte ihre Tasse auf den Tisch. »Ich mag Auftragsarbeiten sehr gern. An was haben Sie denn gedacht?«

»Etwas … Besonderes. Ein Geschenk.« Diana verschränkte die Hände im Schoß. »Für … einen Freund.« Sie blickte Lucy an – auf einmal mit einem fast flehenden Ausdruck im Gesicht. »Aber Sie dürfen Quentin nichts davon sagen.«

Während die Frauen fort waren, machte Stephen eine Kanne starken Tee, den er mit David am Küchentisch trank. David fand, dass der junge Pfarrer geistesabwesend und bedrückt aussah, was nicht weiter verwunderlich war, und er bemühte sich vergeblich, ihm ein paar weiterführende Informationen zu entlocken. »Ich weiß, du hast noch nicht viel Zeit gehabt, um darüber nachzudenken«, sagte er, »aber kam dir vielleicht irgendeine Idee, wer hinter den Anrufen stecken könnte?«

Stephen sah ihn verständnislos an. »Nein, ich habe keine Ahnung.«

»Vielleicht jemand aus der Gemeinde?«, fragte David weiter. »Gibt es da niemanden, der etwas gegen dich haben könnte?«

»Nein. Niemand aus meiner Gemeinde ist … so. Manche sind ein bisschen schwierig, aber nicht … krank.« Er sah auf seine Tasse hinunter und blickte dann mit einem gequälten Gesichtsausdruck zu David auf. »Wie kann jemand so etwas tun?«, fragte er schließlich mit einer Stimme, die heiser war vor Schmerz. »Weißt du, sie wäre beinahe daran zerbrochen. Der Kerl hat ihr ihre wunderbare Unschuld genommen und hätte fast unsere Ehe zerstört. Wir hatten so viele Gemeinsamkeiten. Und jetzt …« Er schüttelte den Kopf. »Ich weiß nicht, wie lange es dauern wird, bis wir die Scherben aufgesammelt und wieder zusammengesetzt haben. Falls wir es überhaupt schaffen. Becca hat Recht – es wird für uns nie mehr so sein wie es einmal war. Ich verstehe einfach nicht, warum jemand so etwas tut.«

David wusste keine Antwort und schüttelte nur den Kopf. Hilflos sah er zu, wie Tränen aus Stephens Augen rannen.

»Ich liebe sie«, sagte Stephen leise. »So sehr.« Er schluchzte auf, schlug die Hände vors Gesicht und weinte einige Minuten leise, während David in einer verlegenen Geste des Mitgefühls seine Schulter tätschelte. Es war schon schwer genug, mit den Tränen einer Frau umzugehen – doch in dieser Situation fühlte sich David absolut überfordert.

»Tut mir Leid«, murmelte Stephen und riss sich endlich zusammen. Er nahm die Brille ab und polierte sie mit dem Ärmel seines Hemds. »Ich sollte dich nicht auch noch damit belasten, David. Um Beccas willen muss ich jetzt stark sein; ich darf ihr nicht zeigen, wie sehr mir das zusetzt.«

»Dafür bin ich ja hier«, versicherte ihm David.

Auf dem Rückweg von Walston Hall ergriff Lucy die Gelegenheit, Becca etwas zu fragen, das sie schon lange beschäftigte. Es war die gleiche Frage, die David Stephen gestellt hatte. »Du hast doch bestimmt irgendeine Idee, wer es sein könnte?«, fragte sie. »Wer hinter diesen Anrufen stecken könnte?«

»Nein«, antwortete Becca ungewöhnlich brüsk. »Weißt du, Lucy«, fügte sie in etwas sanfterem Ton hinzu, »ich versuche, gar nicht daran zu denken. Irgendwie will ich es gar nicht wissen. Wenn ich mir vorstelle, dass es jemand hier im Dorf ist, jemand, den ich kenne und vielleicht jeden Tag sehe …« Sie schauderte. »Ich kann den Gedanken einfach nicht ertragen. Verstehst du das?«

»Ja, natürlich«, versicherte Lucy und drückte mitfühlend ihren Arm. »Aber es ist dir doch bewusst, dass dich die Polizei danach fragen wird. Sie brauchen alle Informationen, die sie bekommen können, wenn sie ihn fassen wollen. Der Mann ist krank, Becca. Er muss gefasst werden, damit er so etwas nicht wieder tun kann.«

»Ja, das verstehe ich schon.« Becca schwieg eine Weile in Gedanken versunken.

»Es muss jemand sein, der genau weiß, wann du allein bist«, sagte Lucy schließlich. »So viel ist jedenfalls sicher.«

»Aber das Pfarrhaus steht ja ganz isoliert – man kann es von anderen Häusern aus gar nicht richtig beobachten«, erwiderte Becca. »Außer vielleicht mit einem Fernglas.« Sie dachte einige Augenblicke nach und fuhr dann mit leiserer Stimme fort: »Wenn Stephen weggeht, zum Beispiel in die Kirche, kommt er an Harry Gazes Cottage vorbei. Ich dachte mir zuerst, dass es Harry sein könnte. Aber Harry spricht ganz anders – er hat einen sehr starken Norfolker Dialekt. Ich glaube, wenn es Harry wäre, hätte ich ihn erkannt.«

»Du hast gesagt, dass die Stimme irgendwie gedämpft geklungen hat«, wandte Lucy ein. »Und du weißt ja nicht, ob er vielleicht absichtlich anders spricht. Mir ist aufgefallen, dass Harrys Dialekt stärker wird, wenn er sich mit Leuten von auswärts unterhält, fast so als wolle er allen zeigen, dass er von hier ist.«

Becca nickte nachdenklich. »Das stimmt.« Es schauderte sie erneut. »Oh, Lucy, wenn das alles nur schon vorbei wäre. Zwar ist es besser, jetzt, wo Stephen Bescheid weiß, aber trotzdem würde ich mir wünschen, das alles läge hinter uns und wir könnten wieder ein ganz normales Leben führen.«

David und Lucy beschlossen, Gills Einladung anzunehmen, in Foxglove Cottage zu Abend zu essen. Auf diese Weise konnten Stephen und Becca den Abend zu zweit verbringen und waren nicht gezwungen, höflich zu plaudern und sich als gute Gastgeber zu erweisen. Doch als sie in Foxglove Cottage ankamen, sahen sie Enid Bletsoes Gesicht hinter dem Vorhang ihres Hauses auftauchen, was die Stimmung von Anfang an trübte. Außerdem wirkte auch Lou ungewöhnlich niedergeschlagen, und dass Bryony beim Abendessen anwesend war, bedeutete, dass sie nichts Wesentliches besprechen konnten.

Gill hingegen bemühte sich um eine gelöste Stimmung. »Ich habe mich daran erinnert, dass Sie Vegetarierin sind, Lucy«, sagte sie, als sie die Nudeln servierte. »Folglich habe ich eine Pilzsoße gemacht. Und falls Sie Angst haben sollten, dass ich Sie vergiften könnte – ich kann Ihnen versichern, dass ich die Pilze nicht selbst gesammelt habe; sie kommen aus dem Supermarkt.«

»Das ist gar nicht komisch«, warf Lou in scharfem Ton ein.

»Du hast Recht«, sagte Gill und setzte sich an ihren Platz. »Flora war auch Vegetarierin, glaube ich. Als wir im Pfarrhaus zu Abend aßen, hat es gefüllte Auberginen gegeben. Die waren übrigens wirklich gut.«

»Ja, die hat sie für uns auch schon gemacht«, sagte Lucy. »Mir tun alle Leid, die Vegetarier zu Gast haben, es aber nicht gewohnt sind, vegetarisch zu kochen.«

»Ich will auch eine Vegetarierin sein«, verkündete Bryony und blickte, Zustimmung heischend, zu Lucy hinüber. Lucy hatte sich bei der Kleinen überaus beliebt gemacht, als sie ihr an jenem Nachmittag stundenlang Geschichten vorgelesen hatte. »Es ist doch schlimm, dass man tote Tiere isst, Mami.«

»Sei doch nicht albern«, versetzte Lou. »Du hast doch immer schon Fleisch gegessen.«

Gill sah Lou mit erhobenen Augenbrauen an und lächelte dann ihrer Tochter geduldig zu. »Wir sprechen später darüber, Schätzchen.«

Bryony, die für gewöhnlich ein recht artiges Kind war, wirkte diesen Abend auffallend unruhig, und es kam nicht überraschend, dass sie sich weigerte, zu Bett zu gehen. »Ich *will* nicht ins Bett«, jammerte sie und klammerte sich an Lucy. »Ich will, dass Lucy mir eine Geschichte vorliest.«

»Geh hinauf, putz dir die Zähne und zieh dein Nachthemd an«, sagte ihre Mutter mit sanfter, aber fester Stimme. »Und wenn du es superschnell machst – vielleicht kommt Lucy dann noch kurz hinauf und liest dir eine Geschichte vor.« Sie sah Lucy an, die mit einem Kopfnicken zustimmte.

»Kaffee?«, fragte Gill, während sie die Vorhänge zuzog, nachdem sie sich anschließend ans Essen alle ins Wohnzimmer begeben hatten.

»Von mir aus kannst du mit dem verdammten Kaffee noch warten«, sagte Lou gereizt. »Ich habe noch Wein.« Sie hatten zum Essen einen eher billigen Rotwein getrunken, von dem noch etwas in der Flasche war – doch auf der Anrichte stand eine weitere Flasche eines besseren Weins, den David mitgebracht hatte.

»Ja, ich hätte auch lieber noch ein Glas Wein«, meinte David und schenkte sich noch einmal ein. »Wie ich heute Nachmittag schon sagte – wir müssen uns noch über so einiges unterhalten. Ich glaube, es ist höchste Zeit dafür.«

»Ja«, sagte Gill und setzte sich neben Lou auf das Sofa. »Sie haben ja Recht. Obwohl wir eigentlich heute schon ziemlich viel geredet haben.«

»Ja, gequasselt wurde schon genug«, warf Lou gereizt ein. »Ich wüsste nicht, was es noch zu reden gäbe.«

David setzte sich den beiden gegenüber und beugte sich vor. »Nun, falls Sie es noch nicht bemerkt haben«, sagte er in ruhigem Ton, »es gibt da noch die Kleinigkeit, dass in Walston ein Mörder frei herumläuft. Ich glaube Ihnen, Gill, dass Sie Flora Newall nicht vergiftet haben. Aber das bedeutet, dass es jemand anders getan hat.«

»Oh«, sagte Lou nachdenklich. »Ja, ich verstehe, was Sie meinen.«

»Es kann nicht vielleicht ein Unfall gewesen sein?«, wandte Gill zögernd ein.

David schüttelte den Kopf. »Das ist so gut wie ausgeschlossen.«

»Aber Gill hat es verdammt noch mal nicht getan«, erklärte Lou mit Nachdruck. »Also, was hat das alles mit uns zu tun?«

»Sie und ich wissen vielleicht, dass Gill es nicht war – aber ich glaube nicht, dass die Polizei genauso überzeugt davon ist.« Er lehnte sich in seinem Stuhl zurück. »Sie haben keine anderen Verdächtigen. Und jetzt, wo sie glauben, dass sie das Motiv gefunden haben …«

»Aber was können *wir* denn tun?«, warf Gill ein. »Ich kann doch nicht beweisen, dass ich es nicht war, oder?«

»Sie können David ruhig vertrauen«, sagte Lucy, die wieder ins Wohnzimmer gekommen war, nachdem sie ihre Aufgabe erfüllt hatte. Einen Augenblick blieb sie hinter David stehen und strich ihm zärtlich übers Haar. »Er wird Sie nicht im Stich lassen«, fügte sie mit nüchterner Stimme hinzu. »Er hat solche Dinge schon öfter gemeistert.«

Etwas verlegen, aber geschmeichelt durch ihr Vertrauen, räusperte sich David. »Mit Lucys Hilfe natürlich.«

Lucy setzte sich auf den einzigen freien Stuhl und griff nach der Weinflasche. »Wir müssen herausfinden, wer sie umgebracht hat«, sagte sie. »Die Polizei wird es nicht tun – also müssen wir die Sache in die Hand nehmen.«

Einige Minuten lang sagte keiner ein Wort; ihnen dämmerte, dass Lucy absolut Recht hatte.

»Na gut«, meinte Gill schließlich mit einem resignierenden Kopfnicken. »Aber wo sollen wir anfangen? Ich meine, wer könnte einen Grund gehabt haben, die arme Flora zu vergiften? Außer mir natürlich«, fügte sie mit einem bitteren Lächeln hinzu.

Lou machte ein finsteres Gesicht. »Das ist gar nicht lustig.«

»Tut mir Leid.«

»Mir scheint, wir sollten bei den Anrufen beginnen – bei dem Kerl, der Becca mit seinen schmutzigen Anrufen terrorisiert«, schlug Lucy vor. »Wenn wir ihn finden, dann könnte das die Lösung sein.«

»Glauben Sie, dass es da einen Zusammenhang gibt?«, fragte Lou. »Meinen Sie, dass der Mistkerl, der Becca anruft, der Mörder ist?«

»Das wäre durchaus möglich«, antwortete Lucy und wickelte nachdenklich eine Locke um ihren Finger. »Becca kam auf diese Idee. Was ist, wenn Flora irgendwie herausgefunden hat, wer der Anrufer ist? Vielleicht hat sie ihn zufällig auf frischer Tat ertappt. Wäre das nicht ein gutes Motiv, um sie umzubringen? Damit sie es niemandem sagen kann?«

»Aber das ist auch nur eine Vermutung.«

»Nicht ganz«, warf David ein. »Flora hat Lucy einmal angerufen und dabei etwas in der Art anklingen lassen.« Er erzählte ihnen von dem mysteriösen Anruf. »Natürlich wissen wir nicht, ob es wirklich das war, was Flora herausgefunden hat«, fügte er hinzu. »Aber möglich wäre es. Es ist auf jeden Fall eine Spur, der wir nachgehen sollten.«

»Ob sie wohl noch mit Stephen darüber gesprochen hat?«, überlegte Gill laut. »Das hat ihr Lucy ja vorgeschlagen. Dann wäre es natürlich einfacher für uns.«

David schüttelte den Kopf. »Ich habe Stephen heute Nachmittag gefragt. Das letzte Mal, dass er Flora lebend gesehen hat, das war bei der Versammlung am Abend vor ihrem Tod. Und sie hat kein Wort darüber zu ihm gesagt.«

»Jammerschade«, meinte Lou, goss den letzten Rest des Weins in ihr Glas, trank sofort aus und stand auf, um die andere Flasche zu holen. »Aber wie sollen wir dann an den obszönen Anrufer rankommen?«

»Ich glaube, da wird die Polizei schon ein paar Ideen haben«, antwortete David. »Das sollten wir ihr überlassen.«

Lou setzte den Korkenzieher auf den Korken und drehte ihn energisch hinein. »Dann stehen wir wieder ganz am Anfang. Ihrer Meinung nach können wir also gar nichts machen. Warum trinken wir dann nicht einfach den Wein hier und vergessen den ganzen Mist für eine Weile?«

Nachdenklich legte David seine Fingerspitzen aneinander und betrachtete sie schweigend. »Ich würde gern nochmals Ihre Geschichte hören, Gill«, sagte er schließlich. »Von Anfang an. Hinsichtlich des Tags, an dem Flora starb.«

»Das hat Sie Ihnen doch schon oft genug erzählt«, erwiderte Lou mit vorwurfsvoller Miene und legte Gill beschützend die Hand aufs Knie. »Können Sie sie nicht endlich mal in Ruhe lassen? Sie sind ja genauso schlimm wie die Typen von der Polizei.«

»Ist schon gut«, sagte Gill.

»Ich möchte es einfach noch einmal hören, der Reihe nach, so wie es passiert ist. Denn da gibt es etwas, das mich irgendwie stört. Etwas, das keinen rechten Sinn ergibt.«

Gill rieb sich müde die Augen. »Ich habe Ihnen aber wirklich schon alles berichtet.«

»Das glaube ich Ihnen ja«, versicherte er. »Ich werde nur das Gefühl nicht los, dass mir etwas Wichtiges entgangen ist.«

»Na schön.« Sie hörten alle aufmerksam zu, als Gill ihre

Geschichte in allen Einzelheiten erzählte – von Floras Ankunft und ihren Streit bis zu dem Moment hin, in dem Gill die Frau hinausgeworfen hatte. »Und dann habe ich nichts mehr mitbekommen – bis Enid an meine Haustür klopfte und sagte, dass sie tot ist«, fügte Gill abschließend hinzu.

»Aha«, sagte David mit einem zufriedenen Lächeln. »Ich hab's – jetzt weiß ich, was mich die ganze Zeit gestört hat.« Er lehnte sich in seinem Stuhl zurück. »Sie haben ihr sofort, als sie kam, Tee angeboten?«

»Das stimmt«, bestätigte Gill verwirrt.

»Und sie hat ihn getrunken.«

»Ja …«

»Und sie hat Ihnen erst gesagt, warum sie gekommen ist, nachdem sie die beiden Tassen Tee getrunken hatte?«, fragte er weiter. »Sind Sie sich da ganz sicher?«

Gill nickte, und Lucy klatschte erfreut in die Hände. »Oh, ich verstehe! Liebling, du bist ein Genie!« Sie wandte sich Gill und Lou zu und erklärte ihnen, was David meinte. »Sie hat den Tee getrunken, bevor sie Gill gesagt hat, warum sie gekommen ist. Das heißt, dass Sie überhaupt kein Motiv hatten, als Sie sie angeblich vergiftet haben sollen! Als Sie ihr den Tee anboten, hielten Sie das Ganze noch für einen reinen Höflichkeitsbesuch!«

»Er hat Recht, Liebling!«, warf Lou triumphierend ein. »Diese Typen von der Polizei können dir überhaupt nichts mehr anhaben!«

»Falls sie mir glauben«, wandte Gill ein. »Aber bis jetzt scheinen sie das eigentlich nicht zu tun.«

»Sie *müssen* dir glauben«, versicherte ihr Lou. »Es ist die Wahrheit!«

18

Lucy erwachte am nächsten Morgen mit diesem kurzen Gefühl
der Verwirrung, das einen oft überkommt, wenn man in einem
fremden Bett geschlafen hat. Noch bevor sie die Augen öffnete war ihr bewusst, dass sie nicht in ihrem eigenen Bett lag und
sich auch nicht in Davids Haus befand. Im nächsten Moment
war ihr alles klar: das Pfarrhaus.

Sie fürchtete, dass sie am Abend zuvor zu viel Wein getrunken hatte und dass der Kaffee zu spät gekommen war, um noch
viel bewirken zu können. Langsam streckte sie die Beine aus
und öffnete ein Auge, um nach der Helligkeit zu beurteilen,
wie früh es sein mochte. Sehr früh, befand sie schließlich. Es
waren noch keinerlei Geräusche im Haus zu hören, und auch
von draußen drang kaum ein Laut herein. David rührte sich im
Schlaf, drehte sich zu ihr und legte einen Arm um sie.

Sie schmiegte sich an ihn und gab sich ganz dem Gefühl
hin, das sie seit jeher als eine der größten – und am meisten un-
terschätzten – Freuden ansah, die das Leben zu bieten hatte:
neben dem Menschen aufzuwachen, den man liebte, seine
Wärme zu spüren und zu wissen, dass man nicht so bald aufstehen musste. Sie döste zufrieden vor sich hin und ließ sich von
Davids regelmäßigem Atmen in den Halbschlaf wiegen, als ein

ebenso plötzlicher wie unwillkommener Gedanke sie wieder hellwach werden ließ – ein Gedanke, der jedoch nur sehr unklar war und der mit dem vergangenen Abend zu tun hatte.

Sie waren so erleichtert gewesen, als David auf die wichtige Tatsache gestoßen war, dass Gill Flora nicht umgebracht haben konnte – oder, genauer gesagt, dass es sinnlos für sie gewesen wäre, sie umzubringen, weil sie, als sie ihr den Tee anbot, noch gar kein Motiv dafür gehabt hatte. Die Polizei musste das einfach einsehen und erkennen, dass es die Wahrheit war.

Doch da gab es etwas, das sie störte – etwas, von dem sie jedoch nicht genau sagen konnte, was es war. Es hatte irgendwie mit dem Zeitablauf der Ereignisse zu tun. Plötzlich gab es ihr einen Stich, und sie wusste mit einem Schlag, worum es sich handelte: Es war der Zeitpunkt von Floras Tod in Verbindung mit der Wirkung des Giftes. David hatte ihr von der Einschätzung des Toxikologen erzählt, der davon ausging, dass Flora Newall das Digitalis während der Zeit zu sich genommen haben musste, als sie sich in Foxglove Cottage aufhielt. Wie sicher war das eigentlich? Und wie kam es, dass sie daran überhaupt nicht gedacht hatten, als sie gestern so erleichtert gewesen waren?

Sie hatten nicht daran gedacht, weil es ihnen eben nicht ins Gesamtbild passte. Aber die Polizei und die Staatsanwaltschaft würden sehr wohl daran denken und es gegen Gill verwenden – ja, diese Tatsache würde dazu führen, dass Gill für sehr lange Zeit hinter Gitter wanderte.

Lucy drehte sich um, und David brummte protestierend. »Liebling«, flüsterte sie eindringlich.

Er stöhnte und wandte ihr, immer noch schlafend, den Rücken zu.

»David, Liebling«, sagte sie noch einmal und rüttelte ihn sanft am Arm. »Wach auf. Es ist wichtig.«

»Hm?« Er war immer noch nicht wach, doch Lucy sah, dass er allmählich aus dem Schlaf auftauchte.

Sie beugte sich über ihn. »Liebling, es geht um Gill. Mir ist etwas eingefallen.«

David schlug die Augen auf. »Wovon redest du, um Himmels willen?«, brummte er. »Es muss ja noch mitten in der Nacht sein. Wie spät ist es eigentlich?«

»Es geht um den Zeitablauf«, sagte sie.

»Zeit? Wie spät ist es denn?«

»Nein, nicht Zeit – ich habe Zeitablauf gesagt!«

Er schlug die Hände vors Gesicht und stöhnte ihn gespieltem Entsetzen. »Warum weckst du mich wegen einem solchen Unsinn auf?«, murmelte er. »Falls du es vergessen hast – wir sind gestern reichlich spät ins Bett gekommen. Und jetzt dürfte es noch ziemlich früh sein. Ich liebe dich wirklich über alles – aber es gibt Grenzen.«

Lucy kicherte. »Ich versteh dich ja, Liebling, aber es ist wirklich wichtig. Wach schon auf und hör mir zu.«

Mit einem tiefen Seufzer drehte er sich zu ihr um und sah sie mit hochgezogenen Augenbrauen an. »Also schön, ich höre zu. Ich hoffe, es lohnt sich auch.«

In knappen Worten erzählte sie ihm von ihren Zweifeln. »Ich verstehe das einfach nicht«, sagte sie abschließend. »Natürlich glaube ich Gill – aber kann denn die Einschätzung des Toxikologen falsch sein? Kommt es da vielleicht manchmal zu Irrtümern?«

David hörte ihr nachdenklich zu. »Nein, du hast natürlich Recht«, gab er zu. »Wir haben uns gestern alle so gefreut, dass das mit dem Motiv nicht stimmen kann, dass wir ganz vergessen haben, das niemand außer Gill überhaupt Gelegenheit hatte, den Mord zu begehen.«

»Aber was sollen wir jetzt tun? Gibt es irgendeinen Weg, wie du dir den Bericht des Toxikologen beschaffen könntest?«

Er überlegte einen Augenblick. »Ich glaube, es wäre vielleicht möglich«, sagte er schließlich. »John Spring ist ziemlich scharf darauf, dass Gill ein Geständnis ablegt. Das kann

ich vielleicht ausnutzen und ihm den Bericht heraus-
locken.«

»Ich wusste ja, dass dir etwas einfallen würde.«

»Und dann müssen wir sehen, was wir weiter tun können.«
David schloss einen Moment lang die Augen. »Ich hatte gehofft, dass sich die Sache übers Wochenende aufklären ließe
und dass wir heute Abend wieder in London wären. Aber das
ist wohl unmöglich. Es gibt einfach zu viele offene Fragen. Da
ist die Sache mit der Toxikologie, und die gerichtliche Untersuchung der Todesursache beginnt auch morgen. Es handelt
sich wohl nur um eine Formsache, aber ich sollte trotzdem dabei sein.«

»Was ist eigentlich mit Floras Begräbnis?«, fragte Lucy.

»Stephen hat gesagt, dass es am Mittwoch stattfindet. Bestimmt keine schlechte Idee, wenn wir dabei wären, findest du
nicht auch?«

Sie nickte. »Das heißt also, wir werden Beccas Gastfreundschaft noch ein paar Tage länger in Anspruch nehmen.«

»Na ja, ich habe deswegen schon ein schlechtes Gewissen«,
meinte David.

»Ich bin sicher, dass sie durchaus nichts dagegen hat, auch
wenn ihr das Kochen nicht allzu viel Spaß machen dürfte.
Vielleicht könnte ich ihr meine Hilfe anbieten«, dachte Lucy
laut nach. »Dann könnte ich mich wenigstens nützlich machen. Obwohl ich Acht geben muss, dass ich nicht indirekt
ihre Kochkünste kritisiere.« Mit einem zufriedenen Seufzer
legte sie sich wieder hin.

»Was hast du denn vor?«, wollte David wissen.

»Ich versuche noch ein bisschen zu schlafen. Es ist noch zu
früh zum Aufstehen.«

»O nein, das wirst du nicht tun, Liebste«, sagte er mit einem
verschlagenen Lächeln und zog sie an sich. »Du hast mich geweckt, und jetzt musst du die Konsequenzen tragen.«

Der Frühgottesdienst verlief ohne Zwischenfälle; zur großen Enttäuschung der Gemeinde waren Gillian und Lou zu Hause geblieben, woran vor allem der übermäßig genossene Wein vom Vorabend schuld war. Doch Enid sah sich durch ihre Abwesenheit in ihrer Annahme bestätigt. »Schlechtes Gewissen«, flüsterte sie Doris zu. »Sie wagt sich nicht in das Haus Gottes – jetzt, wo sie einen Mord auf dem Gewissen hat und wir es alle wissen.«

»Sie ist ja auch gekommen, als sie ihre Perversionen auf dem Gewissen hatte«, erwiderte Doris. »Beide sind sie gekommen.«

Enid musterte ihre Schwester mit einem verächtlichen Blick. »Das ist doch nicht dasselbe!«

Becca gab sich große Mühe mit dem sonntäglichen Mittagessen, bei dem ihr Lucy auf zurückhaltende Weise unter die Arme griff, indem sie einen Gemüseeintopf beisteuerte, während Becca Brathähnchen zubereitete. Außerdem zauberte Lucy einen Pudding aus verschiedenen Zutaten, die sie in der Vorratskammer fand.

»Es ist sehr nett von dir, dass du mir hilfst«, sagte Becca dankbar. »Aber ich habe ein schlechtes Gewissen, dass ich dich als Gast hier in der Küche arbeiten lasse.«

»Das mache ich doch gern«, antwortete Lucy mit einem aufrichtigen Lächeln. »Ich koche wahnsinnig gern – das ist für mich überhaupt keine Arbeit. Außerdem müssten *wir* ein schlechtes Gewissen haben, dass wir unseren Aufenthalt bei euch so in die Länge ziehen. David meint, dass wir mindestens noch ein paar Tage bleiben sollten.«

»Oh, das macht mir doch nichts aus!«, versicherte ihr Becca. »Es ist doch schön, einmal Gesellschaft zu haben.« Sie lächelte schüchtern mit gesenktem Blick. »Ich hatte nie viele Freunde«, gab sie zu. »Und du bist für mich eine echte Freundin, Lucy. Ich wünschte, du könntest für immer hier bleiben.«

Lucy war zu gerührt, um etwas zu sagen, und drückte nur Beccas Arm.

Während die Frauen das Essen zubereiteten, nützte David die Gelegenheit, um John Spring zu Hause anzurufen.

Die Stimme des Polizeibeamten klang hoffnungsvoll. »Was kann ich für dich tun, Dave?«

»Na ja, John«, sagte David in herzlichem Ton, »weißt du noch, was du gestern zu mir gesagt hast? Dass meine Klientin besser dran wäre, wenn sie ein Geständnis ablegen würde?«

»Dann ist sie also bereit dazu?«, fragte Spring neugierig.

»Na ja, nicht direkt. Zumindest noch nicht.« Er wählte seine Worte überaus bedachtsam, als er fortfuhr: »Ich habe ihr erklärt, was du mir gesagt hast – dass die Lage ziemlich aussichtslos ist und dass du ihr dazu verhelfen könntest, dass sie in ein paar Jahren wieder draußen wäre. Aber sie ist sich nicht sicher.«

Spring fiel ihm empört ins Wort. »Wenn ich mein Wort gebe, dann gilt das auch, Dave. Wenn ich sage, ich kann ihr dazu verhelfen, dann meine ich es auch so.«

»Das ist nicht das Problem«, versicherte ihm David. »Sie ist sich einfach nicht sicher, wie viel du wirklich gegen sie in der Hand hast. Ich habe ihr gesagt, dass der Toxikologie-Bericht den Ausschlag geben würde. Und da lässt sich wohl nicht dran rütteln.«

»Da hast du verdammt Recht, Kumpel«, bestätigte Spring.

»Aber sie will es nicht so recht glauben – sie möchte, dass ich einen Blick darauf werfe, nur um sicherzugehen. Es tut mir Leid, dass ich dich darum ersuchen muss, John«, fügte David in kumpelhaftem Ton hinzu. »Aber du weißt ja, wie Klienten manchmal sein können. Sie setzen sich alle möglichen Sachen in den Kopf, das ist das Problem mit ihnen.«

Spring lachte. »Das versteh ich gut, Dave. Hauptkommissare sind so ähnlich.« Er lachte erneut und sagte schließlich nachdenklich: »Du willst also den Toxikologie-Bericht sehen, was? Und das sofort, nehme ich an?«

»Wenn es dir nicht zu viel Mühe macht, John ... Ich glaube, es könnte wirklich helfen.«

»Kein Problem, Dave.« Es folgte eine kurze Nachdenkpause, in der Spring einen Plan fasste. »Ich muss auf die Wache und den Bericht kopieren. Gar nicht so schlecht, dass heute Sonntag ist – da stehen nicht so viele neugierige Typen beim Kopierer herum. Wie wär's, wenn wir uns auf einen schnellen Drink im Queen's Head treffen? In ... sagen wir, einer Stunde? Halb zwölf? Dann kann ich dir die Ware liefern.«

»Fein, John«, sagte David lächelnd. »Und danke vielmals.«

David kam gerade noch rechtzeitig zum Mittagessen zurück; er hatte das wichtige Dokument nur kurz durchsehen können. »Es sieht gar nicht gut aus«, flüsterte er Lucy zu, als sie ins Esszimmer gingen. »Es scheint nicht den geringsten Zweifel zu geben.«

»Was wirst du jetzt tun?«

»Ich weiß noch nicht genau«, gab er zu.

Beim Essen machte er sich vor allem Gedanken über die Frage, was er als Nächstes tun sollte. Auch Becca war noch stiller als sonst; sie sah mit Bangen dem Besuch der Polizeibeamtin entgegen, der für diesen Nachmittag angekündigt war. Somit blieb es Lucy und Stephen vorbehalten, so etwas wie ein Gespräch in Gang zu bringen. Irgendwie brachten sie das Mittagessen hinter sich, und am Ende waren alle erleichtert, als es schließlich an der Türe klingelte, während sie im Wohnzimmer beim Kaffee saßen.

Becca sprang auf. »Oh! Das muss die Polizei sein!«

»Ich geh schon«, sagte Stephen mit fester Stimme und hielt kurz inne, um Becca aufmunternd die Hand zu drücken. »Es wird alles gut gehen, Liebling«, flüsterte er ihr zu.

Die Beamtin, die wenig später ins Wohnzimmer trat, sah beruhigend normal aus. Sie war mit einem bunten Pullover und ausgeblichenen Bluejeans bekleidet. »Sie wollten ja, dass ich in Zivil komme, nicht wahr?«, erklärte sie grinsend und zeigte auf die Bluejeans. »Ich hab mir Mühe gegeben.« Erst danach stellte sie sich vor. »Karen Stimpson, Kripo-Sonderdezernat Norfolk.« Sie sprach mit einem leichten Anflug des Norfolker Dialekts, was gut zu ihrem offenen Gesichtsausdruck eines Mädchens vom Lande passte. Ihr blondes, widerspenstiges Wuschelhaar konnte von den beiden Haarspangen nur unzureichend gebändigt werden.

»Sie sind Mrs. Thorncroft?«, sagte sie, zu Becca gewandt.

»Ja, das stimmt«, antwortete Becca mit dem Hauch eines Lächelns, das Karen Stimpson mit einem gewinnenden Lachen erwiderte.

David stellte sich ebenfalls vor. »Und ich bin Mrs. Thorncrofts Anwalt, David Middleton-Brown.«

Lucy hatte plötzlich das unangenehme Gefühl, die einzige Anwesende zu sein, die eigentlich keine Berechtigung hatte, sich hier aufzuhalten. »Möchten Sie vielleicht eine Tasse Kaffee, Officer?«, wandte sie sich etwas verlegen an die Polizeibeamtin. »Oder Tee?«

»Ja, eine Tasse Tee wäre fein«, antwortete Karen Stimpson. »Wenn es keine Umstände macht.« Sie holte verschiedene Unterlagen sowie ein Notizbuch aus ihrer Handtasche hervor und setzte sich. »Ich werde versuchen, das Ganze möglichst schmerzlos über die Bühne zu bringen«, versprach sie.

»Danke.« Jetzt, wo der Moment gekommen war, wirkte Becca zwar äußerlich ruhig – doch als sie auf ihre Hände hinunterblickte, sah sie, dass sie zitterten. Stephen setzte sich neben sie auf das Sofa und nahm ihre Hand fest in die seine.

»Das hier ist eine Kopie Ihrer Anzeige, die Ihr Anwalt eingereicht hat«, sagte Karen Stimpson und reichte Becca ein Blatt Papier. »Könnten Sie sie noch einmal kurz durchlesen?«

Becca verbarg ihren Widerwillen und las den Text ihrer Aussage. David hatte die Aufgabe, eine widerwärtige Sache in eine absolut sterile Sprache zu kleiden, großartig gelöst – doch Becca wusste, dass sie dieser netten Frau nun alle Einzelheiten würde mitteilen müssen. »Ja«, nickte sie, als sie die Aussage durchgelesen hatte. »Genau so war es.«

»Sie Arme«, erwiderte Karen Stimpson warmherzig. »Wie schrecklich. Mir ist so was noch nie passiert, aber meine Tante Jean ist einmal monatelang von irgend so einem Verrückten angerufen worden, und sie war ziemlich mit den Nerven fertig.«

»Haben sie den Mann gefasst?«

»O ja. Es war ein abartiger alter Knacker, der im Haus gegenüber wohnte. Machen Sie sich keine Sorgen, meine Liebe«, fügte sie hinzu. »Wir werden auch den hier schnappen.«

Becca entspannte sich ein wenig. Die Offenheit und das ehrliche Mitgefühl der jungen Frau wirkten sehr ermutigend. »Muss ich Ihnen erzählen, was er gesagt hat? Damit Sie es notieren können?«

Die Polizistin zeigte auf ihre Unterlagen. »Das steht ja alles da drin, nicht wahr? Wir brauchen das nicht noch einmal aufzuwärmen – es würde Sie nur aufregen.«

»Danke«, sagte Becca und seufzte erleichtert.

»Was passiert jetzt weiter?«, fragte Stephen.

»Na ja, wir müssen vor allem Ihre Telefongespräche überwachen. Dann müssen wir warten, bis der Kerl wieder anruft. Ich weiß, es ist nicht angenehm für Sie, Mrs. Thorncroft – aber je länger Sie das Gespräch hinziehen können, umso größer ist die Chance, dass wir ihn schnappen.«

Stephen runzelte die Stirn. »Ich fürchte, das kommt nicht in Frage«, erwiderte er. »Das hier ist ein Pfarrhaus. Es ist absolut notwendig, dass alle Gespräche vertraulich bleiben. Meine Gemeindemitglieder rufen oft wegen privaten Angelegenheiten an. Da darf auch die Polizei nicht mithören.«

David beugte sich auf seinem Sessel vor. »Ich verstehe ja deine Sorge, Stephen«, wandte er ein, »aber siehst du denn nicht, wie wichtig das wäre? Hier geht es um deine Frau, um ihren inneren Frieden. Mein Gott, du hast doch gesehen, wie ihr das alles zugesetzt hat. Du musst es einfach zulassen.«

»Bitte, Stephen«, bat Becca. Sie glaubte zum ersten Mal Licht am Ende des Tunnels zu sehen – doch ihr Mann musste in diesem Punkt nachgeben, wenn es eines Tages wieder ganz hell werden sollte.

»Mit etwas Glück wird es nicht lange notwendig sein«, warf Karen Stimpson ein. »Nur einen oder zwei Tage – dann sollten wir ihn eigentlich haben.«

Stephen rang mit seinem Gewissen, doch nur für wenige Augenblicke. Natürlich war Becca das Allerwichtigste für ihn, sagte er sich. Außerdem konnte es sein, dass der Mann sich nicht auf Becca beschränkte; jede Frau im Dorf war ein potenzielles Opfer. Er schuldete es ihnen allen, sicherzustellen, dass ein solcher Typ gefasst wurde. »Ja, also gut«, stimmte er schließlich zu. »Aber nur für so lange wie es absolut notwendig ist.«

»Danke«, murmelte Becca.

Karen Stimpson nickte. »Und ich muss Sie noch fragen, ob einer von Ihnen eine Idee hat, wer hinter der Sache stecken könnte. Mr. Thorncroft?«, fragte sie, zu Stephen gewandt. »Gibt es vielleicht Mitglieder Ihrer Gemeinde, die etwas gegen Sie haben könnten? Oder haben Sie möglicherweise bemerkt, dass jemand ein ungewöhnliches Interesse an Ihrer Frau zeigt?«

Er dachte erneut über die Frage nach, die ihn schon seit dem vergangenen Nachmittag beschäftigte, als David sie ihm als Erster gestellt hatte. »Nein«, sagte er schließlich. »Mir fällt niemand ein. Ich hatte zwar Meinungsverschiedenheiten mit einem oder zwei Leuten aus der Gemeinde, aber dass deshalb jemand so etwas tun würde – das ist einfach undenkbar. Außerdem habe ich eindeutig bei den kleinen Auseinandersetzungen den Kürzeren gezogen. Wenn also jemand auf Rache aus sein könnte, dann doch eher ich.«

Lucy kam mit einer Tasse Tee zurück, die die Polizistin mit einem Kopfnicken entgegennahm. »Danke schön«, sagte sie und wandte sich Becca zu. »Mrs. Thorncroft? Haben Sie vielleicht eine Idee? Gibt es irgendjemanden im Dorf, der Ihnen irgendwie nicht ganz geheuer ist, der Sie manchmal anstarrt oder Dinge sagt, die Ihnen peinlich sind?«

»Nein«, antwortete Becca, wenn auch ohne allzu große Überzeugung. »Alle sind sehr nett zu mir.«

»Oder gibt es vielleicht etwas, das Sie uns noch nicht erzählt haben?« Sie nahm einen Schluck von ihrem Tee. »Ah, das tut gut. Danke.«

Becca gab ihr das Blatt Papier mit ihrer Aussage zurück. »Es steht alles da. Mehr kann ich Ihnen nicht sagen.«

»Wenn Ihnen doch noch etwas einfällt, Mrs. Thorncroft, dann rufen Sie mich bitte sofort an.« Sie reichte ihr eine Visitenkarte. »Dadurch, dass wir Ihr Telefon abhören, werden wir ihn bald haben, das verspreche ich Ihnen.«

»Das war gar nicht so schlimm, nicht wahr?«, sagte Stephen einige Minuten später, als die Polizeibeamtin gegangen war.

»Sie ist wirklich sympathisch«, antwortete Becca. »Und ich glaube ihr, wenn sie sagt, dass sie ihn bald erwischen könnten.« Mit einem Seufzer fügte sie hinzu: »Ich bin so froh, wenn alles vorbei ist.«

»Wir auch«, warf Lucy ein. »So einiges stimmt nicht in diesem Dorf. Schmutzige Telefonanrufe, ein Mord – da läuft jemand frei herum, der ziemlich gestört sein muss, und je früher sie ihn erwischen, umso besser.«

David sah sie nachdenklich an. »Ich frage mich nur, was er als Nächstes tut«, sagte er mit leiser Stimme.

Die Idee kam David, als sie alle beim Tee saßen. Plötzlich erinnerte er sich an die Weihnachtsfeier seiner Firma, an einen Abend, den er nicht wirklich genossen und den er deshalb aus seinen Gedanken verbannt hatte. Lucy war an diesem Abend beschäftigt gewesen – deshalb war er allein hingegangen. Beim Essen hatte er neben der Frau eines der Juniorpartner gesessen – einer ziemlich langweiligen Person, die fast die ganze Zeit über ungewöhnlich schweigsam gewesen war. Alle Versuche, die David unternommen hatte, um so etwas wie ein Gespräch in Gang zu bringen, waren ergebnislos geblieben. Und dann hatte sie plötzlich angefangen, von ihrem Job zu erzählen – und auf einmal war sie ein anderer Mensch. Es ging um Gift, ein Thema, über das sie, wie es schien, endlos reden konnte – und das mit einer Hingabe und einer Ausführlichkeit, die mit der Zeit auch den geduldigsten Zuhörer ermüden musste. Sie war, wie ihm jetzt wieder einfiel, als Assistentin in der Toxikologie-Abteilung eines großen Londoner Krankenhauses tätig. Und genau jemanden wie sie brauchte er in der jetzigen Situation.

»Kann ich mal telefonieren?«, fragte er ohne Umschweife.

Stephen blickte überrascht von seinem Tee auf. »Sicher. Wenn du ungestört sein willst, kannst du auch in meinem Arbeitszimmer telefonieren.«

»Danke.« David erwiderte Lucys fragenden Blick, indem er kurz die Augenbrauen hob, ehe er hinausging, um seinen Anruf zu tätigen. Wie hatte die Frau doch gleich geheißen? Er hatte ihren Namen einfach aus seinem Gedächtnis gestrichen – recht erfolgreich, wie es schien. Sie war Tom Lansings Frau. Ja, Chloe Lansing.

Ein Anruf bei der Auskunft verschaffte ihm die Telefonnummer, die er brauchte, und wenige Minuten später sprach er bereits mit Chloe Lansing. »Wir haben auf der Weihnachtsfeier nebeneinander gesessen«, erklärte er. »David Middleton-Brown.«

»Ja, natürlich«, erinnerte sie sich.

»Und Sie haben mir von Ihrem Job erzählt. Sie haben mit Gift zu tun.«

»Ja?«

Er holte den Toxikologie-Bericht aus seiner Tasche hervor und legte ihn vor sich auf Stephens Schreibtisch. »Ich habe mich gerade gefragt, ob Sie vielleicht ein paar Minuten Zeit für mich hätten; Sie könnten mir nämlich mit Ihrem Fachwissen sehr helfen – es geht um einen Fall, an dem ich gerade arbeite«, begann er.

»Gern, wenn ich kann. Es geht also um Gift?«

»Ja, um Digitalis«, erläuterte David.

»Ein Gift, das man aus dem Fingerhut gewinnt«, sagte sie prompt. »Die Pflanze ist als Ganzes giftig, aber die Blätter ganz besonders. Der wissenschaftliche Name lautet *Digitalis purpurea*. Hochgiftig – absolut tödlich.«

Er war an die Richtige geraten, befand David. »Sie sagen, es ist hochgiftig. Können Sie mir sagen, wie schnell es wirkt? Oder anders ausgedrückt, wenn man eine hohe Dosis nimmt, also eine tödliche Dosis – wie lange würde es dann dauern?«

»Wie lange es dauern würde, bis man daran stirbt?«, fragte sie nüchtern. »Zwanzig Minuten maximal. Das heißt, wenn man wirklich genug davon nimmt. Es kann auch schneller gehen – aber länger als zwanzig Minuten dauert es bestimmt nicht.«

Er seufzte. »Ich habe befürchtet, dass Sie mir das sagen werden.«

»Und es wäre bestimmt kein schöner Tod«, fuhr Chloe fort. »Übelkeit, Kopfschmerzen, unregelmäßiger Herzschlag. Kurz gesagt, ein Herzinfarkt.«

»Und wie lange dauert es, bis die Symptome einsetzen?«

»Oh, nicht lange«, sagte sie, ihrer Sache sicher. »Höchstens ein paar Minuten. Und dann geht es sehr schnell bergab.«

»Verstehe«, erwiderte David und machte sich eine rasche Notiz auf dem Toxikologie-Bericht. »Danke für Ihre Hilfe. Das war wirklich sehr freundlich von Ihnen.«

»Gern geschehen«, antwortete sie. »Wenn Sie mal jemanden um die Ecke bringen möchten und sich überlegen, wie,
dann lassen Sie's mich wissen.«

Etwas später an diesem Abend – spät genug, um sicherzugehen,
dass Bryony schon im Bett war – fanden sich David und Lucy
wieder in Foxglove Cottage ein, um die entmutigende Neuigkeit mitzuteilen. Sie hatten vorher angerufen und ihre Absicht
bekundet, noch kurz vorbeizukommen, sodass eine Weinflasche schon geöffnet auf dem Wohnzimmertisch stand, als
sie eintrafen.

»Du liebe Güte«, murmelte Lou. »Wir haben eigentlich gestern genug Wein getrunken, dass es für eine Weile reichen sollte – aber meinetwegen können wir dort weitermachen, wo wir
gestern aufgehört haben.«

Gill forderte die beiden Gäste auf, Platz zu nehmen, und
schenkte ihnen allen Wein ein. »Tut mir Leid, dass wir heute
die Kirche verpasst haben«, sagte sie. »Wir haben es einfach
nicht mehr rechtzeitig geschafft.« Sie setzte sich und griff nach
ihrem Weinglas. »Was gibt's Neues? Ich habe das ungute Gefühl, dass Sie nicht einfach gekommen sind, um ein wenig zu
plaudern.«

Während David noch überlegte, wie er beginnen sollte, kam
Lucy sofort auf den Punkt. »Wir haben uns Gedanken über
den Zeitablauf der ganzen Sache gemacht – und ich fürchte, es
sieht nicht sehr gut aus.« Lou runzelte die Stirn, und Gill sah
Lucy fragend an. »Was ich damit sagen will«, fuhr sie fort, »es
wird am Ende gar nicht so sehr darauf ankommen, was für ein
Motiv Sie oder sonst jemand hatte. Letztlich wird es darum gehen, wer es getan haben kann. Und ob es uns jetzt passt oder
nicht – die Polizei sagt, dass die Tests deutlich zeigen, dass
Flora Newall das Gift – also Digitalis – in der Zeit zu sich genommen haben muss, als sie hier bei Ihnen war. Mit dieser
Tatsache müssen wir nun mal leben.«

Lou knallte ihr Glas so heftig auf den Tisch, dass sie etwas Wein verschüttete. »Scheiße!«

»Lucy hat Recht«, sagte Gill und blickte, Bestätigung suchend, David an. »Ich stecke immer noch tief drin, nicht wahr?«

Er nickte. »Ich habe den Toxikologie-Bericht selbst gesehen und ich habe mir die Fakten von einer Toxikologin bestätigen lassen. Eine Dosis Digitalis, wie Flora sie zu sich genommen hat, hätte sie in höchstens zwanzig Minuten getötet. Und sie war länger hier bei Ihnen. Die ersten Symptome wären sehr schnell aufgetreten – die Übelkeit und die Schmerzen in der Brust und so weiter.«

Gill erschauerte plötzlich. »Es ist kalt hier«, sagte sie. »Ist euch auch kalt?« Ohne auf eine Antwort zu warten, stand sie auf und schaltete den Gasofen ein. Er sprang mit einem Zischen an, und im nächsten Augenblick wurden die echt aussehenden Kohlen von tanzenden blauen Flammen eingehüllt, die den Raum rasch erwärmten und bizarre Schatten in das gedämpft beleuchtete Zimmer warfen. »So ist es besser«, sagte Gill und nahm wieder auf dem Sofa Platz.

Für eine Weile sagte keiner ein Wort. Lucy starrte ins Feuer, Lou nahm Gills Hand in die ihre und rieb sie warm, und David saß mit geschlossenen Augen da und kaute an seinem Daumennagel. »Erzählen Sie's uns noch einmal«, sagte er schließlich, ohne die Augen zu öffnen. »Erzählen Sie uns, was an jenem Tag passiert ist.«

»Um Himmels willen«, warf Lou wütend ein. »Haben wir das nicht schon oft genug gehört?«

»Offensichtlich nicht«, entgegnete David und sah sie an. »Offensichtlich ist uns bisher etwas ganz Wichtiges entgangen. Wenn die Tests zeigen, dass sie das Digitalis unmöglich genommen haben kann, *bevor* sie hierher kam, und wenn Gill es ihr nicht gegeben hat, während sie hier war, dann muss es eine andere Erklärung geben.«

Gill seufzte resigniert. »Ich habe ihr einen Kräutertee angeboten«, begann sie gehorsam. »Sie hat davon gekostet und gesagt, dass er gut wäre – obwohl ich mir nicht so sicher war, ob er ihr wirklich geschmeckt hat. Dann bot ich ihr etwas zu essen an, Kekse und Kuchen, und sie nahm ein Stück Kuchen, hat dann aber nur daran herumgestochert, ohne davon zu essen.«

»Und sie hat bestimmt nicht davon gegessen?«, hakte David nach.

»Nein.« Sie hat den Kuchen auf dem Teller hin und her geschoben und sich entschuldigt. Dabei hat sie dann gesagt, dass sie sich nicht wohl fühle.«

»Aha!«, warf Lucy ein. »Da war also schon etwas nicht in Ordnung mit ihr!«

David runzelte die Stirn. »Das ergibt einfach keinen Sinn. Wenn sie das Digitalis zu sich genommen hätte, bevor sie kam, dann wäre sie zu diesem Zeitpunkt längst tot gewesen. Dann wäre ihr nicht bloß übel geworden – sie wäre tot umgefallen.« Er wandte sich wieder Gill zu. »Erzählen Sie weiter.«

»Anschließend habe ich einen speziellen Balsamkrauttee zubereitet, für ihren Magen. Ich glaube, sie hat ihn ein bisschen bitter gefunden«, erinnerte sich Gill lächelnd. »Sie hat nämlich etwas Süßstoff hineingegeben, als sie dachte, dass ich nicht hinsehe.«

David trank gerade von seinem Wein, als er plötzlich hochfuhr, prustend ausspuckte und das halbe Glas Wein über die Armlehne des Sessels und den Teppich ausgoss, wo sich der rote Fleck wie Blut ausbreitete. »Verdammt!«, murmelte er, holte hustend ein Taschentuch hervor und versuchte vergeblich, den Fleck zu entfernen. »Tut mir Leid!«

»Oh, kein Problem«, versicherte Gill. »Ist irgendwas nicht in Ordnung?«

Er fing sich schließlich und sah sie eindringlich an. »Wiederholen Sie, was Sie eben gesagt haben«, forderte er sie auf.

»Ich habe gesagt, kein Problem«, entgegnete Gill stirnrunzelnd.

»Davor.«

Gill sah ihn verständnislos an und versuchte sich zu erinnern, was vor Davids kleinem Hustenanfall geschehen war. »Ich habe gesagt, dass sie Süßstoff in ihren Tee gegeben hat«, wiederholte sie langsam. »Oh … Ich verstehe!«

19

Denn wenn er spricht, so geschieht's;
wenn er gebietet, so steht's da.

Psalm 33, 9

Es war schon zu spät am Abend, befand David, um Chloe Lansing noch einmal anzurufen – doch am nächsten Morgen tat er es so früh, wie es die Höflichkeit zuließ; er wollte sie noch erwischen, bevor sie zur Arbeit aufbrach.

»Oh, hallo«, begrüßte sie ihn. »Ich wollte Sie heute sowieso zurückrufen. Nachdem wir gestern Abend miteinander gesprochen hatten, ist mir noch etwas eingefallen, was man über eine Digitalisvergiftung wissen sollte.«

»Ja? Was denn?«

»Na ja, das mit der Wirkungszeit ist ein bisschen komplexer, als ich es dargestellt habe«, gab Chloe gut gelaunt zu. »Es gibt gewisse Umstände, unter denen das Gift noch viel schneller als gewöhnlich wirkt. Chinin zum Beispiel; wenn man Digitalis mit einem Gin-Tonic zu sich nimmt, dann tritt die Wirkung besonders schnell ein. Andererseits gibt es auch Faktoren, die die Wirkung etwas hinauszögern. Dazu gehört zum Beispiel Tee – Tannin und Thein sind Gegengifte zu Digitalis; wenn das Opfer also Tee trinkt, dann könnte es deutlich länger dauern, bis es stirbt.«

»Tee?«, fragte David bestürzt. Würde das seine Theorie platzen lassen? »Nun, in meinem Fall hat die betroffene Person Tee getrunken – Kräutertee.«

»Oh, das ist natürlich etwas anderes«, erläuterte Chloe. »Das ist ja das Entscheidende bei diesen Kräutertees – sie enthalten kein Thein und kein Tannin. Ich meine, die meisten von diesen Tees schmecken ja wie Abwaschwasser. So etwas trinkt man ja wohl kaum wegen des Geschmacks.«

Er seufzte erleichtert; die Theorie war immer noch wasserdicht, doch es fehlten einige entscheidende Elemente. »Sie haben wohl Recht«, sagte er.

»Aber Sie haben mich bestimmt nicht angerufen, um über den Geschmack von Kräutertee zu diskutieren«, fuhr Chloe fort. »Kann ich sonst irgendetwas für Sie tun?«

»Na ja«, sagte David und überlegte, wie er seine Frage am besten formulieren sollte. Er wusste so wenig über die Sache, dass es schwierig war, sich richtig auszudrücken. »Es geht immer noch um Digitalis«, sagte er. »Gibt es das immer als Blätter? Oder kann man es auch in Form von Tabletten zu sich nehmen? Nimmt man das nicht auch gegen Herzbeschwerden?«

»Digitoxin«, antwortete sie prompt, »genauso wie Digoxin und einige andere Substanzen. Die werden alle aus dem Fingerhut gewonnen und werden genommen, um die Leistungsfähigkeit des Herzens zu erhöhen.«

»Und wie sehen solche Tabletten genau aus?«, fragte er und hielt den Atem an. »Gibt es welche, die so aussehen wie – sagen wir – Süßstofftabletten?«

»Lassen Sie mich überlegen.« Die folgende Pause war für David äußerst nervenaufreibend. »Die Digitoxin-Tabletten sind eher etwas größer – sagen wir, zehn Millimeter. Aber die von Digoxin haben nur ungefähr fünf Millimeter im Durchmesser. Die sehen wirklich genauso aus wie manche Süßstofftabletten.«

»Aha.« David atmete erleichtert aus. »Dann wäre es also möglich, dass man Digoxin irrtümlich nimmt, weil man es zum Beispiel für einen Süßstoff hält?«

»Na ja, gut schmecken würde es bestimmt nicht«, wandte Chloe ein. »Ziemlich bitter, glaube ich – jedenfalls ganz sicher nicht süß.«

»Aber wenn man es in etwas hineingibt, das sowieso schon bitter ist …«, überlegte er laut.

»Wie zum Beispiel Kräutertee!«, sprach sie den Gedanken triumphierend für ihn zu Ende. »Ja, dann fällt es einem nicht auf, wie bitter das Zeug schmeckt.«

»Tja …«

Chloe spürte die Aufregung, die in dem kurzen Wörtchen bei ihm mitschwang. »Ist es das, was Sie hören wollten?«, fragte sie.

»Soweit ja«, antwortete er nachdenklich. »Aber ich hätte da noch ein paar Fragen.«

»Schießen Sie los.«

»Wie hoch wäre eine toxische Dosis von Digoxin?«, wollte David wissen. »Mit anderen Worten – wie viele Tabletten müsste man nehmen, um daran zu sterben?«

»Schwer zu sagen«, erwiderte sie ausweichend. »Ich meine, man geht ja kaum so weit, dass man das am Menschen testet. Man gibt ja niemandem eine immer höhere Dosis von einem solchen Gift, nur um zu sehen, ab wann es tödlich ist!«

»Verstehe«, sagte David lachend.

»Zehn Tabletten Digoxin, über einen relativ kurzen Zeitraum genommen, würden einen fast sicher umbringen. Vielleicht würden es auch weniger tun.«

Erneut dachte David laut nach. »Und wenn man bitteren Kräutertee trinkt, den man nicht gewohnt ist, und Süßstofftabletten hineingibt, die auch nicht viel daran ändern …«

»Dann würde man gleich ein paar Tabletten mehr hineingeben, um den Tee genießbarer zu machen«, führte sie seinen Gedanken zu Ende.

Es passte alles haargenau. Doch es gab noch eine offene Frage. »Eines würde ich noch gern wissen. Wenn Sie einen

Digitalis-Test durchführen, könnten Sie dann feststellen, was die Ursache war? Könnten Sie sagen, ob die Vergiftung durch die Blätter der Pflanze verursacht wurde oder ob es eine der Substanzen war, die man daraus gewinnt?«

»Nein«, antwortete Chloe. »Der Test würde nur klarstellen, dass es sich um Digitalis handelt, aber nicht, woher es gekommen ist. Digoxin oder Digitalisblätter – das lässt sich nicht nachweisen. Vom Standpunkt des Toxikologen aus kann man das nicht unterscheiden – alle diese Substanzen sind chemisch identisch. Und«, fügte sie gut gelaunt hinzu, »aus der Sicht des Opfers macht es auch keinen Unterschied. Man wäre so oder so mausetot.«

»Dem Täter kann das nur recht sein, nicht wahr?«, sagte er.

»Ich denke«, antwortete Chloe, »man könnte auf diese Weise den perfekten Mord begehen.«

David dankte ihr für ihre Hilfe, legte den Hörer auf und wandte sich Lucy zu. »Großer Gott«, sagte er. »Ich glaube, wir haben es.«

»Erzähl schon!«, drängte sie neugierig, obwohl sie allein vom Zuhören den Großteil des Gesprächs mitbekommen hatte.

»Digoxin. Eine medizinische Form von Digitalis – chemisch nicht davon zu unterscheiden.«

»Also Tabletten.«

»Tabletten. Genau in der Größe von manchen künstlichen Süßstoffen. Und in einem bitteren Kräutertee würde man auch nicht bemerken, wie bitter das Zeug schmeckt – und es würde einen dazu verleiten, noch mehr davon hineinzugeben.«

»Oh!«, sagte Lucy und umarmte ihn. »Liebster, du bist so schlau.«

Diesmal war es nicht Bescheidenheit, was David bewog, den Kopf zu schütteln. »Es gibt einen, der noch schlauer war«, sagte er mit plötzlicher Ernüchterung. »Der Mörder, der war wirklich schlau. Er brauchte nichts anderes zu tun, als die Digoxintabletten als Süßstoff getarnt in Floras Handtasche zu schmuggeln und darauf zu warten, dass sie das Zeug zu sich nimmt. Fast jeder im Dorf wusste, dass Flora Süßstoff verwendet.«

»Aber mit dem Kräutertee, da hat er einfach Glück gehabt«, wandte Lucy ein. »Wäre es gewöhnlicher Tee gewesen, hätte es vielleicht nicht funktioniert.«

»Stimmt. Es hätte viel länger gedauert oder sie wäre vielleicht nur krank geworden. Aber damit wäre für ihn noch nichts verloren gewesen«, meinte David. »Wenn es nicht geklappt hätte, dann hätte er es eben noch einmal versucht. Aber wie man sieht, hat es hervorragend funktioniert – besser als er erwarten konnte. Da war einmal der Kräutertee, dann der zusätzliche Vorteil, dass es ausgerechnet bei Gill passierte, sodass der Verdacht sofort auf sie fallen musste.«

»Ganz schön viel Glück auf einmal, nicht wahr?«

David seufzte und schüttelte den Kopf. »Glück oder Gerissenheit, Liebling, das kommt auf das Gleiche hinaus. Ich fürchte, Chloe hat Recht: Sie hat es den perfekten Mord genannt. Und wenn der Mörder sich jetzt ruhig verhält und nicht irgendwas Dummes anstellt – dann sehe ich überhaupt keine Möglichkeit, wie wir ihn erwischen könnten.«

Danach ging alles sehr schnell. Nachdem David wusste, dass die gerichtliche Untersuchung für diesen Nachmittag angesetzt war, rief er unverzüglich John Spring an.

In der Hoffnung, Springs Frage nach einem Geständnis vermeiden zu können, sagte er: »Ich bin da auf etwas gestoßen, das wichtig sein könnte, John.«

»Was denn, Kumpel?«

»Ich glaube, ich habe herausgefunden, wie der Mord begangen wurde«, sagte David und fügte nach einer kurzen Pause hinzu: »Und du wirst vielleicht nicht erfreut sein, wenn du hörst, dass meine Klientin, wenn ich Recht habe, unschuldig ist. Aber das könnte für dich genauso vorteilhaft sein wie wenn sie ein Geständnis ablegt.«

»Ach, wirklich?«, fragte Spring ziemlich skeptisch. »Und wie kommst du darauf?«

»Ich nehme an, dass ihr Miss Newalls Handtasche bei euch habt«, sagte David. »Weißt du, John, ich würde wetten, dass du darin eine kleine Dose mit Süßstoff findest. Ich an deiner Stelle würde den Inhalt der Dose untersuchen lassen – und zwar auf der Stelle. Ich würde das Zeug sofort ins Labor schicken und verlangen, dass es unverzüglich analysiert wird. Das Ergebnis könnte recht interessant sein – vor allem, wenn man bedenkt, dass die Untersuchung für heute Nachmittag angesetzt ist.«

John Spring war verblüfft. »Wovon redest du eigentlich, Dave?«

»Deine Vorgesetzten werden beeindruckt sein, wenn du die Sache aus dem Hut zauberst, Herr Inspektor«, sagte David mit Betonung auf den Titel. »Du brauchst ihnen ja nicht zu erzählen, dass du nicht ganz allein draufgekommen bist. Das bleibt natürlich unter uns, wenn du verstehst, was ich meine.« Er hoffte, dass Spring, der für gewöhnlich nicht der schnellste Denker war, ihn tatsächlich verstand.

»Oh. *Oh!*« David konnte beinahe hören, wie bei dem Sergeant der Groschen fiel, als er nach dem Köder schnappte, den David so einladend ausgelegt hatte. »Oh, ich verstehe. Na ja, danke für den Tipp, Dave. Ich melde mich dann bei dir.«

»Lass es mich wissen, wenn das Ergebnis da ist«, antwortete David. »Mehr verlange ich nicht, John.«

»Wird gemacht, Dave«, versprach er, und David wusste, dass er das auch einhalten würde.

Springs Stimme war voller Bewunderung, klang aber auch etwas verblüfft, als er am frühen Nachmittag zurückrief. »Du warst auf der richtigen Spur mit den Tabletten, Dave«, sagte er. »Digitalis. Oder so etwas Ähnliches jedenfalls.«

»Digoxin«, warf David ein. »Ist aber im Wesentlichen das Gleiche.«

»Ja, das ist es. Aber woher hast du das gewusst?«

»Ich hab's einfach erraten«, antwortete David gewohnt bescheiden.

»Der Chef ist ziemlich beeindruckt, Kumpel. Es hat mir jedenfalls nicht geschadet, das kann ich dir sagen.«

»Dann gratuliere ich, Sergeant«, erwiderte David ohne jede Ironie. »Wirklich gut gemacht.«

John Spring wusste sehr wohl, wem das Lob gebührte. »Die gute Arbeit hast du getan, Kumpel. Danke schön dafür.«

»Ach, keine Ursache, John«, sagte David lächelnd. »Wofür hat man schließlich Freunde?«

Die gerichtliche Untersuchung am Nachmittag war eine reine Formsache, eine bloße Voruntersuchung, in deren Verlauf der Coroner die Leiche ohne weiteres zur Bestattung freigab. »Es ist klar«, sagte der Coroner, »dass wir noch einiges über diesen Todesfall wissen müssen, bevor wir die Ursache bestimmen können. Erst heute ist zusätzliches Beweismaterial aufgetaucht, das den ganzen Fall in einem anderen Licht erscheinen lässt. Ich werde deshalb diese Untersuchung für drei Wochen vertagen – oder so lange, bis ich befinde, dass wir sie fortsetzen können.«

»Viel Lärm um nichts«, sagte David später zu Lucy. »Jetzt können wir wieder nach London fahren. Ich schätze, ich werde dann in ein paar Wochen wiederkommen, sobald die Untersuchung fortgesetzt wird, damit ich Gill moralisch unterstützen kann, wenn sie ihre Aussage macht. Aber ich glaube, im Moment gibt es keinen Grund, noch länger zu bleiben. Mir graut jetzt schon bei dem Gedanken an das, was zu Hause im Büro auf mich wartet. Meine Sekretärin wird nicht gerade erfreut darüber sein, dass ich heute Morgen nicht erschienen bin, wie ich es versprochen habe.«

»Aber hier in Walston läuft immer noch ein Mörder frei herum«, wandte Lucy ein. »Wir können doch nicht einfach davonlaufen, oder?«

David schüttelte den Kopf. »Das liegt jetzt nicht mehr in unserer Hand, Liebling. Wie ich schon heute früh gesagt habe, ich sehe keine Möglichkeit, ihn sofort zu erwischen. Wir haben getan was wir konnten – wir haben Gill mehr oder weniger entlastet, und das wollten wir ja auch erreichen. Ich glaube, den Rest müssen wir der Polizei überlassen.«

»Sergeant Spring?«, sagte Lucy in verächtlichem Ton. »Wie Lou schon so treffend gesagt hat – der Kerl denkt mit seinem Knüppel. Wie soll er jemanden erwischen, der so schlau war, einen solchen Mord zu begehen?«

Er lachte. »Das mag ja sein, aber er wird jede Menge Hilfe bekommen. Jetzt, wo sie wissen, wie es passiert ist, kommen die Ermittlungen erst so richtig in Gang. Da brauchen wir uns nicht mehr einzumischen.«

Aus irgendeinem Grund stellte Lucy plötzlich fest, dass sie Walston nur sehr ungern verließ. Sie war sich nicht sicher, warum das so war und wollte es eigentlich auch gar nicht so genau wissen, doch sie erkannte jedenfalls, dass sie es nicht eilig hatte, nach London zurückzukehren. »Vielleicht hast du Recht, Liebling. Aber wir bleiben doch noch zum Begräbnis, oder?«

»Ich schätze, das müssen wir wohl«, antwortete David. »Und wer weiß – wenn wir die Augen und Ohren offen halten, vielleicht erfahren wir dann noch etwas Interessantes.«

»Die arme Flora«, sagte Lucy. »Ich glaube, wir schulden es ihr, dass wir an ihrer Beerdigung teilnehmen.«

»Ja, arme Flora.« David nickte nachdenklich. Er wollte ebenso wenig nach London zurück, auch wenn es ein wenig an seinem Gewissen nagte – doch das Begräbnis schien ihm ein guter Vorwand zu sein, um noch ein Weilchen zu bleiben. »Das ist wohl das Mindeste, was wir für sie tun können.«

Waren der Tag der gerichtlichen Untersuchung und der Tag des Begräbnisses Anlässe, um in verschiedener Weise Flora zu gedenken, so war der dazwischenliegende Tag den routinemäßigen Vorbereitungsarbeiten gewidmet, bei denen Flora und ihr Andenken kaum eine Rolle spielten.

Harry Gaze war ganz in seinem Element, während er die Kirche auf das Begräbnis vorbereitete. Er war schon seit Dienstag Morgen dort und führte ein Ritual aus, das auf seine Weise genauso fest und unabänderlich war wie die Begräbniszeremonie selbst. Zuerst holte er die schmiedeeisernen Kerzenhalter für die Bahre hervor, die nur bei Bestattungen verwendet wurden, wo sie dann an den vier Ecken des Sarges standen. Die Kerzenhalter waren teilweise mit Wachs bedeckt, das Harry nun mit siedend heißem Wasser entfernte. Er war froh, dass er daran gedacht hatte, seinen elektrischen Wasserkessel von zu Hause mitzubringen. »Ja, so geht das«, murmelte er. »Kerzenwachs bekommst du nicht anders runter als mit heißem Wasser.«

Als die Kerzenhalter gesäubert an ihrem Platz standen, wandte er sich den Kerzen zu. Es waren, versteht sich, Kerzen aus reinem Bienenwachs – ungebleicht und gelb wie Honig. Harry nahm sie aus der Schachtel, in der sie aufbewahrt wurden, und packte sie sorgfältig aus. Bienenwachskerzen waren teuer und wurden deshalb nur bei Begräbnissen verwendet. Das Wachs war hier und dort an ihnen heruntergeträufelt und hatte unansehnliche Tröpfchen hinterlassen. »Ich weiß gar nicht, warum ich mich nicht darum kümmern konnte, bevor ich sie beim letzten Mal eingepackt hab«, brummte Harry und holte sein Taschenmesser hervor, um die Wachströpfchen zu entfernen.

Er war gerade mit dieser Arbeit beschäftigt, als David die Kirche betrat. David hatte an diesem Morgen nicht recht gewusst, was er mit sich anfangen sollte; Lucy war mit Becca weggegangen, um Wiesenblumen für die Begräbnisgestecke zu sammeln, und Stephen besuchte Roger Staines. Es würde dies Stephens erste Totenmesse sein, seit er in Walston war, und er wollte sich mit seinem geschätzten früheren Gemeindevorsteher absprechen, um zu erfahren, wie eine solche Zeremonie in St. Michael für gewöhnlich ablief.

»Das sind aber schöne Kerzen«, merkte David an, um irgendetwas zu sagen.

»Ja, das sind sie«, stimmte Harry zu. »Die kosten aber auch ein hübsches Sümmchen.« Er war froh, dass jemand da war, mit dem er reden konnte und hielt sogleich in seiner Arbeit inne. »Ich erinnere mich auch noch an den Tag, wo wir die Kerzen zum letzten Mal gebraucht haben.«

»Das war wohl noch zu Pater Fullers Zeiten?«, fragte David und erinnerte sich an die respektvolle Verehrung, die Harry für Stephens Vorgänger hegte.

»Nein – für Pater Fuller selbst«, sagte Harry und bekreuzigte sich. »Gott sei seiner Seele gnädig. Das war voriges Jahr, als er in die Ewigkeit abgerufen wurde. »Einen wie ihn wird's wohl so schnell nicht wieder geben«, fügte er mit Bedauern hinzu.

David beschloss, dieses Thema nicht weiter zu verfolgen und fragte deshalb: »Kann ich Ihnen vielleicht helfen?«

»Ich bin mit den Kerzen schon fast fertig. Aber Sie könnten mir helfen, die Altardecke auf den Hochaltar zu legen, wenn Sie möchten – das geht zu zweit viel leichter.«

»Ja, natürlich.« David folgte dem alten Mann in die Sakristei und half ihm, den schweren Deckel der Truhe hochzuheben, in der die Altardecken aufbewahrt wurden.

»Sie ist ganz hinten, weil man sie ja nicht so oft braucht«, erläuterte Harry. »Sogar noch seltener als die rosa Decke.« Er griff hinter die violette, die rote, die grüne und die rosafarbene Altardecke und zog die Stange hervor, an der die schwarze Decke hing. »Ein schönes Stück«, sagte er stolz. »Jammerschade, dass man sie nicht öfter braucht.«

David begutachtete die Altardecke aus schwarzem Moiré, der mit einer silbernen Borte versehen war. »Ja, wirklich schön«, stimmte er zu. Gut, dass er gekommen war, dachte er sich, als er dem Küster half, die Decke herauszunehmen. Das war wirklich eine Arbeit für zwei, vor allem, wenn einer der beiden ein alter Mann war.

Sie trugen die Altardecke zum Hochaltar hinüber. Zu zweit zogen sie die weiße Osterdecke herunter und legten stattdessen die düstere schwarze Decke auf. »Die dort muss ich auch noch auswechseln«, sagte Harry und zeigte auf die Vorhänge an den Seiten und der Rückseite des Altars. »Aber das kann ich allein machen, wenn's sein muss.«

»Ganz schön viel Arbeit für einen Tag«, sagte David mitfühlend.

»Oh, das macht mir nichts aus«, erwiderte Harry lächelnd. »Ganz ehrlich gesagt – ich mag so ein richtig schönes Begräbnis ganz gern. Wir haben ja jetzt schon lang keins mehr gehabt hier in St. Michael. Das von Pater Fuller war das Letzte, und davor die alte Miss Ivey. Wir sind einfach zu gesund hier in Walston, das ist das Problem«, fügte er hinzu und lachte. »Aber ich sollte so was lieber nicht sagen, weil ich vom Alter her eigentlich als Nächster an der Reihe wäre.«

David sagte das, was in einer solchen Situation erwartet wurde. »Also, ich wette, Sie haben noch viele Jahre vor sich.«

»Das will ich hoffen. Ich sag Ihnen eins, junger Mann«, vertraute ihm Harry an, »ich bin noch nicht bereit zum Abtreten. Noch lange nicht. Das ist zwar wahrscheinlich nie jemand – außer vielleicht Pater Fuller, Gott sei seiner Seele gnädig. Er war ein guter Mensch und hat immer so gelebt, dass er jederzeit bereit war, vor seinen Schöpfer zu treten.«

Wieder einmal Pater Fuller, dachte David. »So, das hätten wir«, meinte er laut und half dem Küster dabei, die Kerzenhalter auf den Altar zu stellen.

»Das haben wir wirklich fein gemacht, junger Mann«, sagte Harry und nickte zufrieden. »Jetzt wird's aber Zeit, dass wir uns um das Sargtuch kümmern.«

Wieder begleitete ihn David in die Sakristei; er hatte nichts

Besseres zu tun, und das hier war eine recht interessante Art und Weise, sich die Zeit zu vertreiben. Harry holte ein schwarzes Messgewand aus einer Kommode hervor und legte es auf eine Truhe, um die Falten zu glätten. »Pater Fuller sah wirklich großartig darin aus«, schwärmte er. »Genau so wie ein Pfarrer aussehen sollte.« Das Messgewand, das mit roter Seide gefüttert war, passte zu der schwarzen Altardecke; es war wirklich schön gearbeitet, doch David hatte das Gefühl, dass es besser zu Graf Dracula gepasst hätte als zu einem Diener Gottes. »Keiner konnte eine Messe so halten wie Pater Fuller, das kann ich Ihnen sagen.« Aus einer anderen Schublade der Kommode zog er ein sorgfältig gefaltetes schwarzes Sargtuch hervor.

»Das sieht aus, als hätte es schon ein paar Jährchen hinter sich«, stellte David fest.

Harry nickte zustimmend. »Da haben Sie Recht, junger Mann. Keiner weiß genau, wie alt es ist. Ein Geschenk der Familie Lovelidge, aber das ist lange her. Sie haben es beim Begräbnis eines jeden Lovelidge verwendet – und auch bei jedem anderen in Walston, seit die Lovelidges ausgestorben sind.« Er nahm das Sargtuch aus der Schublade und trug es zu dem Bügelbrett, das er in einem Winkel der Sakristei aufgestellt hatte. »Ich muss die Falten rausbekommen«, erläuterte er unnötigerweise. »Wenn es jahrelang da drin liegt, kommen einfach Falten rein. Man kann doch nicht einen Gemeindevorsteher dieser Kirche mit einem Sargtuch begraben, wo hundert Falten drin sind.«

David sah dem alten Mann zu, der mit großer Sorgfalt seiner Arbeit nachging. Doch bevor er fertig war, öffnete sich plötzlich die Tür. »Hältst wohl nicht viel von Anklopfen, was?«, murmelte Harry, als er Enid Bletsoe hereinkommen sah.

»Ist der Pfarrer nicht da?«, fragte Enid, während ihre beiden Begleiterinnen, Doris Wrightman und Marjorie Talbot-Shaw, sich hinter ihr in den kleinen Raum zwängten.

Harry hob fragend die Augenbrauen. »Wozu hast du eigentlich deine Brille auf, Enid? Wenn er hier wäre, müsstest du ihn ja wohl sehen, oder?«

»Nun, wo ist er dann?«

»Er ist nicht da«, stellte Harry fest. »Und das schon seit dem Frühgottesdienst.«

»Aber wo ist er?«, fragte Doris. »Wir müssen ihn etwas wegen der Blumen fragen.«

Enid, die sich als die unbestrittene Sprecherin der Gruppe betrachtete, warf ihrer Schwester einen finsteren Blick zu. »Wir müssen ihn etwas wegen der Blumen fragen«, wiederholte sie, so als hätte Doris gar nichts gesagt, und führte dann weiter aus: »Wir wollen wissen, ob er sich etwas Bestimmtes vorstellt. Es wird Zeit, sich um die Blumen zu kümmern, und ich konnte ihn nirgends erreichen. Bei ihm zu Hause nahm niemand das Telefon ab, dann sind wir selbst hingegangen – aber es war keiner da; zumindest hat niemand die Tür aufgemacht.«

»Ich finde, wir sollten einfach weitermachen wie bisher«, warf Marjorie ein. »Schließlich haben wir so etwas schon oft genug gemacht, um zu wissen, was sich gehört. Ich jedenfalls weiß es nach all den Jahren als Pfarrersfrau.«

David überlegte, ob er auch etwas sagen sollte; eigentlich wollte er sich nicht einmischen, doch schließlich fand er, dass es die Sache sehr vereinfachen würde, wenn er den Frauen mitteilte, was er wusste. »Ich glaube, Mrs. Thorncroft hat vor, sich selbst um die Blumen zu kümmern«, äußerte er so taktvoll wie möglich. »Sie ist gerade aus diesem Grund unterwegs, soviel ich weiß.«

Enid, die ihn bisher völlig ignoriert hatte, wandte sich ihm zu. »Mrs. Thorncroft! Aber sie hat ja überhaupt keine Ahnung, wie man Blumen arrangiert! Sie wird froh sein, wenn wir ihr behilflich sind.«

»Lucy ist bei ihr«, sagte David. »Sie hat Lucy gebeten, ihr zu helfen.«

»Es ist natürlich das Vorrecht der Pfarrersfrau, sich bei solchen Anlässen um die Blumen zu kümmern«, räumte Marjorie ein.

»Ja, mit Hilfe der Damen aus der Gemeinde«, fügte Enid stirnrunzelnd hinzu. »Und wie meinen Sie das – sie ist aus diesem Grund unterwegs? Wo ist sie denn hin? Zum Blumenladen in Upper Walston?«

»Na ja«, antwortete David und wünschte sich mittlerweile, er hätte den Mund gehalten, »sie sind einfach hinaus auf die Wiesen gegangen.«

»Was!«, stieß Enid empört hervor. »So etwas habe ich überhaupt noch nie gehört!«

»Pater Thorncroft fand wohl, dass das passender wäre als die Blumen im Geschäft zu kaufen«, versuchte David zu erklären.

»Wie lächerlich!«

»Dann machen wir eben unsere Kränze«, warf Doris ein. »Wir von der Mothers' Union. Kränze und Kreuze. Unser Beitrag für die arme Flora, die immer ein treues Mitglied der Mothers' Union war.«

»Was bleibt uns übrig – wenn der Pfarrer unsere Hilfe verschmäht«, fügte Marjorie hinzu. »Und seine Frau auch.«

Harry runzelte die Stirn. »Die kommen mir nicht auf mein Sargtuch«, wandte er warnend ein. »Diese Kränze machen nichts als Flecken. Ihr könnt sie meinetwegen auf den Boden legen, aber nicht auf mein Sargtuch.«

»Wir müssen nach Upper Walston wegen der Chrysanthemen«, erklärte Doris. »Und wenn sie keine violetten haben, dann müssen wir noch weiter fahren. Also sollten wir uns auf den Weg machen.«

David konnte sich gut vorstellen, was den Frauen vorschwebte: Violette Chrysanthemenblüten, die sie in Styroporringe steckten – eine Blüte neben der anderen, ein Musterbeispiel für schlechten Geschmack.

Doris und Marjorie wollten schon gehen, doch Enid war

noch nicht fertig. Sie wandte sich erneut David zu. »Nachdem Sie offenbar das Vertrauen des Pfarrers genießen«, sagte sie naserümpfend, »wissen Sie ja vielleicht, was er und seine Frau für das Leichenmahl geplant haben. Nachdem die arme Flora keine Angehörigen hier hatte, wird das Mahl ja wohl im Pfarrhaus abgehalten, nehme ich an.«

»Und wir möchten natürlich helfen«, warf Marjorie versöhnlich ein.

»Falls wir erwünscht sind«, fügte Enid hinzu.

Mittlerweile bereute es David zutiefst, dass er mit dem Gespräch angefangen hatte. Er wusste, dass die Frauen es nicht gern hören würden, wenn er wahrheitsgemäß antwortete. Stephen und Becca hatten sich beim Frühstück darüber unterhalten, wo das Leichenmahl stattfinden sollte – und diesmal hatte sich Becca durchgesetzt: Sie wollte nicht, dass es im Pfarrhaus stattfand. Ihr Grund dafür war einfach: Der Anrufer würde unter den Trauergästen sein, und sie wollte ihn unter keinen Umständen im Haus haben. Stephen hatte natürlich Verständnis für ihre Gefühle und schlug vor, das Leichenmahl im hinteren Bereich der Kirche abzuhalten. Den Leuten würde das zwar nicht gefallen, gab Stephen zu, aber es war ohnehin höchste Zeit, sie daran zu gewöhnen, dass sich einiges hier änderte. »Pater Fuller ist nun mal tot«, hatte Stephen gesagt. »Und es wird Zeit, dass Walston sich endlich damit abfindet.«

David hatte nicht vorgehabt, den Frauen von dem Gespräch beim Frühstück zu erzählen – doch nachdem sie ohnehin früher oder später herausgefunden hätten, was geplant war, beschloss er, dass sie es auch hier und jetzt erfahren konnten. Also sagte er mit möglichst fester Stimme: »Ich glaube, es ist schon alles geplant. Das Leichenmahl wird hier in der Kirche stattfinden.«

»Essen – in der Kirche!«, stieß Harry hervor – genauso entsetzt wie die drei Frauen. »Also, so was gehört sich nicht! Zu

Pater Fullers Zeit haben wir höchstens mal eine Tasse Tee in der Kirche getrunken!«

Enid sah ihn völlig verblüfft an. »Essen in der Kirche! Damit will ich nichts zu tun haben!« Ihre Verblüffung verwandelte sich in Verschlagenheit, als ihr ihre Position bewusst wurde. »Und wenn die Pfarrersfrau mich auf Knien bittet – ich werde nein sagen. Dann wird sie es sich schon noch einmal überlegen. Ohne unsere Hilfe kommt sie nicht zurecht – wir wissen doch alle, dass Becca Thorncroft keine Köchin ist!«

»Sie hat Ernest und mich nicht ein einziges Mal zum Essen eingeladen«, stieß Doris etwas konfus hervor. »Und das nach allem, was Ernest für diese Kirche getan hat.«

»Vielleicht hilft ihr ja Miss Kingsley mit dem Essen, so wie sie ihr mit den Blumen hilft«, meinte Marjorie.

David holte tief Luft und sagte: »Sie hat Mrs. English und ihre Freundin Miss Sutherland gebeten, sich um das Essen zu kümmern.«

Enid schienen für einen Augenblick die Worte zu fehlen. Doch im nächsten Moment explodierte sie. »Das ist ja …! Es reicht! Ich habe genug gehört!« Sie wirbelte herum und schritt hinaus, gefolgt von ihren getreuen Helferinnen.

Nach dem Essen ging Stephen in die Kirche, um zu sehen, wie die Vorbereitungen vorankamen.

»Wir haben alles im Griff, Pater«, versicherte ihm Harry. »Der junge Kerl, wo bei Ihnen wohnt, hat mir mit der Altardecke geholfen, die Kerzen stehen dort, wo sie hingehören, und das Sargtuch ist frisch gebügelt und so gut wie neu.«

Stephen betrachtete den Hochaltar und runzelte die Stirn. »Ich wünschte, Sie würden mich vorher fragen, wenn Sie die Altardecke wechseln, Harry«, wandte er in mildem Ton ein. »Ich mag keine schwarzen Altardecken zu Begräbnissen. Mir ist Weiß viel lieber – die Decke, die wir auch zu Ostern haben.

Das ist ein Symbol für die Auferstehung und das ewige Leben. Flora ist in Christus gestorben, Harry. Wir müssen dankbar für ihr Leben sein und dürfen uns nicht so sehr auf ihren Tod konzentrieren.«

»Weiß zum Begräbnis! Verzeihung, Pater, aber so was hab ich noch nie gehört!«, erwiderte Harry in höhnischem Ton.

Stephen antwortete mit einem versöhnlichen Lächeln: »Es tut mir Leid, dass ich Ihnen solche Umstände mache, nachdem Sie die Decke schon gewechselt haben – aber ich helfe Ihnen gern, wenn Sie die weiße Decke auflegen.«

Der alte Mann runzelte die Stirn. »So was kann man doch nicht tun«, sagte er halsstarrig. »Wir hatten immer Schwarz – und so soll's auch bleiben. Pater Fuller würde sich im Grab umdrehen, wenn er sehen würde, dass wir eine weiße Altardecke zum Begräbnis nehmen!«

Stephen presste die Lippen aufeinander und sagte mit fester Stimme: »Aber Pater Fuller ist hier nicht mehr Pfarrer. *Ich* bin das jetzt. Und ich will die weiße Altardecke.«

Harry setzte sich und verschränkte die Arme vor der Brust. »Ich bin ein alter Mann«, sagte er. »Und ich habe heute hart gearbeitet. Härter als viele, wo bloß halb so alt sind wie ich. Wenn Sie eine andere Decke wollen, Pater, dann müssen Sie sie selber wechseln!«

David beschloss, für den Rest des Nachmittags vor allem niemand bei den verschiedenen Vorbereitungsarbeiten im Weg zu stehen, die sowohl im Pfarrhaus als auch in der Kirche vor sich gingen. Es war ein fast schon sommerlich warmer Tag, sodass man sich ohnehin gern draußen aufhielt. Er erkundete zuerst den Kirchhof, entzifferte Inschriften auf alten Grabsteinen und bewunderte die viktorianischen Engel auf einigen Familiengruften, die mit ihren ausgebreiteten Marmorflügeln in alle Ewigkeit über die Gräber wachten.

Später, als sich die Kirche geleert zu haben schien und sogar Harry sich verdrückt hatte, um eine Tasse Tee zu trinken, trat David durch das Westportal wieder ein, um das Ergebnis der Bemühungen zu begutachten. Becca und Lucy hatten ganze Arbeit geleistet: Es gab Gestecke mit allerlei bunten Wiesenblumen, die auf sehr natürliche Weise arrangiert waren. An der westlichen Wand standen mehrere Tische, mit schneeweißen Tüchern bedeckt. Auch die Tische waren mit verschiedenen Wiesenblumen geschmückt, was überaus ansprechend aussah. Die Nachmittagssonne strömte durch das Westfenster herein und durchflutete den Altarraum mit ihrem Licht. Die weiße Altardecke und die bunte Blumenpracht ließ David an eine Art göttliche Reinheit denken, an Hoffnung und Auferstehung. Doch an einer Stelle, wo die Sonne nicht hinschien, lag ein kleiner Haufen von abstoßenden Blumenkränzen und Kreuzen, die in ihrer Hässlichkeit wie ein bösartiges Geschwür wirkten. Unwillkürlich blickte David zu dem Bild vom Jüngsten Gericht hinauf: Da waren die Schafe und die Böcke. Es schauderte ihn, so als wäre die Sonne plötzlich hinter einer Wolke verschwunden, dann drehte er sich um und verließ die Kirche. In der hellen Nachmittagssonne wirkten die Marmorengel, die ihm zuvor noch so freundlich erschienen waren, nun auf einmal drohend und Unheil verkündend, während sich die immer länger werdenden Schatten ihrer Flügel über die verwelkenden Blumen und die bröckelnden Grabsteine legten.

Kurz nachdem David gegangen war, überquerte Ernest Wrightman den Kirchhof und betrat die Kirche durch das Westportal. Er blickte sich kurz nach allen Seiten um – es schien alles bereit zu sein für den morgigen Tag. Die Kerzenhalter standen an der Bahre bereit, der Blumenschmuck war fertig und auch die Kränze und Kreuze lagen an ihrem Platz und warteten auf den Sarg. Harry und einige andere Leute hatten ganze Arbeit geleistet. Da bemerkte Ernest die weiße Altardecke und runzelte die Stirn. Was hatte sich Harry bloß dabei gedacht? War er denn schon so verkalkt, dass er vergessen hatte, die schwarze Decke für die Trauerfeier aufzulegen? Oder war er einfach noch nicht dazu gekommen? »Harry?«, rief er, doch es kam keine Antwort.

»Na ja«, sagte Ernest in die Stille des alten Gebäudes hinein. »Ich kann ja dem alten Harry ein wenig unter die Arme greifen. Wär ja nicht das erste Mal, dass ich eine Altardecke wechsle, und das letzte Mal wird es wohl auch nicht sein.« Er ging in die Sakristei, nahm die schwarze Decke aus der Truhe und trug sie zum Altar.

Es war nicht ganz einfach, die Decke allein zu wechseln, doch erledigte Ernest die Aufgabe zu seiner Zufriedenheit so, wie er es sich vorgenommen hatte. Er genoss das Gefühl seiner eigenen Wichtigkeit angesichts der Tatsache, dass er Harrys Arbeit übernahm.

Doch bevor er fertig war, hörte er ein Geräusch in der Kirche, das ihm sagte, dass er nicht allein war. »Bist du das, Harry?«, rief er.

»Nein, ich bin's.« Stephen kam den Mittelgang entlang und betrat den Altarraum. »Ich bin gekommen, um den Abendgottesdienst zu halten. Und was tun Sie hier?«

»Ich lege die schwarze Altardecke auf. Harry hat es offenbar vergessen.« Ernest tippte sich an die Stirn. »Ich will ja nichts gegen ihn sagen, aber manchmal frage ich mich schon, wie's um den alten Harry steht.«

»Harry kann nichts dafür«, sagte Stephen. »*Ich* wollte die weiße Altardecke – als Symbol für die Auferstehung.«

»Oh, aber so wird das hier nicht gemacht, Pater«, sagte Ernest selbstgefällig und gleichzeitig herablassend. »Wir nehmen immer Schwarz. Irgendjemand hätte es Ihnen sagen sollen.«

»Harry *hat* es mir gesagt. Ich will trotzdem die weiße Decke«, erwiderte Stephen mit einem höflichen Lächeln, jedoch mit fester Stimme. »Ich habe Sie ja schon einmal daran erinnert, dass ich hier der Pfarrer bin.«

Ernest sah ihn abschätzig an, drehte sich um und fuhr damit fort, die schwarze Decke über den Altar zu breiten.

20

Du redest gern alles, was zum Verderben dient,
mit falscher Zunge.

Psalm 52, 6

Am Tag nach dem Begräbnis kamen im Pfarrhaus die Dinge eher langsam in Gang. Stephen war wie üblich früh aus dem Haus gegangen, um den Frühgottesdienst abzuhalten, doch Becca hatte es nicht eilig mit dem Aufstehen; sie wartete, bis sie hörte, dass auch ihre Gäste aufgewacht waren, bevor sie nach unten ging, um Frühstück zu machen.

»Mmm, gebratener Speck!«, sagte David anerkennend, als er im Morgenmantel in die Küche kam. »Du weißt gar nicht, was für ein Festmahl das für mich ist – gebratenen Speck bekomme ich sehr selten zum Frühstück.«

Lucy, die nach ihm die Küche betrat, machte ein übertrieben mitleidiges Gesicht. »Mein armer Schatz. Aber ich muss zugeben, es riecht wirklich gut.«

David verzehrte sein Frühstück mit großem Appetit. »Danke, Becca«, sagte er. »Der Speck ist köstlich. In diesem Restaurant wäre ich gern Stammgast.«

»Aber ich bin wirklich eine furchtbare Köchin«, wandte Becca ein. »Und Lucy kocht so wunderbar.«

Er grinste. »Ja, bei Lucy isst man hervorragend – nur Speck bekommt man keinen zu sehen. Leider habe ich aber hin und wieder Appetit auf Speck.« Seufzend wandte er sich dem Frühstück zu. »Morgen gibt's dann wieder Toast und Cornflakes.

Ich fühle mich wie ein zum Tode Verurteilter bei seiner Henkersmahlzeit.«

»Sehr komisch«, sagte Lucy und versetzte ihm unter dem Tisch einen Tritt. »Ich kann dir nur eines sagen, Kumpel. Du hast jetzt dein eigenes Haus. Wenn dir die Küche in meinem Haus nicht zusagt, dann musst du die Dinge eben selbst in die Hand nehmen.«

»Au!« Er griff über den Tisch hinweg nach ihrer Hand. »Du weißt, dass ich das nicht will, Liebling.«

Lucy entzog ihm ihre Hand. Sie fühlte sich diesen Morgen ein wenig reizbar, sodass sie Davids Sticheleien über ihre vegetarische Lebensweise nicht besonders gut vertrug. David war bestürzt als er sah, dass er sie beleidigt hatte und überlegte verzweifelt, was er sagen sollte. Und so fiel ihnen beiden nicht auf, dass Becca sehr schweigsam geworden war.

Erst als David nach oben gegangen war, um sich zu rasieren, und Lucy aufstand, weil sie sich noch eine Tasse Kaffee einschenken wollte, sah sie Becca genauer an. Sie stand immer noch am Herd und hatte Lucy den Rücken zugewandt, hatte aber den Kopf gesenkt und ihre Schultern bebten. Lucy ging sofort zu ihr und legte ihr den Arm um die Schultern. Die kleinen Sticheleien mit David waren augenblicklich vergessen, und sie empfand jetzt nur noch Mitgefühl für die junge Frau. »Becca, Liebes, ist alles in Ordnung? Sag, was ist denn los?«

Tränen strömten Becca aus den Augenwinkeln, doch sie brachte ein tapferes Lächeln zustande, als sie Lucy anschaute. »Müsst ihr wirklich heute heimfahren?«, flüsterte sie.

»David muss wieder zur Arbeit«, erläuterte Lucy in sanftem Ton. »Er meint, dass wir eure Gastfreundschaft ohnehin schon zu lange in Anspruch genommen haben.«

»Aber nein!«, erwiderte Becca aufrichtig.

»Wir kommen ja wieder, Liebes«, versprach Lucy. »Schon bald. Und ihr müsst uns auch einmal in London besuchen.

David hat genug Platz in seinem Haus, um ganz Walston einzuquartieren.«

»Aber ich habe gedacht, ihr bleibt noch, bis sie diesen …
schrecklichen Mann gefasst haben«, seufzte Becca gequält und
umklammerte Lucys Arm.

»David meint, dass wir nichts mehr tun können«, antwortete sie. »Und er sollte jetzt wirklich zurück in sein Büro.«

Becca ließ den Kopf sinken. »Es wäre einfach schön, wenn
ihr nicht gehen müsstet«, sagte sie. »Und du versprichst mir,
dass ihr wiederkommt? Bald?«

»Bald.« Lucy zog sie mit sich zu dem Kalender, der an der
Wand hing. »Sehen wir doch gleich mal nach, ob wir nicht ein
passendes Wochenende finden, nicht wahr?« Sie studierten
den Kalender, als Lucy plötzlich bestürzt ausrief: »Du meine
Güte, das hier ist doch nicht wirklich das heutige Datum,
oder?«

Becca nickte. »Doch, das ist heute.«

»Oje. Mein Vater hat heute Geburtstag, und ich habe ihm
nicht mal eine Karte geschickt, geschweige denn ein Geschenk.« Sie fuhr sich bestürzt durchs Haar. »Ich habe gar
nicht mehr auf das Datum geachtet, seit ich von zu Hause weg
bin.«

»Du musst ihn sofort anrufen«, drängte Becca. »Du kannst
ihm doch am Telefon alles Gute wünschen und ihm erklären,
was passiert ist.«

»Danke. Ja, das werde ich machen.« Lucy ging zum Telefon
in der Diele und wählte die Nummer ihres Vaters; es dauerte
nicht lange, bis er abhob.

»Alles Gute zum Geburtstag, Daddy.«

»Lucy, Liebes! Wie schön, wieder mal von dir zu hören.«
Seine Stimme klang warm und ehrlich erfreut – da war nicht
der geringste Vorwurf zu hören. »Wie geht es dir, meine Liebe,
und wie geht's David?«

»Oh, uns beiden geht's gut«, antwortete Lucy und fügte in

reumütigem Ton hinzu: »Es tut mir Leid, dass ich dir gar nichts zum Geburtstag geschickt habe. Aber wir mussten vorige Woche nach Norfolk fahren und sind immer noch nicht zurück in London.«

»Es ist doch nichts Ernstes, hoffe ich?«

»Doch – es geht um einen Fall von David. Es gab einen Mord – also eine sehr ernste Angelegenheit auch im Hinblick auf Davids Klientin.« Plötzlich fiel ihr ein, dass Flora ja ihren Vater gekannt hatte. »Übrigens, Daddy, ich bin der Frau, die ermordet wurde, noch selbst begegnet. Sie hat mir gesagt, dass sie dich kennt. Sie heißt Flora Newall und war Sozialarbeiterin.«

»Sozialarbeiterin?«, sagte John Kingsley nachdenklich. »Flora Newall? O ja, jetzt erinnere ich mich. Es ist schon ein paar Jahre her – aber ich weiß noch, dass sie eine nette Frau war. Und sehr gewissenhaft – ich hatte beruflich ein paarmal mit ihr zu tun. Sie wurde ermordet, sagst du?«, fragte er bestürzt, nachdem ihm die Tatsache so richtig zu Bewusstsein gekommen war. »Wie schrecklich, meine Liebe.«

»Ja, schrecklich. Ich habe sie nur ein- oder zweimal getroffen, aber ich fand sie sehr sympathisch.«

»Mord – ich kann es gar nicht glauben.«

Um ihren Vater von der grausamen Tat abzulenken, fuhr Lucy fort: »Das ist aber ein Zufall, dass du sie gekannt hast. Aber eigentlich laufe ich andauernd Leuten über den Weg, die irgendeinen Bezug zu Shropshire haben – und sie scheinen dich alle zu kennen. Es gibt da noch eine Frau in der Gemeinde – Mrs. Talbot-Shaw heißt sie. Ihr Mann war Pfarrer in der Diözese Malbury.«

»O ja. Godfrey Talbot-Shaw. Ich habe ihn gekannt«, erinnerte sich John Kingsley. »Er leitete die Nachbarspfarrei, bevor er dann ans andere Ende der Diözese versetzt wurde. Er war ein großer, kräftiger Bursche, dunkelhaarig und sehr ernst, und seine Frau war eher zart und blond und ziemlich dumm – Marjorie, glaube ich, hieß sie. Sie waren schon ein komisches Paar – die beiden hätten gar nicht verschiedener sein können.«

»Aber Marjorie Talbot-Shaw ist nicht zart und blond«, wandte Lucy ein. »Sie ist groß und dunkelhaarig. Eine ziemlich stattliche Erscheinung. Du musst sie mit jemand anderem verwechseln, Daddy.«

»Ich weiß schon«, sagte er lachend, »dass ich manchmal ein wenig zerstreut bin, meine Liebe, aber ich merke mir Gesichter ganz gut – das ist so eine Fähigkeit, die man als Pfarrer entwickelt. Und ich erinnere mich noch sehr gut an Marjorie Talbot-Shaw. Sie war eine dieser Frauen, die nie erwachsen werden – Godfrey behandelte sie mehr wie sein Kind als seine Frau. Ich selbst hatte nichts gegen sie, aber ich weiß noch, dass deine liebe Mutter sie nicht ausstehen konnte. Sie sagte oft, dass sie nicht glauben könne, dass jemand so naiv und unterbelichtet wäre.«

Als sie das Gespräch beendeten und Lucy den Hörer auflegte, runzelte sie verwirrt die Stirn. Das ergab einfach keinen Sinn; eine Frau konnte sich die Haare färben, das ja, aber wie konnte sie ihre Körpergröße und ihre Persönlichkeit verändern?

Stephen kam wenige Minuten später von der Kirche zurück. »Da gibt es immer noch ein paar Dinge aufzuräumen«, sagte er zu Becca. »Vor allem ist einiges vom Essen übrig geblieben. Du und Lucy, ihr habt zwar abgewaschen, aber jetzt muss noch alles weggeräumt werden. Und Harry weigert sich, irgendwas zu tun. Das heißt, es bleibt an uns hängen.«

Lucy sah eine Chance, wie sie helfen und gleichzeitig ihren Aufenthalt noch ein wenig verlängern konnte. »David und ich können euch ja zur Hand gehen«, schlug sie vor. »Wir müssen doch nicht sofort aufbrechen, nicht wahr, Liebling?«

»Ich müsste nur irgendwann heute Nachmittag im Büro sein«, meinte David, nickte aber.

Becca zögerte. »Ist noch jemand in der Kirche? Außer Harry?«

»Enid ist noch dort«, gab Stephen zu. »Sie kümmert sich um die Blumen. Und Fred ist als Gemeindevorsteher auch mit von der Partie und hilft Harry, die Stühle umzustellen. Er hat gesagt, er war gerade unterwegs, um ein paar Leuten ihre Einkäufe ins Haus zu bringen – und da wollte er mal einen Blick in die Kirche werfen und sehen, ob er nicht Harry ein wenig unter die Arme greifen müsse. Es hat mich überrascht, dass Ernest nicht auch dort war.«

»Aber warum kann dir denn Fred nicht auch mit den Essensresten helfen?«, fragte Becca.

»Das gehört nicht zu den Aufgaben eines Gemeindevorstehers«, antwortete Stephen mit einem säuerlichen Lächeln. Er spürte, dass Becca es möglichst vermeiden wollte, mit Enid zusammenzutreffen, die am Tag zuvor ziemlich unhöflich zu ihr gewesen war. »Du brauchst nicht mitzukommen, Liebes. Wir drei schaffen das schon.«

»Du solltest dir jetzt ein schönes heißes Schaumbad gönnen«, schlug Lucy vor. »Wir kommen dann zum Kaffee wieder.«

Becca ließ sich das nicht zweimal sagen. »Ja, gut«, stimmte sie zu.

»Ach ja, es könnte sein, dass Gill anruft«, sagte Stephen, bevor sie gingen. »Sie ist in die Kirche gekommen, um ihr Geschirr zu holen – und ich habe ihr gesagt, dass du es mitgenommen hast, um es abzuwaschen. Sie hat gemeint, dass sie heute Vormittag noch mal anruft.«

Becca entspannte sich im heißen Bad und versuchte, an gar nichts zu denken, was ihr jedoch nicht recht gelingen wollte; Stephens Bemerkung über Gill rief ihr die Ereignisse des vergangenen Tages in Erinnerung. Gill und Lou hatten keine Mühen gescheut, um das Essen zuzubereiten und später auch zu servieren – doch die Reaktion der Gemeindemitglieder war zum Teil von ungeheurer Taktlosigkeit gekennzeichnet. Es wurde etwas von »vergiftetem Essen« gemurmelt, und Enid erklärte laut und deutlich, dass sie nicht vorhabe, etwas zu sich zu nehmen. Die Männer zeigten jedoch keine derartigen Vorbehalte und aßen mit so großem Appetit, dass Enid schließlich nachgab. Während Gill und Lou, wie es schien, gut mit der Situation fertig wurden, war Becca das Ganze überaus peinlich, und sie fragte sich, wie sie es gegenüber ihren beiden Freundinnen wieder gutmachen könne.

Als schließlich das Telefon klingelte, hatte sich Becca bereits Worte der Entschuldigung zurechtgelegt. Rasch sprang sie aus der Wanne, um den Anruf nur ja nicht zu verpassen, schnappte sich das Badetuch und lief zu dem Apparat im Schlafzimmer. »Tut mir Leid, Gill«, keuchte sie atemlos ins Telefon. »Ich war gerade in der Badewanne. Ich bin immer noch tropfnass.«

Es folgte eine kurze Pause, dann begann eine gedämpfte Stimme zu lachen. »Das stelle ich mir reizend vor, meine Liebe. Tut mir Leid, dass du dachtest, es wäre deine lesbische Freundin – ich hatte gehofft, du wärst nur für mich allein nackt.«

»Oh …!« Becca zog das Badetuch instinktiv enger um sich, knallte, ohne zu überlegen, den Hörer auf die Gabel und ließ sich weinend aufs Bett fallen. Als Stephen wenig später nach Hause kam, lag sie immer noch zitternd auf dem Bett und schluchzte in ihr Kissen.

»Becca, Liebes!« Erschrocken eilte er zu ihr. »Was ist denn los?«

»Das Telefon!«, schluchzte sie. »Es hat geklingelt. Es war … er. Und ich habe es vermasselt! Die Polizeibeamtin hat doch gesagt, dass ich ihn möglichst lange hinhalten soll, aber ich habe sofort aufgelegt. Es tut mir Leid, Stephen, ich habe es vermasselt. Aber es war so furchtbar – ich konnte es einfach nicht ertragen!«

Wenig später fuhr Quentin Mansfield mit seinem Mercedes über die lange Einfahrt von Walston Hall und hielt direkt vor dem Haus. Er nahm seine Reisetasche aus dem Kofferraum und sperrte die Haustür mit seinem Schlüssel auf. Seine Frau, die die Treppe heruntergekommen war, als sie den Motor gehört hatte, sah ihn überrascht an. »Oh … hallo, Quentin«, sagte sie unsicher. »Ich habe dich nicht so früh zurück erwartet.«

»Es war überhaupt kein Verkehr«, erläuterte Mansfield gut gelaunt. »Auf der Autobahn ging es ziemlich schnell.«

»Ist die … Tagung gut verlaufen?«, fragte Diana pflichtbewusst.

»Ach, du weißt ja, wie es so ist«, antwortete er und lachte geringschätzig. »Und wie war das Begräbnis?«, fragte er seinerseits. »Es ist schade, dass ich nicht dabei sein konnte. Wirklich dumm, dass die Tagung ausgerechnet an diesem Tag stattfinden musste.«

»Da kann man nichts machen«, sagte sie schulterzuckend. »Ich kannte ja Miss Newall nicht besonders gut. Wirklich tragisch, was mit ihr passiert ist. Aber sie haben ihr einen schönen Abschied bereitet. Das war kein normales Begräbnis – es war ein richtiges Requiem.«

Mansfield rümpfte die Nase. »Also wieder dieser High-Church-Firlefanz – mit Weihrauch und so 'nem Zeug. Und dazu diese versponnene Musik statt der guten alten Kirchenlieder. Vielleicht ist es besser, dass ich es verpasst habe.«

»Die Musik war sehr gut«, sagte Diana errötend. »Der Chor hat ein lateinisches Requiem gesungen.«

Quentin Mansfield hob höhnisch eine Augenbraue, doch bevor er eine Bemerkung über das lateinische Requiem machen konnte, klingelte es. Er drehte sich um und öffnete die Haustür, vor der zwei uniformierte Polizisten standen. »Was kann ich für Sie tun?«, fragte er in Respekt einflößendem Ton.

Der jüngere der beiden Polizisten schluckte kurz und blickte über Mansfields Schulter ins Innere des Hauses. Er war sichtlich beeindruckt von der Pracht, die sich vor seinen Augen entfaltete. »Es tut mir sehr Leid, dass wir Sie stören, Sir«, stammelte er.

Der andere Polizist zog einen Polizeiausweis hervor. »Sergeant John Spring«, stellte er sich vor, seinen Kollegen ignorierend. »Sind Sie der Hausherr?«, fuhr er in aggressivem Ton fort, um zu zeigen, dass er kein bisschen eingeschüchtert war.

»Quentin Mansfield«, bestätigte dieser stirnrunzelnd. »Was soll das Ganze, Sergeant?«

Spring antwortete nicht direkt auf die Frage. »Wir hätten ein paar Fragen an Sie, Mr. Mansfield, und würden uns gern auf der Polizeiwache mit Ihnen unterhalten, wenn Sie nichts dagegen haben.«

»Ich fürchte, ich habe etwas dagegen, Sergeant«, erwiderte Mansfield und dachte an die vergangenen Stunden zurück. Er hatte die zulässige Höchstgeschwindigkeit zwar deutlich überschritten – doch er konnte sich nicht vorstellen, dass das der Grund für den Besuch der beiden Polizisten sein konnte. »Ich bin ein sehr beschäftigter Mann und bin gerade von einer ziemlich anstrengenden Reise zurückgekommen. Wenn Sie mich etwas fragen wollen, dann können Sie es gleich hier tun.«

»Ach, Sie waren unterwegs?«, sagte Sergeant Spring und nickte vielsagend.

Zu dumm, dachte Quentin Mansfield; möglicherweise war er unterwegs doch von irgendeiner Radarfalle erwischt worden. Er hatte von diesen neuen Methoden gelesen, und dass man jetzt auch die Nummernschilder fotografieren konnte – aber er hatte nicht gedacht, dass solch raffinierte Methoden bereits im ländlichen Norfolk angewendet wurden. »Na und?«, fragte er herausfordernd.

Spring beschloss, zur Sache zu kommen. »Wir gehen einem

Telefonanruf nach, der in der vergangenen halben Stunde von diesem Haus gemacht wurde. Ein obszöner Anruf. Und wir würden Ihnen dazu gern ein paar Fragen stellen.«

»Ein obszöner Anruf?« Mansfield reagierte völlig verdutzt. »Von diesem Haus? Reden Sie doch keinen Unsinn!« Er lachte und schickte sich an, die Tür zu schließen.

Spring verhinderte dies mit seiner breiten Schulter. »Nicht so schnell, Sir.«

»Sie wollen damit sagen, dass *ich* einen obszönen Anruf getätigt habe?«, fragte Quentin Mansfield, plötzlich sehr wütend. »Sergeant, ich finde das überhaupt nicht lustig!«

»Es war auch nicht als Scherz gemeint, Sir«, erwiderte Spring unnachgiebig. »Und es geht nicht nur um einen Anruf, sondern eine ganze Reihe davon. Aber diesmal haben wir Sie erwischt. Wenn Sie jetzt mit uns kommen würden ...«

Schließlich meldete sich der jüngere Polizist wieder zu Wort. »Vielleicht gibt es ja irgendeine andere Erklärung«, warf er zaghaft ein.

»Was zum Beispiel?«, fragte Mansfield.

Der junge Polizist zuckte zusammen und sagte: »Hält sich vielleicht ein anderer Mann hier im Haus auf? Ein Butler oder irgendein anderer Dienstbote? Oder vielleicht ein Gärtner?«

Mansfield schüttelte den Kopf. »Niemand! Ihr habt das falsche Haus erwischt, ihr Schafsköpfe!« Er wandte sich, Bestätigung suchend, zu seiner Frau um, die sich hinter ihm im Schatten hielt und ihn entsetzt anstarrte. »Sag's ihm, Diana!«, forderte er sie auf. »Sag ihm, dass ich nicht hier war!«

»Er war nicht hier!«, sagte sie mit schwacher Stimme. »Und da ist auch kein anderer Mann im Haus. Das muss ein Irrtum sein.«

Spring trat in die Eingangshalle. Für einen Augenblick wurde seine Aufmerksamkeit von der Frau in Anspruch genommen, die besonders elegant gekleidet war. Sie war zwar nicht mehr jung, sah aber noch sehr gut aus; ihr Körper, der sich unter den seidenen Kleidern abzeichnete, wirkte fest und geschmeidig. Seiner Erfahrung nach waren solche älteren Frauen besonders scharf – und einen Moment lang stellte er sich vor, wie sich die glatte Seide zwischen seinen Fingern anfühlen würde und wie sie ohne ihre Kleider aussähe. Unter anderen Umständen hätte er vielleicht gern herausgefunden, ob ihr reicher Ehemann sie auch anderweitig zufrieden stellte – aber dafür war jetzt nicht der richtige Zeitpunkt. Er wandte sich wieder Quentin Mansfield zu. »Dann werden Sie ja wohl nichts dagegen haben, mit uns auf die Wache zu kommen, damit wir das Ganze aufklären können«, erklärte er scharf. »Und es wird Ihnen sicher nichts ausmachen, uns zu sagen, wo Sie waren, Sir.«

»Das geht Sie einen feuchten Dreck an!«, explodierte Mansfield. Er schlug mit der rechten Faust zu und traf John Spring genau am Kinn.

»Ich weiß nicht, wohin ich mich sonst wenden sollte«, sagte Diana Mansfield zitternd, nachdem man sie zu einem Stuhl in der Küche des Pfarrhauses geführt und ihr heißen Kaffee gebracht hatte. Was sie sagte, klang jedoch immer noch ziemlich zusammenhanglos. »Als sie ihn mitnahmen, rief er mir noch zu, dass ich ihm einen Anwalt besorgen soll. Gott sei Dank sind Sie immer noch hier. Sie kommen doch, nicht wahr?«

»Moment mal, wir wollen die Sache erst mal klarstellen«, sagte David und setzte sich neben sie. »Ihr Mann ist festgenommen worden, weil er obszöne Anrufe gemacht haben soll?« Er blickte sich um, weil er sichergehen wollte, dass Stephen mit Becca hinausgegangen war; Lucy sah ihn an und nickte.

Diana bemerkte es nicht. »Nein, ich glaube nicht. Ich denke, sie haben ihn festgenommen, weil er einen Polizisten angegriffen hat. Habe ich das nicht gesagt? Quentin hat diesen Polizisten niedergeschlagen – Sergeant Spring hieß er wohl. Er hat ihn richtig zu Boden geschlagen. Ich glaube, er steckt in großen Schwierigkeiten.«

David hielt sich die Hand vor den Mund, damit Diana nicht sehen konnte, dass er lächelte. »Einen Polizisten anzugreifen ist ein schweres Vergehen«, sagte er rasch. »Aber was ist mit den obszönen Anrufen? Warum wollten sie ihn deswegen befragen?«

»Die Polizei – oder zumindest Sergeant Spring – behauptet, dass sie heute Morgen einen Anruf mitgehört hätten, der angeblich von Walston Hall gekommen ist. Aber das ist unmöglich«, erläuterte sie mit ernster Stimme. »Quentin war gar nicht zu Hause. Er ist erst fünf Minuten vor den beiden Polizisten zurückgekommen.«

»Sind Sie sich da ganz sicher?«, fragte David und blickte kurz zu Lucy hinüber.

»Ganz sicher«, bestätigte Diana. »Er kann das unmöglich getan haben.« Sie umschloss den Kaffeebecher mit ihren zitternden Händen und starrte auf den Kaffee hinunter. »Das Ganze muss ein Irrtum sein. Der Anruf kann unmöglich von Walston Hall gekommen sein.«

21

Du lässest Gras wachsen für das Vieh und Saat zu Nutz den
Menschen, dass du Brot aus der Erde hervorbringst,
dass der Wein erfreue des Menschen Herz und sein Antlitz schön
werde vom Öl und das Brot des Menschen Herz stärke.

Psalm 104, 14, 15

Natürlich verschob David angesichts der jüngsten Entwick-
lungen seine Rückkehr nach London erneut. Er rief am Nachmittag seine Sekretärin an und versprach ihr zurückzukom-
men, sobald es sich nur irgendwie machen ließ.

Doch davor fuhr er zur Polizeiwache, um die Kaution für
Quentin Mansfield zu stellen. Nachdem er Beccas Interessen
in der Angelegenheit der Telefonanrufe vertrat, hielt er es
nicht für angebracht, Mansfields Verteidigung hinsichtlich der
Anschuldigung, die gegen ihn erhoben wurde, zu übernehmen.
Er teilte dies Mrs. Mansfield auch mit, ohne jedoch Becca zu
erwähnen, doch die Dame war so verzweifelt, dass er sich
schließlich bereit erklärte, ihren Mann zumindest in der Angelegenheit der Tätlichkeit zu vertreten.

Auf der Polizeiwache begrüßte ihn John Spring in ungewöhnlich trüber Stimmung. An seinem Kinn war ein großer
blauer Fleck zu sehen. »Dave – es sollte mich eigentlich nicht
wundern, dich wiederzusehen«, sagte er. »Du hast deine Hände ja wirklich in allem, was in diesem verdammten Dorf vor
sich geht, Kumpel. Du nimmst den Anwälten hier in der Gegend die ganze Arbeit weg.«

David zwang sich, ein besorgtes Gesicht zu machen. »Tut mir wirklich Leid, was passiert ist, John.«

»Er hat mir ordentlich eine verpasst«, gab Spring zu und rieb sich das Kinn. »Wenn's nach mir ginge, würde ich den Kerl für längere Zeit einbuchten. Aber wenn er ein Klient von dir ist, dann werde ich ihn wohl rauslassen müssen.«

»Jetzt werde ich ihn mir zuerst einmal vorknöpfen«, sagte David, »aber wie wär's danach mit einem Drink? Du hast doch bestimmt noch nicht zu Mittag gegessen, nicht wahr? Ich lade dich auf ein Sandwich und ein Bier ein – das ist ja wohl das Mindeste, was ich tun kann.«

»Da hast du Recht«, erwiderte Spring mit einem säuerlichen Lächeln. »Abgemacht, Dave. Nether Walston? Das Crown and Mitre?«

John Spring wartete an einem Tisch im Crown and Mitre auf David. Dass er wieder als Erster gekommen war, bedeutete, dass er bereits Gelegenheit gehabt hatte, die anwesenden Mädchen unter die Lupe zu nehmen; offensichtlich hatte keine sein Interesse geweckt, denn er trank still sein Bier, als David hereinkam.

Spring war ungewöhnlich schweigsam, während er sein Sandwich verzehrte, doch David war fest entschlossen, ihn aus seiner trüben Stimmung herauszureißen; er musste von ihm herausbekommen, ob die Polizei irgendwelche Beweise oder auch nur einen Verdacht hatte, dass der Anrufer und der Mörder ein und dieselbe Person sein könnten. »Komische Sache, diese Anrufe«, sagte David schließlich.

Spring blickte zu ihm auf. »Du meinst also, dass wir nicht den richtigen Kerl erwischt haben?«

»Ich fürchte nein«, sagte David und schüttelte den Kopf. »Quentin Mansfield mag ja ein ziemlicher Hitzkopf sein, aber er hat den Anruf, den ihr aufgezeichnet habt, sicher nicht gemacht. Die Aussage seiner Frau entlastet ihn. Er ist erst ungefähr eine halbe Stunde, nachdem der Anruf einging, heimgekommen.«

Der Sergeant griff sich an sein verfärbtes Kinn und verzog das Gesicht. »Hitzkopf ist sehr milde ausgedrückt, Dave! So etwas ist mir noch nie passiert. Und du glaubst nicht, dass seine Frau vielleicht lügt?«, fügte er hinzu. »Ich würde den Typen wirklich gern für längere Zeit hinter Gittern sehen.«

»Nein, das glaube ich nicht.«

»Das habe ich befürchtet«, sagte Spring mürrisch. »Und um die Wahrheit zu sagen, Dave, seine Frau ist nicht die Einzige, die ihn entlastet. Der Wachtmeister ist noch mal hingefahren und hat sich mit der Putzfrau unterhalten. Sie sagt, dass er letzte Nacht nicht daheim war und dass sie seinen Wagen wenige Minuten bevor wir kamen gehört hat.«

»Aha«, sagte David nachdenklich. »Und sie hätte ja wohl keinen Grund, zu lügen, um ihn zu decken – im Gegensatz zu seiner Frau.«

»Damit wären wir also wieder ganz am Anfang, Kumpel. Da laufen irgendwo in Walston zwei Verrückte frei herum, und wir sind ihnen noch keinen Schritt näher gekommen. Als Polizist hast du's da nicht leicht.« Spring kratzte sich am Kopf. »Und da wir gerade von der Frau sprechen, Dave – was hältst du eigentlich von ihr?«

David verstand ihn absichtlich falsch. »Diana Mansfield scheint eine sehr feine Dame zu sein.«

»Und eine verdammt gut aussehende noch dazu«, fügte Spring mit einem lüsternen Grinsen hinzu. »Ich frage mich, ob sie eine von der freizügigeren Sorte ist. Sie scheint mir ganz der Typ dazu zu sein – nach außen ganz Dame, und eine richtige Tigerin im Schlafzimmer. Ich würde es jedenfalls gern selbst herausfinden.«

»Sie ist eine ehrenwerte verheiratete Frau, Sergeant«, erinnerte ihn David. »Und ihr Mann hat eine ganz ordentliche Rechte, wenn ich das so sagen darf.«

Spring stöhnte auf. »Wem sagst du das, Kumpel.«

Der Wirt kam mit Davids Sandwich und stellte es vor ihn auf den Tisch. David betrachtete es mit wenig Begeisterung. Das Brot schien seine beste Zeit schon einige Tage hinter sich zu haben, und das Rindfleisch, das zwischen den Scheiben lag, war kaum als solches zu erkennen; es handelte sich um große Scheiben von unappetitlichem weißem Fett mit schmalen braunen Streifen dazwischen. »Da könnte man fast zum Vegetarier werden«, murmelte er mehr zu sich selbst. »Mit Käse kann ja nicht allzu viel schief gehen.«

»Sei dir da nicht zu sicher, Kumpel«, meinte Spring grinsend. Er fühlte sich wieder etwas besser, nachdem das Interesse am anderen Geschlecht sich in ihm zu regen begonnen hatte. Er hob eine Ecke seines Sandwichs an, sodass einige armselige Krümel von orangefarbenem Cheddar-Käse zum Vorschein kamen. Lachend hob er sein Glas. »Wenigstens ist das Bier genießbar.«

»Es hat ja auch keiner gesagt, dass wir wegen des Essens hergekommen sind«, sagte David.

»Stimmt.« Spring erinnerte sich daran, warum er auch diesmal das Crown and Mitre vorgeschlagen hatte, und blickte sich im Raum um.

Und wie auf Kommando kam im nächsten Augenblick das schwarzhaarige Mädchen namens Cynth zur Tür herein. Sie war ganz anders gekleidet als beim letzten Mal – in Jeans und Sweatshirt – und hatte ihr schwarzes Haar zu einem Pferdeschwanz zusammengebunden. Natürlich entdeckte sie John sofort und kam an ihren Tisch. »John!«

»Hallo Schätzchen«, antwortete er mit einem anzüglichen Grinsen und rückte ein Stück zur Seite, um Platz für sie zu machen.

Sie setzte sich neben ihn. »Ich habe gehofft, dass du wieder vorbeikommst«, sagte sie mit einem strahlenden Lächeln.

David erkannte, dass er wieder mal überflüssig war. »Was

kann ich Ihnen zu trinken holen?«, fragte er mit wenig Begeisterung.

»Etwas Antialkoholisches«, sagte Cynth mit einem säuerlichen Lächeln. »Eine Limo mit Zitrone vielleicht, mit Eis, bitte. Ich hab gerade meine Mittagspause«, erklärte sie John Spring, während David weg war. »Wenn ich in der Mittagspause Alkohol trinke, dann schlafe ich am Nachmittag ein. Danke«, sagte sie, als David mit ihrem Drink zurückkam, ohne jedoch den Blick von Spring zu wenden.

»Was machst du denn so, Schätzchen?«, fragte der Polizist.

Cynth schenkte ihm erneut ein strahlendes Lächeln. »Ich arbeite in dem Betrieb für landwirtschaftliche Produkte«, antwortete sie. »So wie die meisten Leute in Nether Walston – viel mehr gibt's ja hier nicht.«

»Klingt ... interessant«, sagte David.

Sie wandte sich ihm zum ersten Mal zu. »Stinklangweilig«, erwiderte sie knapp. »Wenn ihr's wirklich wissen wollt – ich rupfe Truthähne. Es ist einfach furchtbar – du hast überall diese Federn, und die bekommt man gar nicht mehr weg. Aber es ist ein Job, und, wie gesagt, viel mehr gibt's in Nether Walston nicht.«

Spring flüsterte ihr etwas ins Ohr – er bot sich an, später bei ihr nach versteckten Truthahnfedern zu suchen. Cynth kicherte. »Oh, du bist ein ganz Schlimmer.« Sie kramte in der Hosentasche nach einer Zigarettenschachtel und wandte sich dann Spring zu, damit er ihr Feuer geben konnte.

»Ihre Freundin ist heute nicht mitgekommen?«, fragte David, was ihm jedoch augenblicklich Leid tat; er wollte nicht, dass die beiden dachten, er hätte irgendein Interesse an Lisa.

Doch Cynth griff seine Frage bereitwillig auf. »Nein, Lisa geht in der Mittagspause nie ins Pub – sie geht heim, um ihren kleinen Balg zu füttern. Momentan macht es wirklich keinen Spaß mit ihr«, klagte sie und zog an ihrer Zigarette. »Alles dreht sich bei ihr um die kleine Janie. Ich muss schon froh sein, wenn ich sie hin und wieder mal zum Ausgehen überreden kann.«

David fand es bewundernswert, dass sich Lisa so um ihr Kind kümmerte. »Ist denn Janies Vater nicht … da? Damit er Lisa mit dem Kind helfen kann?«

Cynth lachte höhnisch und blies den Rauch durch die Nase. »Der lässt sich nie blicken.« Sie beugte sich über den Tisch in Davids Richtung und fügte in vertraulichem Ton hinzu: »Um die Wahrheit zu sagen, ich bin nicht mal sicher, wer Janies Vater ist. Ich habe schon einen Verdacht – ich bin ja auch nicht von gestern –, aber sie will's mir nicht sagen. Mir, ihrer besten Freundin! Sie sagt es überhaupt niemandem! Sie meint, er bekäme große Schwierigkeiten, wenn es herauskäme. Ich verstehe nicht, warum sie ihn auch noch in Schutz nimmt, nachdem er ihr das Ganze eingebrockt und sich dann aus dem Staub gemacht hat.«

»Aber was ist mit dem Jugendamt?«, fragte David. »Kümmern die sich nicht um die Sache?«

»Oh, Lisa stand schon eine Sozialarbeiterin zur Seite, die sich überall eingemischt hat«, antwortete Cynth schulterzuckend. »Aber die ist neulich umgebracht worden. Lisa ist deswegen ziemlich mit den Nerven fertig, das kann ich euch sagen.«

Lucy teilte Becca mit, dass sie angesichts der Verlängerung ihres Aufenthalts diesen Abend für das Essen sorgen wolle. Das würde sie gern machen, fügte sie hinzu; sie hätte dann das Gefühl, dass sie sich auch ein wenig nützlich machen könne. Becca protestierte halbherzig, doch in Wahrheit hatte sie ihr Repertoire an vegetarischen Gerichten in der vergangenen Woche absolut ausgeschöpft, und sie war froh, einmal eine Pause einlegen zu können.

»Ruh dich einfach aus. Leg die Füße hoch und gönn dir eine

Tasse Tee«, riet ihr Lucy auf ihre mütterliche Weise und machte sich auf den Weg in den Dorfladen. Sie hatte keine großen Hoffnungen, dass sie in Fred Purdys Laden alle Zutaten bekommen würde, die sie benötigte, um auch nur ein einigermaßen interessantes Gericht zuzubereiten – doch David war noch nicht mit dem Wagen zurück, sodass sie sich mit einem Gang ins Dorf begnügen musste.

Als sie eintrat, stand Marjorie Talbot-Shaw am Ladentisch und plauderte mit Fred, während er ihre Einkäufe zusammenrechnete. Oder vielmehr – sie hörte Fred zu, dem es nicht schwer fiel, pausenlos zu reden, während er die Preise in seine alte Registrierkasse eintippte. »Sie hat sich nie etwas anmerken lassen«, sagte er gerade, als Lucy eintrat. »Ich weiß nicht, wie lange das schon so gegangen ist – trotzdem hat sie nie ein Wort gesagt.«

»Ich hätte das nicht so einfach geschluckt«, erwiderte Marjorie.

Fred wandte sich Lucy zu. »Wir haben uns gerade über Ihre Freundin Becca unterhalten«, teilte er ihr mit. »Sie wissen ja sicher von den Anrufen. Irgendjemand belästigt das arme Mädchen mit schmutzigen Anrufen. Jetzt haben sie ja Quentin Mansfield festgenommen – aber seine Frau sagt, dass er es nicht war.«

Lucy nickte kurz; sie dachte nicht daran, sich am Dorfklatsch über Becca zu beteiligen. »Ja, ich weiß«, sagte sie nur.

»Haben Sie es auch eben erst erfahren, so wie wir alle, oder hat sie es Ihnen schon früher erzählt?«, wollte Fred wissen. »Schließlich seid ihr ja Freundinnen, nicht wahr?«

»Ich weiß es schon … eine Weile«, gab Lucy zu.

Fred dachte nicht daran, diese interessante Informationsquelle so einfach ungenutzt zu lassen. »Wie kommt denn Becca damit zurecht? Geht es ihr sehr nahe?«

»Es macht ihr natürlich zu schaffen«, entgegnete Lucy in abweisendem Ton.

»Armes Ding«, sagte Fred fast genüsslich mit einem absolut unpassenden Kichern. »Hat sie Ihnen erzählt, was der Kerl gesagt hat?«

Zu Lucys Erleichterung mischte sich Marjorie ein. »Ich glaube nicht, dass wir das wirklich wissen wollen, Fred«, stellte sie fest. »Ich weiß nur, dass der Kerl es nicht bei *mir* versuchen sollte. Ich würde diesem Schwein einmal ordentlich die Meinung sagen.«

Fred hob die Augenbrauen und lachte erneut. »Das kann ich mir vorstellen, Marjorie.« Er wandte sich wieder Lucy zu, die sich jedoch entschlossen umdrehte und nach den Zutaten für ihr Abendessen zu suchen begann.

Als sie ins Pfarrhaus zurückkehrte, war auch David mit dem Wagen wieder da. »Wie wär's mit einer kleinen Einkaufstour?«, fragte sie ihn. »Der Dorfladen war ein absoluter Reinfall, obwohl ich auch gar nicht erwartet habe, hier ein ordentliches Brot oder frisches Gemüse zu bekommen, ganz zu schweigen von den exotischen Zutaten, die ich benötigt hätte: Pinienkerne, Artischockenherzen und frischer Koriander.«

»Das kann ich mir vorstellen«, sagte David verständnisvoll. »Sag, was für ein Abendessen hattest du denn geplant?«

»Karotten-Koriandersuppe, danach Pasta mit Pinienkernen und Artischockenherzen, dazu Salat und Baguette, und zum Nachtisch Tiramisu.«

»Ich würde nicht einmal in meinen kühnsten Träumen annehmen, dass Fred Purdy Mascarpone in seinem Laden haben könnte«, sagte David lachend. »Schon Olivenöl wäre wohl zu viel verlangt.«

»Ja. Alles, was man dort findet, ist Klatsch und Tratsch«, sagte Lucy ernüchtert. »Das ist es, was Fred Purdy vor allem anzubieten hat.«

Sie fuhren nach Upper Walston, einen blühenden Marktort,

der sein Nachbardorf bei weitem in den Schatten stellte und der zu einem guten Teil von wohlhabenden Leuten aus der Mittelschicht bewohnt war. Upper Walston verfügte über ein schönes Ortszentrum und sogar einen brandneuen Supermarkt. Nach dem Reinfall im Walstoner Dorfladen genoss es Lucy, einen Einkaufswagen durch den Supermarkt zu schieben und ihn mit allerlei Leckereien zu beladen, von denen Fred Purdy wahrscheinlich noch nicht einmal gehört hatte. Das Baguette war noch warm, den Koriander gab es frisch in kleinen Blumentöpfen und die Nudeln waren ohnehin erstklassig. »Da sind auch Quorn-Produkte«, sagte Lucy zufrieden. »Wenn du Fred Purdy nach Quorn fragst, dann wird er wahrscheinlich einen Stapel zerfledderte alte Pornozeitschriften unter dem Ladentisch hervorholen.«

»Gut gesagt«, stimmte David zu.

Während sie ihre Einkäufe erledigten, besprachen sie die Ereignisse des Tages. »Hast du von Sergeant Spring irgendetwas erfahren?«, wollte Lucy wissen. »Ich meine, irgendetwas Nützliches.«

»Ich habe das erfahren, worauf ich aus war«, sagte er zufrieden. »Die Polizei sieht keinen Zusammenhang zwischen den Anrufen und dem Mord. Das heißt, John Spring sieht keinen Zusammenhang«, verbesserte er sich. »Er geht davon aus, dass es sich um zwei Täter handelt.«

»Mit anderen Worten«, meinte Lucy und blieb vor der Käsetheke stehen, ohne irgendetwas wahrzunehmen, »wir gehen immer noch davon aus, dass der Anrufer auch der Mörder ist.«

»Diese Hypothese klingt nach wie vor plausibel.«

»Und du glaubst nicht, dass Quentin Mansfield der Anrufer war.«

»Nein.« David nahm ein großes Stück Stilton-Käse und legte es in den Einkaufswagen. »Selbst wenn seine Frau lügen sollte, was ich nicht glaube, so gibt es noch eine andere Zeugin, die ebenfalls bestätigt, dass er nicht im Haus war, als der Anruf erfolgte.«

»Wer?«, wollte Lucy wissen.

»Die Haushälterin – oder vielmehr die Putzfrau, hat er gesagt. Jedenfalls hat sie es bestätigt.«

»Dann ist er eindeutig entlastet. Was wiederum heißt, dass er auch nicht der Mörder ist. Aber es ergibt einfach keinen Sinn ...«

»Warte einen Augenblick, Liebling«, unterbrach sie David, »wir brauchen auch eine Flasche Wein.« Er schob den Wagen in einen Seitengang. »Ich finde, wir sollten morgen nach London zurückfahren«, fügte er hinzu. »Hier können wir wirklich nichts mehr tun.«

»Meinst du wirklich?«, fragte Lucy verständnislos. »Ich kann mir nicht vorstellen, wie die Polizei jemals weiterkommt, Liebling. Ich habe dir ja gesagt, dass Spring die Sache vermasselt – und ich habe Recht behalten.«

»Wie meinst du das?«

»Na ja, nachdem deinem Freund Spring der Anrufer durch die Lappen gegangen ist und Fred Purdy die Neuigkeiten im ganzen Dorf verbreitet, weiß jeder hier von den Anrufen – und auch, dass die Polizei die Leitung abhört. Kein Mensch würde jetzt noch einen Anruf riskieren.«

David blieb mit dem Einkaufswagen vor den Weinregalen stehen und blickte sich um. »Was meinst du, nehmen wir einen Claret?«, fragte er. »Oder lieber einen italienischen? Vielleicht wäre ein Weißer besser – Frascati vielleicht.«

»Oh, du bist einfach unmöglich«, sagte Lucy vorwurfsvoll. »Hörst du mir überhaupt zu? Die Polizei hat ihre große Chance vermasselt, den Anrufer zu schnappen, und vielleicht auch die Chance, den Mörder zu fassen!«

Er drehte sich um und wandte ihr seine volle Aufmerksamkeit zu. »Genau das meine ich ja, Liebling – und deshalb ist es Zeit für uns, nach Hause zu fahren.«

»Aber gerade deshalb müssen wir hier bleiben!«, beharrte sie. »Um Beccas willen, wenn schon aus sonst keinem Grund. Sie hat doch so sehr versucht mitzuhelfen, dass der Perverse gefasst wird. Sollen wir ihr jetzt sagen, dass das alles umsonst war? Dass sie ihn nie schnappen werden, aber dass sie sich keine Sorgen machen soll, weil er sie nicht mehr belästigen kann? Wie, glaubst du, wird es ihr gehen, wenn sie hier im Dorf leben muss, ohne dass die Sache je aufgeklärt wird?«

»Jetzt beruhige dich erst mal, Liebling«, redete er ihr zu und legte eine Hand auf ihren Arm. »Ich verstehe ja, dass dir das sehr viel bedeutet. Wenn es dir so wichtig ist ...«

Lucy holte tief Luft. »Und ob es mir wichtig ist – mir und Becca.«

»Dann bleiben wir noch. Aber ich weiß trotzdem nicht, was wir tun sollten.«

Sie schob den Einkaufswagen noch ein Stück weiter und blieb vor dem Regal mit dem Champagner stehen. »Ich weiß, was ich als Erstes tun werde«, sagte sie lächelnd. »Ich werde mit Diana Mansfield sprechen. Gleich morgen. Wenn nämlich Quentin Mansfield nicht im Haus war und folglich nicht der Anrufer sein kann, dann war ein anderer Mann dort – und sie wird mir sagen, wer.« Sie nahm die teuerste Flasche aus dem Regal und legte sie mit einer triumphierenden Geste in den Wagen. »Und den hier werden wir trinken, wenn wir die Sache aufgeklärt haben.«

David schüttelte den Kopf, doch gleichzeitig bedacht er sie mit einem bewundernden Blick. »Ich gebe es nur ungern zu, Liebling«, sagte er, »aber es könnte sein, dass du da eine heiße Spur entdeckt hast.«

22

Denn unsre Missetaten stellst du vor dich,
unsre unerkannte Sünde ins Licht vor deinem Angesicht.

Psalm 90, 8

Als sie am Vormittag des folgenden Tages den Weg zwischen der Kirche und Walston Hall zurücklegte, ließ sich Lucy durch den Kopf gehen, was sie zu Diana Mansfield sagen würde. David hatte nicht zu Unrecht gemeint, dass Diana es gar nicht gern sehen würde, wenn Lucy kam, um ihre Putzfrau zu befragen – denn im Grunde ging es doch darum, dass sie damit Dianas Version der Vorfälle überprüfte. Nein, sie musste sich schon etwas einfallen lassen, wenn sie ihr Ziel erreichen wollte.

Doch Lucy hatte Glück: Es war nicht die Hausherrin von Walston Hall, die ihr die Tür öffnete, sondern eine junge, mit einer Schürze bekleidete Frau, die im Grunde fast noch ein Mädchen war. Ihr Gesicht, umrahmt von goldenen Locken, kam Lucy seltsam vertraut vor, und sie überlegte vergeblich, wo sie es schon einmal gesehen haben könnte. »Es tut mir Leid«, sagte das Mädchen mit einer Stimme, die klar zu erkennen gab, dass sie aus Walston stammte, »aber wenn Sie Mrs. Mansfield sprechen möchten – die ist im Moment nicht da.«

»Na ja«, antwortete Lucy mit einem strahlenden Lächeln, »eigentlich wollte ich *Sie* sprechen. Das heißt, wenn Sie nicht zu viel zu tun haben. Es würde nicht lange dauern – aber ich würde mich sehr gern kurz mit Ihnen unterhalten.«

»Mir mir?« Die junge Frau starrte sie verdutzt an. Gleichzeitig war sie jedoch auch wachsam; für gewöhnlich wollten Leute, die sie sprechen wollten, irgendetwas verkaufen. Ihre Neugier behielt schließlich die Oberhand, und sie blickte auf ihre Uhr. »Na ja, ich wollte sowieso gerade Kaffee machen. Möchten Sie auch eine Tasse?«

»Das ist sehr nett«, murmelte Lucy und folgte ihr durch das Haus in einen Bereich, in dem sie noch nie gewesen war – der Dienstbotenflügel. Der Größe nach zu urteilen, musste es früher, als hier noch die Familie Lovelidge gelebt hatte, hier ein ganzes Heer von Bediensteten gegeben haben. Lucy hatte eine kurze Vision davon, wie es hier vor hundert Jahren wohl zugegangen war: ein ganzer Bienenstock voller Dienstboten, die hier ein und aus gingen; schwarz gekleidete Hausmädchen mit spitzenbesetzten weißen Häubchen und roten Wangen, die geschäftig hin und her huschten, und Diener in Livree – und das alles unter dem wachsamen Auge der gefürchteten Köchin sowie des gestrengen, aber gerechten Butlers. Heute jedoch gab es hier nur noch diese eine junge Frau, deren einsamer Kaffeebecher auf dem riesigen Tisch der Küche ziemlich verloren wirkte und deren Schritte in dem großen Raum widerhallten.

»Ganz schön groß, was?«, sagte die Frau gut gelaunt und schaltete den Wasserkessel ein. »Und nebenan gibt es noch viele Zimmer für die Bediensteten, die hier gelebt haben.«

»Wohnen Sie nicht hier?«, fragte Lucy, obwohl sie die Antwort kannte.

»Nein«, antwortete das Mädchen und schüttelte den Kopf. »Ich muss mich um meine Kleine kümmern. Jessica heißt sie. Ich komm immer nur für ein paar Stunden am Tag her, wenn sie in der Schule ist.«

Die Frau wirkte kaum alt genug, um schon ein Kind zu haben, dachte Lucy, geschweige denn eines, das schon zur Schule ging – obwohl sie eine durchaus frauliche Figur mit breiten Hüften und großen Brüsten hatte, die sich unter der Schürze abzeichneten.

Während sie etwas Pulverkaffee in einen zweiten Becher schüttete, fragte die junge Putzfrau: »Nehmen Sie Milch, Mrs. … Miss …« Sie blickte fragend auf Lucys unberingten Ringfinger.

»Oh, es tut mir Leid – ich habe mich gar nicht vorgestellt. Ich bin Lucy Kingsley. Miss, wenn man's genau nimmt«, fügte sie lächelnd hinzu. »Aber sagen Sie doch einfach Lucy zu mir.«

Die Frau nickte. »Ich hab natürlich schon gewusst, wer Sie sind – jeder hier in Walston weiß das. Ich war mir nur nicht sicher, ob Sie eine Mrs. oder Miss sind. Und ich heiße Sally Purdy, falls Sie es nicht gewusst haben.«

»Sally Purdy!« Lucy bemühte sich, nicht allzu überrascht zu klingen. »Dann sind Sie bestimmt mit Fred Purdy verwandt. Vielleicht seine Schwiegertochter?«, riet sie.

»Tochter«, sagte Sally lächelnd. »Ich bin auch noch nicht verheiratet.«

Nun wurde Lucy klar, warum die junge Frau ihr so vertraut vorkam: Ihr rundes Gesicht sah dem ihres Vaters sehr ähnlich. Zum Glück für sie wirkte es bei ihr bedeutend attraktiver; jedenfalls sah sie kein bisschen wie ein Gartenzwerg aus oder wie die Tochter eines solchen.

Während sie ihren heißen Kaffee tranken, erzählte ihr Sally ihre Lebensgeschichte. Sie erwies sich als überaus gesprächig und wusste ein gutes Publikum durchaus zu schätzen. »Ich mag diesen Job«, sagte sie. »Er gibt mir ein wenig Unabhängigkeit. Dadurch komme ich aus dem Geschäft raus. Ich wohne ja immer noch bei Dad, über dem Laden, ich und meine Jessica. Ich hab immer daheim gewohnt. Als Jessica noch klein war, kam ich kaum einmal hinaus. Ich hab Dad ein bisschen im Geschäft geholfen, und meine Mama hat sich um Jessica gekümmert. Ich helfe ihm immer noch manchmal, wenn ich Zeit habe – damit er weggehen und den Leuten ihre Einkäufe bringen kann. Das kommt aber jetzt nicht mehr so oft vor, weil die meisten Kunden ja ein Auto haben.«

»Was macht Ihre Mutter eigentlich?«, fragte Lucy. »Ich habe sie, glaube ich, noch nie gesehen – hilft sie auch im Geschäft?«

Sallys Gesicht veränderte sich plötzlich. »Nicht mehr. Früher hat sie's schon getan, viele Jahre sogar. Aber Mama ist jetzt krank, sie hat Krebs. Sie liegt in einem Hospiz – und wird wahrscheinlich nicht mehr lange leben.«

»Oh, das tut mir Leid«, sagte Lucy mit aufrichtigem Mitgefühl. Sie hatte selbst ihre Mutter verloren, als sie noch ein Teenager war. »Das muss schwer für Sie und Ihren Vater sein.«

Sally blinzelte, um die Tränen zurückzuhalten. »Oh, Dad kommt ganz gut damit zurecht. Zumindest sagt er das. Aber das geht jetzt schon ziemlich lange so. Manchmal denk ich mir, es wäre leichter, wenn sie einfach sterben würde. Es ist furchtbar, so was zu sagen, aber …«

»Ich versteh schon.« Lucy tätschelte verlegen ihren Arm. »Aber es ist nie leicht, wenn man die Mutter verliert.«

»Ich mach mir Sorgen um Dad«, gab das Mädchen zu. »Es kostet ihn so viel Zeit, er muss so oft ins Hospiz fahren und dann muss er ja auch noch im Laden stehen.« Sie runzelte die Stirn. »Und dann noch die blöde Kirche. Er will den Gemeindevorsteher-Job einfach nicht aufgeben, obwohl er dauernd mit irgendwelchem Zeug beschäftigt ist, was sonst keiner tun will. Sie müssten mal hören, was er erzählt – der Pfarrer findet ja ohne meinen Dad nicht mal aufs Klo; er ist einfach total auf ihn angewiesen.«

Lucy war froh über den Themenwechsel. »Dann gehen Sie selbst nicht zur Kirche?«

»Kann ich mir nicht vorstellen!«, antwortete Sally und rümpfte abschätzig die Nase. »Früher schon – jeden Sonntag sogar. Aber dann bekam ich Jessica – und ab da hätte man glauben können, ich wäre die größte Sünderin aller Zeiten, eine richtige Schlampe, und nicht ein Mädchen, das eben mal einen Fehler gemacht hat. Doris Wrightman und Enid Bletsoe und diese ganze verdammte Mothers' Union – man hätte vielleicht erwartet, dass sie ganz gern eine junge Mutter dabei hätten, damit ein bisschen Leben reinkommt. Ich hätte mir gedacht, dass sie mir vielleicht ein wenig helfen.«

»Aber das haben sie nicht getan?«

»Kein bisschen!«, sagte sie in bitterem Ton. »Enid Bletsoe hat meiner Mama gesagt, dass sie sich schämen sollte mit einer Tochter, die plötzlich mit einem Kind daherkommt. Sie haben ihr gesagt, dass sie eine schlechte Mutter ist. *Meine Mama* – das war die beste Mama auf der ganzen Welt, und das ist sie immer noch! Und dann wurde sie krank, und glauben Sie, diese alten Kühe hätten auch nur einen Finger gerührt, um ihr zu helfen, oder um mir und Dad und Jessica beizustehen?«

Lucy schüttelte den Kopf.

»Jawohl! Keinen Finger haben sie gerührt! Nicht damals und auch heute nicht. Sie besuchen sie nicht mal im Hospiz, und sie reden nicht mal mehr über sie – für die ist es so, als wär sie schon tot. Und auch für Dad tun sie überhaupt nichts – sie sagen, dass es meine Aufgabe ist, mich um ihn zu kümmern, nachdem er mir in meiner Schande geholfen hat. Das hat mir Enid Bletsoe selbst gesagt. Wenn das die Kirche sein soll, dann will ich nicht dazugehören.« Sally holte ein paarmal tief Luft und versuchte, sich zu beruhigen. »Tut mir Leid«, sagte sie schließlich. »Deswegen sind Sie nicht hergekommen – damit Sie mir zuhören, wie ich über die Kirche herziehe.« Sie sah auf die Uhr und blickte dann zu Lucy auf. »Worüber wollten Sie eigentlich mit mir sprechen?«

Der Augenblick der Wahrheit war gekommen. Lucy, die ihre Unterhaltung mit Sally sehr aufschlussreich gefunden hatte – wenn auch in anderer Hinsicht, als erwartet –, musste sich ebenfalls bemühen, sich geistig umzustellen. »Es geht um die Sache von gestern. Ich habe gehört, dass die Polizei hier war und Ihnen ein paar Fragen gestellt hat.«

Sallys Gesicht wirkte plötzlich deutlich verschlossener. »Ja?«, bestätigte sie mit neutraler Stimme, so als wolle sie damit sagen: »Und was geht Sie das an?«

Lucy antwortete mit einem Lächeln, von dem sie hoffte, dass es Vertrauen erweckend war: »Es interessiert mich deshalb, weil es meine Freundin Becca Thorncroft war, die diesen Anruf bekommen hat. Aber das wissen Sie ja bestimmt.«

Sallys überraschtes Gesicht sagte ihr, dass dem nicht so war. »Nein, das hab ich nicht gewusst. Der Polizist hat nur gesagt, dass sie herausgefunden haben, dass von hier aus angerufen wurde. Mehr hat er nicht gesagt. Was war denn das für ein Anruf?«

»Sagen wir mal so: Es war kein sehr feiner Anruf. Und es war auch nicht der erste dieser Art«, erwiderte Lucy und fügte rasch hinzu: »Sie haben gesagt, dass Mr. Mansfield zu der Zeit nicht zu Hause war.«

»War er nicht, ja«, erklärte Sally. »Ich habe die Wahrheit gesagt. Er ist erst heimgekommen, kurz bevor die Polizei kam.«

»Ich glaube Ihnen ja«, versicherte ihr Sally. »Aber was ich noch fragen wollte, war, ob Sie vielleicht wissen, ob sich zu der Zeit noch irgendein anderer Mann hier im Haus aufhielt.«

Sally saß einen Moment lang still da. »Warum fragen Sie das?« Dabei wandte sie den Kopf ab.

Lucy beschloss, ganz offen mit ihr zu reden. »Weil, wenn Mr. Mansfield diesen Anruf nicht gemacht hat, es jemand anders gewesen sein muss.«

»Könnte es nicht auch Mrs. Mansfield gewesen sein?«, meinte Sally. »Wenn es Mr. Mansfield nicht war, dann muss es ja sie gewesen sein.«

Lucy schüttelte den Kopf. »Es kann nicht Mrs. Mansfield

gewesen sein, und übrigens auch nicht Sie«, fügte sie hastig hinzu, damit Sally nicht dachte, dass man sie selbst beschuldigen wolle. »Der Anruf kam ganz sicher von einem Mann.«

»Dann weiß ich auch nicht, wer es war«, sagte Sally etwas zu hastig.

»Sind Sie sicher, dass nicht doch ein anderer Mann im Haus war?«

»Warum sollte jemand anders hier gewesen sein?«, entgegnete Sally.

Ja, warum eigentlich?, fragte Lucy sich selbst. Es sei denn …

Plötzlich kamen ihr intuitiv eine ganze Reihe von Kleinigkeiten in den Sinn, die erst jetzt einen Sinn ergaben. Da war jenes zufällige Zusammentreffen mit Diana Mansfield auf dem Weg, der von ihrem Haus zur Kirche führte. Diana hatte damals ziemlich nervös gewirkt und gesagt, dass sie unterwegs zur Kirche sei, um sich um die Blumen zu kümmern. Doch am nächsten Morgen war es dann Marjorie Talbot-Shaw, die mit den Blumen beschäftigt war, und nicht Diana Mansfield. Und dann die Verlegenheit, mit der sie reagiert hatte, als sie nach dem Klavier gefragt wurde, und ihr Wunsch, dass Lucy eine Auftragsarbeit übernehmen solle, die angeblich »für einen Freund« gedacht sei und von der Quentin nichts erfahren dürfe. Und auch das Bild mit dem stolzen Reiter fiel ihr ein; jetzt wusste Lucy, an wen seine Augen erinnerten. »Diana Mansfield hat eine Affäre mit Cyprian Lawrence«, platzte sie heraus, als sich der Gedanke in ihrem Bewusstsein formte.

Sally Purdy stieß einen Seufzer aus. »Na ja, wenn Sie es sowieso schon wissen …«

»Es stimmt, nicht wahr?«

»Es stimmt«, gab Sally widerstrebend zu. »Mrs. Mansfield denkt, dass ich's nicht weiß. Zumindest redet sie sich das selber ein. Aber da müsste ich schon blind und taub sein, wo ich doch jeden Tag hier arbeite. Da ist dauernd dieses Geflüster, und die Art, wie sie ihn ansieht, so als würde sie ihn am liebsten auffressen. Und was glaubt sie denn, wer die Bettwäsche wäscht?«, fügte sie grinsend hinzu.

Lucys Gedanken eilten schon einen Schritt weiter. »Und er war auch in jener Nacht hier, stimmt's? Als Mr. Mansfield fort war?«

Sally nickte. »Ich habe ihn natürlich nicht gesehen – so vorsichtig waren sie wenigstens. Aber, wie gesagt, ich wasche ja die Bettwäsche hier.«

»Also könnte er von hier aus telefoniert haben ...«, überlegte Lucy laut. »Wenn er immer noch im Haus war ...«

»Ich bin gestern nicht sofort hinaufgegangen«, bestätigte Sally. »Er – Mr. Lawrence – bleibt normalerweise über Nacht, wenn Mr. Mansfield weg ist, und ich lasse ihm immer genug Zeit, damit er sich hinausschleichen kann, bevor ich hinaufgehe.«

»Sehr diskret«, lobte Lucy.

»Oh, aber sie würde tot umfallen, wenn ihr klar wäre, dass ich es weiß!«, sagte Sally mit plötzlicher Bestürzung. »Sie werden es ihr doch nicht sagen, nicht wahr? Es wäre mir gar nicht recht, wenn Mrs. Mansfield wüsste, dass ich so über ihre Privatangelegenheiten rede. Sie werden ja verstehen, warum ich es den Polizisten nicht sagen konnte, als sie mich fragten, ob noch jemand im Haus war. Das konnte ich Mrs. Mansfield einfach nicht antun! Sie ist eine so nette Lady und sie ist immer so gut zu mir. Sie schenkt mir Sachen für Jessica – Spielsachen von ihren eigenen Kindern zum Beispiel. Sie wollte mir sogar ein paar von ihren Kleidern schenken, aber die sind mir natürlich viel zu eng.« Sie blickte auf ihre ausladende Brust hinunter und verglich sich im Geist mit Diana Mansfields graziler Gestalt, bevor sie mit ihrem Lobgesang fortfuhr. »Und sie schimpft nie, wenn ich zu spät komme oder wenn Jessica krank ist und ich nicht kommen kann.

Und auch er – dieser Mr. Lawrence. Ich weiß, dass Dad ihn nicht mag, weil er den alten Chor rausgeschmissen hat und so – aber er ist immer sehr freundlich zu mir. Er hat sogar gesagt, dass er Jessica gratis Klavierstunden geben würde, aber Dad hat nein gesagt.«

Sie machen ihr Geschenke, damit sie dicht hält, sagte die Zynikerin in Lucy. Doch sie nickte nur bestätigend. »Keine Angst«, sagte sie. »Ich werde niemandem erzählen, was Sie mir berichtet haben.« Zumindest niemandem außer David, fügte sie in Gedanken hinzu. Aber das war etwas anderes.

Sie erzählte es David, sobald sie mit ihm einen Augenblick allein war und gemeinsam mit ihm nach dem Essen das Geschirr abwusch.

»Großer Gott«, war seine Antwort. Er stand eine Weile gedankenverloren da und rieb mit dem Geschirrtuch wieder und wieder über den Teller, den er in der Hand hielt. »Also, Liebling, du hattest tatsächlich Recht«, sagte er schließlich. »Ich muss das neidlos und voller Bewunderung zugeben. Gestern Vormittag hielt sich also ein anderer Mann in Walston Hall auf.«

Lucy nahm das Lob, das sie im Übrigen für völlig gerechtfertigt hielt, mit einem bescheidenen Kopfnicken entgegen.

»Aber was willst du jetzt tun?«, fragte er. »Du hast ihr versprochen, dass du nicht zur Polizei gehst.«

»Ich werde dir sagen, was *wir* tun werden.« Lucy legte ihm ihren Plan dar, den sie sich zuvor zurechtgelegt hatte: Sie würde mit Diana Mansfield sprechen, und David mit Cyprian Lawrence. Vielleicht konnten sie auf diese Weise einiges in Erfahrung bringen, und die Ergebnisse hinterher vergleichen.

Irgendwann am Nachmittag ging sie los, um ihren Teil des Plans zu erfüllen. Diesmal öffnete Diana Mansfield selbst die Tür und zeigte sich erfreut, Lucy zu sehen. »Lucy! Was für eine nette Überraschung! Möchten Sie vielleicht eine Tasse Tee?«

»Das wäre fein«, sagte Lucy aufrichtig; es war genau die Reaktion, auf die sie gehofft hatte.

»Geht es Becca gut?«, fragte Diana, die es etwas eigenartig fand, dass Lucy allein gekommen war.

»Oh, sie kommt so einigermaßen klar.« Als Diana sie etwas verwirrt ansah, fügte sie hinzu: »Die Telefonanrufe, wissen Sie.«

»Oh!« Diana schaute sie mit großen Augen an; nach und nach dämmerte es ihr, was Lucy meinte. »Oh, ich habe nicht gewusst, dass es Becca ist. Das haben die Polizisten nicht erwähnt. Und David hat es mir auch nicht gesagt.«

»Und ich dachte, Sie wüssten Bescheid«, erwiderte Lucy. »Ich habe angenommen, dass es schon jeder in Walston weiß.«

Diana führte Lucy ins Wohnzimmer und ging dann hinaus, um den Tee zu holen. Als sie zurückkam, stand Lucy vor dem Porträt des Reiters. »Sie bewundern wieder unseren Freund«, sagte Diana lachend.

»Er sieht wirklich gut aus«, meinte Lucy anerkennend. Dann drehte sie sich um und fügte hinzu: »Finden Sie nicht auch, dass er Cyprian Lawrence sehr ähnlich sieht? Besonders die Augen?«

Diana rang nach Luft. »Ich weiß nicht ... also, ich könnte nicht sagen ... Aber vielleicht haben Sie Recht. Ja, die Augen ...« Schließlich konnte sie Lucys wissenden Blick nicht länger ertragen; sie ließ sich auf das Sofa sinken und sah sie entsetzt an.

»Er war letzte Nacht hier, nicht wahr?«, sagte Lucy mit sanfter Stimme.

»Oh, Gott.« Diana schlug die Hände vors Gesicht. »Wer hat es Ihnen gesagt? Cyprian bestimmt nicht. Und sonst weiß es ja niemand.« Da kam ihr ein anderer, noch furchtbarerer

Gedanke, und sie sah Lucy fast flehend an: »Es war doch nicht Quentin, oder? O Gott, bitte sagen Sie mir nicht, dass Quentin alles weiß!«

»Niemand hat es mir gesagt«, versicherte ihr Lucy und setzte sich neben sie auf das Sofa. »Ich habe einfach … ein paar Dinge bemerkt. Mir sind zum Beispiel die Augen des Mannes da auf dem Bild aufgefallen, und die Art, wie Sie das Bild betrachten.«

»O Gott.« Diana schauderte und atmete tief durch.

Lucy griff nach ihrer Hand und drückte sie. »Möchten Sie mir davon erzählen?«, bot sie an. »Ich verspreche Ihnen, dass ich es für mich behalte – aber vielleicht fühlen Sie sich ja besser, wenn Sie einmal darüber reden können. Vor allem mit jemandem, der nicht von hier ist.«

Diana zog ihre Hand zurück und blickte sie lange und nachdenklich an. Dann stand sie auf und schenkte ihnen beiden Tee ein, wobei ihre Hand nur ein ganz klein wenig zitterte. Sie reichte Lucy eine Tasse, setzte sich ihr gegenüber auf einen Stuhl und schien ihre Fassung wiedergefunden zu haben. »Also gut«, sagte sie, holte tief Luft und erzählte ihre Geschichte einfach und geradlinig, ohne Emotion und mit ruhiger Stimme. Nur gelegentlich blickte sie kurz zu dem Porträt an der Wand hinüber. »Es begann alles im vergangenen Jahr, kurz nachdem Cyprian nach Walston kam. Ich wollte immer schon Klavier spielen, das habe ich Ihnen ja bereits erzählt, und ich fragte ihn irgendwann, ob er mir nicht Stunden geben könnte. Das war bevor Quentin in den Ruhestand trat – das heißt, er war damals die Woche über immer in London. Cyprian gab mir also Klavierstunden, hier in diesem Zimmer. Und eines Tages … passierte etwas. Ein Funke, ich weiß nicht. Am Ende … lagen wir dann oben im Bett. Und seither geht es so – wann immer sich eine Gelegenheit bietet. Zuerst war es ganz einfach – Quentin war ja nie da, und Cyprian konnte über Nacht bleiben, ohne dass jemand etwas mitbekam. Aber jetzt ist Quentin zu Hause … da ist es schon ein bisschen schwieriger. Meistens treffen wir uns in Cyprians Cottage, tagsüber, aber wir verbrachten auch schon ein paar Nächte hier im Haus, wenn Quentin fort war. Am Mittwoch zum Beispiel.« Sie lächelte ein wenig verlegen. »Und auch tagsüber haben wir uns schon ein paarmal hier getroffen, praktisch vor Quentins Augen. Ich schätze, wir waren ein-, zweimal auch ziemlich leichtsinnig, aber wir sind nie erwischt worden. Es ist ein Glück, dass es diesen Weg vom Haus zur Kirche gibt – Sie haben bestimmt schon bemerkt, dass er direkt an Cyprians Haus vorbeiführt. Wir können hin und her gehen, ohne dass irgendjemand im Dorf uns sieht. Vorige Woche, als wir uns auf dem Weg trafen …, aber das haben Sie sich sowieso schon gedacht, nehme ich an«, fügte sie kleinlaut hinzu.

Lucy nickte nur, um sie nicht zu unterbrechen.

Und dann kamen die Erklärungen. »Ich liebe ihn, wissen Sie«, erläuterte Diana in ruhigem Ton. »Ich weiß, dass er … jünger ist als ich, aber ich liebe ihn. Und ich brauche ihn. Quentin hat schon seit Jahren kein Interesse mehr an mir. Zumindest nicht in dieser Hinsicht. Wir haben schon so lang nicht miteinander geschlafen – ich kann mich gar nicht mehr erinnern, so lange ist es her. Nicht dass er enthaltsam leben würde«, fügte sie in bitterem Ton hinzu. »Quentin hatte immer eine Geliebte. Das ist wohl einer der Vorteile, wenn man ein reicher, einflussreicher Geschäftsmann ist. Wir reden nie darüber, verstehen Sie, aber ich bin sicher, dass er weiß, dass ich es weiß – und ich bin überzeugt, dass es ihm auch nicht allzu viel ausmacht, dass ich's weiß, solange ich es nicht erwähne. Wir tun schon seit Jahren so, als wäre nichts. Ich habe ja schon jahrelang hier gelebt, als er sich noch die Woche über in London aufhielt – und das kam ihm sehr gelegen, nehme ich an. Eine nette Frau, die man vorzeigen kann und mit der man nur am Wochenende zusammen ist, und eine junge

Geliebte, von der man den Rest der Woche verwöhnt wird.«
Sie stellte die Tasse mit lautem Geklapper auf die Untertasse.
»Natürlich war er auch am Mittwoch bei ihr in London. Er
hat gesagt, dass er geschäftlich unterwegs war, und ich tat
wieder einmal so, als würde ich es glauben. Er trifft sich ein-,
zweimal im Monat mit ihr. Was glaubt er eigentlich, wie
dumm ich bin? Ich rieche es ja an seinen Kleidern, wenn er
nach Hause kommt. Aber es macht ihm wahrscheinlich überhaupt nichts aus. Aber ehrlich gesagt habe ich gar nichts dagegen«, fügte sie fairerweise hinzu. »Das gibt mir die Gelegenheit, die Nacht mit Cyprian zu verbringen.« Der Gedanke
zauberte ein Lächeln auf ihre Lippen. »Und das ist das Schönste überhaupt. Eine Stunde hier und eine Stunde dort ist ganz
schön, wenn man nicht mehr haben kann – aber es gibt nichts
Wundervolleres, als die Nacht in den Armen des Mannes zu
verbringen, den man liebt.«

Lucy verstand sie sehr gut – dennoch stellte sie fest, dass ihr
Dianas Offenheit irgendwie peinlich war. »Aber wenn Quen-
tin eine Geliebte hat …«, sagte sie und überließ es Diana, den
Gedanken zu Ende zu bringen.

»Oh, verstehen Sie nicht?«, erwiderte sie, erneut voller
Bitterkeit. »Er findet es ganz normal, dass er eine Geliebte
hat – schließlich ist er ein *Mann*. Aber er würde durchdrehen,
wenn er auch nur den Verdacht hätte, dass ich mit einem anderen zusammen wäre. Frauen haben nun mal keinen Anspruch auf ein Sexualleben, vor allem, wenn sie so alt sind wie
ich. Wie wenig er doch weiß«, fügte sie etwas verächtlich und
gleichzeitig triumphierend hinzu.

Diana stand auf und ging zu dem Bild hinüber, das sie fast
mit den Augen verschlang. »Cyprian ist ein wundervoller
Liebhaber«, sagte sie leise. »Ich hatte ja keine Ahnung, wie es
sein kann; mit Quentin war es jedenfalls in all den Jahren nie
so. All diese vergeudeten Jahre …« Ihre Stimme wurde so
leise, dass es fast so war, als spräche sie mit sich selbst; Lucy

musste sich anstrengen, um sie noch zu verstehen. »Und jetzt wo ich ihn gefunden habe … da könnte ich es nicht ertragen, ihn wieder zu verlieren. Wenn er eine Jüngere finden würde … oder wenn er einfach kein Interesse mehr an mir hätte – das könnte ich nicht ertragen.«

An diesem Freitag war Doris Wrightman an der Reihe, ihre Schwester zum Abendessen zu empfangen. Es war ein Freitag Abend wie viele andere auch – mit einem eintönigen Essen, das man in einer langweiligen Atmosphäre zu sich nahm. Wenn es einen Unterschied zu anderen Abenden dieser Art gab, dann war es vielleicht die Fülle an möglichen Gesprächsthemen, die von den außerordentlichen Ereignissen der letzten Tage herrührten. Dadurch war man nicht auf den sonst üblichen Austausch von abgeschmacktem Klatsch beschränkt. Enid trank vor dem Essen ihren gewohnten Bitter Lemon und überlegte, welches Thema sie zuerst anschneiden sollte.

»Es war ein schönes Begräbnis, nicht wahr?«, sagte sie mit einem Seufzer.

»Ja, schön«, pflichtete Ernest ihr bei. »Wenn auch nicht so schön wie zu Pater Fullers Zeiten.«

»Und dass sie das Leichenmahl in der Kirche veranstaltet haben – eine Schande ist so etwas«, warf Doris ein. »Ganz zu schweigen davon, wer es zubereitet hat. Ein Wunder, dass wir uns keine Vergiftung geholt haben. Stellt euch vor, es wäre uns so ergangen wie der armen Flora!«

»Du vergisst eines«, erwiderte Enid. »Diese Frauen haben Flora nicht vergiftet. Zumindest glauben das jetzt alle.«

»Das ist mir neu«, sagte Ernest stirnrunzelnd. »Ich dachte, sie hätten ihr Digitalisblätter statt Tee gegeben.«

»Oh, du bist wieder mal nicht auf dem Laufenden!«, entgegnete Enid mit einem herablassenden Lächeln. »Doktor McNair hat es mir Anfang der Woche gesagt. Es waren

Tabletten und keine Digitalisblätter. Und ich weiß, was das heißt – ich habe schließlich nicht umsonst all die Jahre in einer Arztpraxis gearbeitet!«

»Was?«, wollte Doris wissen. »Was heißt es denn?«

Enid lachte geheimnistuerisch. »Oh, sagen wir mal so: Ich kann mir schon denken, was da vor sich geht. Jedenfalls wird es noch einige Überraschungen geben. Mehr will ich momentan nicht sagen.« Sie genoss das Gefühl, mehr zu wissen als sie preisgab – oder wenigstens diesen Eindruck erwecken zu können. »Ich will nicht darüber reden, bevor ich nicht mit Doktor McNair über meine Theorie gesprochen habe. Oder mit der Polizei.«

»Enid, du bist einfach unmöglich«, erklärte ihre Schwester beleidigt. »Ich finde, du solltest es uns erzählen.«

»Sie zieht dich doch nur auf«, brummte Ernest. »Das solltest du doch langsam mal mitbekommen. Sie weiß kein bisschen mehr darüber als wir.«

»Bist du dir da so sicher?«, entgegnete Enid in überlegenem Ton. »Durch mein medizinisches Wissen habe ich einen großen Vorteil.«

Doris erkannte, dass ihre Schwester nicht mit ihrem angeblichen Wissen herausrücken wollte und wechselte das Thema. »Und was ist mit der armen Becca Thorncroft? Fred sagt, dass sie wegen dieser schmutzigen Anrufe ziemlich verstört ist. Er hat mir heute Nachmittag alles erzählt, als ich in den Laden ging, um Schinken zu holen.« In Anbetracht des warmen Wetters gab es an diesem Abend eine sommerlich-leichte Salat-Mahlzeit: fette Schinkenscheiben mit Gurken, harten grünen Tomatenstücken und schlaffen Salatblättern.

Enid bemühte sich, ihren Ärger darüber zu verbergen, dass Doris dieses interessante Thema angeschnitten hatte, bevor es ihrer Ansicht nach Zeit dafür war. »Ich habe es *gestern* schon erfahren«, sagte sie selbstgefällig. »Fred hat mir alles erzählt – dass sie schon seit *Monaten* diese widerlichen Anrufe bekommt. Und sie hat nie ein Wort zu uns gesagt. Ich verstehe das einfach nicht.«

»Ziemlich vernünftig, wenn du mich fragst«, murmelte Ernest.

»Ich weiß nicht, was ich täte, wenn *mich* jemand anruft und solche schmutzigen Sachen sagt!«, äußerte sich Doris mit einem wohligen Schaudern. »Das wäre furchtbar. Aber ich würde gleich Ernest rufen – der würde dem Kerl schon die Meinung sagen. Nicht wahr, Ernest? Du würdest dem Kerl schon Manieren beibringen.« Ihr Ehemann war das Einzige, was sie Enid voraus hatte – und sie ließ keine Gelegenheit aus, ihr das unter die Nase zu reiben.

»Er würde dem Kerl sagen, dass er seinen Kopf untersuchen lassen soll«, erwiderte Enid bissig. »Keiner, der noch alle Tassen im Schrank hat, würde so was zu dir sagen, solange es Frauen wie Becca Thorncroft gibt. Oder von mir aus auch Sally Purdy, obwohl die selbst nicht gerade ein Engel ist.«

»Hmpf«, stieß Doris gekränkt hervor; sie wusste, wann sie verloren hatte und beschloss, erneut das Thema zu wechseln. »Ich finde, es ist Zeit zum Essen.« Sie saßen bereits am Küchentisch, und der Schinkensalat war schon vorbereitet, sodass sie nur noch die Teller von der Anrichte zum Tisch zu tragen brauchte.

»Ich habe noch mal darüber nachgedacht, was du vorige Woche gesagt hast, Ernest«, meinte Enid in beiläufigem Ton, als sie den Schinken mit Messer und Gabel zu bearbeiten begann.

Er sah von seinem Teller auf. »Was meinst du denn?«

»Du hast gesagt, dass das Amt des Gemeindevorstehers vorerst frei bleiben sollte.« Sie machte eine kurze Pause und fügte dann mit Nachdruck hinzu: »Ich habe mir überlegt, dass ich selbst kandidieren könnte.«

»Du?«, sagte er in einem Ton, der alles andere als schmeichelhaft war.

»Warum nicht? Wir hatten gerade eine Frau als Vorsteher, auch wenn es nur für ein paar Wochen war. Ich finde es eine gute Sache, dass auch die Ansichten der Frauen vertreten werden, meinst du nicht auch? Unterbrich mich, wenn ich was Falsches sage – aber es warst doch du, der Flora wollte, nicht wahr?« Sie schaute herausfordernd ihren Schwager an.

»Aber Enid – du hast doch mit der Mothers' Union schon so viel zu tun«, warf Doris ein.

»Die Mothers' Union ist eine große Aufgabe«, pflichtete ihre Schwester ihr bei. »Aber jetzt, wo ich im Ruhestand bin, habe ich viel mehr Zeit übrig. Vielleicht rede ich einmal mit dem Pfarrer darüber«, fügte sie nachdenklich hinzu. »Mal sehen, was er dazu sagt.«

»Da wir gerade vom Pfarrer sprechen«, warf Ernest ein. »Habe ich euch schon erzählt, wie er mich wegen der schwarzen Altardecke angefahren hat? Wenn ich sage, es war schockierend, wie er mit mir gesprochen hat, dann ist das stark untertrieben. Und kaum war ich fünf Minuten fort, hat er sie schon heruntergenommen und die weiße Altardecke aufgelegt.«

David und Lucy hatten erst spät am Abend Gelegenheit, ihre Erkenntnisse auszutauschen, als sie sich endlich ins Gästezimmer zurückziehen konnten.

David berichtete Lucy, dass er den Organisten in der Kirche angetroffen habe, als dieser auf der Orgel übte. »Und es war gar nicht schwer, ihn zum Reden zu bringen.«

»Dann hat er also zugegeben, dass er eine Affäre mit Diana Mansfield hat?«, fragte Lucy, die vor dem Spiegel der Frisierkommode saß und ihr Haar bürstete.

»Oh, er hat es sofort zugegeben«, sagte David und lachte. »Ja, er hat fast damit geprahlt. So in der Art ›Na, du weißt schon, Kumpel‹ – Männer unter sich eben.«

Sie rümpfte angewidert die Nase. »Das klingt ja nicht sehr nett.«

»Es war auch nicht sehr nett, ganz ehrlich gesagt.« David nahm ihr die Bürste aus der Hand und begann sanft und sorgfältig ihre rotgoldenen Locken zu bürsten; es war etwas, das er sehr gern tat, und sie fand es ebenso entspannend wie sinnlich.

Lucy lehnte sich zurück und genoss die gleichmäßigen Bürstenstriche. »Dann glaubst du also nicht, dass er sie liebt?«

»Liebe würde ich das nicht nennen«, antwortete er. »Er sagt, dass die Initiative von ihr ausgegangen sei und dass sie sich ihm praktisch an den Hals geworfen habe. Man könnte fast meinen, dass sie ihn vergewaltigt hat, so wie er es erzählt. Nicht dass er sich beklagt, nein, das sicher nicht. Er sagt, dass sie toll im Bett ist – ›unersättlich und total enthemmt‹, so hat er das beschrieben, glaube ich.«

»Wie charmant«, meinte Lucy ironisch. »Von der Diskretion eines echten Gentlemans scheint er nicht viel zu halten.«

»Nun, als es anfing, scheint es ihm nicht gut gegangen zu sein. Er war ziemlich einsam und wahrscheinlich deprimiert, nachdem ihn seine Verlobte praktisch vor dem Traualtar sitzen ließ. Und das war wohl auch der Grund, warum er nach Walston kam: Er wollte das alles hinter sich lassen. Und mit Diana Mansfield konnte er Sex haben, ohne eine emotionale Bindung eingehen zu müssen.«

»So sieht *er* das«, wandte Lucy ein, nahm ihm die Bürste aus der Hand und drehte sich stirnrunzelnd zu ihm um. »Sie liebt ihn nämlich, David. Und zwar sehr. Es wird sie umbringen, wenn er sie verlässt.«

»Ich habe ganz das Gefühl, dass er schon ein wenig das Interesse an ihr verliert«, sagte David besorgt. »Er hat jedenfalls so etwas angedeutet.«

»Oh, die arme Diana!« Lucy warf sich ungewohnt leidenschaftlich in seine Arme, was ihn dazu veranlasste, sie mit sich zum Bett zu ziehen.

Später dann – Lucy konnte nicht einschlafen – setzte sie sich auf und schlang die Arme um die Knie. »Bist du noch wach?«, fragte sie leise.

»Mmm.« David drehte sich um und lächelte verschlafen. »Das war schön.«

»Schön ist nicht das passende Wort.«

Er streichelte ihren Schenkel. »Bist du nicht müde?«

»Ich muss die ganze Zeit an Cyprian Lawrence denken«, erwiderte sie kopfschüttelnd. »Er war gestern zur richtigen Zeit am richtigen Ort und hätte telefonieren können. Und das ist Diana sicher auch bewusst. Wenn du wissen willst, was ich denke – ich glaube, sie hat schreckliche Angst, dass er derjenige ist. Weißt du noch, wie sie gestern darauf beharrt hat, dass der Anruf nicht von Walston Hall gekommen sein kann?«

»Außerdem wohnt er in einem Cottage, von dem aus sich das Pfarrhaus gut beobachten lässt«, fügte David hinzu. »Mit Ausnahme von Harry Gaze konnte er von allen Dorfbewohnern am leichtesten verfolgen, wann Becca allein war.«

»Noch dazu verliert er schon das Interesse an Diana; vielleicht hat er ein Auge auf Becca geworfen«, überlegte sie. »Oder vielleicht erinnert sie ihn an seine Verlobte – und jetzt rächt er sich an Becca dafür, dass ihn die Frau hat sitzen lassen.«

»Zuzutrauen wär's ihm fast«, sagte David nachdenklich. Er schwieg eine ganze Weile, sodass Lucy schon dachte, er wäre eingeschlafen. Plötzlich sagte er aber mit schläfriger Stimme: »Aber weißt du was, Liebling? Irgendwie glaube ich nicht, dass er's getan hat. Irgendwie kommt es mir nicht plausibel vor.«

Lucy seufzte. »Ja«, sagte sie. »Ich glaube auch nicht, dass es war. Willst du wissen, was ich denke?«, fügte sie nach einer Weile zögernd hinzu.

Doch es kam keine Antwort; sie hörte nur Davids tiefes, gleichmäßiges Atmen neben sich.

Seufzend legte sie sich neben ihn, den Kopf auf seine Schulter gebettet, wenngleich sie wusste, dass sie noch lange nicht würde einschlafen können. »Na, egal«, flüsterte sie. »Schlaf jedenfalls gut, mein Schatz.«

23

Das werden die Frommen sehen und sich freuen,
und aller Bosheit wird das Maul gestopft werden.

Psalm 107, 42

Als Lucy am nächsten Morgen ziemlich benommen erwachte, nachdem sie erst sehr spät eingeschlafen war, streckte sie instinktiv die Hand nach der anderen Hälfte des Bettes aus, um Davids beruhigende Wärme zu spüren. Doch das Bett neben ihr war kalt und leer. Sie schlug erschrocken die Augen auf. »David?«, sagte sie. »Liebster?« Doch es kam keine Antwort.

Etwas mühsam setzte sie sich auf; sie spürte immer noch die Nachwirkungen des tiefen Schlafes. Wie spät war es eigentlich? Die Vorhänge waren zugezogen, sodass man die Zeit kaum schätzen konnte. Sie griff nach dem Wecker auf dem Nachttisch und streifte dabei mit der Hand eine Teetasse.

David hatte ihr also Tee gebracht. Sie tauchte einen Finger in die Tasse, um zu schätzen, wie lange der Tee schon hier stand: Er war immerhin noch lauwarm. Da sah sie die Nachricht, die zwischen Teetasse und Untertasse eingeklemmt war.

Sie war in Davids sauberer Handschrift auf die Rückseite eines Umschlags geschrieben. »Lucy, Liebling – du hast so tief und friedlich geschlafen, dass ich dich nicht wecken wollte«, las sie. »Ich nehme an, dass sich bei dir nichts geändert hat und dass du noch immer nicht nach London zurückkehren willst. Nun, ich verstehe dich ja – Becca braucht deine Unterstützung. Aber ich kann wirklich nicht länger bleiben – ich fahre nach London, weil ich ein paar dringende Angelegenheiten im Büro erledigen muss, und komme so bald wie möglich zurück – wenn's geht, noch heute Abend, aber spätestens morgen. Kümmere dich um Becca, wir sehen uns bald wieder. Alles Liebe, David. P.S. Letzte Nacht war wunderschön – würdest du mich heiraten?«

Lucy lächelte über den letzten Satz und dachte an die vergangene Nacht zurück; andererseits war sie verblüfft, dass er seinen neuesten Antrag in dieser Form aussprach. Wenigstens ließ er sich etwas einfallen, dachte sie und stellte fest, dass es schon einige Wochen her war, seit er sie zum letzten Mal gefragt hatte. Diese Nachricht – und die vergangene Nacht – waren der Beweis dafür, dass er noch keineswegs das Interesse an ihr verloren hatte – so wie Cyprian Lawrence offenbar im Begriff war, das Interesse an Diana Mansfield zu verlieren. Lucy zitterte, als sie sich ihrer Nacktheit bewusst wurde, und tastete auf dem Fußboden nach ihrem Morgenmantel.

Sie duschte rasch und zog sich an, ehe sie nach unten ging. Becca saß im Morgenmantel am Küchentisch; sie sah blass und müde aus. »Guten Morgen«, sagte Becca und brachte ein Lächeln zustande. »David ist nach London gefahren. Aber das weißt du ja sicher.«

»Dann hast du ihn noch gesehen?«

Becca stand auf und schenkte Lucy Kaffee ein. »Ja, ich habe ihm noch schnell Frühstück gemacht. Er hat gesagt, dass du noch schlafen würdest und dass er dich nicht wecken wollte.«

»Er hat mir eine Nachricht hinterlassen.« Lucy trank dankbar ihren Kaffee; sie hatte das Gefühl, dass sie das Koffein jetzt dringend brauchte. »Wenn ich nur gewusst hätte, dass er fährt. Ich hätte ihm gesagt, dass er mir mein Skizzenbuch mitbringen soll.« Es war ihr erst vor kurzem bewusst geworden, dass die Kunst mehr für sie war als ein Beruf, mit dem man seinen Lebensunterhalt verdiente – es war auch ihre Art und Weise, mit

Spannungen und Konflikten umzugehen. Nachdem sie angenommen hatte, dass sie nur übers Wochenende weg sein würde, hatte sie ihr gesamtes Malwerkzeug zu Hause gelassen – und nun stellte sie fest, dass sie sich danach sehnte, wieder einen Bleistift oder einen Pinsel in der Hand zu halten. »Und frische Kleider hätte ich auch gebrauchen können«, fügte sie hinzu. »Es wird bestimmt schon jedem auffallen, dass ich immer die gleichen beiden Laura-Ashley-Röcke anhabe.«

»Es ist mir egal, was du anhast – ich bin froh, dass du noch hier bist«, sagte Becca eindringlich. Sie stützte die Ellbogen auf den Tisch und legte das Kinn in ihre Hände. »Er wird doch wohl nicht mehr anrufen, nicht wahr?«

Lucy wusste genau, wen sie meinte, doch sie antwortete ausweichend. »Hast du Angst davor?«

»Er wäre ja dumm, wenn er's täte – das verstehe sogar ich! Wo doch jeder weiß, dass die Polizei das Telefon abhört!«

»Du hast wahrscheinlich Recht«, gab Lucy zu. »Wie kannst du jetzt mit der Sache umgehen, Becca?«

»Ich denke schon eine ganze Weile darüber nach«, antwortete sie. »Und ich bin mir nicht sicher. Einerseits bin ich erleichtert, weil ich keine Angst mehr zu haben brauche, wenn das Telefon klingelt. Aber andererseits ist es schlimm, dass ich nie wissen werde, wer es war. Ich muss ja weiter hier in Walston leben – und einer von den Leuten hier ist … er. Ständig werde ich mich fragen, um wen es sich handelt. Und irgendwann, wenn sich die Aufregung gelegt hat und die Polizei die Suche aufgegeben hat, fängt vielleicht alles wieder von vorne an – mit mir oder mit jemand anderem. Ein furchtbarer Gedanke.«

»Ich verstehe dich gut«, sagte Lucy. »Genau das habe ich zu David auch gesagt.« Sie hatte sich immer noch nicht entschieden, ob sie Becca sagen sollte, zu welcher Erkenntnis sie in ihrer schlaflosen Nacht gekommen war. Lucy glaubte mit ziemlicher Sicherheit zu wissen, wer der Anrufer war. Doch sie hatte keine Beweise, und absolute Gewissheit konnte sie nur erlangen, wenn der Mann so dumm – oder so besessen – war, wieder anzurufen. Eigentlich hatte sie diesen Morgen mit David über ihren Verdacht sprechen und ihn um Rat fragen wollen. Das würde sie jetzt eben aufschieben müssen.

»Aber wenn ...«, begann Becca, als das Telefon in der Diele zu klingeln begann. Instinktiv spannte sich alles in ihr an – doch sie zwang sich, ruhig zu bleiben. »Nein, das kann er nicht sein«, sagte sie, wie um sich selbst zu überzeugen. »Da siehst du mal, wie paranoid ich schon bin.«

»Ich nehme ab«, bot Lucy spontan an. »Nur für den Fall.«

Und nur für den Fall, dass er es war, sagte sie mit flüsternder Stimme: »Hallo?«

»Hast du gedacht, ich hätte dich vergessen?«, fragte die gedämpfte Stimme. »Nein, wo denkst du hin, meine Liebe. Ich musste nur warten, bis deine Gäste fort waren. Und dann musste ich ein paar ... technische Probleme lösen.«

Lucy holte tief Luft. Zu ihrer Überraschung stellte sie fest, dass ihre Hand feucht und kalt wurde. »Oh!«, stieß sie hervor; es fiel ihr nicht schwer, wie Becca zu klingen. Technische Probleme?, fragte sie sich. Was meinte er damit? Da hörte sie die leisen Verkehrsgeräusche im Hintergrund und wusste, dass er von einer Telefonzelle aus anrief.

»Endlich sind sie abgereist – deine Gäste. Ich war wirklich froh, als ich sie mit ihrem Wagen wegfahren sah. Jetzt können wir wieder ungestört plaudern, meine Liebe. Wir müssen nur ein bisschen vorsichtig sein.«

Vorsichtig sein – das hieß wohl, von einer Telefonzelle aus anzurufen. Wie lange würde die Polizei brauchen, den Ursprung des Anrufs aufzuspüren und zu der Telefonzelle zu gelangen? Das hing wohl davon ab, wo sich die Zelle befand. Jetzt lag es an ihr, dachte Lucy, ihn so lange wie möglich hinzuhalten, damit die Polizei eine echte Chance hatte, ihn zu finden. Sie sah auf die Uhr, um die Zeit zu kontrollieren.

»Du bist sehr still heute, meine Liebe. Freust du dich denn gar nicht, wieder von mir zu hören?«

»Warum lassen Sie mich nicht in Ruhe?«, stöhnte Lucy gequält.

»Ich finde es reizend, wie du dich zierst«, erwiderte er kichernd. »Aber wir wissen ja beide, dass du nicht so prüde bist, wie du tust.«

Sie erkannte dieses Kichern wieder; es bestätigte Lucy, dass sie mit ihrem Verdacht richtig lag.

»Ich habe da eine neue Idee, die ich dir unbedingt mitteilen muss«, fuhr die Stimme fort. »Ich hoffe, sie gefällt dir. Die Szene spielt in der Kirche. Dein Mann steht vor dem Altar, mit dem Rücken zur Gemeinde, also kann er nicht sehen, was passiert. Während der Gebete schaust du auf einmal zu mir herüber, und ich sehe gleich, dass du mich willst. Du stehst auf, gehst zur Sakristei und sagst mir mit deinem Blick, dass ich dir folgen soll. Ich weiß, dass ich es nicht tun sollte, aber ich kann einfach nicht anders. Als wir beide in der Sakristei sind, sperrst du die Tür zu. Ich stehe da und sehe zu, wie du dir die Bluse aufknöpfst …« Die Stimme sprach immer weiter; ihr emotionsloser Ton machte es nur noch schlimmer. Alles was Lucy tun musste war, hin und wieder gequält aufzustöhnen, was ihr zu ihrer Überraschung keineswegs schwer fiel.

Lucy war darauf vorbereitet, dass sie den Anruf unangenehm finden würde; womit sie nicht gerechnet hatte, war, dass ihr dabei so übel werden könnte. Auch wenn der ganze Schmutz, den der Mann ablud, nicht wirklich ihr galt, stellte sie fest, dass sie vor Ekel am ganzen Körper zu zittern begann und dass sie sich sehr überwinden musste, den Hörer nicht kurzerhand auf die Gabel zu knallen. Ertrage es um Beccas willen, sagte sie sich, die Augen auf das Zifferblatt ihrer Armbanduhr gerichtet. Nur noch ein paar Minuten.

Zuvor hatte sie großes Mitgefühl mit Becca empfunden, weil sie all das durchmachen musste; nun war es an ihr, die gleichen

Qualen zu erdulden. Es war mehr als nur obszön – es war erniedrigend und absolut widerwärtig. Mit großer Willensanstrengung ertrug Lucy all den Schmutz und verwandelte ihren Ekel schließlich in Wut.

Was würde er tun, wenn sie ihn mit seinem Namen ansprach? Vielleicht würde er sofort auflegen, oder er würde herauszufinden versuchen, woher sie es wusste. In diesem Augenblick erkannte Lucy, dass sie das Risiko eingehen musste; sie konnte keine Sekunde länger mit anhören, was dieser Mann mit Becca in der Sakristei alles tun wollte.

»Sie sollten sich schämen, Mr. Purdy«, sagte sie in scharfem Ton.

Sie hörte, wie er den Atem anhielt – dann wurde es still. »Wer … spricht da?«, fragte er schließlich unsicher.

»Das tut nichts zur Sache. Jetzt geht es einmal anders herum, nicht wahr, Mr. Purdy? Ich weiß, wer Sie sind, aber Sie wissen nicht, wer ich bin.« Sie hielt inne, um Atem zu holen. »Wie können Sie es wagen, eine junge Frau wie Becca so zu terrorisieren? Sehen Sie denn nicht, was Sie ihr damit antun?«

»Ich hab ja nichts Böses gewollt«, jammerte er und begann zu schluchzen. »Es tut mir Leid. Bitte sagen Sie's niemandem.«

»Nichts Böses gewollt?« Und dann, von einem Moment auf den anderen, war ihre Wut verraucht – so schnell wie sie gekommen war. Stattdessen empfand sie nur noch intensives Mitleid, als ihr klar wurde, dass sie es mit einem zutiefst gestörten Mann zu tun hatte. »Oh, Mr. Purdy«, sagte Lucy mit trauriger Stimme. »Wissen Sie denn nicht, was Sie da getan haben?«

»Ich bin ein schlechter Mensch«, schluchzte er. »Es tut mir Leid. Ich konnte nicht anders. Ich fühlte mich immer so … einsam und elend.«

Das verstand sie nur zu gut: Da war seine kranke Frau, die noch nicht tot war, ihm aber auch keine Ehefrau mehr sein konnte; dazu kam, dass seine Tochter mit ihrer üppigen Figur Tag für Tag in seiner Nähe war, ohne jedoch ein mögliches Ziel für seine sexuellen Bedürfnisse zu sein. Und dann gab es da noch die Frau des neuen Pfarrers – jung, unschuldig und schön, das ideale Objekt für sexuelle Fantasien. Lucy sagte sich, dass sie weiter mit ihm darüber sprechen musste, damit er nicht auflegte. »Ihre Frau«, sagte sie. »Sie ist krank.«

»Schon seit Jahren – fünf Jahre sind es jetzt, dass sie mir keine richtige Ehefrau mehr ist«, sagte er voller Selbstmitleid. »Ich war ihr immer treu – aber ich bin ein Mann mit … Bedürfnissen, so wie jeder andere auch. Was soll ich denn machen?«

Lucy beschloss, seine Tochter nicht zu erwähnen; damit würde sie ein Tabu berühren, das so tief verwurzelt war, dass es ihn dazu bewegen könnte, den Hörer aufzulegen. »Und dann kam Becca nach Walston.«

»Es war einfach nicht fair«, jammerte er. »Warum sollte der Pfarrer sie ganz für sich allein haben? Es fing ganz harmlos an … als kleiner Spaß, den ich mir erlaubte. Ich wollte es einfach … ausprobieren.«

Voyeurismus, dachte Lucy. Voyeurismus und das Bedürfnis eines im Grunde schwachen und hilflosen Mannes, Macht auszuüben. So hatte es begonnen, doch Beccas hilflose Reaktion hatte das Ganze zur Obsession werden lassen, die so stark war, dass sie beinahe das Leben einer jungen Frau und eine Ehe zerstört hätte.

»Verstehen Sie nicht?«, fuhr er fort. »Ich wollte doch niemandem schaden. Ich dachte, sie wüsste das. Ich dachte mir, dass sie einfach nur … das Spiel mitspielt.«

Doch er musste sehr wohl gewusst haben, wie schrecklich sich Becca fühlte. Hatte er sich wirklich einreden können, dass sie mitspielte? War seine Fähigkeit zur Selbsttäuschung wirklich so stark ausgeprägt? Lucy machte sich erneut bewusst, dass sie es mit einem kranken Mann zu tun hatte.

In diesem Augenblick hörte sie eine andere Stimme – die leise, aber scharfe Stimme eines Polizisten. »Sir, wenn Sie bitte mitkommen würden ...« Es folgte ein plötzlicher erstickter Schrei, dann vernahm sie nur noch den Wählton.

Das Warten kam ihnen endlos vor – doch in Wahrheit dauerte es nicht viel mehr als eine Stunde, bis Karen Stimpson im Pfarrhaus eintraf. »Ich wollte Ihnen mitteilen«, sagte sie zu Becca, »dass Mr. Alfred Purdy in Gewahrsam genommen wurde. Ihm wird zur Last gelegt, für eine Serie von Anrufen verantwortlich zu sein, die in den vergangenen Monaten bei Ihnen eingingen. Ich wollte Ihnen das persönlich sagen«, fügte sie etwas weniger förmlich hinzu. »Und ich wollte Ihnen gratulieren, dass Sie ihn so lange hingehalten haben. Wir hätten ihn sonst nie fassen können, nachdem er von einer Telefonzelle aus angerufen hat.«

Becca gab das Lob sogleich an diejenige weiter, der es gebührte. »Das war nicht ich«, sagte sie voller Bewunderung. »Es war meine Freundin Lucy. Sie kann Ihnen alles darüber erzählen. Sie wusste, wer er war, und sie hat es geschafft, dass er nicht aufhörte zu reden.«

In der vergangenen Stunde hatten Becca und Lucy einige Tassen Kaffee getrunken, während Lucy ihrer Freundin schilderte, wie sie darauf gekommen war, wer der Anrufer sein musste. Sie hatte jedoch darauf verzichtet, ihr ihre Erkenntnisse über Fred Purdys psychische und sexuelle Probleme mitzuteilen. Nun wurde erneut Kaffee gemacht, und Lucy wiederholte ihre Geschichte gegenüber der Polizistin. »Es war eine Kleinigkeit, die mir den Schlüssel zur Lösung lieferte«, sagte sie. »Als ich am Donnerstag im Dorfladen war, unterhielt sich Fred Purdy gerade mit einer Kundin über die Anrufe und über Quentin Mansfields Festnahme. Er erwähnte Becca ausdrücklich und sagte, dass ihr die Anrufe sehr zu schaffen machen würden. Damals nahm ich an, dass er das von Diana Mansfield wusste – und dass die es von der Polizei erfahren hatte. Doch sie hat mir später erzählt, dass sie gar nicht gewusst habe, dass es Becca war, die die Anrufe bekam.« Sie nahm einen Schluck von ihrem Kaffee. »Die zweite, die es ihm erzählt haben könnte, war seine Tochter Sally, die in Walston Hall arbeitet. Aber sie hat mir erzählt, dass ihr die Polizei nichts über die Anrufe mitgeteilt hätte; sie hatte keine Ahnung, dass es mehr als einen Anruf gegeben hatte und dass es obszöne Anrufe waren.«

»Wirklich unheimlich schlau von dir«, sagte Becca voller Bewunderung. »Darauf wäre ich nie gekommen.«

Lucy lachte. »Ich habe aber auch eine Weile gebraucht. Letzte Nacht konnte ich nicht schlafen, weil mich die Sache einfach nicht losließ, da haben sich die Teile auf einmal aneinandergefügt. Als ich neulich einmal mit David darüber sprach, sagte ich zu ihm, dass der Dorfklatsch hauptsächlich aus Fred Purdys Laden kommt – und letzte Nacht wurde mir plötzlich klar, wie zutreffend das war. Fred Purdy hat den Klatsch nämlich nicht nur weitererzählt – er war sozusagen der Urheber davon. Und er machte einen schweren Fehler: Er erzählte anderen Leuten etwas, das niemand außer dem Anrufer – und der Polizei – bekannt sein konnte: nämlich, wer das Opfer war.«

»Sie wussten das ebenfalls«, warf Karen Stimpson ein.

»Ja«, räumte Lucy ein. »Aber ich wusste auch, dass ich es niemandem gesagt hatte, und David genauso wenig. Und auch Stephen nicht.«

»Aber wie hat er denn den Anruf von Walston Hall aus gemacht?«, erkundigte sich Becca plötzlich.

Die Polizeibeamtin nickte. »Wir haben ihn das auch gefragt. Offensichtlich hat er irgendwelche Waren hingebracht und seine Tochter gebeten, ihn einmal telefonieren zu lassen. Wie Lucy schon gesagt hat, arbeitet sie in Walston Hall, und sie hat sich bestimmt nichts dabei gedacht. Wahrscheinlich hat sie sich nicht mal mehr daran erinnert, als der Wachtmeister sie befragt hat.«

Lucy wickelte nachdenklich eine Haarlocke um ihren Finger; sie war sich nicht sicher, ob Karen Stimpson in diesem Punkt Recht hatte. Es gab da noch eine Sache, die ihr eingefallen war, als sie in der vergangenen Nacht nicht einschlafen konnte, und die sie weder Becca noch der Polizeibeamtin anvertrauen wollte: Sally Purdons Reaktion, als Lucy die Wahrheit über Cyprian Lawrence und seine Anwesenheit im Haus am Donnerstagmorgen entdeckt hatte. Sie hatte erleichtert gewirkt, wie Lucy im Nachhinein bewusst wurde. Es musste ihr klar geworden sein, dass ihr Vater, nachdem er im Haus war und auch telefoniert hatte, der Schuldige war; Cyprian Lawrences Anwesenheit war ihr in dieser Situation wie der rettende Strohhalm erschienen, nach dem sie griff, um Lucy auf eine falsche Fährte zu setzen. Und es hatte funktioniert, wenn auch nur für kurze Zeit, und hatte Diana Mansfield unnötigen Kummer beschert. Doch Lucy wusste, dass sie nicht allzu hart über Sally urteilen durfte, nur weil sie versucht hatte, ihren Vater zu schützen. In dem völlig unwahrscheinlichen Fall, dass John Kingsley sich jemals etwas hätte zuschulden kommen lassen – hätte Lucy da nicht genauso gehandelt?

Nachdem Karen Stimpson gegangen und Stephen nach Hause gekommen war und man ihm die Geschichte ebenfalls geschildert hatte, rief Lucy im Büro bei David an. »Was ist los?«, fragte er beunruhigt.

Sie erzählte ihm, was geschehen war.

»Großer Gott«, sagte er verblüfft. »Fred Purdy! Ich habe ihn einfach nur für einen … harmlosen Hanswurst gehalten.«

»Vergiss eins nicht«, erwiderte Lucy, »du konntest dir sehr wohl vorstellen, dass er Pornozeitschriften im Laden hat, als ich den Witz über Quorn im Supermarkt gemacht habe.«

»Du hast wahrscheinlich Recht – das hätte mir schon etwas

sagen müssen«, gab er zu. »Ich dürfte also eigentlich nicht überrascht sein. Aber es war wirklich tapfer von dir, Liebling, dass du so lange durchgehalten hast, bis sie ihn gefasst haben!«

Daran wollte Lucy lieber gar nicht mehr denken, wenngleich sie fürchtete, dass die Erinnerung an dieses ekelhafte Gefühl sie noch lange Zeit begleiten würde. »Halb so wild«, sagte sie knapp. »Aber ich dachte mir, dass du es bestimmt so bald wie möglich erfahren wolltest. Du wirst dir vielleicht überlegen, ob es gut wäre, mit John Spring zu sprechen.«

»Du meinst, über den möglichen Zusammenhang mit dem Mord«, sagte David nachdenklich. »Ja, das muss man sich überlegen. Du hast aber nichts zu der Polizistin gesagt, oder?«

»Nein. Ich dachte mir, dass du vielleicht ein … kleines Geschäft mit Spring tätigen möchtest. So wie du es schon einmal gemacht hast, als du ihm den Tipp mit den Süßstoff-Tabletten gegeben hast.«

»Ganz schön clever von dir«, sagte David mit ehrlicher Bewunderung. »Ich werde sehen, was ich tun kann. Und ich komme so schnell wie möglich nach Walston zurück – spätestens heute Abend. Aber wartet nicht mit dem Essen auf mich.«

David hielt Wort und traf im Pfarrhaus ein, als sie sich gerade zum Abendessen an den Tisch setzten. Es versprach ein köstliches Mahl zu werden; Lucy war froh gewesen, die Zeit bis zu Davids Rückkehr mit Kochen ausfüllen zu können, und sie hatte sich diesmal selbst übertroffen: Es gab Blätterteigtäschchen mit Ziegenkäse und dazu zart gedünstetes Frühlingsgemüse.

»Ich bin froh, dass ich das nicht verpasst habe«, sagte er, als er sich zu ihnen an den Tisch setzte. »Es sieht köstlich aus.«

Lucy zeigte auf die leeren Gläser. »Wir haben uns gerade gefragt, ob wir den Champagner gleich aufmachen sollen, den ich neulich gekauft habe, aber dann wollten wir ihn doch nicht ohne dich trinken.«

»Ihr solltet lieber warten, bis ihr gehört habt, was ich herausgefunden habe«, sagte David in nüchternem Ton. Drei beunruhigte Gesichter wandten sich ihm zu. »Oh, so schlimm ist es auch wieder nicht«, versicherte er ihnen, »aber ich fürchte, das Ganze ist noch nicht vorbei.«

»Erzähl«, forderte Lucy ihn auf.

»Einen Moment noch.« Er ging in die Küche, holte eine Flasche Wein aus dem Kühlschrank und kam damit ins Esszimmer zurück. Dort öffnete er die Flasche und schenkte jedem von ihnen ein. »Ich habe John Spring von London aus angerufen«, begann er, »und vorgeschlagen, dass er sich mal mit Fred Purdy über den Mord unterhält. Dabei habe ich unsere Theorie erwähnt, dass Flora Newall entdeckt haben könnte, dass er diese Anrufe macht und dass er sie deshalb umgebracht hat, damit sie ihn nicht verraten kann. Spring war begeistert – er war überzeugt, dass es so gewesen sein muss und dass ihm die Beförderung sicher ist.« David setzte sich und trank einen Schluck Wein. »Nicht schlecht«, befand er.

»Und?«, drängte Lucy.

»Ich bin auf dem Weg hierher noch zur Polizeiwache gefahren, um mit ihm zu sprechen. Er sagte, dass sie Purdy zum Mord vernommen hätten und dass er leugnete, irgendetwas davon zu wissen. Der Mann gab alles zu, was die Anrufe betrifft, aber er behauptete steif und fest, dass er mit dem Mord nichts zu tun habe.«

»Na ja, das ist ja auch nicht weiter verwunderlich«, sagte Stephen.

»Ja«, stimmte David zu. »Aber die Sache ist die, dass Spring ihm glaubt. Und niemand hätte ein größeres Interesse daran gehabt, ein Geständnis von Fred Purdy zu bekommen als John Spring. Er muss sich wirklich gewünscht haben, dass der Mann schuldig ist. Mein Freund, der Sergeant, ist ganz und gar nicht erfreut – aber er nimmt nicht an, dass Purdy es getan hat. Und ich glaube ihm.«

»Das bedeutet also«, sagte Becca langsam und drückte damit die Gedanken eines jeden von ihnen aus, »dass hier in Walston immer noch ein Mörder frei herumläuft.«

»Ich fürchte ja«, räumte David ein.

»Und die Polizei ist der Aufklärung nach wie vor keinen Schritt näher gekommen«, fügte Lucy nachdenklich hinzu.

Das Abendessen war von gelegentlichen Schweigephasen geprägt, in denen jeder für sich die Ereignisse des Tages verarbeitete. Dazwischen fiel immer wieder die eine oder andere kurze Bemerkung oder Frage.

»Eins verstehe ich nicht«, dachte Stephen laut nach. »Wie konnte er wissen, wann Becca allein zu Hause war?«

»Ich schätze, er hat dich gesehen, wenn du am Laden vorbeigefahren bist«, meinte David. »Auf die Art wusste er, dass du nicht zu Hause warst.«

»Ich glaube, die Sache ist nicht ganz so einfach«, warf Lucy ein. »Hast du ihm als deinem Gemeindevorsteher nicht vieles anvertraut?«

Stephen sah sie einen Augenblick schweigend an, bevor ihm dämmerte, worauf sie hinauswollte. »Aber natürlich!«, sagte er. »Ich bin mit ihm mindestens einmal die Woche meinen Terminplan durchgegangen, eigentlich nur weil ich wollte, dass er weiß, dass ich genauso viel arbeite wie Pater Fuller. Fred sagte einmal zu mir, dass er mich verstehen könnte, wenn ich nur das Allernotwendigste in der Gemeinde täte und so viel Zeit wie möglich mit meiner schönen Frau verbringen würde. Danach habe ich ihn immer wissen lassen, wann ich wohin fahre.«

»Und hast ihm damit direkt in die Hände gespielt«, sagte Lucy in ironischem Ton.

»Aber wie bist du darauf gekommen?«, fragte Stephen verblüfft.

Lucy lachte kurz auf. »Da war etwas, das seine Tochter zu mir gesagt hat. Sie meinte, du würdest nicht mal aufs Klo gehen, ohne Fred nach dem Weg zu fragen. Das klang eigentlich gar nicht nach dir – aber ich schätze, so hat es Fred für sich interpretiert, insbesondere wenn er jemanden damit beeindrucken wollte, wie wichtig er war.«

Stephen schwieg eine Weile und meldete sich dann erneut zu Wort. »Was ich aber wirklich nicht verstehe, ist, warum er es getan hat. Warum hat er diese widerlichen Anrufe gemacht? Und warum hat er sich gerade Becca ausgesucht?« Es waren eher rhetorische Fragen, auf die er nicht wirklich eine Antwort erwartete.

Lucy hätte Stephen ohne weiteres die Wahrheit mitgeteilt, wenn Becca nicht anwesend gewesen wäre. So aber entschloss sie sich, nur ein wenig preiszugeben. »Ich glaube, er war einfach einsam und verwirrt. Ein Mann, der das Gefühl haben wollte, wichtig und einflussreich zu sein. Es ging bei diesen Anrufen vor allem um Macht. Und in diesen Momenten hat er sich mächtig gefühlt. Außerdem ist seine Frau ja schon seit langem krank«, fügte sie hinzu.

Becca war lange schweigsam gewesen, nun machte sie ein ziemlich betrübtes Gesicht. Die Euphorie, die sie zuvor verspürt hatte, die unaussprechliche Erleichterung, dass ihre Qualen ein Ende hatten, waren nun einer sehr nachdenklichen Stimmung gewichen. »Was wird jetzt mit ihm passieren?«, fragte sie mit leiser Stimme.

David deutete die Absicht hinter ihrer Frage falsch und versicherte ihr sogleich, dass sie nichts mehr zu befürchten habe. »Ich bin sicher, dass er dich nie mehr belästigen wird, Becca. Er muss wahrscheinlich nicht ins Gefängnis, aber er bekommt bestimmt die Quittung für sein … Verhalten.«

»Fred tut mit Leid«, sagte Becca leise. »Er konnte einfach nicht anders, denke ich mir. Und ich habe auch ein schlechtes Gewissen. Ich wusste ja, dass seine Frau krank ist und im

Hospiz liegt, aber nachdem ich sie nicht kannte, habe ich sie eben nicht besucht. Was passiert ist, ist teilweise auch meine Schuld. Vielleicht hätte ich einfühlsamer sein müssen; als Frau des Pfarrers wäre es meine Pflicht gewesen, mehr Anteil zu nehmen …« Tränen traten ihr in die Augen.

»Oh, Becca!«, sagte Stephen tief bewegt. »Wie gut du bist! Ich hätte ihn umbringen können für das, was er dir angetan hat, und du hast ihm schon vergeben.« Er ging zu ihr und nahm sie in die Arme. »Ich liebe dich so sehr«, murmelte er. »Ich habe dich gar nicht verdient.«

»Komm mit, David – Liebling«, sagte Lucy rasch. »Ich glaube, in der Küche wartet jede Menge Geschirr darauf, dass es jemand abwäscht.«

»Auf dem Weg ins Büro bin ich noch in South Ken vorbeigefahren«, teilte David Lucy mit, als sie sich ans Abwaschen machten. »Zu Hause… Ich meine, in deinem Haus«, verbesserte er sich, »habe ich dein Skizzenbuch mitgenommen, und noch ein paar andere Malutensilien. Ich dachte mir, dass du die Sachen vielleicht gern bei dir hättest. Und ein paar frische Kleider habe ich auch eingepackt.«

»Oh, Darling, du kannst wohl Gedanken lesen!« Sie vergaß, dass ihre Hände nass waren und umarmte ihn. »Wie aufmerksam du bist.«

David genoss den Augenblick und ließ seine Wange auf ihrem Kopf ruhen. »Das war aber, bevor das alles passiert ist«, sagte er. »Jetzt denke ich mir, dass wir Stephen und Becca wirklich allein lassen sollten, damit sie wieder ihr gewohntes Leben führen können.«

Lucy löste sich stirnrunzelnd aus seinen Armen. »Aber wir wissen noch immer nicht, wer Flora ermordet hat«, rief sie ihm in Erinnerung.

Seufzend zog er Lucy wieder an sich. »Das ist aber nicht unsere Sache, Liebling. Außerdem brauchen uns Stephen und

Becca nicht mehr. Sie sollten jetzt vor allem Zeit für sich allein haben.«

Sie wusste immer noch nicht, warum ihr der Gedanke, nach London zurückzukehren, so widerstrebte. »Ein Tag noch«, beharrte sie. »Bleiben wir noch einen Tag. Wir können dann ja morgen Abend zurückfahren.« Einer plötzlichen Eingebung folgend, fügte sie hinzu: »Ich habe ja jetzt mein Skizzenbuch und würde wahnsinnig gern noch ein paar Zeichnungen von den Sehenswürdigkeiten hier in der Kirche machen – vielleicht morgen Nachmittag.«

»Na gut«, stimmte David zu. »Noch ein Tag.« Er küsste sie aufs Haar.

»Ich habe mir ein paar Gedanken gemacht ...«, sagte Lucy und schmiegte sich an ihn. »Wenn Fred Purdy Flora nicht ermordet hat, dann war es wahrscheinlich jemand anders – der ein Geheimnis hüten wollte, das sie entdeckt hat. Vielleicht eine Frau. Du weißt ja – Gift ist eine Waffe, die oft von Frauen benutzt wird; vielleicht haben wir die Sache von der falschen Seite angepackt, weil wir immer davon ausgegangen sind, dass es ein Mann war.«

David lachte und umarmte sie zärtlich. »Du bist unverbesserlich, Liebling.«

Sie löste sich mit beleidigter Miene aus seinen Armen. »Lach ruhig über mich – aber ich meine es ernst, David. Vielleicht war es wirklich eine Frau.« Sie tauchte ihre Hände wieder in das heiße Abwaschwasser. »Wie wär's mit Marjorie Talbot-Shaw?«

»Marjorie Talbot-Shaw?«, fragte David stirnrunzelnd und versuchte sich an irgendetwas zu erinnern. »Oh! Während ich zu Hause war – ich meine, bei dir –, da habe ich die Nachrichten auf deinem Anrufbeantworter abgehört. Die meisten Nachrichten bezogen sich auf nichts Besonderes, aber da war auch eine von Pat Willoughby. Sie sagte, es gäbe da etwas, das sie dir über Marjorie Talbot-Shaw sagen wolle und hat vorgeschlagen, dass du sie zurückrufst.«

»Warum hast du mir das nicht schon früher gesagt?«, fragte Lucy unwirsch.

»Ich dachte nicht, dass es so wichtig wäre.«

»Also wirklich!« Sie schüttelte das Abwaschwasser von ihren Händen, wischte sie rasch an einem Geschirrtuch ab und eilte sogleich in die Diele, um zu telefonieren. Sie war zu ungeduldig, um in einem Jahrbuch der Kirche von England nachzuschlagen, sondern rief gleich die Auskunft an, wo sie nach der Nummer des Bischofs von Malbury fragte. Sie kannte George Willoughby und war sich sicher, dass seine Nummer im Telefonbuch stand.

David sah ihr nach und schüttelte nur den Kopf.

Patricia Willoughby, die Gemahlin des Bischofs von Malbury, war bekannt dafür, dass sie ihren Finger stets am Puls der Diözese hatte. Besonders am Herzen lagen ihr die Frauen der Geistlichen in der Diözese, die sie wie ihre Töchter behandelte, nachdem sie selbst keine hatte. Warum, dachte Lucy, als sie Pats Nummer wählte, hatte sie nicht selbst daran gedacht, Pat nach Marjorie Talbot-Shaw zu fragen?

Es war Bischof George Willoughby persönlich – seit langem der beste Freund des Domherrs John Kingsley –, der den Hörer abnahm. »Lucy!«, rief er in herzlichem Ton. »Wir haben dich ja schon Monate nicht mehr in Malbury gesehen! Warum kommst du mit David nicht irgendwann mal übers Wochenende zu uns? Du weißt ja, dass wir hier immer ein Plätzchen für euch haben. Dein Vater würde dich auch gern wieder mal sehen – und Pat und ich natürlich genauso.«

»Danke«, antwortete Lucy, die das freundliche und ehrlich gemeinte Angebot zu schätzen wusste. »Wir kommen bald einmal, das verspreche ich dir. Aber ich müsste jetzt dringend mit Pat sprechen, wenn es möglich wäre.«

»Das hätte ich mir gleich denken können, dass du nicht mit mir plaudern wolltest«, brummte er gutmütig.

»Das will nie jemand, außer es gibt irgendein Problem. Ich hole Pat.«

Wenige Augenblicke später war seine Frau Pat am Telefon. »Lucy, meine Liebe! Hast du denn meine Nachricht gehört?«

»Ja – es geht um Marjorie Talbot-Shaw?«

»Stimmt«, sagte Pat lachend. »Ich habe gestern mit deinem Vater gesprochen – und er hat mir gesagt, dass du sie erwähnt hast. Es scheint da eine gewisse Unklarheit gegeben zu haben, und ich dachte mir, ich könnte das aufklären.«

»Ich hätte von allein darauf kommen können, dass ich dich nach ihr frage«, sagte Lucy. »Es ergibt einfach keinen Sinn. Daddy hat sie als klein und blond und ziemlich dumm beschrieben. Aber die Frau, die ich hier als Marjorie Talbot-Shaw kennen gelernt habe, ist ganz anders – sie ist dunkel und groß, sie ist eine imposante Erscheinung. Ich weiß, dass Daddy sich manche Dinge nicht so recht merken kann«, fügte sie hinzu, »aber in diesem Punkt war er sich absolut sicher.«

Pat lachte erneut. »Dein Vater hat Recht«, sagte sie kurz und bündig. »Und du genauso.«

»Wie das?«

»Ganz einfach. Godfrey Talbot-Shaws Frau Marjorie, die dein Vater damals gekannt hat, ist schon vor einiger Zeit gestorben, kurz nach deiner lieben Mutter. Deswegen hat dein Vater das wahrscheinlich nicht gewusst oder sich nicht mehr daran erinnert – weil er damals mit sich selbst genug zu tun hatte.« Pat Willoughby erinnerte sich noch sehr gut an diese Zeit; sie war in jenen Tagen dem zutiefst deprimierten Witwer John Kingsley und seinen vier Kindern eine große Stütze gewesen.

»Und …«

»Und im Gegensatz zu deinem Vater hat Godfrey Talbot-Shaw wieder geheiratet, nach einer entsprechenden Zeit der

Trauer. Eine Frau, die das genaue Gegenteil von seiner ersten Frau war. Bis auf eine Kleinigkeit, meine Liebe.«

»Ihr Name«, sagte Lucy kleinlaut.

»Genau«, sagte Pat lachend. »Ich schätze, ihm hat eben der Name Marjorie gefallen. So einfach ist die ganze Sache.«

24

Wie lange wollt ihr unrecht richten und die Gottlosen vorziehen?

Psalm 82, 2

Am folgenden Morgen beschloss Becca Thorncroft zum ersten Mal seit sie verheiratet war – ja, zum ersten Mal seit langer, langer Zeit –, nicht in die Kirche zu gehen. Sie sagte, dass sie die neugierigen Blicke nicht ertragen könne, die nach den Ereignissen der vergangenen Tage auf sie gerichtet sein würden. Mittlerweile würde bestimmt jeder im Dorf wissen, dass man Fred Purdy festgenommen hatte, weil er allem Anschein nach der Urheber jener obszönen Telefonanrufe war. Und nun würden alle in der Gemeinde sie beobachten, um zu sehen, wie sie damit umging. »Das gilt nur für heute«, sagte sie in der Hoffnung, dass ihr Mann sie verstand.

Stephen begrüßte ihre Entscheidung. »Es ist absolut nicht nötig, dass du dich dem aussetzt«, sagte er. »Das Gedächtnis der Leute ist recht kurz – und wer weiß, was bis nächsten Sonntag passiert, das dann schon wieder viel interessanter ist.« Mit einem säuerlichen Lächeln fügte er hinzu: »Ich würde, weiß Gott, auch am liebsten zu Hause bleiben. Und Gott allein weiß, was ich heute in meiner Predigt sagen sollte. Ich werde da ganz auf Ihn vertrauen müssen.«

David erklärte sich ebenfalls außerstande, dem Gottesdienst beizuwohnen, und beschloss, bei Becca zu bleiben. Er würde ihr bei den Vorbereitungen zum Mittagessen helfen, sagte er.

Lucy jedoch wurde von ihrer Neugier angetrieben, die Messe zu besuchen. Vielleicht sagte oder tat ja irgendjemand etwas, das ein schlechtes Gewissen verriet, dachte sie. Und so saß sie ganz allein hinten im Altarraum und beobachtete die Anwesenden. Sie sah zwar niemanden, der ein schlechtes Gewissen zeigte – doch es gab trotzdem viel Interessantes zu beobachten. Wenig Schönes jedoch, wie sie später den anderen mitteilte. Da war einmal Ernest Wrightman, der kein Hehl daraus machte, dass er das freie Amt des Gemeindevorstehers für sich beanspruchte. Außerdem verrenkten sich viele der Anwesenden förmlich den Hals, um Becca mustern zu können; entsprechend groß war die Enttäuschung darüber, dass sie nicht kam. Und es wurde vor, nach und bisweilen auch während der Messe eifrig geflüstert und getuschelt. Niemand erwartete, dass Fred Purdy sich sehen ließ, obwohl man wusste, dass er gegen Kaution freigelassen worden war. Auch während seiner Inhaftierung hatte ihn niemand gesehen. Gill und Lou waren ebenfalls nicht gekommen, aber sie standen längst nicht mehr im Mittelpunkt des Interesses. Diana Mansfield war hingegen anwesend; sie saß neben ihrem Mann und blickte sich nicht ein einziges Mal zur Orgel um. Und Stephen las eine Messe, die alle Anwesenden überraschte.

»Unser heutiges Thema an diesem Sonntag vor Christi Himmelfahrt lautet: Heimgehen zum Vater«, begann er. »Ich wollte eigentlich über die berühmte und wunderschöne Stelle aus dem Brief des Apostels Paulus an die Römer sprechen, in der es heißt: ›Aber in dem allen überwinden wir weit durch den, der uns geliebt hat.‹ Aber ich glaube nicht, dass wir reif sind für diese Botschaft der Hoffnung. Stattdessen möchte ich ein paar Worte unseres Herrn mit euch teilen, aus dem Evangelium nach Matthäus.« Er öffnete seine Bibel und las: »›Dies Volk ehrt mich mit seinen Lippen, aber ihr Herz ist fern von mir … Hört zu und begreift's: Was zum Mund hineingeht, das macht den Menschen nicht unrein; sondern was aus dem

Mund herauskommt, das macht den Menschen unrein…
Merkt ihr nicht, dass alles, was zum Mund hineingeht, das geht
in den Bauch und wird danach in die Grube ausgeleert? Was
aber aus dem Mund herauskommt, kommt aus dem Herzen,
und das macht den Menschen unrein. Denn aus dem Herzen
kommen böse Gedanken, Mord, Ehebruch, Unzucht, Dieb-
stahl, falsches Zeugnis, Lästerung‹. Ich sehe, dass ihr euch an-
schaut und vielleicht an den einen oder anderen denkt, der
heute nicht bei uns ist. Aber der Herr sagt auch: ›Was siehst du
aber den Splitter in deines Bruders Auge und nimmst nicht
wahr den Balken in deinem Auge?‹, und: ›Wer unter euch
ohne Sünde ist, der werfe den ersten Stein.‹ Denkt über das
nach, was ich euch vorgelesen habe, über diese Worte des
Herrn, und ergründet eure eigenen Herzen, bevor ihr allzu
schnell andere verurteilt. Das ist alles, was ich zu sagen habe.«
Stephen setzte sich, während die Gemeinde immer noch unter
dem Eindruck seiner Worte stand.

»Das war brillant«, gratulierte Lucy ihm beim Mittagessen.
»Genau das Richtige in diesem Augenblick.«

Stephen wollte sich in seiner Bescheidenheit das Lob nicht
auf die eigene Fahne heften. »Das waren die Worte des Herrn,
nicht die meinen«, erwiderte er. »Außerdem glaube ich nicht,
dass sie überhaupt zugehört haben. Wahrscheinlich machen
sie nach der Messe genauso weiter wie vorher. Enid hat Ernest
die Leviten gelesen, weil er es so eilig hatte, das Amt des Gemeindevorstehers an sich zu reißen, und Doris hat gegen Enid
gestichelt – es ging um irgendeine Sache mit der Mothers'
Union. Und dann war da natürlich noch das faszinierende
Thema Fred Purdy.«

»Na ja«, sagte David, »das kommt bestimmt nicht so oft vor,
dass ein Gemeindevorsteher ins Gefängnis wandert, weil er die
Frau des Pfarrers mit obszönen Anrufen belästigt.«

»Da fällt mir etwas ein«, meinte Stephen und wandte sich

Becca zu. »Uns fehlen ja jetzt schon zwei Gemeindevorsteher, und nicht mehr nur einer. Das errätst du nie, wer nach der Messe zu mir gekommen ist und angeboten hat, für das Amt zu kandidieren.«

»Doch nicht etwa Quentin Mansfield?«, fragte Becca. »Oder Ernest?«

»Enid Bletsoe.«

»Im Ernst?«

»Sehe ich etwa so aus, als würde ich einen Scherz machen?« Stephen schüttelte den Kopf. »Nein, es ist leider kein Scherz. Das hat mir gerade noch gefehlt.«

Nachdem Becca nicht in die Kirche gegangen war, aßen sie an diesem Tag sehr früh zu Mittag. Danach wusch Lucy noch schnell das Geschirr ab und machte sich dann sofort mit dem Skizzenbuch auf den Weg, um die Grabdenkmäler der Familie Lovelidge in der Marienkapelle der Kirche zu zeichnen. Die Kirche war leer, was ihr nur recht war; der allgegenwärtige Harry Gaze saß wohl gerade zu Hause beim Essen.

Bevor sie begann, sah sie sich die Denkmäler noch einmal an und erinnerte sich dabei an den Tag, als sie und David zum ersten Mal nach Walston gekommen waren und Harry sie durch die Kirche geführt hatte. Sie begann mit jenem Sir John, der einst Gentleman of the Bedchamber von Charles II. gewesen war, und erinnerte sich an Harrys Bemerkung über die drei Ehefrauen namens Sarah. »Der Name muss ihm ziemlich gefallen haben«, hatte Harry gesagt. So wie Godfrey Talbot-Shaw möglicherweise eine Vorliebe für den Namen Marjorie gehabt hatte, dachte Lucy und lächelte darüber, wie dumm sie gewesen war. Sie hatte sich zu sehr geschämt, um David von ihren lächerlichen Ideen zu erzählen, die in ihrer blühenden Fantasie entstanden waren; sie hatte sich doch tatsächlich vorgestellt, dass da eine Frau sich die Identität einer anderen zugelegt haben könnte, um unter diesem Deckmantel ihren finsteren Machenschaften nachzugehen. Hatte vielleicht die Frau, die in Walston als Marjorie Talbot-Shaw bekannt war, die wirkliche Mrs. Talbot-Shaw ermordet und aus irgendeinem verbrecherischen Motiv heraus ihren Namen benutzt, oder hatte sie den Namen nur irgendeinem Grabstein oder Nachruf entnommen, um ein neues Leben anzufangen, nachdem sie ein schreckliches Verbrechen begangen hatte? Und hatte Flora Newall, die auch aus Shropshire stammte, den Betrug vielleicht entdeckt und ihr gedroht, sie zu entlarven? Mit solchen Gedanken hatte Lucy am Tag zuvor noch gespielt, bevor sie erfahren hatte, dass die Wahrheit denkbar banal war und ganz einfach darin bestand, dass es eben zwei Frauen mit dem gleichen Namen gab. Es waren nicht einmal drei, wie im Falle der Ehefrauen von Sir John Lovelidge. Wenigstens, so dachte sie sich, hatte sie sich nicht blamiert, indem sie es David erzählte. Er sagte oft, dass sie Detektivin hätte werden sollen. Mit derartigen Hirngespinsten wäre sie aber wohl kaum noch ernst genommen worden.

Lucy ging zu der großen Marmorstatue jenes Sir John hinüber, der mit seiner lockigen Perücke in einer ziemlich unbequemen Position ruhte – auf der Seite liegend, den Kopf auf eine Hand gestützt. Sie überflog die lange Liste seiner Tugenden und Vorzüge und hielt inne, als sie den Namen seiner Frau las: Augusta, Tochter von Lord Hollingsworth, aus der Grafschaft Shropshire. Plötzlich fiel ihr ein, was Enid Bletsoe an jenem Tag gesagt hatte – über das Denkmal und noch einige andere Dinge. Sie betrachtete die Inschrift eine ganze Weile, während sich in ihren Gedanken verschiedene Stücke zu einem beängstigenden Puzzle zusammenfügten, in dem jedoch einige Teile fehlten. Sind das schon wieder irgendwelche Hirngespinste?, fragte sie sich – doch diesmal schien die Sache anders auszusehen.

Als sie wenige Minuten später wieder im Pfarrhaus war, ging Lucy sogleich zum Telefon und rief im Haus des Bischofs von

Malbury an. Sie hoffte inständig, dass Pat zu Hause war und dass sie entweder über ihre vielen Kontakte oder aus ihrem eigenen reichen Wissen Lucy das sagen konnte, was sie unbedingt wissen musste.

Sie hatte – zumindest in einer Hinsicht – Glück; es war Pat, die den Hörer abnahm.

»Hier ist noch mal Lucy«, sagte sie. »Ich hoffe, ich rufe nicht allzu ungelegen an. Ich störe doch nicht beim Essen, oder?«

»Ich bin schon beim Abwaschen«, versicherte ihr Pat mit einem Lächeln, das man förmlich hören konnte. »Und George kann das auch allein erledigen – lass uns also ruhig ein wenig plaudern.«

Lucy stellte sich lächelnd vor, wie der Bischof von Malbury gerade in Pats Küche stand, die violetten Ärmel aufgekrempelt und die Arme tief ins Abwaschwasser getaucht. »Ich habe da eine kleine Frage, Pat.«

»Schieß los«, sagte die Frau des Bischofs.

»Ich habe mich gefragt, ob du wohl Lord Hollingsworth kennst.«

Pat lachte. »Lord Hollingsworth! Das will ich meinen! Ich glaube kaum, dass man in Shropshire leben und Lord Hollingsworth nicht kennen kann. Er ist der größte Landeigentümer in der Grafschaft, wie er selbst immer wieder betont. Er hat jede Menge Einfluss hier in der Gegend und bildet sich nicht wenig darauf ein. Natürlich ist er auch in der Kirchengemeinde ein wichtiger Mann.«

»Und kennst du auch seine Tochter? Charlotte heißt sie, glaube ich«, fragte Lucy und hielt den Atem an.

»Ja, ich habe sie erst vor kurzem kennen gelernt«, bestätigte Pat. »Sie studiert an der Universität, aber in den Osterferien war sie daheim in Hollingsworth Park. Und sie hat ihren Verlobten nach Malbury mitgebracht, damit George ihn ein bisschen begutachten kann. Sie werden in der Kathedrale heiraten, mit einer Sondergenehmigung, und George bereitet sie auf die Heirat vor. Wenn die Tochter von Lord Hollingsworth sich verehelicht, dann muss sie schon von einem Bischof getraut werden«, fügte sie in ironischem Ton hinzu. »Der Erzbischof von Canterbury wäre ihnen ja am liebsten gewesen – aber sein Terminkalender war anscheinend voll. Ein dummer Mensch, dieser Lord.«

»Wie ist sie denn so?«, wollte Lucy wissen.

Pat kicherte. »Also, wenn du meine ehrliche Meinung erfahren willst – und etwas anderes bekommst du von mir nicht zu hören –, sie ist ein verzogener Fratz und ein Blaustrumpf; eine ziemlich unglückliche Kombination. Mit ihrem Verlobten war sie einmal zum Tee bei uns, und da hatte ich ausreichend Gelegenheit, sie in Aktion zu sehen. Eine ziemlich affektierte kleine Miss, die aber immer ihren Willen durchzusetzen versteht. Lord Hollingsworths einzige Tochter«, fügte sie hinzu. »Sogar sein einziges Kind. Sie ist sein Ein und Alles, wie du dir denken kannst.«

»Und ihr Verlobter? Wie ist er so?«

»Jamie heißt er. Er macht einen recht gutmütigen Eindruck«, antwortete Pat. »Er sieht gut aus, was für Miss Charlotte recht wichtig sein dürfte, und er tut, was sie sagt, was wohl noch wichtiger ist. Sie hält ihn an der kurzen Leine«, fügte sie ganz unumwunden hinzu. »Das war ziemlich auffällig. Er wird sich hüten, sie vor den Kopf zu stoßen.«

»Dann gehört er also nicht zur Landschickeria?«, fragte Lucy, obwohl sie die Antwort kannte.

»O nein, überhaupt nicht. Ein ziemlicher Niemand, wie Lord Hollingsworth meint, und Waise obendrein. Sie hat ihn in Cambridge kennen gelernt. Ich glaube nicht, dass ihr Vater sehr erfreut ist über ihre Wahl, aber Charlotte will ihn und das allein zählt.« Pat hielt inne, um Luft zu holen. »Ich hoffe, dass ich dir damit helfen konnte. Ich will dich gar nicht fragen, warum du es wissen willst.«

»Eines Tages werde ich es dir erzählen«, versprach Lucy.

338

»Tausend Dank, Pat. Du hast mir sehr geholfen.« Gott sei Dank hatte sie Pat gefragt und nicht ihren Vater, dachte Lucy; John Kingsley brachte es einfach nicht über sich, ein schlechtes Wort über irgendjemanden zu sagen, auch wenn es noch so berechtigt wäre.

Mit einem zufriedenen Seufzer machte sie sich auf die Suche nach David. Sie fand ihn im Wohnzimmer, umgeben von Sonntagszeitungen, die er sich langsam und genüsslich zu Gemüte führte. Er blickte auf, als sie hereinkam. »Ich dachte, du machst Skizzen, Liebling. Du warst aber nur kurz weg – ist es dir schon langweilig geworden? Oder hast du es nicht mehr ohne mich ausgehalten?«

»Wo sind Becca und Stephen?«, fragte sie anstelle einer Antwort.

»Oben«, erwiderte er augenzwinkernd. »Ich würde sie jetzt nicht stören, wenn du verstehst, was ich meine.«

»Gut. Ich wollte nämlich mit dir sprechen.«

»Ich stehe zu deiner Verfügung«, meinte er grinsend. »Vor allem, wenn du auch mit mir nach oben gehen möchtest.«

»Hör zu, Liebster«, sagte sie, trat zu ihm hin und nahm ihm die Zeitung aus der Hand, um ihren Worten Nachdruck zu verleihen. »Es geht um Floras Tod.«

David seufzte. »Beschäftigst du dich immer noch damit?«

»Ja, das tue ich.« Sie ignorierte seinen missbilligenden Ton. »Hör zu, ich habe mir einiges durch den Kopf gehen lassen. Wenn wir uns früher darüber Gedanken gemacht haben, wer Flora umgebracht haben könnte, dann ging es immer darum, wer ein Motiv hatte und wer die Gelegenheit hatte, den Mord auszuführen.«

»Ja?«

»Aber worüber wir nie gesprochen haben, war das Tatwerkzeug.«

»Digoxin«, sagte David. »Da gibt es keinen Zweifel.«

Lucys Stimme klang ungeduldig. »Ja, mein Lieber, aber die

Frage ist doch: Woher hatte der Mörder das Digoxin? Das ist doch nicht etwas, das man in jedem Laden kaufen kann.«

»Das stimmt«, pflichtete er ihr bei. »Also, worauf willst du hinaus?«

»Wir müssen nach jemandem suchen, der einen medizinischen Hintergrund hat«, hielt Lucy fest. »Es muss jemand sein, der sich mit Medikamenten auskennt und der auch Zugang dazu hat. Und wer erfüllt diese Voraussetzungen?«

»Doktor McNair?«, fragte David im Scherz.

Lucy sah ihn vorwurfsvoll an. »Jetzt sei einmal ernst, David! Ich rede von Enid Bletsoe!«

»Enid?«

»Sie hat jahrelang für Doktor McNair gearbeitet«, erinnerte sie ihn, »und hat dabei bestimmt viel über Arzneien und ihre Anwendung gelernt. Und sie hat wahrscheinlich die Medikamente verwaltet. Es war für sie also bestimmt nicht schwer, an das Digoxin ranzukommen.«

»Das klingt plausibel«, gab David widerstrebend zu und begann sich unwillkürlich für ihre Theorie zu interessieren. Er setzte sich auf und schob die Zeitungen beiseite, um Platz für Lucy zu machen.

Sie ignorierte seine unausgesprochene Aufforderung und ging aufgeregt hinter dem Sofa auf und ab. »Und das ist noch längst nicht alles, Liebster. Denk einmal nach: Wer hat Doktor McNair den Tipp gegeben, dass er nach Digitalis suchen sollte? Wer hat zuerst von Digitalis gesprochen?«

»Enid«, erwiderte David langsam. »Aber wenn sie es getan hat, warum hätte sie dann die Aufmerksamkeit darauf lenken sollen? Warum hat sie Doktor McNair nicht einfach glauben lassen, dass es ein Herzinfarkt war?«

»Kein Mensch wäre je auf die Idee gekommen, dass sie es getan hat. Und so konnte sie den Verdacht auf Gill lenken. Sie hasst Gill – das war also reine Bosheit. Und es bedeutete auch, dass niemand jemals *sie* verdächtigen würde.«

Er nickte nachdenklich. »Da könnte vielleicht wirklich etwas dran sein, Liebling. Trotzdem stellt sich wieder die Frage nach dem Motiv. Einmal abgesehen von dem etwas dürftigen Wunsch, Gill in Schwierigkeiten zu bringen – warum hätte Enid die arme Flora umbringen sollen? Ich hätte gedacht, die beiden steckten unter einer Decke, wenn es darum ging, Bryony ihrer Mutter wegzunehmen.«

»An diesem Punkt passt es noch nicht recht zusammen«, gab Lucy zu und setzte sich schließlich. »Aber ich werde dir erzählen, was ich bisher herausgefunden habe. Ich glaube, das Ganze hat irgendetwas mit Lord Hollingsworth zu tun.«

»Lord Hollingsworth?«, fragte er verblüfft. »Jetzt verstehe ich überhaupt nichts mehr, Lucy.«

»Wenn wir erneut von der Annahme ausgehen, dass Flora irgendetwas herausgefunden hat, von dem der Mörder oder die Mörderin nicht wollte, dass sie es weiß«, erläuterte sie geduldig, »dann bedeutet das, dass Enid ein Geheimnis hatte. Und die Person, vor der sie das Geheimnis am meisten hüten will, ist Lord Hollingsworth.«

»Jetzt erinnere ich mich an etwas. Ihr Sohn soll doch Lord Hollingsworths Tochter heiraten, nicht wahr?«

»Ja, aber es ist ihr Enkelsohn – Jamie.« Lucy holte tief Luft. »Erinnerst du dich noch an jenen Tag in der Kirche? Wie sie uns von ihrem Enkel erzählt hat, und dass er einen Sommerjob in Nether Walston hatte – oder vielmehr war es ihre Schwester, die das gesagt hat. Jedenfalls wollte sie alle Welt wissen lassen, dass Jamie diese Charlotte Hollingsworth heiratet.«

»Aber was hat das mit Flora zu tun?«

»Dazu komme ich gleich«, versuchte Lucy ihren Gedankengang zu erläutern. »Das ist bestimmt das Größte, was Enid in ihrem Leben widerfahren ist, und sie würde bestimmt nicht wollen, dass irgendetwas dazwischenkommt«, betonte sie.

»Und was könnte dazwischenkommen?«

»Nun«, sagte sie, »Lord Hollingsworth könnte etwas über

sie herausfinden – oder auch über ihren Enkelsohn –, wodurch Jamie als Ehemann für seine geliebte Tochter nicht mehr geeignet wäre.« Es wurde ihr bewusst, dass sie einige Dinge übersprang. »Ich habe gerade mit Pat über Lord Hollingsworth gesprochen«, erläuterte sie. »Und auch über seine Tochter. Und die ganze Sache ist mehr oder weniger so, wie ich es mir vorgestellt habe. Er ist nicht gerade begeistert, dass seine Tochter unter ihrem Stand heiratet, und er hätte bestimmt nichts dagegen, wenn an Jamie der eine oder andere Makel zu entdecken wäre, damit die reizende Charlotte ihn doch nicht heiratet«, sagte Lucy nachdenklich. »Wie sähe es also aus, wenn sich der gute Jamie in seiner Jugend etwas hat zuschulden kommen lassen, was Flora herausgefunden hätte?«

David schloss die Augen und drückte mit den Fingerspitzen auf die Lider. Er schwieg eine Weile, bevor er schließlich murmelte: »Aha, Nether Walston.«

»Ich weiß, es gibt keine Beweise …«, sagte Lucy unsicher. »Und es lassen sich wahrscheinlich auch keine finden.« Sie seufzte. »Du wirst bestimmt sagen, dass meine Fantasie wieder mal mit mir durchgeht. Wahrscheinlich ist es auch so. Und selbst wenn es stimmen würde …«

»Großer Gott«, sagte David mehr zu sich selbst. Er öffnete die Augen und stand rasch auf. »Überlass das mir«, sagte er in entschiedenem Ton. »Ich bin in zwei Stunden wieder da.«

David hatte ihr nicht gestatten wollen, ihn zu begleiten, und so ging sie, um sich die Zeit bis zu seiner Rückkehr zu vertreiben und andererseits Becca und Stephen nicht zu stören, wieder in die Kirche, um ihr Vorhaben, die Grabdenkmäler zu zeichnen, doch noch durchzuführen. Zu ihrer Erleichterung war von Harry immer noch nichts zu sehen. Sie setzte sich auf einen Stuhl in der Kapelle und vertiefte sich rasch in ihre Arbeit. In kurzer Zeit fertigte sie mehrere Kreidezeichnungen an.

Nach einer Weile bemerkte Lucy, dass sie nicht mehr allein war; sie spürte, dass jemand still hinter ihr stand. Als sie sich umdrehte, sah sie Roger Staines, der ihr über die Schulter blickte.

»Bitte, lassen Sie sich nicht stören«, sagte er. »Machen Sie weiter. Ich konnte einfach nicht widerstehen, Ihnen zuzusehen.«

Verlegen deckte Lucy ihre Skizze zu. »Es ist wirklich nichts Besonderes«, erwiderte sie. »Kreide ist nicht gerade meine Stärke. Es war mehr ein Experiment, weil mich die Denkmäler so faszinieren.«

»Aber es sieht toll aus!«, erwiderte der ehemalige Gemeindevorsteher begeistert. »Haben Sie noch mehr Zeichnungen gemacht?«

Widerstrebend zeigte sie ihm ihre Skizzen. »Es sind einfach nur ein paar flüchtige Eindrücke, die ich da festgehalten habe«, sagte sie, sich rechtfertigend. »Nichts Ausgefeiltes.«

»Aber gerade das gefällt mir so daran«, stellte Roger Staines fest. »Sie drücken das Wesentliche aus und gehen nicht zu sehr ins Detail.«

Lucy lächelte. »Nun, es freut mich, dass sie Ihnen gefallen.«

»Ganz ehrlich, ich finde sie großartig.« Er hielt inne, für einen Augenblick tief in Gedanken versunken. »Ich schätze, Sie haben schon mal davon gehört, dass ich an einem Buch arbeite«, sagte er schließlich. »Eine Geschichte des Dorfes, der Kirche und der Familie Lovelidge. Ich glaube, dass einige Ihrer Skizzen als Illustrationen für das Buch genau richtig wären.«

»Oh, ich weiß nicht recht«, sagte Lucy und schüttelte bescheiden den Kopf.

»Macht es Ihnen etwas aus, wenn ich Ihnen ein Weilchen zusehe?«, fragte er.

»Wenn Sie möchten«, stimmte Lucy zu und nahm ein frisches Blatt in Angriff.

»Stört es Sie, wenn ich mit Ihnen spreche, oder soll ich lieber still sein?«

Lucy wäre es am liebsten gewesen, wenn er weggegangen wäre und sie in Ruhe gelassen hätte, doch das konnte sie ihm nicht gut sagen; also beschloss sie, lieber höflich als ehrlich zu sein. »Es macht mir nichts aus. Sie können ruhig mit mir sprechen, wenn Sie möchten.«

Roger schwieg einige Minuten lang – fasziniert von ihrer Arbeit, bevor er nachdenklich zu reden begann. »Eigentlich wollte ich mich sowieso mit Ihnen unterhalten«, gab er zu. »Sie stammen zwar nicht aus Walston, aber Sie kennen die Personen, die mit der Angelegenheit zu tun haben. Und Sie sind intelligent. Ich wollte Ihre Meinung über diesen Mordfall hören.«

Lucy erschrak und wandte sich ihm zu. »Wie meinen Sie das?«

Er lachte verlegen. »Ich habe viel nachgedacht, wissen Sie. Aber es gibt niemanden, mit dem man darüber reden könnte. Ich habe versucht, Fergus McNair darauf anzusprechen, aber er sagt mir nur, dass ich mich um meine eigenen Angelegenheiten kümmern soll. Und so habe ich dann an Sie gedacht – Sie haben doch bestimmt eine Meinung zu der Sache, Miss Kingsley.«

Lucy bemühte sich, nicht allzu interessiert zu klingen. »Verraten Sie mir doch erst einmal Ihre Gedanken. Und sagen Sie bitte Lucy zu mir«, fügte sie hinzu.

»Also gut. Sie werden das vielleicht ein bisschen weit hergeholt finden«, räumte Roger ein, »aber ich habe an Fred Purdy gedacht. Nicht wegen der Anrufe«, fügte er rasch hinzu. »Es hat nichts damit zu tun.«

»Oh! Warum denn dann?«

»Weil Flora Gemeindevorsteherin war«, erläuterte er, nun schon mit etwas mehr Nachdruck. »Und das ist ein Amt mit beträchtlichem Einfluss. Ich weiß nicht, wie viel Sie von alldem mitbekommen haben, was hier in der Kirche so vor sich geht, Miss … Lucy. Aber Fred hat ganz bestimmte Vorstellungen, wie sich die Dinge hier entwickeln sollten. So habe ich mich gefragt, ob Flora vielleicht in der kurzen Zeit, die sie im Amt war, Streit mit ihm bekommen hat.«

»Worüber zum Beispiel?«, fragte Lucy neugierig.

Roger wippte auf den Füßen vor und zurück und schob die Hände in die Hosentaschen. »Nun, zum einen hatte Fred den Plan, dass wir unsere Beiträge an die Diözese nicht mehr bezahlen sollen.«

»Ja, Stephen hat uns davon erzählt.«

»Wenn Flora gegen seinen Plan war, könnte es ja sein, dass er so wütend wurde, dass er … das Hindernis beseitigen wollte. Ich sage nicht, dass sie gegen seinen Plan war«, fügte er rasch hinzu. »Ich weiß es einfach nicht. Aber sie war eine vernünftige Frau, und ich habe mich einmal mit ihr darüber unterhalten. Ich konnte ihr erläutern, wie wichtig es ist, dass wir die Beiträge zahlen, und sie schien Verständnis für meinen Standpunkt zu haben.«

Das Motiv, das er vorbrachte, schien Lucy für einen Mord nicht wirklich auszureichen, doch sie nickte ihm zu, ruhig weiterzusprechen.

»Und dann ist da natürlich noch die Sache mit Ingram.«

Sie runzelte die Stirn. »Darüber weiß ich überhaupt nichts.«

»Ingram – das ist ein Betrieb für landwirtschaftliche Produkte hier im Ort. Im Moment ist es nur eine ganz kleine Firma, aber jetzt hat sie ein multinationaler Konzern aufgekauft, der gewaltig expandieren will. Es ist eine ziemlich komplizierte Geschichte – jedenfalls sind die beiden Gemeindevorsteher als Treuhänder des Altersheims auch in die Sache verstrickt. Ingram braucht das Durchfahrtsrecht durch den Grund des Altersheims, sonst können sie nicht ausbauen. Fred ist absolut dafür – es wäre gut für sein Geschäft, wissen Sie. Ich war natürlich absolut dagegen – also waren wir in einer Art

Pattsituation.« Er wartete einen Augenblick, ehe er fortfuhr: »Verstehen Sie? Flora wäre zweifellos auch dagegen gewesen, schließlich ist sie Vegetarierin. Es hätte ihr bestimmt nicht gefallen, wenn da Tausende von Tierkadavern durch die Gärten des Altersheims transportiert werden. Stephen kennt das Problem genau«, fügte er hinzu. »Er ist der dritte Treuhänder.« Roger sah sie erwartungsvoll an.

»Na ja, es wäre schon möglich«, sagte sie schließlich, um ihn nicht zu enttäuschen.

»Die Leute hielten Flora für leicht beeinflussbar«, sagte er. »Vielleicht weil sie noch nicht so lange hier war und sich noch nicht so gut auskannte. Vielleicht hat sie auf manche auch ein bisschen naiv und oberflächlich gewirkt – aber sie war wirklich intelligent und ganz sicher eine Frau mit Prinzipien.«

Lucy fand, dass seine Einschätzung sehr gut in ihre eigene Theorie passte.

Doch Roger war noch nicht fertig. »Und da gibt es noch eine Kleinigkeit, die mir zu denken gibt«, vertraute er ihr an, »Sie haben ja vielleicht gehört, dass Enid Bletsoe das Gerücht verbreitet hat, Gillian English hätte *mich* mit Digitalis vergiftet und deshalb meinen Herzinfarkt genauso auf dem Gewissen wie den von Flora.«

»Ich habe davon gehört, ja.«

»Das ist natürlich Quatsch«, erklärte er entschieden. »Selbst wenn sie Flora vergiftet hätte, so hätte sie niemals auch mich vergiften können. Schließlich ist Gillian English erst am Tag nach meinem Herzinfarkt nach Walston übersiedelt! Aber wenn es Fred gewesen wäre …« Erneut hielt er kurz inne. »Verstehen Sie, was ich sagen will? All die Gründe, die Fred Purdy hatte, um Flora aus dem Weg zu räumen, trafen auch auf mich zu. Ich stand seinen Plänen im Weg, bis mich mein Herzinfarkt außer Gefecht setzte. Flora war nachher in der gleichen Position.«

»Sie meinen also, dass Fred Sie genauso vergiftet haben könnte?«, fragte Lucy.

Roger nickte bedächtig. »Möglich wäre es.«

»Verstehe.« Lucy blickte zu ihm auf und dachte über seine Theorie nach. Sie bezweifelte jedoch, dass es sich tatsächlich so abgespielt haben könnte – und das nicht nur deshalb, weil sie selbst eine andere Theorie hatte; es gab da noch etwas, das er anscheinend nicht bedacht hatte. »Ihre Theorie hat durchaus etwas für sich«, sagte sie schließlich. »Aber Flora wurde mit Digoxin-Tabletten vergiftet. Wo hätte Fred Purdy die Tabletten hernehmen sollen? Und woher hätte er wissen sollen, wie man sie einsetzt? Offen gestanden, Mr. Staines, Fred Purdy ist mir noch nie besonders schlau vorgekommen. Jedenfalls nicht schlau genug, um heimlich Süßstoff durch Digoxin zu ersetzen.«

Roger dachte über ihre Worte nach. »Es sei denn, er hat die Tabletten durch Zufall in die Hände bekommen und sie an mir ausprobiert, bevor er sie dann bei Flora so eingesetzt hat, wie er es wollte.« Doch schließlich schüttelte er zweifelnd den Kopf. »Nein, Sie haben natürlich Recht. Fred hätte niemals genug Grips, um so etwas zu machen.« Er lachte verlegen. »Vergessen Sie alles, was ich gerade gesagt habe. Ich fürchte, da hat mir meine Fantasie einen Streich gespielt.«

»Es ist mir selbst nicht anders gegangen«, sagte Lucy mit einem säuerlichen Lächeln.

»Dann haben Sie sich also auch schon Gedanken über den Mord gemacht.«

»Jede Menge«, gab sie zu.

»Und haben Sie vielleicht eine Theorie, die besser ist als die meine?« Die Ironie in seinen Worten richtete sich eher gegen ihn selbst als gegen sie.

Lucy überlegte kurz, ob es klug wäre, ihre Gedanken zu diesem Zeitpunkt jemand anders als David anzuvertrauen – doch sie fand, dass es nicht schaden konnte, einen Mann wie Roger Staines einzuweihen und zu sehen, was er davon hielt. Er würde sie bestimmt nicht auslachen, und wenn ihre Theorie einen Fehler enthalten sollte, der ihr entgangen war, so würde er sie darauf aufmerksam machen, bevor sie sich blamierte. »Na ja«, sagte sie, »ich finde, dass der notwendige medizinische Hintergrund auf Enid Bletsoe hindeutet. Nachdem sie so lange für Doktor McNair gearbeitet hat, könnte sie sich leicht das Digoxin verschafft haben.«

Roger nickte nachdenklich. »Das klingt plausibel. An Enid hatte ich eigentlich nicht gedacht, aber boshaft genug wäre sie. Wenn sie ein gutes Motiv hätte, würde ich es ihr auf jeden Fall zutrauen. Irgendeine Idee, was ihr Motiv gewesen sein könnt ...?«

»Das ist ja unerhört!«

Roger drehte sich erschrocken um und sah Doris Wrightman aus dem Altarraum hervortreten; sie war in die Kirche gekommen, um nach ihrem Mann zu sehen, und wenn man die Akustik des Gebäudes bedachte, musste sie den letzten Teil des Gesprächs mit angehört haben.

»Wie können Sie es wagen, so etwas über meine Schwester zu sagen!«, stieß sie empört hervor. Die Hände in die Hüften gestemmt, sah sie die beiden vorwurfsvoll an. »Meine Schwester eine Mörderin zu nennen! Sie können sicher sein, dass ich es Enid erzählen werde – ich gehe sofort zu ihr!«

25

Wer seinen Nächsten verleumdet den bringe ich zum Schweigen.
Ich mag den nicht, der stolze Gebärde und hoffärtige Art hat.

Psalm 101, 5

Während David nach Nether Walston fuhr, war er mit den Gedanken ganz woanders; mehrmals passierte es ihm, dass er falsch abzweigte und wieder umkehren musste. Sein Kopf war voll mit kleinen Gesprächsfetzen und winzigen Details, die er zuerst kaum beachtet hatte; dennoch gelang es ihm immer noch nicht, ihre Bedeutung zu erfassen. Er wusste nicht einmal genau, welche Fragen er über wen zu stellen hatte – doch er war sich sicher, dass es am besten wäre, bei Cynth zu beginnen.

Eigentlich hatte er nur wenig Hoffnung, Cynth an einem Sonntagnachmittag im Crown and Mitre anzutreffen, und sein Pessimismus bestätigte sich auch. Die Ausschankzeit neigte sich bereits dem Ende zu; nur noch einige hart gesottene ältere Trinker waren anwesend, außerdem noch zwei jüngere Männer, die offensichtlich den häuslichen Freuden eines Nachmittags im Kreise der Familie entflohen waren. Der Kneipenbesitzer hinter der Bar sah David an, als hätte er ihn noch nie gesehen. »Zu spät, Kumpel«, sagte er mit trauriger Stimme. »Ich hab schon die letzte Runde ausgerufen.«

»Ist schon in Ordnung«, sagte David. »Ich wollte auch keinen Drink. Ich suche jemanden – ein Mädchen namens Cynth«, fügte er hinzu. »Ich habe sie hier mal getroffen. Könnten Sie mir vielleicht sagen, wo sie wohnt?«

Der Kneipenbesitzer schüttelte den Kopf. »Da kann ich Ihnen auch nicht helfen, mein Freund. Sie erwarten doch nicht von mir, dass ich von allen Gästen weiß, wo sie wohnen?«

Seine Rechtfertigung klang ziemlich absurd, wenn man bedachte, wie klein Nether Walston war. David wandte sich den Gästen des Pubs zu, doch sie nahmen ihn überhaupt nicht zur Kenntnis. Sie starrten in ihre Biergläser oder begannen sich plötzlich angeregt mit ihren Zechkumpanen zu unterhalten. Das Dorf hielt zusammen, um einen der Ihren gegen einen Fremden zu verteidigen, dachte er. Ihm wurde klar, dass er hier nichts ausrichten würde, und so verließ er das Pub.

Draußen auf der Straße stand David einen Augenblick unschlüssig da. Wohin sollte er sich ohne Cynth wenden? Er wusste, es gab nur eine Antwort auf diese Frage – und er hatte gehofft, diese Möglichkeit nicht in Anspruch nehmen zu müssen. Eigentlich wollte er nicht mit Lisa sprechen; er war sich nicht einmal sicher, ob er ihr Haus wiederfinden würde – auch wenn Nether Walston noch so klein sein mochte. Aber er würde es wohl versuchen müssen. Er runzelte die Stirn und überlegte, welchen Weg sie an jenem Abend gegangen waren, als er sie nach Hause begleitet hatte. Das Haus musste sich auf der anderen Seite des Dorfes befinden; jedenfalls wirkte bei Tageslicht alles ganz anders. Er schritt zögernd aus, doch es gab nur eine einzige Hauptstraße in Nether Walston, sodass er schon bald vor der modernen Reihenhausanlage stand. Lisa hatte das mittlere Haus betreten, erinnerte er sich – das mit den sauberen spitzenbesetzten Vorhängen an dem kleinen Fenster.

Er stand zögernd vor der Tür, unschlüssig, ob er das Richtige tat und ob er überhaupt das Recht hatte, auf diese Weise in das Leben einer jungen Frau einzudringen. Was ging ihn das Ganze überhaupt an? Doch als er sich schon umdrehen und weggehen wollte, kam ihm jener Grundsatz zu Bewusstsein, der ihn auch zu einem guten Anwalt machte: Die Wahrheit, sagte er sich, war wichtiger als die Gesetze der Höflichkeit. Er hob die Hand und klopfte an die dünne Holztür.

Einige Augenblicke später öffnete sich die Tür einen Spalt, und Lisa schaute heraus. Sie strahlte dieselbe zarte Schönheit aus, wie er sie in Erinnerung hatte, doch schien sie jetzt, bei Tageslicht, sogar noch etwas blasser als in der stickigen Dunkelheit des Crown and Mitre. Im Hintergrund war das Geschrei eines Babys zu hören, und die Gerüche, die nach außen drangen, sagten ihm, dass man hier gerade beim sonntäglichen Mittagessen saß, das wohl aus verbratenem Rindfleisch und Kohl bestand. Dazu gesellte sich der stechende Geruch von feuchten Windeln.

Für einen kurzen Moment sah er Angst in ihren graublauen Augen aufflackern, doch im nächsten Augenblick erkannte sie ihn. »Der Mann aus dem Pub«, sagte sie. Ihre Stimme klang nicht besonders freundlich, aber auch nicht abweisend.

»David«, stellte er sich vor. »David Middleton-Brown.« Er lächelte und hoffte, dass es nicht bedrohlich wirkte. »Wäre es möglich, dass ich vielleicht kurz mit Ihnen sprechen könnte, Lisa?«

Sie blickte kurz ins Haus zurück. »Meine Mutter ist nicht da«, sagte sie unsicher. »Sie besucht gerade meine Oma. Ich glaube, es wäre ihr nicht recht, wenn ich hier Männer ins Haus lasse, während sie weg ist – zumindest nicht solche, die ich im Pub kennen gelernt habe. Meine Mutter sieht es nicht so gern, dass ich ins Pub gehe.«

Er überlegte kurz, ob er ihr seine Visitenkarte geben sollte, um seinem Besuch einen förmlicheren Anstrich zu geben – doch dachte er schließlich, dass sie das noch mehr verängstigen könnte. »Es dauert höchstens ein paar Minuten«, sagte er lächelnd und fügte, einer plötzlichen Eingebung folgend, hinzu: »Außerdem würde ich sehr gern die kleine Janie sehen. Ich habe schon so viel von ihr gehört.«

Damit traf er ins Schwarze; Lisas Gesicht erstrahlte in mütterlichem Stolz. »Oh, na dann«, sagte sie und öffnete die Tür, um ihn hereinzulassen.

Drinnen war der Geruch noch stärker, doch das Haus war einigermaßen sauber und gepflegt, wenn auch sehr klein. Nachdem sie sich durch eine winzige Diele gezwängt hatten, die fast vollständig von einem Kinderwagen eingenommen wurde, führte Lisa ihn in ein enges Wohnzimmer, in dem ein Laufstall stand. Sie umkurvte geschickt die verschiedenen Hindernisse, doch David stieß mit dem großen Zeh gegen den Laufstall, als er auf das Sofa zuging. »Möchten Sie vielleicht eine Tasse Tee?«, fragte sie. »Oder wollen Sie zuerst Janie sehen?«

David hatte keine Ahnung, wie man mit kleinen Kindern umging, da er noch kaum damit befasst gewesen war. Und er hatte auch überhaupt kein Bedürfnis danach – doch da er sich nun einmal darauf eingelassen hatte, war es wohl am besten, die Sache rasch hinter sich zu bringen. »Oh, ich würde Janie sehr gern sehen«, sagte er so begeistert wie möglich.

Lisa lächelte erneut. »Ich habe sie schlafen gelegt, aber sie will sowieso nicht schlafen. Ich hole sie.«

Als sie draußen war, rieb sich David den schmerzenden Zeh und sah sich erst einmal um. Die Einrichtung war alt und abgenutzt, doch in einigermaßen gutem Zustand. Der Teppich zeigte ein abstoßendes Muster aus knallbunten Blumen und kräftigen Farbflecken. Insgesamt hatte man den Eindruck, dass in dieser Wohnung Ordnung herrschte. Die Zierfigürchen auf dem Regal über dem Elektroheizgerät waren staubfrei, die Vorhänge schienen, wie er bereits gesehen hatte, sauber zu sein und den hässlichen Teppich hatte man wohl erst vor kurzem gesaugt. Es war trotzdem eine seltsame Umgebung für ein Mädchen von Lisas zarter Schönheit – ein Mädchen mit einem Gesicht, wie man es auf den Bildern von Gainsborough fand.

»Hier ist sie«, verkündete Lisa von der Türe aus und hielt

Janie stolz hoch. Sie ging um den Laufstall herum und drückte ihm das kleine Kind in die Arme.

»Oh, so ein hübsches Mädchen!«, rief David aus und verbarg seine Bestürzung. Wenigstens, so dachte er, war sie nicht schmutzig oder roch unangenehm. Im Grunde war sie für ein Wesen ihrer Art gar nicht mal so abstoßend: Sie hatte dicke rosige Wangen, blondes, lockiges Haar und kräftige kleine Beinchen.

Lisa strahlte. »Ja, nicht wahr?«

»Wie alt ist sie denn?«, fragte David. Er hielt sie sehr behutsam und wusste nicht recht, ob seine Hände und Arme verhindern konnten, dass die Kleine ihm entglitt und zu Boden fiel.

»Sie ist fast ein Jahr«, antwortete Lisa, »und hat schon zu gehen begonnen. Darum haben wir ja auch den Laufstall hier. Und sie ist so klug – sie kann sogar schon ein paar Worte sprechen, nicht wahr, Liebling?«

Janie wand sich in seinen Armen; sie wollte offensichtlich hinunter. Ihre Mutter nahm sie und setzte sie in den Laufstall. »Will Janie spielen?«, fragte sie die Kleine und hielt ihr einen dicken Teddybär hin.

»Spielen!«, sagte Janie und packte den Teddy an den Ohren.

David stieß einen stillen Seufzer der Erleichterung aus und setzte sich auf das Sofa. Er plauderte einige Minuten mit Lisa über die Kleine, damit die junge Mutter ihre Scheu ihm gegenüber verlor, doch obwohl sie sichtlich gern über ihre Tochter sprach, schien sie sich doch nicht ganz wohl in ihrer Haut zu fühlen. Ihr Blick ging immer wieder zwischen ihrer Tochter, der Uhr und der Haustür hin und her. David dachte sich, dass sie wohl fürchtete, ihre Mutter würde jeden Augenblick auftauchen. Vielleicht sollte er langsam zur Sache kommen, damit er ungestört mit ihr reden konnte, bevor ihre Mutter hereinplatzte.

Er spürte instinktiv, dass es nur bis zu einem gewissen Grad möglich wäre, behutsam vorzugehen; sie würde ihm bestimmte Dinge sicher nicht anvertrauen, wenn er sie nicht mit schonungsloser Offenheit ansprach. Trotzdem tastete er sich zunächst langsam vor. »Janie ist in einem so süßen Alter«, stellte er fest und beobachtete die junge Mutter, die ihrerseits ihrer Tochter zusah, wie sie ihren Teddy mit Händen und Füßen malträtierte.

»Sie ist schon ein eigener kleiner Mensch und gar kein Baby mehr«, stimmte Lisa zu und betrachtete Janie mit einem zärtlichen Lächeln. »Natürlich ist es jetzt ein bisschen eng im Haus, mit dem Laufstall und allem. Meine Mutter beklagt sich oft darüber, aber ich weiß, dass sie Janie liebt. Und ich sage ihr immer, dass es besser wird, wenn Janie ein wenig älter ist.«

»Besteht nicht die Möglichkeit, dass Sie ... ausziehen?«, fragte David. Er beobachtete sie und fügte hinzu: »Und dass Sie sich zum Beispiel zusammen mit Janies Vater eine Wohnung suchen?«

Lisas Reaktion war sehr beherrscht; nur die kleine nervöse Geste, mit der sie sich eine Haarsträhne hinter das Ohr strich, verriet, dass das Thema ihr nahe ging. »Nein, dazu wird es nicht kommen«, sagte sie leise.

Mit ruhiger Stimme fuhr David fort: »Cynth sagt, dass sich Janies Vater nicht mehr hier in der Gegend aufhält.«

»Cynth redet zu viel«, erwiderte Lisa etwas schärfer, als es ihre Absicht war.

Er konnte nicht länger zuwarten; jetzt war der Moment gekommen, um zum Kern der Sache vorzustoßen. »Lisa«, sagte er in sanftem Ton, »ich muss Sie jetzt etwas fragen – und Sie müssen mir glauben, dass es sehr wichtig ist. Ich würde Sie sonst sicher nicht damit belästigen. Der Vater Ihres Kindes ist Jamie Bletsoe, nicht wahr?«

Ihr stockte der Atem; seine Frage war wie eine Ohrfeige für sie, und sie starrte David entsetzt an. »Aber das weiß doch niemand«, stieß sie mühsam hervor. »Wie haben Sie es herausgefunden? Wer hat es Ihnen gesagt? Kennen Sie Jamie vielleicht? Hat er es Ihnen gesagt?«

»Ich kenne Jamie nicht«, versicherte er ihr. »Und es hat mir auch niemand gesagt. Ich habe es einfach nur ... erraten.«

Lisa schluckte schwer. »Sie dürfen es niemandem erzählen – bitte, Mr. ... David. Versprechen Sie mir, dass Sie es niemandem sagen!«

»Aber warum ist es so wichtig für Sie, dass es niemand erfährt?«

»Es ist wegen Jamies Oma«, flüsterte sie mit Tränen in den Augen. »Sie darf es nicht wissen. Jamie hat gesagt, sie würde ihn umbringen, wenn sie's erfährt.« Sie wischte sich mit dem Handrücken die Tränen von den Wangen. »Und er sagt, dass sie mir Janie wegnehmen und sie selbst aufziehen würde. Er meint, das kann sie machen – sie könnte sagen, dass ich keine gute Mutter bin. Aber ich würde sterben, wenn man mir Janie wegnimmt!«, fügte sie leidenschaftlich hinzu. »Darum darf sie es nicht erfahren!«

David beugte sich vor. Er gab Acht, dass er sie nicht berührte, doch er wollte sie dazu bringen, dass sie ihn ansah. »Lisa«, sagte er, »ich bin nicht der Erste, der Sie nach Janies Vater fragt, nicht wahr?«

Sie sah ihn mit feuchten Augen an. »Nein«, flüsterte sie. »Diese Sozialarbeiterin hat mich das auch gefragt ... Miss Newall. Sie hat es ebenfalls erraten. Und sie wollte, dass ich ihr den Namen des Vaters sage, damit er für den Unterhalt des Kindes zahlt. Ich wollte es ihr nicht anvertrauen – aber sie hat es erraten.«

»Wie hat sie es erraten?«

Lisa rang die Hände in ihrem Schoß. »Es hing sicher auch mit dem Namen zusammen. Ich habe mein Baby Janie genannt, als Erinnerung an Jamie. Das war dumm von mir, aber

355

ich dachte nicht, dass jemand draufkommt. Und sie kannte auch seine Oma. Sie hat mir gesagt, dass sie in ihrem Haus jede Menge Bilder von Jamie hängen hat – auch aus der Zeit, als er noch klein war, und sie meinte, dass Janie ihrem Daddy wie aus dem Gesicht geschnitten ist.« Ihre Hände gestikulierten hilflos, wie die Flügel eines verwundeten Vogels. »Ich habe sie gebeten, mir zu versprechen, dass sie es niemandem erzählt – nicht Jamies Oma und auch sonst niemandem.«

»Und hat sie das Versprechen gehalten?«, fragte David und hielt den Atem an.

Ihre Antwort kam so leise, dass er Mühe hatte, sie zu hören. »Ich weiß es nicht.« Die Tränen flossen jetzt schneller. »Ich weiß es nicht«, wiederholte sie in ihrem Elend. »Sie ist ja gestorben, nicht wahr? Wenig später ist sie gestorben.«

Bryony English langweilte sich. Ihre Mutter hatte sie zum Spielen hinausgeschickt und ihr gesagt, dass sie unter keinen Umständen hereinkommen solle. Sie hätte viel lieber ferngesehen oder ein Buch gelesen, aber Mami war manchmal richtig gemein und bestand darauf, dass sie hinausgehen solle. Sie vertrieb sich die Zeit mit Seilhüpfen, was jedoch auch keinen rechten Spaß machte. Wenn wenigstens im Haus gegenüber auch ein Kind gewohnt hätte, und nicht diese Mrs. Bletsoe. Mami konnte Mrs. Bletsoe nicht leiden, obwohl Bryony nicht genau wusste, warum. Ihre eigenen Erfahrungen mit Mrs. Bletsoe waren eigentlich sehr angenehm.

Und so lief Bryony auch nicht weg, als Mrs. Bletsoe lächelnd aus dem Haus kam. »Hallo, Bryony – Schätzchen«, sagte Mrs. Bletsoe mit einem strahlenden Lächeln. »Möchtest du vielleicht ein paar schöne Schokoladekekse, Liebling?«

Bryony überlegte, was sie tun sollte. Sie konnte zurück ins Haus gehen und sich damit Mamis Wunsch widersetzen; sie konnte aber auch zu Mrs. Bletsoe gehen, und so ebenfalls Mami nicht gehorchen. Nachdem sie sowieso nur verlieren konnte, fiel ihr die Entscheidung nicht schwer. Außerdem bestand ja die Möglichkeit, dass Mami es gar nicht merkte, wenn sie die zweite Möglichkeit wählte. Ging sie aber ins Haus zurück, würde sie es ganz bestimmt entdecken und böse sein. »Ja, gut«, sagte Bryony und ließ ihr Springseil im Garten liegen. Sie vergaß nicht, zuerst nach rechts und dann nach links zu sehen, bevor sie die Straße überquerte; es war wirklich schade, dass sie Mami nicht sagen konnte, wie brav sie gewesen war.

»Mir tut das arme Mädchen so Leid«, sagte David etwas später zu Lucy. »Sie hat es wirklich nicht leicht – da bekommt sie ein Baby von Jamie Bletsoe und ist so verängstigt, dass sie es niemandem sagt.«

»Während er der reizenden Charlotte Hollingsworth den Hof macht«, meinte Lucy in bitterem Ton. »Wirklich nett.«

Sie waren nach dem Abendgottesdienst in die Kirche gegangen, um ein ruhiges Plätzchen zum Reden zu finden. Diesmal gab Lucy Acht, dass niemand mithören konnte. »Es ist eine wirklich traurige Geschichte, Lucy«, seufzte David. »Sie hat ihn wirklich geliebt, weißt du. Sie war gerade sechzehn, als sie sich kennen lernten. Eine richtige Romeo-und-Julia-Geschichte.«

»Sie sind sich begegnet, als er diesen Ferienjob in Nether Walston hatte«, erriet Lucy.

»Stimmt. In dem Betrieb für landwirtschaftliche Produkte, hat sie mir erzählt. Zwischen ihnen lag ein gerupfter Truthahn, als sich ihre Blicke trafen – es war Liebe auf den ersten Blick.«

Lucy rümpfte die Nase. »Wie romantisch.«

»Na ja, für die beiden war es das.«

»Weiß sie von der hübschen Charlotte?«, fragte Lucy.

David schüttelte den Kopf. »Sie weiß, dass es vorbei ist, aber sie weiß nicht, warum. Offenbar hat er ihr zuerst versprochen, dass er sie heiraten würde, aber dann hat er die Sache beendet.«

»Vermutlich, als die liebe Charlotte in sein Leben trat«, meinte Lucy. »So ein opportunistischer kleiner Miesling! Und sie war trotzdem immer loyal zu ihm und hat niemandem verraten, wer der Vater des Kindes ist.«

»Aber man muss gerechterweise sagen«, wandte David ein, »dass sie ihre eigenen Gründe hatte, warum sie nichts sagte. Er hat ihr einfach ein Lügenmärchen erzählt – von wegen seine Großmutter würde ihm das Baby wegnehmen, wenn sie's erfährt, und sie ist darauf reingefallen. Außerdem glaube ich, dass er sie zunächst wirklich geliebt hat.«

Lucy runzelte die Stirn. »Du verteidigst ihn auch noch? Wenn's nach mir geht, sollte man ihn in heißem Öl sieden.« Sie blickte zu dem Bild des Jüngsten Gerichts hinauf, wo die verschiedensten Qualen dargestellt waren, die auf die Verdammten warteten. »In Öl zu sieden wäre sogar noch zu gut für ihn.«

»O nein, ich will ihn nicht verteidigen«, entgegnete David rasch und schüttelte den Kopf. »Das war absolut schäbig von ihm – das ist ganz klar.« Dennoch, überlegte er, war es nicht so überraschend, wie sich die Dinge entwickelt hatten, wenn man die Umstände bedachte. Es war fast wie im Märchen – nur das Happyend fehlte: Ein junger Mann verliebt sich zum ersten Mal – und zwar in ein verblüffend schönes, wenn auch armes Mädchen – und die Natur nimmt ihren Lauf. Ein Baby ist unterwegs, und er verspricht ihr, dass er sie heiraten wird, und meint es auch ernst – vorausgesetzt, es gelingt ihm, seine böse Großmutter zu überlisten. Doch dann greift das Schicksal ein und setzt ihm ein verwöhntes reiches Mädchen vor die Nase – und die Versuchung ist zu groß für ihn. Das arme Mädchen und das Baby sind schnell vergessen, und ein neues Leben beginnt – aber was für eines? »Wenn es irgendeine Gerechtigkeit auf der Welt gibt, und wenn Charlotte Hollingsworth so schlimm ist, wie Pat das meint, dann glaube ich, dass Jamie Bletsoe genau das bekommen wird, was er verdient«, stellte

David fest und blickte ebenfalls zu dem Gemälde hinauf, auf dem das Jüngste Gericht dargestellt war. »Ein Leben mit Charlotte Hollingsworth – das ist bestimmt schlimmer als jede Strafe, die selbst du dir für ihn ausdenken könntest.«

»Das will ich auch hoffen«, sagte Lucy mit einem zufriedenen Lächeln.

Er rieb sich die Hände, als wolle er sie von Staub befreien. »Nun, das wär's dann also, Liebste.«

»Was meinst du damit – das wär's?«, fragte sie. »Es spricht doch jetzt alles gegen Enid Bletsoe: Sie konnte sich das Digoxin verschaffen, sie hatte die Möglichkeit, es zu tun, und sie hatte auch ein Motiv. Es passt einfach alles zusammen. Die Frage ist, was werden wir als Nächstes unternehmen?«

David sah sie lächelnd an. »Wir schenken das Ganze unserem Freund John Spring. Als eine Art Abschiedsgeschenk.«

»Aber John Spring geht doch nicht fort«, erwiderte Lucy verdutzt.

»Nein, aber wir. Hast du's schon vergessen?« Er ging zur Tür und fügte hinzu: »Komm schon, Liebling. Es ist Zeit zu packen. Weißt du nicht mehr, was du versprochen hast? Wir fahren heute Abend nach London zurück. Komm, es wird schon spät.«

»Das Essen ist fertig, Darling.« Gill schaute durch die Tür ins Wohnzimmer, wo Lou gerade den Wirtschaftsteil einer Sonntagszeitung las. »Wo ist Bryony?«

Lou blickte auf. »Ist sie nicht bei dir?«

»Nein«, antwortete Gill kopfschüttelnd. »Ich habe sie zum Spielen hinausgeschickt, aber das ist schon eine Weile her. Ich dachte, sie wäre schon wieder hereingekommen und sieht fern.«

»Vielleicht ist sie oben in ihrem Zimmer«, meinte Lou.

Gill ging zur Treppe hinüber. »Bryony!«, rief sie hinauf. »Das Essen ist gleich fertig, Liebling!« Es kam keine Antwort. Schließlich stieg Gill die Treppe hinauf.

Lou wartete unten, als sie zurückkam. »Nicht da?«

Gill schüttelte den Kopf und runzelte besorgt die Stirn.

»Vielleicht ist sie immer noch draußen«, versuchte Lou sie zu beruhigen. Sie ging zur Tür, öffnete sie und rief nach dem Kind. »Bryony! Wo versteckst du dich denn, du kleines Monster?«

Doch es kam keine Antwort.

»Wo kann sie denn nur sein?«, fragte Gill immer beunruhigter.

»Meinst du, sie könnte …«, begann Lou. »Aber … nein, das glaube ich nicht.«

Gill blickte sie scharf an. »Was denkst du?«

»Ich habe mich gerade gefragt«, sagte Lou nachdenklich, »ob sie vielleicht über die Straße zu dem alten Drachen gegangen ist.«

»Ich habe ihr doch verboten mit Enid Bletsoe zu reden«, erwiderte Gill. »Bryony würde so etwas niemals tun, wo ich es ihr ausdrücklich untersagt habe.«

»Aber wenn sie nicht dort ist – wo ist sie dann?«

Gill holte tief Luft. »Ich weiß es nicht. Oh, Liebling, ich habe Angst.«

Lou umarmte sie fest. »Weißt du was? Ich gehe jetzt da rüber«, erklärte sie. »Wenn Bryony dort ist, dann werde ich der alten Kuh etwas erzählen!«

Sie eilte aus dem Haus und über die Straße. Die Haustür von The Pines war nur angelehnt; sie klopfte laut und vernehmlich.

Niemand meldete sich. »He!«, rief sie, die Hände in die Hüften gestemmt. »Ist jemand zu Hause?«

Im Haus war es still. Schließlich drückte Lou die Haustür auf und schaute ins Haus hinein. »Bryony? Bist du da?« Da kam ihr ein Gedanke, und sie fügte mit lauter Stimme hinzu: »Du brauchst keine Angst zu haben, Bryony. Deine Mami bestraft dich nicht, weil du unfolgsam warst. Komm einfach nur nach Hause, Liebling. Wir machen uns Sorgen um dich.«

Lou sah, dass die Tür zum Wohnzimmer offen stand. Sie war sich so sicher, dass sich Bryony hier irgendwo versteckt hielt, dass sie in die Diele trat, und von dort ins Wohnzimmer. Bryony war nicht da; sie sah niemanden außer Enid Bletsoe, die auf dem Sofa lag.

»Was haben Sie mit Bryony gemacht, Sie verdammte alte Kuh?«, rief Lou empört. Es war ihr egal, dass sie Enid aus ihrem Sonntagnachmittagsschläfchen weckte.

Doch Enid hätte sich um nichts in der Welt wecken lassen – nicht jetzt und auch später nicht, wie Lou zu ihrem Entsetzen erkannte.

Gill, die besorgt an der Haustür von Foxglove Cottage stand, hörte Lous Schrei aus dem Haus gegenüber.

26

Denn meine Seele ist übervoll an Leiden,
und mein Leben ist nahe dem Tode.

Psalm 88, 4

»Also, das war wirklich nett von euch, dass wir so lange bei euch wohnen konnten«, sagte David, während er das Gepäck im Kofferraum seines Wagens verstaute.

»Wir haben euch zu danken«, entgegnete Stephen und trat zu David, um ihm die Hand zu schütteln. »Ihr habt schließlich eine Woche geopfert, um uns in dieser schwierigen Situation zu helfen. Becca und ich werden euch das nie vergessen.«

Becca biss sich auf die Lippe und bemühte sich, die Tränen zurückzuhalten. Sie erlebte die Abreise der beiden mit gemischten Gefühlen: Einerseits hatten sie und Stephen einiges nachzuholen, was das Privatleben betraf, aber andererseits würde sie Lucy schrecklich vermissen. In den vergangenen Tagen hatte sich Lucy als eine wahrhaft treue Freundin erwiesen.

»Wir kommen ja wieder, Becca«, flüsterte Lucy ihr ins Ohr und schloss sie in die Arme. »Und ihr müsst uns unbedingt bald einmal in London besuchen.«

»Ja, bestimmt«, sagte Becca und nickte. »Rufst du mich manchmal an?«

»Aber natürlich. Und du kannst mich auch jederzeit anrufen, wenn du mal plaudern willst.«

Als hätten Beccas Worte das bewirkt, klingelte plötzlich

das Telefon in der Diele. »Ich geh schon«, sagte Stephen. »Es dauert sicher nur eine Minute – fahrt nicht ab, bevor ich wieder da bin.«

Als er zurückkam, saßen David und Lucy schon im Wagen. »Danke noch einmal für eure Gastfreundschaft!«, rief David und startete den Motor. Dann sah er den betroffenen Ausdruck auf Stephens Gesicht. »Was ist denn los? Wer war denn am Telefon?«

»Es war Gill. Enid ist tot«, platzte Stephen heraus. »Und Bryony ist verschwunden.«

David stellte den Motor ab. »Großer Gott«, sagte er.

Sie waren sich rasch einig, dass Lucy Becca und Stephen nach Foxglove Cottage begleiten würde, während David die Polizeiwache aufsuchen sollte, um zu sehen, was er über Enids Tod in Erfahrung bringen konnte.

Zwischen Foxglove Cottage und The Pines war die Straße von zwei Polizeiwagen und einem Leichenwagen blockiert. Wie nicht anders zu erwarten, war Lou völlig außer sich und am Rande der Hysterie, nachdem sie einerseits Enid tot aufgefunden hatte und andererseits Bryony spurlos verschwunden war. »Wo kann sie denn nur sein?«, jammerte sie bestürzt. »Ich verstehe einfach nicht, wie ein kleines Mädchen einfach so verschwinden kann!« Und im nächsten Moment fügte sie schaudernd hinzu: »Es war schrecklich. Ihr Gesicht war ganz verzerrt. Sie hat furchtbar ausgesehen.«

Gill hatte es bisher geschafft, äußerlich ruhig zu bleiben – vor allem, um zu verhindern, dass Lou völlig die Beherrschung verlor. »Na ja, sie war ja auch als Lebende nicht gerade eine Schönheit«, sagte sie, um das Ganze mit einer Prise schwarzen Humors zu versehen.

Lou war entsetzt. »Das ist gar nicht lustig, Engelchen! Du hast sie nicht gesehen – wie ihre Augen gestarrt haben, und ihr Mund ...« Sie schluckte kurz, ehe sie fortfuhr: »Ich meine, ich konnte den alten Drachen nicht ausstehen, aber das hätte ich ihr nicht gewünscht. So was wünsche ich niemandem.«

Während Becca und Stephen sich bemühten, Lou zu beruhigen, machte Lucy sich nützlich, indem sie erst einmal einen kräftigen Tee machte. In zwei der Tassen, die für Gill und Lou bestimmt waren, gab sie reichlich Zucker.

»Danke«, sagte Gill. »Meine Mutter hat immer gesagt, es gibt nichts Besseres als eine Tasse starken, süßen Tee, um mit einem Schock fertig zu werden. Das ist die beste Medizin, die es gibt, hat sie gemeint. Und ich muss sagen, es stimmt voll und ganz – obwohl ich persönlich auch Balsamkrauttee sehr beruhigend finde.«

Lou trank dankbar ihren heißen Tee, ohne sich darum zu kümmern, dass sie sich die Zunge verbrannte. »Bleib mir ja mit diesem Balsamkrautzeug vom Leib«, warnte sie Gill. »Diese Jauche würde ich um nichts in der Welt trinken.« Sie begann unruhig auf und ab zu gehen. »Wann kommt denn endlich die verdammte Polizei. Ich habe sie schon vor einer Ewigkeit angerufen. Wahrscheinlich sind sie immer noch drüben im anderen Haus. Man sollte eigentlich annehmen, dass ein vermisstes Mädchen wichtiger ist als eine tote alte Lady, oder?« Plötzlich grinste sie und war in diesem Moment wieder ganz die Alte. »Obwohl ich ihnen schon gesagt habe, dass sie nicht Sergeant Spring, diesen Schwachkopf, schicken sollen. Der Kerl ist so was von unfähig – da wäre es besser, sie schicken gar niemanden.«

Wenig später traf Karen Stimpson ein. Falls sie überrascht war, so viele Leute im Haus zu sehen, so ließ sie es sich jedenfalls nicht anmerken. Sie begrüßte zunächst Lucy, Becca und Stephen, die sie bereits kannte; somit gab es nur noch zwei Möglichkeiten, wer die Mutter des vermissten Mädchens sein konnte. »Mrs. English?«, fragte sie und blickte zwischen den beiden Frauen hin und her.

»Ja«, antwortete Gill. »Ich bin Mrs. English.«

Mit Karen Stimpsons Eintreffen änderte sich die Atmosphäre schlagartig. Die sachliche und kompetente Art, mit der sie sich der Sache annahm, übte eine beruhigende Wirkung aus. Lou fand sie sofort sympathisch, was alles sehr erleichterte. »Gott sei Dank hatten sie genug Gespür, eine Frau zu schicken«, stellte Lou fest. »So besteht eine gute Aussicht, dass wir etwas ausrichten können. Ich will mir gar nicht vorstellen, was gewesen wäre, wenn sie irgendeinen tollpatschigen Mann abbeordert hätten.«

Die Polizistin nahm das indirekte Kompliment mit einem Lächeln entgegen. »Ich werde mich bemühen, nicht tollpatschig zu sein.«

»Aber was werden Sie unternehmen, um Bryony zu finden?«, fragte Stephen, der einzige anwesende Mann.

»Sind Sie sicher, dass sie nicht im Haus ist?«, fragte Karen Stimpson, an Gill gewandt.

Lou übernahm es, ihr zu antworten. »Sie ist nicht im Haus und nicht im Garten. Wir dachten uns, dass sie sich vielleicht irgendwo im Dorf herumtreibt, aber ich habe mich ein wenig umgesehen und sie nicht gefunden. Und Gill hat bei ein paar von Bryonys Schulfreundinnen angerufen, aber es hat sie niemand gesehen.«

»Verstehe.« Karen Stimpson strich sich mit der Hand durch ihr gelocktes Haar. »Wenn Sie alle Möglichkeiten überprüft haben, die Ihnen einfallen, dann müssen wir auch andere … Komplikationen ins Auge fassen.«

»Und was genau heißt das?«, fragte Lou in scharfem Ton.

Die Polizistin versuchte es so zu formulieren, dass es nicht allzu beunruhigend klang. »Na ja, wenn Bryony nicht allein losgezogen ist, dann sollten wir in Betracht ziehen, dass sie mit jemand anderem mitgegangen ist.

Lou gestikulierte wild mit ihren ausdrucksvollen Händen. »Eine Entführung! Oh, Gott! Sie denken, dass sie entführt wurde!«

»Das habe ich nicht gesagt«, erwiderte Karen Stimpson in wohltuend sachlichem Ton. »Sie könnte jemand gesehen haben, den sie kennt und dem sie sich angeschlossen hat – einer Schulfreundin zum Beispiel, oder jemand anderem aus dem Dorf.« Sie hielt inne und überlegte einen Augenblick. »Aber für alle Fälle werden wir trotzdem Ihr Telefon abhören.«

»Eine Lösegeldforderung«, jammerte Lou. »Oh, mein Gott!«

»Und natürlich werden wir sofort in jedem Haus im Dorf nachfragen, ob jemand sie gesehen hat. Irgendjemand in Walston weiß bestimmt etwas. Keine Angst, Mrs. English«, meinte sie möglichst zuversichtlich. Wir werden Ihr kleines Mädchen schon finden.«

»Danke«, sagte Gill, immer noch ruhig, obwohl – oder vielleicht gerade weil Lou so außer sich war. Das einzig sichtbare Zeichen ihres inneren Aufruhrs war die Art, wie sie Bryonys Springseil umklammerte, als wäre es ein Talisman.

Karen Stimpson fand schließlich eine Gelegenheit, mit Lucy allein in der Küche zu sprechen – unter dem Vorwand, dass sie ihr dabei helfen wolle, noch eine Kanne Tee zu machen. Sie hatte Lucy bereits als eine Frau kennen gelernt, die auch in schwierigen Situationen die Ruhe bewahrte, und beschloss, sich diese Fähigkeit zunutze zu machen, indem sie sie als Verbündete gewann. »Ich will Mrs. English und ihre Freundin nicht noch mehr beunruhigen«, vertraute sie ihr mit leiser Stimme an, »aber unter den gegebenen Umständen müssen wir uns auf das Schlimmste gefasst machen. In neun von zehn Fällen klären sich solche Dinge recht schnell auf – es stellt sich heraus, dass das Kind einfach weggegangen ist, um eine Freundin zu besuchen, oder dass es einfach nur die Zeit vergessen hat. Aber ich habe nicht das Gefühl, dass Bryony so ein Kind ist.« Sie hielt kurz inne. »Und wie Sie sicher wissen, ist Mrs. Bletsoe von gegenüber unter recht eigenartigen Umständen gestorben. Wenn sie ermordet wurde … na ja, es erscheint mir zum Beispiel möglich, dass Bryony draußen gespielt hat und jemanden kommen oder gehen sah und dass der Mörder sie dann entführt hat, damit sie nichts verraten kann.« Sie machte ein sorgenvolles Gesicht und schüttelte den Kopf. »Das ist kein sehr schöner Gedanke, und ich würde das auch nie zur Mutter des Kindes sagen. Wenn es nämlich so passiert sein sollte, dann stehen die Chancen, dass wir sie lebend und wohlauf wiederfinden, nicht allzu gut. Es tut mir Leid, dass ich Sie damit belaste, aber ich wollte Ihnen klar machen, dass solche Dinge vorkommen, damit Sie den beiden helfen können, falls es nötig sein sollte. Sie bleiben doch hier in der Nähe, oder?«

»O ja«, versprach Lucy zutiefst beunruhigt. »Ich gehe nirgendwohin, solange ich Gill und Lou irgendwie helfen kann. Aber Sie glauben doch nicht wirklich …«

Karen tätschelte ihren Arm und lächelte ihr aufmunternd zu. »Ich habe nur eine Möglichkeit angesprochen – und eine nicht sehr wahrscheinliche noch dazu. Aber ich wäre etwas beruhigter, wenn Sie hier bleiben würden.«

Wenig später versammelten sie sich alle in der Küche, um am Telefon Wache zu halten. Irgendwann klingelte es tatsächlich; Lou nahm sofort ab. Es war David, der mit Lucy sprechen wollte, die jedoch etwas unwirsch reagierte. »Es geht nicht, dass du die Leitung blockierst«, wies sie ihn zurecht. »Bryonys Kidnapper könnte eine Lösegeldforderung stellen.«

»Kidnapper?«, fragte er erschrocken.

Karen Stimpson trat zu ihr. »Bitten Sie ihn, auf meinem Handy anzurufen«, sagte sie und teilte ihr die Nummer mit.

Lucy ging mit dem Handy ins Wohnzimmer, um ungestört zu sein. »Es ist furchtbar hier«, teilte sie David mit, als er erneut anrief. »Lou ist immer noch ganz außer sich.«

»Und Gill?«

»Ruhig. Viel *zu* ruhig, für das, was passiert ist. Ich meine, es ist immerhin ihr Kind, das vermisst wird, und sie sitzt herum, als würde Bryony im Zimmer nebenan fernsehen. Das ist ziemlich beunruhigend.«

»Stress wirkt sich auf jeden anders aus«, rief ihr David in Erinnerung. »Ich habe jedenfalls Neuigkeiten, Liebling.« Er hielt kurz inne, um die Wirkung seiner Mitteilung zu steigern. »Es sieht ganz so aus, als hätte Enid Bletsoe Selbstmord begangen.«

»Selbstmord!«

»Ja. Rate mal, womit sie's getan hat.«

»Digoxin«, sagte Lucy langsam.

»Volltreffer. Kluges Mädchen«, erwiderte er. »Digoxin, aufgelöst in Bitter Lemon. Das ist genau so als würde man es in Gin-Tonic geben, wie meine Freundin Chloe gemeint hat – das Chinin im Bitter Lemon beschleunigt die Wirkung. Eine hoch wirksame Art, sich das Leben zu nehmen, wenn auch nicht sehr angenehm.«

»Aha.« Lucy atmete langsam aus. »Dann hatten wir also Recht?«

»O ja«, antwortete David. »Aber Ehre, wem Ehre gebührt, Liebling. *Du* hattest Recht. Sie hat einen Abschiedsbrief hinterlassen, in dem sie alles gesteht. Zwar sagt sie nicht, warum sie es getan hat, aber sie gibt zu, dass sie Flora vergiftet hat, und sie sagt, dass sie dem Ganzen jetzt ein Ende machen wolle, weil sie Schuldgefühle hätte und weil die Leute schon anfangen würden, über sie zu reden und sie zu verdächtigen. Es wäre nur eine Frage der Zeit gewesen, bis man sie gefasst hätte, schreibt sie, und sie wollte die Sache selbst beenden.«

Für diejenigen, die in Foxglove Cottage auf irgendeine Nachricht warteten, verstrich Stunde um Stunde, ohne dass sie etwas von Bryony hörten. Karen Stimpson ging schließlich weg, um die Befragung der Dorfbewohner zu kontrollieren. Ihre Ruhe und innere Stärke wurden sehr vermisst. Schließlich schloss sich David den Wartenden an, nachdem er so viel wie möglich über Enids Tod in Erfahrung gebracht hatte. Er konnte die anderen wenigstens einigermaßen ablenken, indem er ihnen mitteilte, dass Enid sich das Leben genommen hatte und auch für Floras Tod verantwortlich war. Doch was normalerweise großes Aufsehen erregt hätte, erschien nun – angesichts des Verschwindens der kleinen Bryony – eher nebensächlich. Sie tranken große Mengen Tee, bis David irgendwann fragte: »Ihr habt nicht zufällig Whisky im Haus, oder?«

Gill stand auf, um die Flasche zu holen, doch Lou legte ihr die Hand auf die Schulter, um sie zurückzuhalten. »Nicht jetzt«, sagte sie in einem Ton, der keinen Widerspruch zuließ. »Wir brauchen jetzt alle einen klaren Kopf.«

Es war fast zehn Uhr, als Karen Stimpson zurückkehrte. Sie ging gleich in die Küche, um mit Gill zu sprechen. »Es gibt Neuigkeiten«, sagte sie lächelnd.

Gills Gesicht hellte sich auf. »Sie haben Bryony gefunden?«

»Na ja, nicht ganz. Aber wir haben eine Spur.«

»Erzählen Sie!«, forderte Lou hastig und sprang von ihrem Platz auf.

»Ich habe mit Mr. Gaze gesprochen, der bei der Kirche wohnt.«

Lou bedeutete ihr mit einer ungeduldigen Geste, schneller zu reden. »Wir wissen schon, wer Mr. Gaze ist. Was hat er Ihnen gesagt?«

»Er hat heute Nachmittag ein fremdes Auto in Walston gesehen.« Karen beobachtete Gills Gesicht, während sie sprach. »Es war ein roter Sportwagen, er kann aber nicht genau sagen, welche Marke. Aber er hat uns eine gute Beschreibung des Fahrers gegeben: ein Mann Mitte dreißig, gut gekleidet mit einem hellgrauen Anzug, kurzes blondes Haar und Schnurrbart. Und noch etwas glaubt er gesehen zu haben«, fügte sie hinzu, »nämlich dass der Mann ein kleines Mädchen auf dem Beifahrersitz dabei hatte, aber beschwören kann er es nicht.«

»Adrian«, sagte Gill leise und fuhr sich mit der Zunge über die Lippen. »Mein Exmann. Bryonys Vater. Das war sicher er.«

»Adrian!«, explodierte Lou. »Ich habe dem Bastard gesagt, dass ich ihm alle Knochen breche, wenn er Bryony zu nahe kommt!«

Karen Stimpson lächelte, Lous Wutausbruch ignorierend. »Dann ist die Sache bald geklärt, Mrs. English. Wenn Bryony bei Ihrem Exmann ist, dann haben Sie sie bald wieder zurück. Geben Sie mir bitte seine Adresse …«

»Aber was ist, wenn er sie nicht dorthin gebracht hat?«, warf Lou ein. »Was ist, wenn er abgehauen ist? Wenn er ins Ausland gegangen ist?«

»Wir werden ihn finden«, sagte Karen mit wohltuender Zuversicht. »Falls er nicht zu Hause ist, dann schicken wir seine Beschreibung, und die von Bryony und auch von seinem Wagen an jeden Hafen und Flughafen im Land. Glauben Sie mir, Mrs. English – morgen früh ist Ihre Tochter wieder hier bei Ihnen.«

»Danke«, hauchte Gill und schloss die Augen. Sie hatte sich so lange bemüht, nicht die Nerven zu verlieren – doch jetzt, als ein Ende des quälenden Wartens in Sicht war, begann sie heftig zu zittern und wurde von Schluchzern geschüttelt. »Oh, Bryony!«, stieß sie weinend hervor. »Oh, mein kleines Mädchen!«

Erst eine ganze Weile später, als sie sich so weit beruhigt hatte, dass sie wieder sprechen konnte, sagte sie zu Lou: »Wann hast du denn mit Adrian gesprochen? Wann hast du ihm das gesagt – dass du ihm alle Knochen brechen würdest, wenn er Bryony zu nahe kommt?«

Lou machte ein schuldbewusstes Gesicht. »Ich hab's dir nicht gesagt«, murmelte sie betreten. »Es war an dem Tag, als

Flora starb. Adrian hatte kurz vorher angerufen, um mit dir zu sprechen – erinnerst du dich noch? Also fuhr ich nach London, um ihm zu sagen, dass er sich verpissen und uns in Ruhe lassen soll. Ich hab's dir nicht erzählt, weil ich wusste, dass es dich aufregen würde. Außerdem haben wir vereinbart, den Namen des Bastards in diesem Haus nicht mehr zu erwähnen.«

»Am Tag, als Flora starb?«, sagte Gill und sah sie mit großen Augen an. »Oh, hättest du mir das bloß gesagt! Du kannst dir gar nicht vorstellen, was für furchtbare Dinge ich mir ausgemalt habe, wo du an dem Tag gewesen sein könntest und warum du es mir nicht erzählt hast!«

Lou gestikulierte aufgeregt mit den Händen. »Ich glaube, jetzt ist es wirklich Zeit, den Whisky zu holen«, meinte sie kleinlaut.

27

Aus dem Munde der jungen Kinder und Säuglinge hat du eine
Macht zugerichtet um deiner Feinde willen, dass du vertilgtest den
Feind und den Rachgierigen.

Psalm 8, 3

Karen Stimpson hielt Wort; sie brachte Bryony am nächsten
Morgen nach Foxglove Cottage zurück. Doch Bryony wirkte
still und bedrückt – ganz anders, als man es von ihr gewohnt
war. Sie ließ die tränenreichen Beteuerungen und zahllosen
Fragen über sich ergehen, ohne zu antworten und schlich bei
der erstbesten Gelegenheit nach oben in ihr Zimmer.

Lou ging in ihr Büro, um zu arbeiten, während Gill Karen
Stimpson zur Tür brachte. »Ich weiß gar nicht, wie ich Ihnen
danken soll«, sagte Gill mit leiser Stimme. »Sie waren großartig.«

»Ich habe nur meinen Job getan, Mrs. English.«

»Mag sein, aber Sie haben Ihren Job großartig getan. Und
ich bin Ihnen so dankbar.«

»Sie werden mich wahrscheinlich bald wieder sehen«, sagte
die Polizistin lächelnd. »Wir müssen eine Aussage von Bryony
aufnehmen, fürchte ich. Ich konnte nicht viel aus ihr herausbekommen; alles, was sie gesagt hat, war, dass sie im Garten spielte und ihr Daddy mit seinem Auto kam, und so fuhr sie mit ihm
weg. Sie hat wahrscheinlich Angst, dass sie bestraft wird«, fügte
sie hinzu. »Wir lassen ihr ein wenig Zeit, um sich zu beruhigen,
dann komme ich wieder und rede noch einmal mit ihr.«

Gill ging nach oben, um mit ihrer Tochter zu sprechen; Bryony lag schon im Bett – noch angezogen, aber die Decke bis ans Kinn hochgezogen. Doch so sehr sich Gill auch bemühte, sie zum Aufstehen zu bewegen – das Mädchen gab nur einsilbige Antworten auf ihre Fragen und weigerte sich, das Bett zu verlassen. »Lass mich allein, Mami«, bat sie unter Tränen. »Ich will hier bleiben.«

Widerstrebend kam Gill ihrer Bitte nach und ging nach unten, um sich eine Tasse Kaffee zu machen. Sie trank nachdenklich einige Schlucke und ging dann zum Telefon, um Fergus McNair anzurufen. »Ich störe Sie nur ungern«, sagte sie zum Doktor, nachdem sie ihm geschildert hatte, was geschehen war. »Aber ich mache mir Sorgen um Bryony. Sie hat ja einiges durchmachen müssen – aber diese Reaktion sieht ihr gar nicht ähnlich.«

»Dann bringen Sie sie doch her«, forderte Dr. McNair sie auf. »Ich sage der Sprechstundenhilfe, dass sie sie einschieben soll.«

»Aber das ist ja gerade das Problem, Doktor – sie will nicht aus dem Bett aufstehen.«

»Dann komme ich nach der Vormittagssprechstunde vorbei«, versprach er – und er hielt Wort.

Fergus McNair hatte in all den Jahren als Arzt einige Erfahrung mit Kindern gesammelt, die etwas schwierig oder verängstigt waren. Außerdem konnte er von Natur aus gut mit Menschen umgehen. Doch Bryony English reagierte auf keinen der Tricks, die oft Wunder wirkten. Er schnitt lustige Grimassen, ließ den Zungenspatel unter dem Ärmel verschwinden, legte das Stethoskop an die eigene Brust und hörte sich mit erschrockener Miene selbst ab. Doch all seine Bemühungen wurden von dem Mädchen mit völlig ausdrucksloser Miene registriert. Sie reagierte gehorsam auf seine Aufforderung, die Zunge herauszustrecken, sie behielt das Thermometer im Mund, bis er es herausnahm, und sie antwortete höflich auf seine Fragen – doch sie schien unfähig zu sein, zu lachen oder auch nur zu lächeln.

Gill verfolgte das Ganze aus einiger Entfernung und ging dann mit dem Arzt hinunter. »Nun, Doktor?«, fragte sie besorgt.

Seine Antwort war kurz und bündig. »Dem Kind fehlt nichts«, stellte er fest und hob seine angegrauten Augenbrauen. »Jedenfalls nichts, was ich feststellen könnte. Die Temperatur ist normal, das Herz genauso, und auch die Reflexe. Alles ist so, wie es sein sollte.« Dr. McNair sah sie mit einem prüfenden Blick an. »Aber irgendetwas bedrückt die Kleine offenbar, Mrs. English. Das sehen Sie genauso gut wie ich. Irgendetwas nagt von innen an dem Kind.« Er tippte sich auf die Brust. »Und dagegen kann ich nichts tun.«

Gill biss sich auf die Lippe. »Was meinen Sie – wie soll ich mich verhalten?«

»Lassen Sie ihr ein, zwei Tage Zeit«, schlug er vor. »Wenn Sie dann immer noch nicht zu ihr durchdringen und es überhaupt nicht besser wird, dann müssen wir uns Gedanken machen. Ich kenne einen guten Psychotherapeuten in Norwich und rufe ihn an, falls es notwendig sein sollte.«

»Ein Psychiater?«, flüsterte sie erschrocken.

Er tätschelte aufmunternd ihren Arm. »Machen wir uns keine Sorgen, meine Liebe. Es ist wahrscheinlich nur der Schock, und morgen ist sie vielleicht schon wieder ganz in Ordnung. Versuchen Sie, sie zum Essen zu bringen. Ich komme dann morgen wieder vorbei.«

»Ich würde mir gern noch einmal die Kirche ansehen, bevor wir gehen«, sagte Lucy zu David – in einem letzten Versuch, das Unvermeidliche wenigstens um ein paar Minuten hinauszuschieben. Schließlich, so hatte er zu ihr gesagt, waren nun alle offenen Fragen geklärt, sodass sie keinen Grund mehr hatten, noch länger in Walston zu bleiben: Beccas Anrufer war gefasst, Floras Mörderin hatte gestanden und sich das Leben genommen, und Bryony war wohlbehalten nach Foxglove Cottage zurückgekehrt.

»Ja, gut«, stimmte David zu. »Ich verstaue schon mal das Gepäck im Wagen, dann können wir ja noch einen kleinen Spaziergang zur Kirche machen, bevor wir Becca und Stephen endgültig auf Wiedersehen sagen. Wieder mal«, fügte er lächelnd hinzu.

»Ich habe mich noch nicht ins Besucherbuch eingetragen«, fiel ihr ein, als sie durch das Westportal traten. »Das sollten wir unbedingt noch machen.« Sie nahm den Kugelschreiber zur Hand, der zu diesem Zweck dort lag, und blätterte die letzten paar Seiten des Besucherbuchs durch, um die Einträge zu lesen. »Die Leute kommen wirklich von überall her«, stellte sie fest. »London, Schottland, Norwich, Cornwall. Neuseeland, Florida, Deutschland.«

»Na ja, es ist ja auch eine sehr berühmte Kirche«, meinte David. »Und das zu Recht. Architektonisch ein Meisterwerk.«

»Aber sieh dir nur die Kommentare an.« Lucy zeigte auf die rechte Spalte der letzten Seite. »Keiner schreibt ›architektonisch ein Meisterwerk‹ oder ›fantastischer Perpendikularstil‹. Nicht einmal ›mir gefallen besonders die Engel an der Decke‹. Sie schreiben vor allem eines: ›friedlich‹. Schau nur, Liebster – fünfundsiebzig Prozent aller Besucher fällt nichts Originelleres ein als ›friedlich‹. Ich meine, was erwarten die Leute denn? Laute Rockmusik oder brummende Motorräder?«

David grinste. »Das zeigt, wie wenig sie von Walston wissen, wenn sie es für friedlich halten. Wir könnten ihnen schon ein paar Kleinigkeiten erzählen, nicht wahr, Schatz?«

»Und ob.« Lucy beugte sich über das Buch, um ihrer beider Namen einzutragen, und schritt dann langsam den Mittelgang der Kirche entlang, den Blick auf die Wand über dem Altarraum gerichtet. Plötzlich blieb sie stehen und schlug die Hände vors Gesicht.

»Liebling, was ist denn los?«, fragte David und runzelte besorgt die Stirn.

»Oh, David.« Sie setzte sich und blickte zu der Darstellung des Jüngsten Gerichts hinauf. »Ich fühle mich schrecklich – ich habe solche Schuldgefühle.«

»Aber warum denn?« David setzte sich neben sie und nahm ihre Hand zwischen seine Hände. »Du hast doch nichts Böses getan.«

»Enid«, sagte sie leise. »Ich fühle mich ... verantwortlich für ihren Tod.«

»Großer Gott!« Er starrte sie entsetzt an. »Was meinst du damit?«

Lucy erzählte ihm von dem Gespräch, das sie mit Roger Staines in der Kapelle geführt hatte. Sie redete, ohne David anzusehen; ihre Augen blieben auf die unglücklichen Seelen gerichtet, die den glutäugigen Teufeln hilflos ausgeliefert waren. Sie schloss ihre Erzählung mit den unbedachten Bemerkungen, die sie über Enid gemacht und die Doris unglücklicherweise mit angehört hatte. »Ich habe Enid praktisch des Mordes beschuldigt«, sagte sie, den Tränen nahe. »Und Doris ist natürlich gleich losgelaufen, um es ihr zu erzählen. Du hast gesagt, dass sie in ihrem Abschiedsbrief geschrieben hat, dass die Leute sie schon zu verdächtigen beginnen. Das war *ich*, David! Ich habe sie in den Selbstmord getrieben!«

»Oh, Liebling!« Er hielt sie etwas verlegen in den Armen, während sie an seiner Schulter weinte. »Das konntest du doch nicht wissen«, murmelte er. »Du konntest ja nicht wissen, dass Doris dich hört oder dass Enid so reagieren würde. Dich trifft wirklich keine Schuld, Schatz.«

»Aber ich fühle mich schuldig! Ich hätte das niemals sagen dürfen! Es war falsch von mir, und das kann ich mir nicht verzeihen!«

David drehte sich um, als er hörte, wie sich das Westportal öffnete. Er fürchtete, dass es Harry sein könnte. Das Letzte, was sie jetzt brauchten, war Harry Gaze, der Betroffenheit zur Schau stellte und sich in Wirklichkeit schon auf das nächste Begräbnis in St. Michael freute. Doch der Mann, der in die Kirche eintrat, bewegte sich ganz und gar nicht mit der Selbstverständlichkeit, die Harry Gaze als Küster in seiner Kirche an den Tag legte. Es war John Spring, der hier völlig fremd wirkte und sich in der ungewohnten Umgebung auch nicht besonders wohl zu fühlen schien. »*Da* seid ihr, Dave«, sagte er erleichtert und kam den Mittelgang entlang zu ihnen. »Die Frau des Pfarrers hat mir gesagt, dass ich euch vielleicht hier finde.«

Lucy, der Springs Erscheinen in diesem Moment nicht sehr angenehm war, hob ihr tränenfeuchtes Gesicht und holte ein Taschentuch aus ihrer Rocktasche hervor. David hatte beschützend seinen Arm um sie gelegt und sah den Sergeant fragend an. »John, du bist der Letzte, den ich hier erwartet hätte.«

»Ich war auch noch nie hier drin, Kumpel«, gab Spring zu und betrachtete die mächtigen Mauern bis hinauf zu den Engeln an der Decke. »Ganz schön groß, nicht wahr? Und still.«

»Friedlich«, stimmte David zu und drückte Lucys Schulter. Sie kicherte unwillkürlich in ihr Taschentuch.

Spring sah sie neugierig an und folgte ihrem Blick zu der Darstellung des Jüngsten Gerichts. »Was ist denn das?«, fragte er.

»Ein mittelalterliches Wandgemälde«, erklärte David. »Das Jüngste Gericht. Ganz oben siehst du Gottvater mit seinem Sohn und dem Heiligen Geist. Die rechtschaffenen Seelen kommen in den Himmel zur Rechten, die verdammten Seelen wandern in die andere Richtung.«

»Aber einige der Leute haben überhaupt nichts an!«, stellte Spring genüsslich fest. »Ich hatte ja keine Ahnung, dass die Leute im Mittelalter so schlüpfrige Sachen gemalt haben, Dave! Und das noch dazu in der Kirche!«

»Du würdest dich wundern, was es da nicht alles gibt«, sagte

David und hob die Augenbrauen. »Aber ich nehme nicht an, dass du hergekommen bist, um dich in mittelalterlicher Kunst weiterzubilden.«

John Spring grinste. »Da hast du Recht, Dave. Wie ich schon sagte, die Frau des Pfarrers hat mir gesagt, dass du wahrscheinlich hier bist. Sie ist ein reizendes Ding, nicht wahr? Sie kommt mir auch irgendwie bekannt vor.«

David verdrehte die Augen und forderte Spring stumm auf, zur Sache zu kommen. »Aber ich schweife schon wieder ab«, fuhr der Sergant fort. »Ich bin da heute Morgen auf etwas gestoßen, was dich vielleicht interessieren wird – und da du ja so … kooperativ bei meinen Ermittlungen warst, da wollte ich es dich gleich wissen lassen.«

»Du bist gerade noch rechtzeitig gekommen«, sagte David. »Wir fahren in ein paar Minuten zurück nach London. Worum geht's denn?«

Spring strich sich ein wenig verlegen über den Schnurrbart. »Diese Mrs. Bletsoe… Du weißt ja, ich habe dir gestern Abend gesagt, dass sie sich umgebracht hat.«

David nickte. »Und du hast mir auch gesagt, was im Abschiedsbrief stand.«

»Ich habe mich geirrt, Kumpel«, erklärte Spring und machte ein etwas unglückliches Gesicht. »Ich dachte mir, die Sache ist geritzt. Alles hat so schön zusammengepasst. Der Fall Newall war beendet, und für mich sah es ganz nach einer Beförderung aus. Aber das war ein Irrtum.«

»Was!« David erhob sich von seinem Stuhl, und auch Lucy drehte sich um und sah Spring mit großen Augen an.

»Ich habe mich geirrt«, wiederholte er, so als würde ihn der Satz auf irgendeine Weise trösten. »Enid Bletsoe hat sich gar nicht umgebracht – sie wurde ermordet, genauso wie Flora Newall. Und der, der's getan hat, hat sich sehr bemüht, dass es wie ein Selbstmord aussieht. Er hat den Abschiedsbrief gefälscht und so weiter.«

»Aber woher weißt du, dass er gefälscht ist?«, wollte David wissen. »Woher weißt du, dass es Mord war?«

Spring verschränkte die Arme vor der Brust. »Der Mörder hat einen kleinen Fehler gemacht. Sein Plan wäre ganz bestimmt aufgegangen, und kein Mensch hätte etwas gemerkt – wenn da nicht eine Kleinigkeit gewesen wäre. Er hat das Glas abgewischt. Er wollte seine eigenen Fingerabdrücke nicht darauf hinterlassen, was man verstehen kann – auf dem Glas waren also überhaupt keine Fingerabdrücke. Und Mrs. Bletsoe hat keine Handschuhe getragen. Das bedeutet, es muss Mord gewesen sein. Sie hat den vergifteten Bitter Lemon bestimmt nicht mit dem Strohhalm getrunken!«, fügte er mit einem angedeuteten Lächeln hinzu.

»Großer Gott.« David setzte sich wieder und strich Lucy geistesabwesend mit der Hand übers Haar. »Das ist ja ein Ding«, sagte er mehr zu sich selbst.

Lucy seufzte, von widerstrebenden Gedanken und Gefühlen erfüllt. Die Ursache ihrer eigenen Schuldgefühle war aufgehoben, doch es ergaben sich eine Reihe von neuen Problemen – oder vielmehr stellten sich die alten Probleme aufs Neue. Denn wenn Enid nicht Selbstmord begangen hatte, dann hieß das, dass der Mörder immer noch in Walston herumlief. Und jetzt hatte er nicht einen, sondern schon zwei Morde auf dem Gewissen.

Als sie zurück zum Pfarrhaus kamen, wurden sie von Becca an der Tür empfangen. »Hat euch der Polizeibeamte gefunden?«, fragte sie.

»Ja«, sagte David und nickte. »Danke.«

»Und es ist auch ein Anruf für dich gekommen, Lucy«, fügte Becca stirnrunzelnd hinzu. »Von Gill. Es klang wichtig – sie hat gebeten, dass du sie so bald wie möglich zurückrufst.«

Lucy kam der Bitte nach und kam wenig später mit besorgter Miene in die Küche, wo sich David und Becca aufhielten.

»Gill hat gefragt, ob ich vorbeikommen kann«, berichtete sie. »Sie macht sich Sorgen um Bryony – die Kleine isst nichts mehr und liegt den ganzen Tag im Bett. Sie dachte sich, ich könnte vielleicht etwas tun, weil Bryony mich anscheinend sympathisch findet. Gill meint, ich könnte ihr vielleicht eine Geschichte vorlesen oder ihr etwas Verlockendes zu essen bringen …«

»Wie wär's mit Schokoladekeksen?«, schlug Becca vor. »Sie hat eine Schwäche für Schokoladekekse, und Gill hat nie welche im Haus.« Froh darüber, dass sie etwas Nützliches tun konnte, ging Becca in die Vorratskammer und holte eine ungeöffnete Packung. »Hier. Vielleicht sind die verlockend genug.«

Lucy machte sich sofort auf den Weg nach Foxglove Cottage; Gill öffnete ihr die Tür und führte sie sogleich zu Bryonys Zimmer hinauf, wo sie die beiden allein ließ.

»Hallo, Bryony«, sagte Lucy leise. »Ich bin so froh, dass du wieder zu Hause bist. Ich habe mir gedacht … vielleicht möchtest du, dass ich dir eine Geschichte vorlese.«

»Na gut«, antwortete Bryony mit lustloser Stimme.

»Eines deiner Lieblingsmärchen?« Lucy nahm ein Buch aus dem gut gefüllten Bücherregal und setzte sich ans Bett. »Das hier hat dir gefallen, kann ich mich erinnern. Es ist das Märchen von der schönen Müllerstochter und dem bösen kleinen Mann namens Rumpelstilzchen.«

»Nein, nicht das«, murmelte Bryony, und ihre Augen füllten sich mit Tränen. »Ich will nicht das mit dem bösen Mann.«

»Na gut. Wie wär's mit den drei kleinen Schweinchen?«

Lucy las die Geschichte sehr lebendig, ahmte die Stimmen der Figuren nach und machte die entsprechenden Geräusche dazu – doch Bryony hörte nur teilnahmslos zu, die Augen geschlossen. »Möchtest du noch eine andere Geschichte hören?«, fragte Lucy, als sie fertig gelesen hatte.

»Ist mir egal.«

»Willst du mir dann vielleicht deine Puppen zeigen? Du hast mir versprochen, dass du mich mit deiner Barbie spielen lässt«, versuchte Lucy ihr Interesse zu wecken.

»Nein«, sagte Bryony stur. »Ich steh nicht auf. Nie mehr.«

»Aber dann versäumst du die Schule«, wandte Lucy ein. »Ein Tag ist ja nicht so schlimm, aber morgen ...«

»Nein!« Das kleine Mädchen presste ihr Gesicht ins Kissen. »Ich geh nicht mehr hinaus! Draußen holt mich der böse Mann!«

Lucy war nicht überrascht, dass sie unter den gegebenen Umständen so starke negative Gefühle für ihren Vater hegte. Sie dachte sich, dass es an der Zeit war, Bryony mit Schokoladekeksen aufzumuntern. »Sieh mal, Bryony«, sagte sie, holte die Packung hervor und legte sie aufs Bett. »Sieh mal, was Becca mir für dich mitgegeben hat. Leckere Schokoladekekse – die, die du besonders gern hast!«

»Nein!«, schrie Bryony, nahm die Kekspackung und warf sie quer durchs Zimmer. »Ich will sie nicht! Lass mich in Ruhe!«

»Es ist nicht besonders gut gegangen«, sagte Lucy hinterher zu Gill. »Sie war einverstanden, dass ich ihr eine Geschichte vorlese, aber sie wollte um keinen Preis aufstehen, und auch von den Schokoladekeksen wollte sie absolut nichts wissen.« Sie zeigte Gill die zerdrückte Kekspackung. »Es tut mir Leid, Gill. Ich glaube, ich konnte euch nicht wirklich helfen.«

»Haben Sie noch Zeit für eine Tasse Tee?«, fragte Gill mit fast flehendem Blick.

»Sicher.«

Sie setzten sich zum Tee an den Küchentisch. »Was ist mit Lou?«, erkundigte sich Lucy, ohne hinzuzufügen, was sie genau meinte.

»Sie arbeitet in ihrem Büro«, antwortete Gill und blickte auf ihren Tee hinunter. »Um die Wahrheit zu sagen, Lucy, Lou ist im Moment keine große Hilfe. Sie meint, dass Bryony uns allen etwas vorspielt, um Aufmerksamkeit zu gewinnen. Sie sagt, wenn wir sie ignorieren, dann hört sie von allein damit auf. Aber ich glaube, Lou will nicht begreifen, dass es da ein Problem gibt, weil sie nicht damit konfrontiert werden will.«

»Und was *ist* das Problem?«, fragte Lucy.

Gill schüttelte den Kopf. »Wo soll ich nur anfangen?«

»Vielleicht am Anfang.«

»Und es macht Ihnen bestimmt nichts aus?«, fragte sie unsicher. »Wissen Sie, ich weiß einfach nicht, was ich tun soll.«

»Wenn Sie mit Lou nicht darüber reden können«, sagte Lucy, »dann müssen Sie mit jemand anderem reden. Sagen Sie mir, was Sie bedrückt.«

Gill seufzte müde. »Das ist eine lange Geschichte«, meinte sie warnend.

»Spielt keine Rolle.«

»Also gut.« Sie riss die Kekspackung auf und häufte den Inhalt auf einen Teller. »Nehmen Sie einen Keks. Oder die Krümel, die noch übrig sind.«

»Warum nicht?«, sagte Lucy und nahm sich die Hälfte eines auseinander gebrochenen Kekses.

Gill saß einen Moment lang still da, als müsse sie all ihre Kraft zusammennehmen. »Also gut«, sagte sie schließlich und begann mit ihrer Geschichte. »Adrian und ich waren fast fünf Jahre verheiratet. Zuerst lief es nicht so schlecht – es gefiel mir, verheiratet zu sein, und als Bryony kam, war ich sowieso im siebten Himmel. Aber Adrian war eifersüchtig, weil ich Bryony so viel Aufmerksamkeit schenkte – er wollte, dass sie *sein* kleines Mädchen ist. Damals begann er mich zu schlagen.« Sie sprach in völlig sachlichem Ton, was das Ganze noch erschreckender machte.« Adrian war ziemlich clever; er hörte immer rechtzeitig auf, bevor er mich ernsthaft verletzte, und für gewöhnlich schlug er mich nur an Stellen, wo man's nicht sieht. So ging es über Jahre hin.« Sie blickte in Lucys Richtung, doch es war, als sähe sie durch sie hindurch – in eine Vergangenheit, die voller Schmerzen war. »Es hätte sowieso keiner geglaubt – alle hielten uns für das perfekte Paar, mit unserem reizenden kleinen Mädchen. Und die Leute können es sich einfach nicht vorstellen, dass so etwas in … guten Familien vorkommt. Aber eines Tages hatte ich dann genug. Er schlug mich einmal zu oft, und ich lief weg. Ich gehörte zu den Glücklicheren«, fügte sie mit einem schmerzlichen Lächeln hinzu. »Man würde es nicht glauben, wie viele Frauen sich mit den schlimmsten Misshandlungen abfinden – nur weil sie denken, dass sie keine andere Wahl haben; sie sind wirtschaftlich und emotional an einen Mann gebunden, der ihr Selbstwertgefühl völlig zerstört hat und der ihnen das Leben zur Hölle macht. Aber ich lief weg. Ich nahm Bryony mit und ging in ein Frauenhaus. Dort habe ich Lou kennen gelernt«, sagte sie und blickte Lucy wieder in die Augen. »Sie arbeitete in dem Frauenhaus und sie war einfach großartig.«

Lucy nickte. »Kann ich mir denken.«

»Sie hat mir geholfen – uns geholfen, unser Leben wieder auf die Reihe zu bekommen. Sie hat mich zu mir selbst zurückgeführt«, sagte sie. »Ich ließ mich von Adrian scheiden und zog bei Lou ein.«

»Gab es keine Probleme mit der Scheidung?«, fragte Lucy.

»Es war eine Pattsituation. Er drohte mir, dem Gericht von … na ja, von Lou zu erzählen. Aber ich hatte auch etwas in der Hand – ich drohte ihm, dass ich von den Misshandlungen berichten würde. Also kamen wir überein, nichts zu sagen, und es ging alles glatt.« Sie schüttelte den Kopf. »Aber er ließ uns nicht in Ruhe. Er kam immer wieder zu Lous Haus, angeblich um Bryony zu sehen – er hatte ja das Besuchsrecht. Allerdings wollte er auch mich sehen – er sagte, dass ich seine Frau wäre und dass er mich zurückhaben wolle. Lou hasst ihn natürlich, und die meiste Zeit gelang es ihr auch, ihn von mir fern zu halten.« Gill schenkte Lucy noch etwas Tee ein und konzentrierte sich kurz, um weitererzählen zu können.

»Die meiste Zeit?«, fragte Lucy.

»Es gab da einen wirklich schlimmen Vorfall. Bryony war Gott sei Dank in der Schule. Und Lou war gerade krank – sie hatte eine schwere Grippe und blieb zu Hause. Sie war ziemlich geschwächt, sonst hätte sie das nicht zugelassen. Lou ist vielleicht klein und zart, aber sie ist sehr stark«, fügte Gill mit einem zärtlichen Lächeln hinzu.

»Was ist passiert?«

Gill seufzte und erzählte weiter. »Adrian kam – er hatte erwartet, mich allein anzutreffen. Er verlangte, dass Bryony und ich zu ihm zurückkommen sollten; er sagte, dass ich immer noch seine Frau wäre und dass wir eine Familie wären. Als ich ablehnte, warf er mir alle möglichen Schimpfnamen an den Kopf. Es war schauderhaft. Auch Lou hat er fürchterlich beschimpft. Sie schleppte sich aus dem Bett, aber sie war zu schwach ...« Gills Stimme verebbte, doch sie zwang sich, mit ruhiger, tonloser Stimme weiterzusprechen. »Er hat mich vergewaltigt. Direkt vor Lous Augen. Er schlug mich und vergewaltigte mich dann. Es war schrecklich – schrecklicher, als ich Ihnen sagen kann.«

»Oh, Gill!« Instinktiv streckte Lucy die Hand aus und legte sie Gill auf den Arm. Macht, sagte sie sich. Es ging immer wieder um Macht.

Gill holte tief Luft. »Danach wussten wir, dass wir aus London weggehen mussten«, fuhr sie fort. »Wir mussten weg, und Adrian sollte nicht wissen, wohin. Walston schien der ideale Ort zu sein – völlig abgelegen, sodass er uns nie finden würde. Wir dachten uns, dass ich hier meine Kräuter anbauen und dass Lou zu Hause arbeiten könne. Und wir wollten Bryony in Ruhe großziehen. Aber dann mischte sich diese alte Frau von gegenüber ein und setzte sich mit Adrian in Verbindung; sie sagte ihm, wo wir wohnen!«, fügte sie aufgebracht hinzu. »Ab da war es nur noch eine Frage der Zeit, bis er kommen würde. Ich hätte es eigentlich wissen müssen.«

Es gab so viele Fragen, die sich Lucy aufdrängten. »Was war mit Bryony? Was für eine Beziehung hatte er zu ihr? Hat er ...?«

»Er hat Bryony nie geschlagen«, sagte Gill rasch. »Er hat sie nie angerührt. Er hat sie geliebt – oder vielmehr hat er die Vorstellung geliebt, dass er der perfekte Vater ist. Er hätte sie total verwöhnt, wenn er die Gelegenheit dazu gehabt hätte. Und Bryony hat ihren Vater immer geliebt.«

Lucy sah sie ungläubig an. »Obwohl er Sie so behandelt hat?«

»Oh, davon wusste sie nichts«, erwiderte Gill mit einem tapferen Lächeln. »Das ging nur mich und Adrian etwas an, und ich dachte mir, dass es nicht fair ist, wenn ich sie gegen ihren Vater aufbringe – wegen dem, was er mir angetan hat. Aber nach dem, was ... was dann passiert war ... da hätte ich es nicht ertragen, ihn noch einmal zu sehen. Und ich wollte auch nicht, dass Bryony ihn noch weiter sieht. Es war vielleicht nicht richtig, und ich habe auch ein schlechtes Gewissen deswegen, aber ich konnte es einfach nicht ertragen.«

»Keiner kann Ihnen einen Vorwurf machen«, stellte Lucy fest. »Jede Mutter hätte so empfunden.«

Gill seufzte und schloss die Augen; sie fühlte sich mit einem Mal sehr müde. »Aber jetzt weiß ich nicht mehr, was ich denken soll«, sagte sie leise.

»Wie meinen Sie das?«

»Ich habe solche Angst, dass er ... Bryony etwas angetan hat«, gestand sie ihr und kam endlich zum Kern des Problems. »So wie sie sich verhält – das ist doch nicht normal. Irgendetwas hat bei ihr ein Trauma ausgelöst, und ich habe solche Angst, dass Adrian sie ... geschlagen hat. Oder etwas ... noch Schlimmeres getan hat. Es ist ihm, weiß Gott, zuzutrauen. Ich hätte mir nie gedacht, dass er ihr je etwas antun würde – aber was ist, wenn ich mich geirrt habe? Verstehen Sie, was ich meine?« Sie sah Lucy mit einem beschwörenden Blick an. »Ich weiß nicht mehr, was ich machen soll. Mit Lou kann ich nicht darüber sprechen – ich kann ihr nicht sagen, was ich befürchte. Wenn sie glaubt, dass er Bryony etwas angetan hat, dann wird sie nicht eher ruhen, bis sie ihm alle Knochen im Leib gebrochen hat. Sie würde ihn umbringen, Lucy! Sie würde ihn in Stücke reißen!«

Es kam nicht in Frage, sagte Lucy zu David, dass sie Walston verließen, solange Bryony in einem solchen Zustand war. Und sie fand, dass sie jetzt für Gill da sein musste, die ihr – aus welchem Grund auch immer – ihre schlimme Vergangenheit anvertraut hatte.

»Aber, Liebling«, protestierte David irgendwann an diesem Nachmittag. »Es ist schon Montag. Wir können nicht ewig hier bleiben. Und du weißt ja nicht, wie lange es dauert, bis die Dinge wieder ins Lot kommen.«

»Ich gehe jetzt nicht weg«, stellte Lucy fest. »Nicht heute. Gill braucht mich, und Bryony auch.«

»Und mein Büro braucht *mich*! Liebling, ich habe jede Menge Arbeit!«

Doch am Ende gab er nach, wie sie von Anfang an gewusst hatte. »Also schön, noch ein Tag«, stimmte David schließlich seufzend zu.

Lucy wusste später nicht mehr genau, wann ihr im Laufe der folgenden langen Nacht klar geworden war, dass der Schlüssel zu den Mordfällen in Walston bei Bryony zu suchen war. Genauso wenig hätte sie sagen können, wie sie auf diesen Gedanken gekommen war. Tatsache blieb, dass sie sich nach dieser Nacht absolut darüber im Klaren war, dass es so sein musste, und es gelang ihr schließlich auch, David davon zu überzeugen.

»Aber wie willst du sie dazu bringen, dass sie dir alles erzählt?«, fragte er. »Das Kind ist offenbar völlig verstört.«

Lucy lächelte hintergründig; sie war nicht umsonst bis in den frühen Morgen wach gelegen und hatte angestrengt nachgedacht. »Ich habe einen Plan«, versicherte sie ihm. »Vertrau mir ruhig.«

Sie wartete bis zum Nachmittag, bevor sie Bryony wieder besuchte. Das Mädchen weigerte sich immer noch, das Bett zu verlassen, wenngleich der Hunger sie schließlich dazu getrieben hatte, etwas Eiscreme und später auch ein Käsesandwich zu essen. Fergus McNair war gekommen und kopfschüttelnd wieder gegangen. »Irgendwas bedrückt sie«, teilte er Gill mit. »Und es wird auch kaum besser. Ich werde mich mal mit dem Kollegen in Norwich unterhalten – vielleicht kann er morgen mal vorbeikommen.«

Lucy wusste, dass ihr Plan nur Erfolg haben konnte, wenn sie mit dem Mädchen allein sein konnte. »Bleiben Sie in der Küche«, sagte sie zu Gill. »Ich werde versuchen, sie aus dem Haus zu bekommen, und da dürfen Sie nicht in der Nähe sein.« Sie ging nach oben und trat zu Bryony ans Bett. »Ich habe dir ein Geschenk mitgebracht«, sagte sie und streckte die leeren Hände aus.

Bryony war nun doch ein wenig neugierig. »Was ist es denn? Ich sehe nichts.«

»Weil es ein unsichtbarer Mantel ist«, erklärte Lucy, schüttelte das unsichtbare Kleidungsstück aus und strich die Falten in der Luft glatt. »Und wenn du ihn anziehst, bist du auch unsichtbar!«

Bryony setzte sich im Bett auf. »Wo hast du ihn her?«

»Das ist doch nicht wichtig, oder?«, tat Lucy geheimnisvoll. »Aber ich möchte, dass du ihn anziehst, dann gehen wir spazieren.«

»Und mich kann niemand sehen?«

Lucy nickte feierlich. »Niemand. Nicht Mami und auch nicht Lou oder Doktor McNair. Nicht einmal ich.«

»Und der böse Mann?«, fragte Bryony zaghaft.

»Der schon gar nicht.«

Bryony stieg aus dem Bett. »Wo gehen wir denn hin?«

»Das wirst du schon sehen. Wir gehen zu einem ganz besonderen Platz, und wenn wir dort sind, erzähle ich dir eine ganz besondere Geschichte.« Lucy ließ ihre Hände rund um das Mädchen durch die Luft wirbeln. »So – na, was ist das für ein Gefühl? Es muss jedenfalls funktionieren – ich kann dich nicht mehr sehen!«

»Ein gutes Gefühl.« Bryony legte die Arme um ihren Oberkörper, als wolle sie den unsichtbaren Mantel fühlen.

»Hast du deine Schuhe an?«

Bryony kicherte. »Nein. Aber Mami kann ja nicht sehen, dass ich barfuß bin, also kann sie auch nicht schimpfen.«

»Du solltest trotzdem Schuhe anziehen«, drängte Lucy.

Bryony gehorchte und nahm Lucys Hand. »Ich halte lieber deine Hand, damit du weißt, dass ich noch da bin«, schlug das Mädchen vor.

»Gute Idee.«

Sie gingen die Treppe hinunter und aus dem Haus, Hand in Hand, dann auf der Hauptstraße durch das Dorf und weiter zur Kirche. Lucy hielt den Atem an. Sie hoffte, dass ihnen niemand begegnete, der Bryony ansprach. Doch sie hatte Glück; sie erreichten die Kirche, ohne irgendjemand zu treffen, und traten ein. Jetzt wollte sie kein Risiko mehr eingehen und versperrte die riesige Tür von innen. David, der sie bei ihrem Plan unterstützte, hatte bereits dafür gesorgt, dass Harry nicht in der Kirche war; er hatte ihn einfach zu Hause zum Tee eingeladen.

Bryony atmete tief ein und genoss den Duft der Kirche. »Das ist wirklich ein besonderer Platz«, stimmte sie zu. »Er hat sogar einen ganz besonderen Geruch. Und die Engel sind wirklich schön!« Sie zeigte auf die Engel an der Decke und kicherte. »Ich hab schon wieder vergessen, dass du mich ja nicht sehen kannst!«

»Du kannst den Mantel jetzt wieder abnehmen«, schlug Lucy vor. »Wir sind ganz allein, und hier stört uns bestimmt keiner.« Sie tat so, als würde sie dem kleinen Mädchen den unsichtbaren Mantel abnehmen und ihn zusammenfalten. »Wir legen ihn hierher, damit du ihn wieder anziehen kannst, bevor wir nach Hause gehen.« Sie führte Bryony den Mittelgang entlang, blieb aber auf halbem Wege stehen, setzte sich auf eine der Kirchenbänke und zog das Mädchen sanft zu sich. »Machen wir's uns hier bequem«, sagte sie.

Bryony kuschelte sich auf ihrem Schoß an sie. »Du hast versprochen, dass du mir eine Geschichte erzählst.«

Lächelnd strich ihr Lucy übers Haar. »Hast du vorher nicht gesagt, dass dir die Engel gefallen?«, begann sie.

»Sie sind wunderschön«, bekräftigte Bryony und blickte nach oben. »Sie glänzen so schön und singen Lieder, die man nicht hört.«

»Da drüben sind auch Engel«, sagte Lucy und zeigte auf die Wand über dem Altarraum, wo das Gemälde des Jüngsten Gerichts zu sehen war. »Siehst du? Ganz rechts.«

Bryony nickte. »Das ist mir noch nie aufgefallen.«

»Nun, ich möchte dir die Geschichte dieses Bildes erzählen. Das haben einige Leute vor langer, langer Zeit gemalt. Es zeigt Gott – siehst du Gott da oben?«

»In der Mitte?«

»Ja, genau. Hat deine Mami dir schon mal gesagt, dass du brav sein musst, weil Gott immer weiß, ob man brav oder böse ist?«

»Ja«, nickte Bryony feierlich. »Ungefähr so wie der Weihnachtsmann – nur dass Gott immer da ist, obwohl wir ihn nicht sehen können.«

Lucy lächelte. »Nun, Bryony, auf diesem Bild sieht man, was mit den Menschen passiert, die gut sind, und auch mit denen, die böse sind. Die guten Menschen sind auf der rechten Seite – bei den Engeln. Die Engel bringen sie in den Himmel, und dort wohnen sie dann für immer bei Gott.«

»Und was ist mit den bösen Menschen?«

»Die sind auf der anderen Seite.« Lucy zeigte auf die linke Seite des Bildes. »Die Teufel bringen sie weg, und dann werden sie bestraft.«

Bryony wandte sich ihr zu und sah sie an. »Das passiert mit den bösen Menschen?«

»Man nennt das das Jüngste Gericht«, erklärte ihr Lucy. »In der Bibel steht, dass dieses Gericht eines Tages kommt, auch wenn vielleicht noch viel Zeit bis dahin vergeht. Und dann ist es ganz sicher, dass die bösen Menschen bestraft werden und die guten bei Gott wohnen dürfen.« Sie hielt kurz inne und fuhr vorsichtig fort: »Aber bis dahin, mein Schatz, verlässt sich Gott darauf, dass wir ihm helfen, damit die bösen Menschen nicht immer weiter böse Dinge tun können und anderen Menschen wehtun. Wenn wir wissen, dass irgendjemand uns oder jemand anderem wehgetan hat, dann will Gott, dass wir etwas dagegen tun, damit der Böse nichts mehr anstellen kann.«

Das kleine Mächen hielt den Atem an. »Aber wie denn?«, flüsterte sie.

Lucy drückte sie fest an sich. »Dafür gibt es Polizisten und andere starke Menschen. Die bringen die bösen Leute ins Gefängnis.«

»Aber ich bin noch klein«, jammerte Bryony. »Ich bin nicht stark.«

»Dann musst du es mir erzählen, Liebling. Erzähl mir von dem bösen Mann.«

»Aber er wird mir wehtun! Er wird kommen und mich holen!«, wimmerte sie verängstigt. »Ich kann es dir nicht sagen!«

Lucy drückte die Kleine noch fester an sich. »Vergiss den Mantel nicht«, sagte sie leise. »Der böse Mann wird dich nicht finden können. Und Gott wird dich beschützen«, fügte sie hinzu.

Tränen strömten Bryony über die Wangen. »Na gut«, flüsterte sie. »Ich erzähl's dir. Wenn du mir versprichst, dass er mich nicht holt.«

»Ich verspreche es«, flüsterte Lucy.

Der Herr behütet die Fremdlinge und erhält Waisen und Witwen;
aber die Gottlosen führt er in die Irre.

Psalm 146, 9

Etwas später am Nachmittag, nachdem Bryony sicher nach Hause gebracht worden war, unterhielten sich David und Lucy ausführlich über bestimmte Ungereimtheiten, die nun endlich einen Sinn ergaben. Sie spazierten den Weg nach Walston Hall entlang und entdeckten zu ihrer Freude, dass der Boden des kleinen Wäldchens mit Glockenblumen übersät war.

»Ich hätte besser auf das Acht geben sollen, was Karen Stimpson gesagt hat«, räumte Lucy ein, blieb mitten unter den Glockenblumen stehen und setzte sich auf einen Baumstumpf. »Sie hat neulich gemeint, dass Bryony etwas gesehen haben könnte. Aber sie meinte das im Zusammenhang mit der Entführung, und wenig später kam ja heraus, dass Bryonys Vater dahinter steckte – also dachte ich nicht mehr an ihre Vermutung.«

»Und wir glaubten damals auch noch, dass Enids Tod Selbstmord war«, fügte David hinzu. Er lehnte sich gegen einen Baum und sah Lucy an.

»Darum bin ich gar nicht auf den Gedanken gekommen, dass Bryony den Mörder gesehen haben könnte, und als sie dann von dem ›bösen Mann‹ zu reden begann, da dachte ich, dass sie eben ihren Vater meint.« Lucy wickelte sich eine Haarlocke um den Finger. »Und jetzt wissen wir, dass sie den

Mörder nicht nur vom Garten ihres Hauses aus gesehen hat, sondern mit ihm zusammen in Enids Haus war.«

»Und sie hat ihn genau sehen können?«

»O ja«, sagte Lucy und nickte. »Sie hat zwar seinen Namen nicht gekannt«, räumte sie ein, »aber ihre Beschreibung lässt keinen Zweifel zu.« Sie fuhr mit Bryonys Geschichte fort – wie das Mädchen zu Enid Bletsoe gegangen war, um bei ihr Schokoladekekse zu essen, obwohl ihre Mutter ihr das verboten hatte. Als es an der Haustür klingelte, erzählte Lucy weiter, habe die Kleine gefürchtet, es wäre ihre Mutter oder Lou, die nach ihr suchten – deshalb lief sie auf Enids Aufforderung in die Küche, um sich unter dem Tisch zu verstecken. Der Mann kam in die Küche – sie sah ihn genau, wie er Enid etwas zu trinken holte und dabei die Tabletten in den Bitter Lemon gab. Sie wartete, bis der Mann die Küche verlassen hatte, bevor sie sich aus ihrem Versteck wagte – aber als sie ins Wohnzimmer kam, wand sich Enid schon im Todeskampf. Bryony lief zutiefst erschrocken hinaus auf die Straße, wo sie ihr Vater abfing, bevor sie ins Haus laufen konnte. Und es gab ja so viele Gründe, warum sie sich weder ihrer Mutter noch sonst jemandem zu erzählen getraute, was geschehen war und was sie gesehen hatte.

David hörte ihr aufmerksam zu, ohne sie zu unterbrechen. »Dann hat sie also den Mord mit angesehen?«, fragte er, als sie mit ihrem Bericht fertig war.

»Ja, das arme Ding. Kein Wunder, dass sie so verstört war«, sagte Lucy voller Mitgefühl.

»Und die Entführung durch ihren Vater hat die Sache natürlich ganz anders aussehen lassen«, meinte David kopfschüttelnd. »Kein Wunder, dass du nicht früher auf die richtige Spur gekommen bist.« Er kaute nachdenklich an seinem Daumennagel. »Jetzt wissen wir also, wer es war, und auch, wie es passiert ist. Aber was ich immer noch nicht verstehe, Lucy, ist, warum er es getan hat. Was hatte er bloß für ein Motiv?«

»Ich habe schon darüber nachgedacht«, sagte sie langsam. »Und ich glaube, die Antwort ist Macht.«

»Macht?«

»Mir ist da etwas eingefallen, was Roger Staines einmal gesagt hat«, fuhr Lucy fort. »Dass es bei dem Amt des Gemeindevorstehers vor allem um Macht und Einfluss geht. Und noch etwas hat er meiner Ansicht nach richtig gesehen: dass Flora Newall sterben musste, weil sie Gemeindevorsteherin war – aus keinem anderen Grund. Nicht weil sie Sozialarbeiterin war und nicht weil sie irgendein Geheimnis von jemandem kannte. Nein, sie starb einzig und allein, weil sie als Gemeindevorsteherin eingesetzt wurde.«

»Es ist wirklich ein sehr einflussreiches Amt«, stimmte David zu. »Und eines, das man nur sehr ungern wieder aufgibt.« Er strich mit der Hand über die raue Rinde des Baumes. »Aber was ist mit Enid? Warum musste sie sterben?«

»Ich glaube, da steckt etwas mehr dahinter«, antwortete Lucy. »Sie hat vielleicht tatsächlich etwas herausgefunden, das ihm gefährlich war. Vielleicht wusste sie sogar, dass er Flora umgebracht hatte. Und denk an das, was Stephen am Sonntag gesagt hat – dass Enid vorhatte, Gemeindevorsteherin zu werden. Vielleicht konnte er das nicht hinnehmen.« Sie stand auf und wischte sich Moos von ihrem Rock. »Also, was machen wir jetzt, Liebling?«

David sah sie grinsend an. »Ich werde das Gefühl nicht los, dass du nicht wirklich vorhast, auf der Stelle zu John Spring zu gehen und ihm alles zu erzählen.«

»Du machst wohl Witze!« Sie verdrehte die Augen. »Abgesehen von allem anderen finde ich es undenkbar, dass wir Bryony noch mehr zumuten, als sie ohnehin schon hat erdulden müssen. Selbst wenn sie ihn tatsächlich identifizieren könnte. Es muss einen anderen Weg geben.«

»Ich glaube auch«, räumte David ein, »dass es vor Gericht wahrscheinlich nicht viel bewirken würde, wenn sie ihn identifiziert. Das wäre wohl nicht Beweis genug, um ihn zu verurteilen. Und wie du schon gesagt hast, man kann sie dem einfach nicht aussetzen. Aber abgesehen von dem, was Bryony dir erzählt hat, gibt es nicht den Funken eines Beweises gegen ihn. Absolut nichts.«

Lucy blickte auf den Weg hinunter, der zur Kirche führte. »Wir müssen uns heute Abend zusammensetzen«, sagte sie. »Wir müssen mit Gill und Lou darüber reden; vielleicht haben sie ja eine Idee.«

»Stephen und Becca sollten auch dabei sein«, schlug David vor.

Lucy nickte zustimmend. »Und wie wär's mit Roger Staines? Schließlich ist er der Wahrheit über die Morde am nächsten gekommen.«

Sie versammelten sich schließlich spät am Abend in Foxglove Cottage, nachdem Bryony schon zu Bett gegangen war. Lou hatte den Wein bereits geöffnet, und David nahm dankbar ein Glas entgegen.

David und Lucy hatten die anderen nicht über den Zweck der Zusammenkunft informiert, sodass eine gewisse Neugier zu spüren war, als sie sich an den Tisch setzten. David beschloss, gleich zum Kern der Sache zu kommen, und teilte ihnen mit, dass sie vorhätten, gemeinsam über die Morde in Walston zu sprechen. »Wir wissen, wer der Mörder ist«, sagte er, »und wir müssen jetzt beschließen, wie wir weiter vorgehen.« Während sie ihn alle ungläubig anstarrten, nannte er den Namen des Mannes.

Lucy teilte ihnen schließlich mit, dass Bryony den Täter gesehen hatte und genau beschreiben konnte. »Es gibt also keinen Zweifel. Aber darüber hinaus gibt es überhaupt keine Beweise gegen ihn.«

»Nein«, meldete sich Gill mit leiser, aber fester Stimme zu Wort. »Ich lasse es nicht zu, dass meine Tochter da hineingezogen wird. Sie musste schon genug durchmachen. Ich lasse es nicht zu, dass die Polizei sie quält, und sie wird auch nicht vor Gericht aussagen. Das lasse ich nicht zu.«

»Also«, warf David ein, »ich habe schon zu Lucy gesagt, dass ich sowieso nicht glaube, dass ihre Aussage vor Gericht viel bewirken könne. Man würde das als Beweis wahrscheinlich gar nicht anerkennen.«

»Was also tun?«, fragte Stephen. »Die Polizei – wenn sie's weiß – wird doch wohl einen Beweis finden, oder?«

Lou beugte sich vor und blickte grimmig in die Runde. »Die Polizei? Die wird nicht den kleinsten Furz beweisen können!«

David beschloss, in die Rolle des Advocatus Diaboli zu schlüpfen. »Vielleicht doch«, wandte er ein. »Sie haben jedenfalls den Überraschungseffekt auf ihrer Seite – der Mann ahnt ja nicht, dass es irgendjemand weiß. Wenn sie also mit einem Durchsuchungsbefehl kommen, könnte es sein, dass sie Digoxin bei ihm finden.«

»Aber das beweist doch überhaupt nichts«, erwiderte Lucy. »Es gibt viele Leute, die ganz legal Digoxin zu Hause haben.«

»Das stimmt«, räumte David ein. »Und sonst gibt es ja wohl keine Möglichkeit, wie man ihn mit den Morden in Verbindung bringen könnte.«

Stephen bemühte sich immer noch, das Ganze zu begreifen. »Aber warum?«, warf er schließlich ein. »Warum hat er es getan? Ich kann es einfach nicht verstehen. Habt ihr eine Erklärung dafür?«

David sah Roger Staines an. »Sie wissen es, nicht wahr? Vieles von dem, was Sie zu Lucy gesagt haben, war absolut zutreffend oder ganz nahe an der Wahrheit.«

»Ich denke schon, ja«, antwortete Roger und nickte langsam. »Es geht um Macht, stimmt's? Ich hätte es mir eigentlich denken können. Er braucht das Gefühl, wichtig zu sein. Nur darum geht es ihm.«

»Flora war gegen den Ausbau von Ingram, nicht wahr?«, hielt David fest. »Sie hat gegen das Durchfahrtsrecht durch den Grund des Altersheims gestimmt, jede Wette.«

Stephen nickte, konnte das alles jedoch immer noch nicht begreifen. »Ja, sie war absolut dagegen. Wir hatten die Versammlung an dem Abend, bevor sie starb, glaube ich – eine Sitzung der Altersheim-Stiftung. Die Gemeindevorsteher und ich sind die einzigen Treuhänder.« Er holte seinen Terminkalender hervor und sah nach. »Ja, so war's. Es war dieser Abend. Wir führten eine lange und erbitterte Diskussion. Sie war Vegetarierin, wie ihr ja wisst, und sie meinte, dass es absolut verwerflich wäre, so etwas auch nur in Erwägung zu ziehen. Fred tat, was er konnte, um sie zu überreden – er hat ja ein starkes persönliches Interesse am Ausbau von Ingram. Und dann … oh …« Plötzlich schien ihm einiges klar zu werden. »Oh, jetzt verstehe ich!«

»Und da muss es passiert sein, dass die Tabletten ausgetauscht wurden«, fuhr David triumphierend fort. »An jenem Abend, irgendwann während der Versammlung.«

»Alle wussten, dass Flora immer Süßstoff bei sich in ihrer Handtasche hatte«, bestätigte Stephen. »Und wir tranken an dem Abend viel Kaffee. Sie hatte die Dose mit dem Süßstoff auf dem Tisch liegen.«

»Und was ist mit Enid?«, fragte Becca. »Warum …?«

Plötzlich stand Lou auf und begann hinter dem Sofa auf und ab zu gehen. »Also schön, ich habe genug von der ganzen Scheiße«, sagte sie in entschiedenem Ton. »Das alles zählt doch nicht mehr. Ihr könnt das von mir aus später ausdiskutieren und euch gegenseitig auf die Schulter klopfen, weil ihr so schlau seid. Aber wir haben uns hier getroffen, weil wir darüber reden wollten, was wir jetzt verdammt noch mal tun sollen.« Sie blieb stehen, stemmte die Hände in die Hüften und blickte in die Runde. »Es ist mir scheißegal, wie das mit dem alten Drachen von gegenüber genau passiert ist, und auch was

397

mit Flora war, ist mir jetzt, ehrlich gesagt, nicht mehr allzu wichtig – ich habe sie ja kaum gekannt. Aber wer mir sehr wohl wichtig ist, das ist Bryony – und ich will, dass dieser verdammte Scheißkerl, der ihr eine solche Angst eingejagt hat, dafür bezahlt. Ich will, dass der Kerl bereut, dass er auf die Welt gekommen ist!«

David hatte sich bereits vorher Gedanken gemacht, und ihm war tatsächlich eine Idee gekommen. »Ein Geständnis«, sagte er. »Es gibt keine Beweise, also müssen wir ihn dazu bringen, dass er gesteht.«

»Aber wie?«, fragte Gill. »Warum sollte er gestehen?«

»Erpressung«, sagte David kurz und bündig. Dann skizzierte er ihnen seinen Plan: Er würde den Täter anrufen und ihm sagen, dass er die Wahrheit kannte. Er würde als Preis für sein Schweigen eine bestimmte Summe verlangen und anschließend Zeit und Ort der Übergabe vereinbaren. Er würde sich mit dem Mann treffen und dabei ein kleines Aufnahmegerät bei sich haben. Dann musste er ihn nur noch zum Reden bringen. Die Polizei würde ganz in der Nähe lauern und konnte den Mann gleich festnehmen.

»Aber wäre das nicht ziemlich gefährlich?«, fragte Lucy besorgt. »Er hat schon zwei Menschen umgebracht, Liebling. Ich will nicht, dass du ein solches Risiko eingehst.«

»Die Polizei würde es schon nicht zulassen, dass mir etwas passiert«, versicherte er ihr.

»Scheiß auf die Polizei!«, stieß Lou hervor und begann wieder auf und ab zu gehen. »Die Kerle sind zu nichts zu gebrauchen. Sergeant Spring, dieser Idiot mit seinen engen Hosen – er hat doch bis jetzt alles vermasselt, was zu vermasseln war. »Wir lassen ihn besser aus dem Spiel!«

David wandte sich ihr zu. »Was schlagen Sie denn vor?«

»Wir machen es selbst – alle zusammen. Wir schnappen ihn uns und schicken ihn dann express an die Polizei.«

Sie machten sich sogleich daran, den Plan auszuarbeiten; Lucy hatte jedoch immer noch Bedenken, weil sie fand, dass David ein zu großes Risiko einging. Die verlangte Geldsumme sollte eher bescheiden sein, damit es dem Täter nicht schwer fiel, auf die Forderung einzugehen. Die Übergabe sollte am folgenden Abend in der Kirche stattfinden, um dem Mann Gelegenheit zu geben, das Geld zu beschaffen. David würde sich im Altarraum einfinden, während die anderen in der Kapelle warteten, wo sie – wie Lucy nur zu genau wusste – alles mit anhören konnten, was gesprochen wurde. Somit würden sie später alles bezeugen können; außerdem wäre es ihnen möglich einzugreifen, falls es nötig wurde und man den Mann daran hindern musste, zu entkommen.

»Aber irgendjemand sollte hier bei Bryony bleiben«, wandte Gill ein. »Vielleicht Lucy.«

»Nein, wenn David in Gefahr ist, muss ich in seiner Nähe sein«, protestierte Lucy.

»Ich will auch mitgehen.« Sie drehten sich alle um und sahen Bryony in der Tür stehen – und sie wirkte völlig ruhig und gefasst. Offensichtlich hatte sie schon eine ganze Weile mitangehört, was gesprochen wurde. »Wenn ihr den bösen Mann fangt, dann will ich auch mitgehen.«

Gills Reaktion kam wie aus der Pistole geschossen. »Nein! Du wirst ganz sicher nicht mitkommen, junge Lady!«

Bryony wirkte überhaupt nicht mehr verstört und verängstigt. »Aber ich muss mitgehen, Mami«, beharrte sie. »Ich habe ihn ja gesehen, darum muss ich dabeisein.«

Lou nickte. »Sie hat Recht, Engelchen – sie sollte auch dort sein und die Sache mit uns zu Ende bringen. Mach dir keine Sorgen um sie«, fügte sie in sanfterem Ton hinzu. »Es wird ihr nichts geschehen. Er wird gar nicht wissen, dass sie dort ist. Und ich bin ja da, um sie zu beschützen, das schwöre ich dir.«

»Also gut«, gab Gill schließlich nach. Sie vertraute auf Lous

Einschätzung der Situation und auch auf ihre Fähigkeit, ihr Versprechen zu halten.

Nachdem der Plan ausgearbeitet war, blieb nur noch eines zu tun: David musste den Mann anrufen. Nachdem er, wie er mit einem ironischen Lächeln anmerkte, aus Beccas Erfahrungen gelernt hatte, sprach er bei dem Anruf mit gedämpfter Stimme und hielt zu diesem Zweck ein Taschentuch über die Sprechmuschel. »Ich weiß, was Sie mit Flora und Enid getan haben«, sagte er in einem Ton, der drohend klingen sollte – so wie man es von einem amateurhaften Erpresser erwarten konnte. Er verlangte für sein Schweigen 500 Dollar, die am nächsten Abend um Punkt sieben Uhr zur Kirche gebracht und unter den Stuhl von König John gelegt werden sollten.

Am nächsten Morgen stand David früh auf und fuhr rasch nach London in sein Büro. Er ignorierte die vorwurfsvollen Blicke seiner Sekretärin und kümmerte sich auch nicht um die Arbeit, die sich mittlerweile auf seinem Schreibtisch stapelte. Stattdessen verbrachte er den Tag damit, die Gesetze über das Stiftungswesen zu studieren und in Erfahrung zu bringen, wie die Altersheim-Stiftung in Walston im Detail geregelt war. Was er dabei erfuhr, bestätigte die Vermutungen, die er und Lucy hinsichtlich der Ermordung von Flora Newall gehegt hatten. Nachdem er mit den nötigen Informationen versorgt war, fuhr er nach Walston zurück, um nicht zu spät zu seiner Verabredung in der Kirche zu kommen.

Sie hatten sich schon eine Viertelstunde vor der vereinbarten Zeit in der Kirche eingefunden, wo sie still hinter den Lovelidge-Grabdenkmälern hockten. David wartete wachsam zwischen dem Altarraum und der Kapelle; er blickte auf die Uhr, als sich um Punkt sieben Uhr das Westportal einen Spalt weit öffnete und eine einsame Gestalt den Mittelgang heraufkam. Der Mann ging unter dem Gemälde des Jüngsten Gerichts vorüber, dann weiter durch den Lettner, bis er schließlich zum Stuhl von König John kam.

David stellte fest, dass er genau so aussah, wie Bryony ihn beschrieben hatte: klein, mit hellbraunem Haar, kleinen schwarzen Augen, braunem Oberlippenbärtchen und einem bösartigen Zug um den zusammengekniffenen Mund. Mit einer verstohlenen Bewegung schob Ernest Wrightman den Umschlag unter den Stuhl und wandte sich sofort wieder zum Gehen.

In diesem Augenblick trat David aus seinem Versteck hervor. »Guten Abend, Mr. Wrightman«, sagte er im Plauderton.

Der Mann hielt überrascht den Atem an und wich einen Schritt zurück – doch er erholte sich rasch von seinem Schreck. »Oh … hallo. Ich hatte nicht erwartet, dass jemand hier ist.« Er blickte unwillkürlich über die Schulter. »Ich wollte nur … äh … nachsehen, ob alles in Ordnung ist. Manchmal vergisst der Pfarrer, nach dem Abendgottesdienst zuzusperren – darum ist es immer gut, wenn man noch mal nachsieht.« Er ließ ein schrilles Kichern hören und fügte mit seiner gewohnten Selbstgefälligkeit hinzu: »Manchmal frage ich mich, was der Pfarrer ohne mich täte. Er sagt mir oft genug, dass er die Kirche nicht ohne mich leiten könnte, und Sie sehen ja selbst, warum.«

Hinter sich hörte David ein schwaches, gedämpft klingendes Geräusch, das er – übrigens zurecht – als einen Protest von Stephens Seite deutete; er hoffte, dass Ernest es nicht gehört hatte und dass der junge Pfarrer seine Empörung wenigstens noch eine Weile zügeln konnte. »Ich glaube, Sie haben etwas verloren, Mr. Wrightman«, sagte er in beiläufigem Ton und trat in den Altarraum. Er hob den Umschlag auf, begutachtete ihn und steckte ihn dann lächelnd in die Brusttasche seines Hemds.

»Oh!« Ernest wich erneut einen Schritt zurück und starrte

ihn verblüfft an, bis ihm endlich dämmerte, was hier vor sich ging. »*Sie* waren das!« Er stand einen Augenblick regungslos da und lachte dann plötzlich schrill. »Ist wohl doch nicht so weit her mit Ihren Grundsätzen, was? So wie bei allen anderen Anwälten, die mir begegnet sind. Obwohl es die meisten nicht so deutlich zeigen.«

Die bissige Bemerkung schmerzte, auch wenn sie natürlich nicht gerechtfertigt war, doch David ließ sich nichts anmerken. »Wie heißt es so schön – jeder hat seinen Preis, nicht wahr?«, sagte er in spöttischem Ton.

»Und Ihr Preis ist überraschend niedrig. Aber ich schätze, Sie haben vor, das jetzt zur Gewohnheit zu machen; das soll wohl eine erste Rate sein, was?«

»Nein«, sagte David und sah Ernest Wrightman unverwandt in die Augen. »Damit ist die Sache erledigt. Unter einer Bedingung, Mr. Wrightman.«

»Und die wäre?«, fragte Ernest und streckte kampflustig das Kinn vor.

»Sie erzählen mir, warum Sie es getan haben. Zu meiner eigenen Information.«

Ernest verschränkte die Arme vor der Brust. »Sie sind doch so clever, Herr Anwalt. Sagen Sie's mir doch«, forderte er ihn auf.

»Na schön.« David begann ganz offen über das Geschehen in Walston zu sprechen und beobachtete dabei den Gesichtsausdruck seines Gegenübers. »Sie hatten es leicht mit Pater Fuller, nicht wahr? Er ließ Sie im Großen und Ganzen tun, was Sie wollten: Sie wählten die Gemeindevorsteher für ihn aus und leiteten die Stiftungen, wie es Ihnen beliebte. Durch Ihre Tätigkeit in den Stiftungen hatten sie jede Menge Einfluss. Sie brauchten gar nicht selbst Gemeindevorsteher zu sein – Sie hatten auch ohne den Titel die ganze Macht. Fred war kein Problem – mit ihm wurden Sie spielend fertig. Und Sie dachten, mit Flora Newall würde es genauso einfach sein. Darum haben Sie sie ausgesucht – damit sie als Ihre Marionette agiert. Pater Thorncroft war nämlich nicht bereit, Sie genauso gewähren zu lassen wie Pater Fuller zuvor. Deshalb war es umso wichtiger, dass Sie einen Vorsteher fanden, der das tat, was Sie wollten.«

»Nicht schlecht.«

»Aber Flora ließ sich nicht von Ihnen lenken«, fuhr David unbeirrt fort. »Sie war eine Frau mit einem starken Willen und eigenen Ansichten. Und als es um die Entscheidung im Fall Ingram ging, konnten Sie sie nicht überreden, sich Ihrer Haltung anzuschließen.«

Ernest zog hörbar die Luft ein. »Diese dumme Frau«, sagte er. »Sie verstand einfach nicht, wie wichtig die Sache ist.« Er sprach weiter, als müsse er jetzt alles selbst aufklären. »Ich habe es den Leuten versprochen, verstehen Sie? Ich habe ihnen versprochen, dass die Sache geritzt ist. Sie vertrauen mir, wissen Sie. Wenn ich etwas verspreche, dann können sich die Leute darauf verlassen, dass ich es auch halte. Ernest Wrightman ist ein Mann, der sein Wort hält – das wird Ihnen jeder bestätigen. Und auch die Leute von Ingram wissen das genau. Sie respektieren mich. Sie haben uns zu einem Ausflug ins Seengebiet eingeladen, und sie haben mir versprochen, dass wir im Sommer in der Firmenvilla in Spanien Urlaub machen können. Doris hat sich schon darauf gefreut. Und dann kam diese Frau mit ihren dummen vegetarischen Grundsätzen und wollte alles zunichte machen. Sie wusste ja gar nicht, was sie tat.«

»Sie konnten es nicht ertragen, Ihr Gesicht zu verlieren, nicht wahr?«, bohrte David nach.

»Sie hätte mich bei Ingram lächerlich gemacht, und das lasse ich nicht zu«, erwiderte der kleine Mann mit fester Stimme.

»Was ist mit Enid?«, fragte David. »Hätte sie Sie auch lächerlich gemacht?«

»Sie machte sich am Sonntagmorgen über mich lustig. Sie

hat gesagt, ich könnte es gar nicht erwarten, dass ich den freien Platz des Gemeindevorstehers einnehme. Und sie hat sogar damit gedroht, dass sie selbst für das Amt kandidiert«, bestätigte Ernest. »Das wäre noch schlimmer als mit Flora Newall gewesen. Sie hat sich richtig stark gemacht – sie hat nämlich gesagt, sie wüsste, wer Flora umgebracht hat –, und ich konnte mich nicht darauf verlassen, dass sie vielleicht nur angibt und Doris ein bisschen aufziehen wollte.« Er ließ wieder sein eigentümliches schrilles Kichern hören und fügte hinzu: »Was dann kam, passte wirklich sehr gut. Ich hatte von Doris gehört, dass diese neugierige Freundin von Ihnen Enid verdächtigte – und so kam ich auf die Idee. Wenn sie Selbstmord begehen würde und gestand, Flora ermordet zu haben, dann würde niemand mehr irgendwelche lästigen Fragen stellen. Also besuchte ich sie eines Tages und bot ihr irgendwann an, ihr etwas zu trinken zu holen.«

Er kicherte erneut, rundum zufrieden mit sich selbst. »Das war's dann für Enid. Ich konnte sie sowieso nie richtig leiden.«

In diesem Augenblick rannte Bryony so schnell aus der Kapelle hervor, dass die beiden Männer sie überrascht ansahen. »Du hast Tabletten in Enids Glas getan!«, schrie sie. »Ich habe es gesehen, du böser Mann! Und Gott hat es auch gesehen und er wird dich bestrafen!«

Ernest lief instinktiv los, um sich auf die Kleine zu stürzen. David wollte ihn aufhalten, kam jedoch zu spät, denn in diesem Augenblick kam Lou wie ein Racheengel aus der Kapelle auf Ernest Wrightman zugestürmt. »Wenn du sie auch nur anrührst, bringe ich dich um!«, schrie sie und trat ihn gezielt in eine besonders empfindliche Stelle.

Er ging stöhnend zu Boden und sah, wie die anderen aus ihren Verstecken in der Kapelle hervorkamen, so als würden beim Jüngsten Gericht die Toten aus ihren Gräbern auferstehen. Gill eilte herbei und nahm ihre Tochter schützend in die Arme, während Lou sich auf Ernest warf und ihn niederhielt. »Ich habe ihn!«, rief sie David triumphierend zu. »*Jetzt* könnt ihr meinetwegen die Polizei rufen!«

Epilog

Gott fährt auf unter Jauchzen, der Herr beim Hall der Posaune.

Psalm 47, 5

Am Donnerstag wurde in der St. Michael's Church in Walston in großem Stil Christi Himmelfahrt gefeiert; um halb sieben Uhr morgens sang der Chor unter der Leitung von Cyprian Lawrence von der Spitze des hoch aufragenden Kirchturmes Orlando Gibbons' Vertonung von »O clap your hands«; die Glocken läuteten und die Gemeinde strömte in die Kirche, um der Himmelfahrtsmesse beizuwohnen.

Während die frühmorgendliche Sonne durch das mittelalterliche Glas des Ostfensters hereinströmte, feierte Pater Stephen Thorncroft die Messe auf der Basis des traditionellen Wortlautes des Book of Common Prayer und verzichtete diesmal auf die moderne Form der Liturgie. Er praktizierte außerdem noch einen anderen sehr alten Brauch, obwohl er wusste, dass man ihm möglicherweise vorwerfen würde, dass er von Pater Fullers korrekter liturgischer Praxis abwich: Unmittelbar nachdem er aus dem Evangelium jene Stelle vorgelesen hatte, in der Jesus zum Himmel aufsteigt, löschte er entsprechend der alten katholischen Tradition die Osterkerze, anstatt sie bis Pfingsten brennen zu lassen, wie es für gewöhnlich praktiziert wurde. Doch erschien es ihm diesmal angebracht, dass die Osterkerze – das sichtbare Zeichen der Anwesenheit Christi auf Erden von der Auferstehung bis zur Himmelfahrt – nun ausgelöscht wurde. So viel war geschehen, seit man die Kerze zu Ostern entzündet hatte; nun war es Zeit für einen Neubeginn und einen neuen Abschnitt im Leben von St. Michael. Mit vollem Herzen beobachtete er, wie der graue Rauch der ausgelöschten Flamme zur Decke mit ihren Engeln aufstieg. Und die vergoldeten Engel blickten herunter und sangen ihr stilles Lied, so wie sie es schon seit über fünfhundert Jahren taten.

Nach der Messe waren all jene, die an den Ereignissen des vergangenen Abends beteiligt gewesen waren, zum Frühstück im Pfarrhaus eingeladen. Becca wirkte selbst für ihre Verhältnisse ungewöhnlich blass und still, sodass die anderen für sie einsprangen und ihr bei der Zubereitung des Frühstücks unter die Arme griffen. Lucy kümmerte sich um die Eier, während Gill den Speck und die Würstchen briet; David wiederum war für den Toast zuständig, und Roger Staines kochte starken Kaffee. Stephen deckte mit Bryonys Hilfe den Tisch, während Lou mit ihren Gedanken noch bei den Ereignissen der letzten Tage weilte.

»Weiß eigentlich jemand, woher Ernest Wrightman das Gift hatte?«, fragte sie in die Runde.

»Das ist nicht schwer zu beantworten«, meldete sich David, während er die Toasts in saubere Dreiecke schnitt. »Er hat es selbst als Medizin für seine Herzbeschwerden bekommen; schließlich hatte er ja vor Jahren einmal einen Herzinfarkt. Deswegen musste er ja auch als Gemeindevorsteher zurücktreten, so wie Roger.«

Roger Staines drehte sich um, als er seinen Namen hörte. »Weil wir gerade davon sprechen«, warf er ein. »Hat mich Ernest eigentlich auch mit Digoxin vergiftet oder nicht? In solchen Dingen bin ich ein bisschen pingelig, müsst ihr wissen!«

David lachte. »Ja, er hat tatsächlich zugegeben, dass er's getan hat. Es geschah ganz spontan, hat er gesagt – er hat Ihnen bei irgendeiner Arbeit in der Kirche geholfen und sich dabei mit Ihnen über den Ausbau von Ingram unterhalten.«

»Ja, ich erinnere mich daran«, bestätigte Roger. »Ich sagte ihm, dass ich die Sache nie unterstützen würde. Hinterher haben wir noch eine Tasse Tee bei ihm zu Hause getrunken – da muss er es getan haben. Da fällt mir ein«, sagte er und verzog das Gesicht, »damals dachte ich noch, dass Doris keinen guten Tee macht! Er hat wirklich ziemlich bitter geschmeckt!«

»Aber nachdem das Digoxin im Tee war, der eine Art Gegengift ist«, schloss David, »und weil er mit der Dosis eher behutsam war, sind Sie nicht daran gestorben.«

»Obwohl es ziemlich knapp war.«

»Aber beim nächsten Mal, bei Flora, hatte er mehr Glück«, warf Gill ein.

»Es war wirklich Glück für ihn, oder?«, sagte Lucy, zu David gewandt. »Dass Flora das Gift mit dem Kräutertee zu sich nahm. Sonst wäre sie vielleicht auch nicht daran gestorben. Er war doch nicht ganz so schlau wie er gedacht hat, oder wie *wir* dachten.«

»Ernest war überhaupt nicht schlau«, antwortete David mit einem bitteren Lächeln. »Er *hielt* sich wohl für schlau, das schon. Man braucht sich ja nur anzusehen, wie die Sache mit Ingram gelaufen ist: Er hat es genossen, dass er für diese Leute wichtig war. Aber letzten Endes haben sie ihn doch nur benutzt. Wenn die Sache mit dem Ausbau gut gegangen wäre, dann hätten sie enorm daran verdient. Und was hätte Ernest davon gehabt? Einen Urlaub in Spanien und ein wenig Balsam für sein Ego. Ein gutes Geschäft für diese Leute, würde ich sagen.«

Stephen, der bis dahin recht still gewesen war, fasste es sehr treffend zusammen: »Mit anderen Worten«, sagte er, »unser Freund Ernest hat so wie Esau sein Erstgeburtsrecht für einen Teller Linsensuppe verkauft.«

»Igitt, Linsensuppe – so was würde ich nie essen! Das schmeckt sicher eklig«, warf Bryony ein.

»Das reicht jetzt, junge Lady«, erklärte ihre Mutter mit fester Stimme. »Wir wollen jetzt frühstücken.«

Becca lief plötzlich aus dem Zimmer; Lucy sah sie aus dem Augenwinkel hinausgehen und folgte ihr beunruhigt. Sie holte sie draußen auf dem Gang ein.

»Becca, ist alles in Ordnung?«, fragte Lucy besorgt, als sie sah, wie blass ihre Freundin war. »Du siehst ja furchtbar aus!«

»Oh, Lucy.« Becca schluckte und lächelte, und dann begann ihr Gesicht plötzlich von innen heraus zu leuchten. »Lucy, ich bin schwanger!«

»Oh, Becca!« Lucy schloss sie in die Arme. »Wie wunderbar! Du bist doch glücklich darüber, nicht wahr?«

Becca blinzelte, als sich ihre Augen mit Tränen der Freude füllten – und sie antwortete halb lachend, halb weinend: »Es ist ziemlich spannend. Obwohl ich mich momentan hundeelend fühle. Das Gerede von der Linsensuppe hat mir den Rest gegeben.«

»Wann hast du's erfahren?«

»Erst gestern«, gestand Becca. »Ich ging gestern Nachmittag zu Doktor McNair, ohne jemandem was zu sagen.«

»Weiß es Stephen schon?«

Becca lächelte. »Ich hab's ihm heute früh vor der Messe zugeflüstert. Du kannst dir gar nicht vorstellen, wie er sich gefreut hat.«

»Mir ist schon während der Messe aufgefallen, dass er richtig strahlt«, sagte Lucy augenzwinkernd, »aber da dachte ich mir, dass er eben die Ausstrahlung eines Heiligen hat.«

»Oh, Lucy.« Becca drückte ihrer Freundin die Hand. »Es wäre so schön, wenn du nicht gehen müsstest. Ich weiß, ich habe das früher schon mal gesagt – aber jetzt ist es anders. Doktor McNair meint, dass ich mich nicht allzu lange so schrecklich fühlen werde, aber im Moment kann ich den Gedanken an Essen überhaupt nicht ertragen. Du könntest mir helfen, damit der arme Stephen nicht verhungert.«

»Stephen kann ganz gut für sich alleine sorgen«, rief ihr Lucy in Erinnerung. »Das hat er ja auch früher getan, bevor er dich gekannt hat.« Doch sie wusste, dass sie nicht sehr überzeugend klang und sie musste den Blick abwenden, um die Enttäuschung im Gesicht ihrer Freundin nicht zu sehen.

Etwas später, nach dem Frühstück, als man unter lebhaftem Geplauder mit dem Abwasch beschäftigt war, bemerkte David plötzlich, dass sich Lucy nicht in der Küche aufhielt. Er nahm an, dass sie nach oben gegangen war, um zu packen, und wartete einige Minuten, bevor er ins Gästezimmer hinaufging, um nach ihr zu sehen. Sie war nicht da. Er ging wieder in die Küche hinunter und fragte, ob jemand sie gesehen hätte – doch keiner schien zu wissen, wo sie war. Einer Ahnung folgend verließ David das Haus und ging zur Kirche.

Das Westportal war einen Spalt geöffnet; lautlos drückte er die Tür auf und trat ein. Es wäre schwierig gewesen, Lucy zu übersehen, wie sie am Lettner stand und die Osterkerze betrachtete. Die Vormittagssonne, die durch das Ostfenster hereinflutete, ließ Funken von ihrem Haar sprühen und verwandelte es in einen rotgoldenen Heiligenschein. David hatte das Gefühl, dass sein Herz sich zusammenzog.

Sie drehte sich um, als hätte sie seine Anwesenheit gespürt, und er trat rasch an ihre Seite.

»Bereit zum Aufbrechen?«, fragte David so herzlich, wie es ihm möglich war.

Lucy sah ihn mit einem angedeuteten Lächeln an. »Ich habe mich heute beim Frühstück mit Roger Staines unterhalten«, antwortete sie ausweichend. »Er will, dass ich ein paar Kohlezeichnungen für ihn mache – als Illustrationen für sein Buch.«

»Das ist schön.«

Sie schaute zur Seite, um seinem Blick auszuweichen. »Ich werde noch ein Weilchen hier bleiben«, sagte sie. »Weißt du, ich will diese Zeichnungen sehr gern machen.«

»Aber das eilt doch wohl nicht«, wandte David ein. »Er arbeitet schon seit Jahren an dem Buch. Da kommt es doch sicher nicht auf ein paar Wochen an – und wir können uns ja bald einmal an einem Wochenende hier aufhalten.«

»Nein«, sagte Lucy – immer noch, ohne ihn anzublicken. »Becca ist schwanger, Liebling. Sie fühlt sich momentan grauenhaft und sie hat mich gebeten, dass ich noch ein Weilchen bei ihr bleibe, bis es ihr besser geht.«

»Wie schön, dass die beiden ein Kind erwarten«, sagte er, während ein Gefühl der Angst in ihm hochstieg. »Aber da würden wir doch eigentlich nur stören, oder?«

»Becca braucht mich«, beharrte Lucy.

David berührte ihre Hand; sie war kalt. »Ich brauche dich auch«, erinnerte er sie sanft. »Hast du's schon vergessen, Lucy? Es gibt da jemanden, der dich liebt.«

Sie blickte zur Seite und sagte so leise, dass er es kaum hören konnte: »Ich verdiene dich gar nicht, David.«

»Was redest du da, Liebste?« Er legte einen Finger unter ihr Kinn und hob ihr Gesicht an. In ihren grünblauen Augen schimmerten Tränen. »Was ist denn los, Schatz?«

Lucy holte tief Luft und sagte mit leiser, eindringlicher Stimme: »Ich bin für den Tod einer Frau verantwortlich. Ich kann nicht einfach weggehen, als wäre nichts geschehen, David.«

»Wovon redest du?«

»Enid«, brachte sie mühsam hervor. »Du hast doch gehört, was dieser schreckliche kleine Mann gesagt hat: Ich habe ihn auf die Idee gebracht, Enid umzubringen!«

David wusste, dass es zwecklos wäre, irgendetwas einzuwenden und legte den Arm um ihre Schulter. »Oh, mein armer Liebling«, murmelte er.

Lucy legte die Hand an die Osterkerze und spürte das glatte Wachs unter ihren Fingern. »Verstehst du nicht, David? Ich muss hier bleiben, zumindest bis zu Enids Begräbnis. Das schulde ich ihr.«

»Also gut«, sagte er und überlegte kurz. »Ich rufe meine Sekretärin an und sage ihr, dass sie noch eine Zeit lang allein zurechtkommen muss. Oder vielleicht kann ich ja auch eine Woche Urlaub nehmen.«

»Nein«, entgegnete sie mit entschiedener Stimme. »Du musst zurück, David. Und zwar heute, jetzt. Und ich muss hier bleiben.« Sie betrachtete die Kerze und fuhr langsam fort: »Du weißt ja, was diese Osterkerze bedeutet. Jetzt, wo sie nicht mehr brennt, bricht die Zeit der Dunkelheit an – bevor der Tröster kommt. Und das ist auch meine Zeit der Dunkelheit, Liebster. Ich muss da jetzt durch, bevor ich wieder das Licht sehen darf.«

»Lass mich bei dir bleiben«, flehte er. »Ich will dir dabei helfen.«

Sie schüttelte den Kopf. »Das ist mein persönliches Fegefeuer. Du kannst mich dabei nicht begleiten – den Weg muss ich allein beschreiten. Bitte, Liebster«, fügte sie hinzu. »Geh jetzt.«

»Kommst du zu mir zurück?« Er griff nach ihrer eiskalten Hand und nahm sie in seine Hände. »Bald?«

»So bald ich kann.« Sie blickte zu ihm auf, unwillkürlich gerührt von dem bestürzten Ausdruck auf seinem Gesicht. »Keine Angst, mein Lieber«, sagte sie mit einem leisen Lachen, das ihr Gesicht erhellte und David aus seiner Traurigkeit riss. »Weißt du, Liebster«, fügte sie hinzu, »so schnell wirst du mich nicht los.«